영천과 조선통신사 자료총서 ①

영천과
조선통신사

한일 간의 벽을 허물다

허경진 엮음

영천시 · 연세대학교 인문학연구원

보고사

이 자료집은 2014년 정부(교육부)의 재원으로 한국연구재단의 지원을 받아 수행된 연구임(NRF-2014S1A6A6043015)

간행사

김영석(영천시장)

　2014년도 인문도시지원사업의 인문강좌 교재인 『영천과 조선통신사』가 나오게 된 것을 축하합니다.

　우리 영천시는 2015년 대한민국 문화의 달 주관도시로 선정되어서 다양한 행사를 준비하고 있습니다. 2014년 영천문화예술제에서 마상재를 공연하고 조선통신사 행렬을 재연한 것도 그러한 사업 준비의 일환입니다.

　다행히도 연세대학교 인문학연구원에서 "영천과 조선통신사"라는 주제로 한국연구재단 2014년 인문도시지원사업에 영천시와 공동으로 신청하여 선정되었으므로, 올해 10월부터 1년 동안은 우리 시민들이 "영천과 조선통신사"에 관한 다양한 강의를 듣고 행사에 참여하여 조선통신사에 관해 많이 알게 될 것입니다.

　평화와 문화의 사절단인 조선통신사 문화가 어떤 이유로 역사의 뒷장에 가려졌는지는 모르지만 이제 우리 시민들은 '조선통신사와 마상재'가 같이 묶여 영천의 새로운 브랜드를 만들려는 소중한 과정에 참여하게 될 것입니다.

　따라서 이 교재는 인문강좌 강의실에서만 사용될 것이 아니라, 강의에 참석치 못하는 시민들에게도 널리 알려져 영천과 조선통신사에 관하여 이해하는 계기가 되리라 생각합니다.

특별히 일본에서 조선통신사 연구를 일찍이 시작하시고 많은 자료를 수집하신 고 신기수 선생께서 제작하신 영화 〈에도시대의 조선통신사〉가 한국어판 자막으로 번역 편집되어 우리나라에서는 처음으로 우리 영천시에서 상영하게 된 것은 매우 뜻깊은 일입니다. 이 영화를 통해서 우리 시가 조선통신사의 거점도시로 발돋움하는 계기가 될 것입니다.

강의와 원고를 준비해 주신 여러 공동연구원 강사님들께 감사드립니다.

특별히 인문도시지원사업을 기획하고 진행하면서 교재까지 편집해 주신 허경진(연세대학교 국문과) 교수님에게도 감사의 말씀을 전합니다.

영천과 조선통신사 교재를 편집하며

허경진

우리 연구팀에서 오랫동안 조선통신사 필담창화집 자료를 수집하여 여러 분들과 함께 번역하고 출판해 왔는데, 2015년에 세계기록유산으로 신청하자는 움직임이 활발해지면서 통신사를 여러 지방에 알려야겠다는 생각이 들었다. 일본에는 연지연락협의회(緣地連絡協議會)까지 결성되어서 통신사가 거쳐 갔던 도시들의 협의체가 오래 전부터 활발하게 활동했는데, 우리나라에서는 부산시에서만 통신사 기념사업이 진행되었기 때문이다.

다행히도 2015년 문화의 달 도시로 선정된 영천시에서 조선통신사를 주제로 준비하자는 연락이 왔기에, 2014년 인문도시지원사업도 함께 추진하기로 하였다. 준비하는 시간이 넉넉지 않은데도 여러 분들께서 공동연구원을 수락하시고 귀한 원고를 보내주셔서 이 교재를 편집하게 되었다. 이 책은 일반 시민들을 위한 인문강좌의 교재이기 때문에 새로운 논문이 아니지만, 오랫동안 축적된 연구 성과를 쉽게 써 주셨기 때문에 담긴 내용은 상당하다.

인문강좌는 2014년 인문주간(10월 27일~11월 1일)에 절반이 시행되고, 2015년 3월과 4월에 나머지 절반이 시행되는데, 영천시 인문강좌의 특성은 "찾아가는 인문학"이다. 1회적인 강의실 강의에 그치는 것이 아니라, 시민들이 원하는 곳이라면 언제라도 찾아가서 강의하고자 한다. 인문주간에만 세 차례의 군부대 출장 강의가 잡혀 있고, 일 년 내내 고등학교나 직장, 군부대를 찾아가 강연하게 되었다. 그런 곳에서도 이 교재가 사용되고, 강의가 실시되지 않는 지역에서도 읽혀져, "영천과 조선통신사" 이야기가 많은 시민들에게 알려지기를 기대한다.

　일반 시민들에게 가까이 다가가기 위해서 웬만한 내용은 각주를 달지 않았으며, 참고문헌도 별도로 소개하지 않았다. 제3부에는 영천 인문학의 스토리텔링 원고도 편집하여, 시민들이 지역 이야기에 관심을 가질 수 있도록 편집하였다.

　인문강좌를 준비하는 과정에서 영천시 문화공보관광과의 이원조 계장이 장소라든가 예산을 많이 도와주셔서 감사드린다. 제2부 〈조선통신사가 보고 들은 이야기들〉과 제3부 〈영천의 인문학 스토리텔링〉 원고를 옮겨 싣게 해주신 구지현, 김정식 교수, 다양한 내용의 원고를 꼼꼼하게 교정보아준 김누리 연구보조원에게도 감사드린다.

　이 책을 읽고 영천과 조선통신사에 관심을 가지게 되는 독자들을 위해서 『영천과 조선통신사』 총서를 일 년에 한두 권씩 계속 간행할 계획이다. 이 책이 영천 시민들에게만이 아니라, 다른 지역의 인문학 독자들에게도 널리 읽혀지기를 기대한다.

차 례

제1부 영천과 조선통신사(인문도시지원사업 인문강좌)

【1장】고려시대 영천과 일본

통신사와 영천 [한태문]

최무선과 화약 – 생애와 화약 개발사 [윤훈표]

제2부 조선통신사가 보고 들은 이야기들

제3부 영천의 인문학 스토리텔링

영천과 조선통신사

(인문도시지원사업 인문강좌)

제1장

고려시대 영천과 일본

통신사와 영천

한태문

1. 통신사란?

통신사는 일본과의 교린(交隣)을 실현하기 위해, 1428년부터 1811년까지 조선의 왕이 일본의 실질적인 최고 통치자인 막부(幕府)의 장군(將軍)에게 보낸 외교사절이다. 그런데, 통신사는 단순히 외교사절의 성격만 지닌 것이 아니었다. 일본인과의 문화교류를 염두에 두고 사신은 물론, 제술관(製述官)·서기(書記)·의원(醫員)·사자관(寫字官)·화원(畵員)·악대(樂隊)·마상재(馬上才) 등 문학적 재능과 기예(技藝)에서 당대를 대표하는 400~500명의 인원으로 구성된 문화사절단이기도 했다.

통신사에 참여한 사행원들은 왕명을 수행한다는 긍지를 바탕으로 쇄국체제하의 일본에서 자신의 재주를 아낌없이 발휘했다. 그리고 일본인들은 선진문화에 대한 동경과 이국인에 대한 호기심을 바탕으로 통신사와 교류를 활발히 전개했다. 그 결과 일본은 자신들의 문화를 더욱 다채롭게 발전시킬 수 있었고, 조선은 다양한 일본체험을 바탕으로 우리 문화에 대한 자각과 함께 일본에 대한 인식의 변화를 가져올 수 있었다.

이처럼 통신사는 상호 교류를 통해 이해의 폭을 넓힘으로써 좁게는 양국의 선린 우호관계를 증진시키고, 넓게는 동아시아의 평화를 정착시킨 상징적인 행사였다. 그런데 바로 이 역사적인 현장에 영천이 있었다.[1]

2. 통신사행에 있어서 영천 지역의 역할

1) 사행 노정의 경유지

통신사의 사행 노정은 크게 국내와 국외로 나누어진다. 국내 노정은 일본으로 떠나기 전 서울에서 부산까지의 하행 노정과 일본에서 돌아온 사행이 부산을 출발하여 서울에 이르는 상행노정으로 이루어진다. 국외 노정은 부산의 영가대에서 해신제를 지낸 통신사가 배를 띄워 쓰시마(對馬島)에 첫발을 디딘 후 수개월에 걸쳐 일본 내 서쪽 20여 주 50여 개 도시를 거쳐 목적지인 에도(江戸, 오늘날 도쿄)에 도착, 국서를 전달하고 일본의 회답서를 지참한 뒤 지났던 노정을 되밟아오는 것이었다. 1763년 통신사 행차(이하 '통신사행'으로 부르기로 함)에 제술관으로 참여한 남옥의 『일관기(日觀記)』에 따르면 통신사의 왕복 노정은 국내와 국외를 합쳐 총 11,335리(약 4,500km)의 대장정이었다.

바로 이 국내노정의 한가운데 영천이 자리하고 있었다. 영천이 조선전기 대일사행부터 노정에 포함되었는지는 문헌이 자세하지 않아 알 수 없다. 다만 1420년 일본에 파견된 회례사(回禮使) 송희경의 『일본행록(日本行錄)』에는 하행 노정이 '이천–안평–가흥–충주–문경–유곡–상주–덕

---

[1] 통신사가 오가던 시절엔 신녕과 영천이 분리되어 있었지만, 1914년 부령(府令) 111호에 의해 신녕이 영천에 통합되었으므로 이들을 한 데 묶어 다루기로 한다.

조선통신사 노정도

통-선산-성주-청도-밀양-금곡-제포-김해-동래' 등으로 나타나고 있어 이때는 영천이 노정에 포함되지 않았음을 알 수 있다. 그런데 1590년 통신사행에 부사로 참여한 김성일의 『해사록(海槎錄)』에는 〈27일에 신녕관에 도착하여 죽헌에 있는 시에 차운하다(二十七日到新寧館次題竹軒二首)〉라는 시가 수록되어 있다. 곧 1590년 통신사행에 이르러 영천이 사행노정에 포함되었음을 알 수 있다. 다음의 기록은 1590년 통신사 이후에도 영천이 줄곧 통신사 노정에 포함되었음을 보여준다.

　　경상도는 좌도·우도가 있으므로 갈 때에는 경상 좌도를 거쳐서 가고, 돌아올 때에는 경상 우도를 거쳐서 온다. 세 사신이 혹은 나누어서 일행을 만들더라도 각각 선문(先文, 도착날짜를 알리는 통지문)을 보내는데, 모두 전대마(前大馬) 1필을 준다. 양재, 판교, 용인, 양지, 죽산, 무극, 숭선, 충주, 안보, 문경, 유곡, 용궁, 예천, 풍산, 안동, 일직, 의성, 청로, 의흥, **신녕, 영천**, 모량, 경주, 구어, 울산, 용당, 동래로 길을 안내한다. 경상 우도에서는 문경에서 함창, 상주, 오리원, 청도, 유천, 밀양, 무흘, 양산을 거쳐서 동래에 이른다.　　　　　　　　　　　　　　　　　　　－『통문관지(通文館志)』

　이처럼 조선후기에 행해진 통신사행에는 영천이 하행노정에 확실하게 포함되어 있다. 이를 실제 통신사 사행록에서 살피면 다음의 도표와 같이 나타난다. (●은 숙박, ○은 숙박 추정, □은 점심, ▲은 통과)

사행 년도	가는 길(도착)				오는 길(도착)			
	신녕	비고	영천	비고	신녕	비고	영천	비고
1607	1/28	●	1/29~2/2	●	7/9	●	7/9	▲
1617	6/15	●	6/16	●				
1624	9/7	●	9/8	●				
1636	8/29	●	8/30~9/1	●				
1643	3/4(?)	○	3/5	●				
1655	5/5	□	5/5	●	1656.2/12	●		
1682	5/19	●	5/20	●				
1711	5/28	●	5/29	●				
1719	4/23	●	4/24~25	●				
1748	12/10	●	12/11~12	●				
1763	8/15	●	8/16	●	1764.6/28	□	6/27	●
1811	2/24	●	2/25~26	●				

　도표에서 보듯 조선후기 통신사행은 도일을 향한 하행길에 신녕과 영천에 거의 빠짐없이 들러 머문 것으로 나타난다. 곧 의성에서 55리를 걸어 의흥에 도착해 점심을 먹고 다시 40리를 걸어 신녕에 숙박한다. 그리고 다음날 40리를 걸어 영천에 도착하되 연회나 비로 인해 하루 정도를 더 머무는 경우도 있었다. 이후 사행은 50리를 걸어 모량에서 점심을 먹고 다시 30리를 걸어 경주에 도착하는 것이 관례였다.

　반면 위 도표에서 보듯 사행이 상행길에는 머문 경우가 그리 많지 않아 정기적인 상행 노정에 영천이 포함되지 않은 것으로 볼 수도 있다. 하지만 1763년 통신사 정사 조엄의 『해사일기(海槎日記)』에는 "'통신사가 돌아올

때는 세 사신이 길을 달리하라.'는 조정의 명령이 있어 정사는 가운데
길을 택하여 대구로 향하고, 부사는 우측길인 경주로 돌고, 종사관은 좌측
길인 김해로 향하였다."고 기록되어 있다. 실제 당시 부사의 상행노정은
부산-동래-송당-울산-구어-경주-아화-**영천-신녕**-의흥-의성-일직
-안동-옹천-영천-풍기-단양-수산-충주-가흥-안평-여읍-양읍-봉
안-평구-서울'로 드러난다. 게다가 사행록에서는 귀국 후 부산 도착과
함께 상경노정을 잘 기록하지 않는 경우가 많다. 따라서 문헌상의 기록과
달리 어쩌면 영천은 상·하행 노정에 모두 포함되었을 가능성이 높다.

그런데 영천은 통신사뿐만 아니라 수신사(修信使)와 신사유람단(紳士
遊覽團)의 사행노정이기도 했다. 곧 1876년 제1차 수신사의 경우 하행길
에 조양각에서 하루 동안 연회를 베풀었고, 1881년 신사유람단은 상행길
에 일부 사행원이 영천 은해사를 향해 떠난 것으로 드러난다. 곧 영천은
1590년 통신사 이후 통신사는 물론 수신사와 신사유람단에 이르기까지
조선후기 전반에 걸쳐 대일사행 국내노정의 경유지 역할을 하였다.

2) 사행원의 2차 집결지

사행록에 반영된 통신사행의 노정에는 대체로 서울·영천·부산 등 3곳
의 집결지가 나타난다. 1차 집결지는 당연히 삼사가 사명을 받는 궁궐이지
만, 주요인물 이외의 인원은 대체로 전별연 장소로 활용된 남관왕묘나
한강나루터에서 총집결하는 것이 관례였다. 게다가 그 인원도 통신사 전
체 인원의 약 4/1 수준인 100여명에 지나지 않는데, 이는 통신사에게 약
100여명분의 경비만 지급된 데서 미루어 짐작할 수 있다.

그런데 2차 집결지인 영천은 서울을 출발한 사행이 무려 13일간 8백
여 리를 행차하여 도착하는 지역이었다.

영천은 예로부터 도회읍(都會邑)이라 일컬어졌으니 바다를 건너갈 사람들
은 배를 부리는 사람들 외에는 모두 여기서 모였기 때문이다.

　　　　　　　　　　　　　– 원중거, 『승사록(乘槎錄)』, 1763년 8월 16일.

　배와 관련된 인원을 제외한 사행원이 모두 영천에 집결한 것으로 나
타난다. 2차 집결지로서 영천의 위상은 1811년 통신사행에 참여한 군관
유상필의 『동사록(東槎錄)』에서도 확인된다. 곧 2월 12일 사행이 서울
을 떠난 것으로 기록한 뒤 중간 노정을 생략하고 바로 "같은 달 25일
영천에 이르러 모두 모였다."고 적고 있기 때문이다.

　하지만 예문의 내용만으로 배와 관련된 이를 제외한 사행원이 모두 영천
에 모였다고 보기는 어렵다. 그것은 1763년 사행에 참여한 사행원의 거주
지가 흡창(吸唱)의 경우 대구·동래·부산 등으로 나타나고, 나장(羅將)도
안동·함안·양산·장기·흥해·청하·영덕·웅천·곤양·진해·영일·
부산·좌병영·우병영 등으로 나타나기 때문이다. 특히 진해동래 등 최종
집결지인 부산 인근에 거주하는 사행원들이 굳이 상경하여 영천에서 집결
할 이유가 없다. 따라서 영천은 서울에서 내려온 사행원들과 부산권이 아닌
영천 인근에 거주하는 사행원들의 2차 집결지였음을 알 수 있다.

　영천이 이처럼 통신사 사행원의 2차 집결지로 선정된 이유는 통신사
행의 출발지인 서울과 도착지인 부산을 이어주는 교통의 요충지 역할을
하고 있었던 것과 관련이 있어 보인다.

3) 사행 관련 자원의 제공

　영천은 통신사행에 대한 접대는 물론 필요한 사행원도 제공하였다. 접
대는 하행로의 경우 통신사가 영천 이외의 지역인 풍산과 부산에서 머물

때도 이루어졌다. 먼저 풍산의 경우 1624년 통신사행에서는 정사의 저녁을, 1655년·1763년·1811년 통신사행에서는 점심을 접대하였다. 곧 초기 통신사행에서는 저녁 접대를 담당하다가 적어도 1655년 통신사행 이후에는 점심 접대가 정례화된 것으로 보인다. 또 통신사행이 부산에 머물 때는 영남 71개 고을에서 나누어 접대하는 것이 관례였다. 1763년 통신사행에서는 10월 2일 신녕이 부사 일행을, 영천은 종사관 일행의 이틀 접대를 맡았다가, 10월 4일에는 영천만 다시 정사 일행의 이틀 접대를 맡았다.

상행로에서의 접대는 통신사행이 길을 나누어 상경하는 데다 사행록에 대체로 누락된 경우가 많아 전모를 살피기 어렵다. 다만 1624년 3월 10일, 통신사가 청도에서 머물 때 영천군수가 저녁 접대를 맡고, 다음날 신녕현감이 오동원의 점심 접대를 맡은 것으로 나타난다.

또한 영천은 사행에 참여하는 사행원을 제공하기도 했다. 대표적으로 1682년 통신사행에 영천에서 종행인(從行人, 수행원)을 제공했다는 기록이 보이지만, 제공받은 이들의 구체적인 이름과 직책은 드러나지 않는다. 하지만 각종 사행록의 〈원역명단〉을 통해 다음 도표와 같이 영천에서 제공한 사행인원의 면모를 살필 수가 있다.

사행년도	직책	이름	사행록명	비고
1607	취수(吹手)	김질동이(金叱同伊)	경섬〈해사록(海槎錄)〉	취수 6인 중 1인
	나장(羅將)	박언기(朴彦起)		나장 4인 중 1인
1763	소동(小童)	임취빈(林就彬)	남옥, 〈일관기(日觀記)〉	소동 16인 중 1인
	절수(節手)	이진송(李進松)		절수 2인 중 1인
1811	지인(知印)	최남원(崔南遠)	유상필, 〈동유록(東槎錄)〉	지인 15인 중 1인
	절수(節手)	이쾌손(李快孫)	김이교, 〈신미통신일록(辛未通信日錄)〉	절수

한편 영천은 영천-부산 사이를 오가는 사행원에게 인부와 말을 제공하는 역할도 했다. 영천은 공문을 중계하여 전달하고 공무로 출장 중인 관리에게 말을 제공하던 장수역과 가까이 있었다. 그래서인지 사행록에는 말에게 죽을 먹이거나, 역마를 갈아타는 곳으로 묘사되기도 한다. 게다가 장수역은 장수찰방이 중심이 되어 영천-부산 간 왕복노정에서 말과 인부를 동원하거나, 사행을 안전하게 인도하는 차사원(差使員)의 역할도 수행하고 있었다.

이밖에 영천은 통신사행에 필요한 물품을 제공하는 역할도 수행했을 것으로 보인다. 이는 당시 통신사행을 위해 각 도에 바치도록 한 물품이, 평소 영천이 조정에 공물로 바치던 인삼·건지황(乾地黃)·천문동(天門冬)·산약(山藥) 등과 같은 한약재라는 점이 그 가능성을 엿보게 한다.

4) 전별연(餞別宴)과 마상재(馬上才) 공연

영천은 특히 통신사행을 위한 국가 차원의 공식적인 전별연이 개최되던 장소이기도 하다. 원래 전별연은 충주·안동·경주·부산 등 4곳에서 베풀어졌다. 하지만 경제적 부담의 증가로 1655년 이후에는 충주·안동·경주 대신 경상감사와 경상좌수사가 각각 주관하는 전별연이 영천·부산에서만 열리게 된다.

> (가) 영남관찰사 김상철공이 조양각에 와서 전별연을 베풀어주었다. 개령, 안음, 칠곡에서 주연상을 나누어 준비하였고 안동, 의성, 경주 및 본현에서 기생과 악공을 모두 불러 모았다. (…) 앞 길거리에서 마상재를 공연하였는데 구경하는 사람들이 인산인해를 이루었으니 여러 도에서 다 몰려 왔다.　　　　　－ 성대중, 『일본록』, 1763년 8월 16일

㈏ 연회를 행하는데 손님과 주인이 지형에 따라 자리를 나누어 앉아 각각 고배상(高排床)에 둘러앉았다. 네 문사는 동쪽을 향해 벌려 앉았는데 또한 고배상이되 더하고 덜함이 있었다. (…) 안주를 팔고 떡을 파는 사람들 또한 때를 만났다고 스스로 이야기하고 잡화를 파는 무리들이 시내와 들에 꾸러미를 풀어 놓으니 대체로 좋은 구경거리였다.

－ 원중거, 『승사록』, 1763년 8월 16일

㈐ 눈압히 너른들히 혁통처로 길을닥가 볼픔조흔 닷는말게 마샹지롤 시험 ᄒ니 그듕의 박성적이 좌우칠보 날게ᄒ고 송장거리 등니장신 일등으로 ᄒ는고나 ᄉ방의 관망ᄒ리 냥식바고 두루모다 좌우의 미만ᄒ니 몟만인 줄 모ᄅ괘라 　　　　　　　　　　　 － 김인겸, 『일동장유가』

마상재도권

　모두 영천에서 베풀어진 전별연과 마상재 공연의 모습을 그린 것이다. 인근 여러 군이 함께 준비한 전별연이 악공의 연주와 기생의 놀이는 물론 마상재 공연까지 덧붙여져 지역민의 축제로 승화되고 있는 모습을 보여준다.

　영천의 전별연은 청송부사가 주관했던 1607년 통신사부터 나타나지만, 마상재 공연이 함께 이루어진 것은 1636년 통신사부터이다. 마상재는『무예도보통지(武藝圖譜通志)』(1790)에도 수록된 조선무예 24가지 기예 중의 하나로, 말 위에서 재주를 부리는 기예, 또는 그 기예를 부리는 사람을 일컫는다. 마상재는 일본의 막부 장군조차 관람하는 인기를 누렸다. 마상재의 국내 공연은 안동·영천·부산에서 개최되었다. 그런데 2차례(1711·1719년)에 그친 안동과 달리, 영천은 무려 5회(1636·1682·1711·1719·1763년)나 개최되는데, 이는 사행원의 2차 집결지로서 영천의 위상과 무관하지 않아 보인다.

3. 통신사 사행록에 반영된 영천의 인물과 장소

1) 대일(對日) 사행의 본보기, 정몽주(鄭夢周)

포은 정몽주(1337~1392)는 영천군 우항리에서 태어났다. 그는 〈단심가〉로 대표되는 우국충정의 상징인 인물이지만, 고려 말에 일본에 사신으로 파견된 외교관이기도 하다.

고려 말의 일본 사행은 대체로 왜구금지와 관련이 있었다. 고려 말 최초의 통신사는 왜구의 금지를 요청하기 위해 1375년에 파견된 나흥유로, 그는 첩자로 의심받아 구속되었다가 귀국한다. 그런데 1377년 일본은 보빙사(報聘使)로 승려 신홍(信弘)을 보내어 왜구는 막부의 명을 따르지 않아 금지할 수 없다고 통보해왔다. 이에 고려 조정은 그해 9월 대사성 포은을 큐슈(九州)지방을 통괄하던 원료준(源了俊)에게 파견한다. 포은은 왜구 단속의 요청은 물론 이듬해 원료준의 사신인 주맹인(周孟仁)과 함께 귀환하면서 수백 명의 포로도 함께 인솔하고 돌아왔다. 그야말로 사명을 훌륭하게 완수한 것이다.

  그 결과 조선시대에 이르면 통신사행을 떠나는 당사자나 그들을 보내
는 환송객 모두 당시의 통신사행을 포은과 관련 지우는 것이 관례가 되
다시피 했다. 곧 1636년 통신사 부사 김세렴이 "사람 그림자 끊긴 동쪽
끝 바닷길은 / 포은과 신숙주의 옛날 사신길이네(絕影東頭海路賒 圃翁申
老舊乘槎)"라고 읊은 것이 그 대표적인 예이다. 또 사행원들이 포은이
국내노정에서 남긴 시에 대해 차운하는 것도 관례로 자리 잡았다.

  아득한 섬나라는 배로 천리길인데 / 거문고 노랫소리에 술 한 잔 어울려
  질탕하게 노닐었네 / 아침 햇살 새 지붕을 비추니 사랑스러워 / 가는 말조차
  못 떠나고 머뭇거리네. 滄茫海島槎千里 爛熳琴歌酒一盃 爲愛朝陽射新甍 征
  軺臨發更遲徊 – 남용익, 『부상록(扶桑錄)』, 1655년 4월 20일, 〈영천
  객관에서 시판에 걸린 포은 선생의 시를 차운하여 고을군수 후에게
  주다(永川客館敬次板上圃隱先生韻贈主人使君昫)〉

  이는 1655년 통신사 종사관 남용익이 영천 조양각에서 읊은 시다. 포
은이 조양각의 전신인 명원루(明遠樓)를 창건했던 영천부사 이용(李容)
의 시에 차운한 것을 남용익이 거듭 차운한 것이다. 포은의 고향이자
전별연 장소였던 조양각에서 포은의 시판(詩板)을 발견한 사행원들이
차운시를 짓는 건 당연한 수순이었던 것으로 보인다.

  포은의 사행시에 대해 차운시를 남기는 전통은 일본노정에서도 그대
로 이어진다. 사행원들은 노정지역에 남아 있는 자취를 통해 그를 회고
하기도 하였다.

  판잣집이라 빗소리 심하다는 포은의 시를 / 평생 읊어도 알지 못했는데 /
  어제 숙소에 와서 참 모습을 대하니 / 비로소 이때가 그때란 것을 알겠네 板屋

雨聲圃隱詩 平生曾詠未曾知 昨來蠻館逢眞境 始覺當時卽此時 — 오윤겸, 『동사상상일록(東槎上日錄)』, 〈쓰시마 객관에서 빗소리를 들으며(馬島館中聽雨)〉

1617년 통신사 오윤겸이 비오는 날 쓰시마의 숙소에 머물면서 포은이 지은 '매화 핀 창가엔 아직 봄빛이 이른데 / 판잣집 빗소리는 유난히 크구나(梅窓春色早 板屋雨聲多)'라는 구절을 끌고 와 자신의 느낌을 읊은 것이다. 포은의 이 시구는 다른 사행에서도 즐겨 인용되어, 1655년 통신사 종사관 남용익은 아예 '판옥우성다(板屋雨聲多)' 5자를 운(韻)으로 오언율시 5수를 창작하기도 한다. 또 사행원들은 쓰시마와 이끼(壹岐島)를 거쳐 아이노시마(藍島)에 도착하면 어김없이 포은을 떠올렸다. 아이노시마는 신라 충신 박제상이 묻혔고 포은도 유람했던 곳이라고 알려진 패가대(覇家臺, 오늘날 하카다)를 마주한 곳이었기 때문이다.

특히 1711년 통신사행에는 1377년 사행 당시 당사자였던 포은과 원료준(源了俊) 후손 간의 만남이 예견되는 장면이 연출되기도 한다. 곧 11월 15일 에도(江戶)의 객관을 찾은 일본 측 접대 총 책임자 신정백석(新井白石)은 부사 임수간을 만나 정몽주의 11대 후손인 정찬술이 사행에 포함된 데다, 원료준의 후손인 원이(源伊)가 통신사의 숙소 안내를 맡은 관리로 참여한 것을 기이한 일로 평가한다. 그리고 장군을 만나고 교명(敎命)을 전하는 자리에 원이가 참여할 수도 있다고 알려준다. 사행록에 이들의 만남에 대한 언급은 없지만, 신정백석이 일본접대관의 총책임자인 점을 고려하면 만남을 주선했을 가능성은 커 보인다.

2) 통신사와 영천지역 문사와의 교류, 조호익(曺好益)

영천에서는 다른 사행 노정에서 보기 드물게 현풍과 영천 등 지역을 대표하는 문사들이 단체로 통신사를 내방하여 교류하는 모습이 발견된다. 1636년 통신사는 영천에서 현풍의 선비들을 만나 이야기를 나누었고, 부사 김세렴은 이들에게 시를 지어주기도 했다.

한편 통신사와의 만남이 한 차례에 그친 현풍의 문사들과 달리, 영천에 뿌리를 둔 지산(芝山) 조호익(1545~1609) 문인들은 통신사와 수차례 만남을 가졌다. 경남 창원 지개동에서 태어난 조호익은 〈퇴계선생행록〉을 지은 퇴계의 제자다. 경상도 도사 최황의 무고로 강동에 유배된 후 1599년 9월에는 55세의 나이로 영천 도촌(陶村)에 정착하여 후신 양성에 힘쓴 인물이다.

또한 조호익은 임란으로 단절된 통신사를 덕천가강(德川家康)과의 회담을 통해 재개시킨 사명당과도 막역한 사이였다. 사명당과의 교유는 그가 임란 때 평안도 상원으로부터 경상도 양산에 이르기까지 의병활동을 하면서 이루어진 것으로 볼 수 있다. 조호익은 자신의 문집에 〈승장 유정에게 주다(贈僧將惟政)〉와 같은 많은 시를 남기고 있어, 현재 전하진 않지만 아마도 사명당이 일본사행을 떠날 때도 환송시를 지었을 것으로 짐작된다.

그런데 스승이 통신사의 길을 연 사명당을 만났듯이, 이제 그 제자들이 통신사를 만남으로써 대일사행과의 교류전통을 이어간다. 조호익의 문인과 통신사의 만남은 1624년 9월 8일에 처음으로 이루어진다. 바로 조호익의 제자 정담과 박돈이 술을 가지고 통신사를 내방한 것이다. 정담은 조호익과 제례에 관한 편지를 주고받을 정도로 예에 밝았던 인물이다. 그리고 박돈은 조호익의 문하에서 7년 동안 수학하여 스승에게서 '오졸자(迃拙子)'란 호를 받았던 이다.

이들과 통신사의 첫 만남은 술을 나누며 담화를 즐긴 정도에 그치지

만 12년이 지난 1636년 통신사행에 이르러서는 보다 적극적인 행보를
보이기 시작한다.

영천의 선비 박돈 등 수십 인이 와서 보고, 이어 조지산의 비문을 지어달
라고 요청하였다. 내가 사양하다 못하여 사행의 일을 끝내고 초안하겠다고
약속하니, 여러 선비들이 드디어 『포은선생집』을 보내 주었다.
– 김세렴, 『해사록(海槎錄)』, 1636년 9월 1일

영천에 도착하기 무려 6일 전부터 미리 통신사와의 접촉을 시도한 바
있던 조호익의 문인들이, 통신사행이 영천에 도착하자마자 스승의 비문을
지어줄 것을 요청하여 확답을 받는 장면이다. 하지만 김세렴은 결국 조호
익의 비문을 쓰지 못한 것으로 보인다. 이는 9년이 지나 김세렴이 도잠서
원의 사림에게 부친 편지글에서 여러 군자들의 큰 가르침을 저버리고 만
것에 대한 용서를 빌고, 문집의 서문은 명하신 대로 받들겠다고 다짐하고
있기 때문이다. 통신사와 영천 지역 문인들의 만남은 통신사행을 통한
중앙과 지방 문사의 활발한 교류를 보여주고 있다는 점에서 의의가 있다.

3) 경치완상과 풍류의 공간, 서헌(西軒) · 환벽정(環碧亭)

의성으로부터 약 90리를 걸어 도착한 통신사행은 신녕의 객사인 서헌
에 여장을 풀고, 바로 곁의 환벽정에 오르는 것이 관례였다. 그것은 서헌
과 환벽정을 둘러싼 주변 경관이 세속의 지경을 벗어났다고 평할 정도로
빼어났기 때문이다. 실제 1617년 통신사의 경우 동헌에 머문 부사와 달
리, 경치가 빼어난 서헌에 정사가 머물렀다. 환벽정의 전신은 1516년 현
감 이고가 자신의 호를 따 세운 '비벽정(斐碧亭)'이다. 1552년 현감 황준

량이 퇴락한 비벽정을 헐고 다시 세웠던 '죽각(竹閣)'이 임란으로 소실되자, 1611년 현감 송이창이 중건하고 새로 '환벽정'이라 이름하였다.

환벽정의 시판

㈎ 만 줄기 대나무 구름낀 시내에 흔들리니 / 칼을 뽑은 듯 기개와 품격이 높은데 / 천 리 밖에서 손이 왔건만 봄은 다하려 하니 / 숲속에 숨은 새는 누굴 위해 우는 겐가 琅玕萬個拂雲溪 劍拔何曾氣格低 千里客來春欲盡 隔林幽鳥爲誰啼 – 김성일, 『해사록(海槎錄)』, 〈이십칠일에 신녕 객관에 도착하여 죽헌에 걸린 시에 차운하다(二十七日到新寧館次題竹軒)〉

㈏ 신녕에 닿으니, 서헌에 물과 대나무가 빼어났는데, 벽 위에 읊조린 시가 매우 많았다. 널다리가 개울에 걸쳐 있는데 이름하여 선승교(選勝橋)라 하였다. 긴 대나무 수백 줄기가 물과 비탈에 그늘져 있어서 맑고 뛰어난 경치가 볼 만하였다.　　　　– 김세렴, 『해사록』, 1636년 8월 29일.

㈎는 사행록에 맨 처음 등장하는 1590년 통신사 김성일의 시로, 죽각의 별칭인 '죽헌(竹軒)'을 제목으로 차운한 것이다. 일찍이 서거정도 서헌에 머물면서 〈신녕현제영(新寧縣題詠)〉을 읊조린 적이 있다. 김성일

이 동일한 운으로 차운한 것을 보면 서거정 이래 많은 시인들이 '죽헌'의 풍광을 시로 읊었음을 알 수 있다. 이는 글⑷의 '벽 위에 읊조린 시가 매우 많았다.'는 기록에서 바로 확인할 수 있다. 특히 글⑷는 널다리가 걸쳐진 개울, 물과 비탈을 감싸며 그늘을 만드는 대나무 줄기 등의 묘사를 통해 맑고 깨끗한 서헌의 이미지를 구체화시키고 있다.

사행원들은 서헌과 환벽정의 빼어난 풍광의 묘사와 감상에만 머물지 않는다.

> ⒟ 40리를 가서 신녕에서 잤다. 서헌 뜰 가에 시내가 흐르고 시냇가에는 잘 자란 대나무가 빽빽하며, 그 중간에 조그마한 정자가 바위에 걸쳐 있어 매우 아늑한 정취가 흘렀다. 정사와 같이 서헌에 앉아 굽어보기도 하고 쳐다보기도 하면서 담론하고 읊조려 문득 객고를 잊었다.
> – 임수간, 『동사일기(東槎日記)』, 1711년 5월 28일.

> ⒠ 밤에 환벽정에 올라가서 노래를 들었다. 정자는 관아 가운데에 있는데 시냇가 푸른 절벽에 대숲이 그늘을 드리워서 그 시원함이 기뻐할 만했다.
> – 남옥, 『일관기(日觀記)』, 1763년 8월 15일.

글⒟는 1711년 통신사의 기록으로 먼저 서헌과 환벽정의 주변 풍광을 한 눈에 들어올 수 있게 묘사한다. 이어서 경치의 완상은 물론이고, 서헌과 환벽정이 이야기를 나누고 시를 읊조리면서 객고를 잊는 공간으로 자리매김한다. 실제로 정사 조태억은 〈신녕 환벽정에서 현판의 시에 차운하다(新寧環碧亭次板上韻)〉란 오언율시를 남기고 있다. 또한 글⒠에서도 환벽정이 악기를 타며 노래를 부르는 풍류의 공간으로 자리매김하고 있다.

이처럼 사행록에는 서헌과 환벽정이 빼어난 풍광을 배경으로 한 경치 완상의 공간이면서, 시문창화와 가악의 풍류공간으로 그려지고 있다.

4) 전별연과 마상재의 공간, 조양각(朝陽閣)

조양각은 환벽정과 함께 사행록에 가장 빈번히 등장하는 영천의 명소이다. 고려 공민왕 17년(1368) 부사 이용이 남천의 절벽 위에 지은 누각으로 처음 이름은 명원루(明遠樓)였다. 일찍이 서거정은 그 이름의 유래를 아는 이가 없자 아마도 한유가 '멀리 바라보는 눈이 갑절로 밝아지네(遠目增雙明)'라고 읊은 시구에서 비롯되었을 것이라고 추측한 바가 있다. 이후 임란으로 소실되자 1637년에 군수 한덕급이 그 자리에 누각 15칸과 협각 3칸을 지었다. 그리고 나는 봉황새 모양의 영천 지세에다 봉황이 산의 동쪽에서 운다는 시경의 시구를 따와 조양각이라 이름하였다.

조양각

들 복숭아꽃 겨우 떨어지니 제비 비로소 돌아오고 / 높은 누각은 강가에 늦도록 열려 있어 / 나무 사이로 잠시 꾀꼬리 드나듦을 보고 / 발을 걷어 때때로 흰구름 들어오는 것도 허락하네 / 모랫벌 향기로운 풀은 시상을 불러일으키고 / 파도 끝에 흐르는 놀 술잔에 들어오니 / 이름난 땅 묵은 빚 갚고 떠나

지를 못해 / 잠시 가던 깃발 멈추고 천천히 거니네

　野桃纔落燕初回 江閣迢迢傍晚開 選樹乍看黃鳥出 捲簾時許白雲來 沙邊芳草供詩料 波際流霞入酒杯 未向名區酬宿債 暫停征旆爲遲回 – 윤순지, 『행명재시집(涬溟齋詩集)』, 〈영천 조양각에서 현판의 시에 차운하다(永川朝陽閣次板上韻)〉

1643년 통신사 정사 윤순지가 조양각 시판에 새겨진 이용의 시에 차운한 것이다. 나무 사이로 언뜻언뜻 보이는 꾀꼬리, 발 사이로 들어오는 흰 구름, 술잔 속에 어른거리는 저녁 놀 등 한 폭의 풍경화를 연상시키는 조양각의 빼어난 풍광을 묘사하고 있다. 이는 1763년 통신사행에서도 확인할 수가 있다. 곧 "누각이 평평한 시내에 임해 있어서 시야가 대단히 넓게 트이고 마루 난간 또한 시원했다."(남옥, 『일관기』)거나, "남부지방의 명승지로서 층층 절벽 위에 있고 그 앞엔 큰 하천이 흐르고 하천 밖은 넓은 들이 펼쳐져 있으며 들 밖으로는 여러 산들이 점점이 이어져 있다."(원중거, 『승사록』)는 기록 등이 바로 그것이다.

한편 조양각은 앞서 살핀 전별연의 개최지이면서 마상재 공연의 관람 장소이기도 하다.

옛 의례에 따라 조양각에서 전별연을 베풀었는데 9군에서 각각 준비하게 하였다. 정사의 일행에게는 합천·삼가가 준비하였다. 앉을 곳이 좁아 각각 그 연회상을 일행이 머물고 있는 곳으로 보내고 종들이 머문 곳에도 잔치상을 보냈는데 반찬이 매우 풍성하였다. 오후에 조양각 아래 넓은 들에서 마상재를 시험 삼아 구경하였다. 구경하는 사람들이 들에 가득 차 있는 것도 하나의 장관이었다. 9군의 풍물이 모두 모여 관현악기가 모여 연주되고 기생의 놀이까지 다하니 종일토록 마시다가 불을 밝히고서야 파하였다.

　　　　　　　　　　– 김현문, 『동사록(東槎錄)』, 1711년 5월 29일.

조양각에서 베풀어진 전별연의 모습으로 정사는 개령에서, 부사는 안음, 종사관은 칠곡, 방백은 창녕에서 각각 접대를 맡았다. 자리가 비좁아 삼사와 4문사(제술관과 3서기)만 참석하고 군관 이하 사행원들은 다른 장소에서 따로 접대를 받아야만 했다. 게다가 경주와 안동에서 풍악을 준비하고 의성과 영천이 기생을 제공하여 한바탕 떠들썩한 잔치가 베풀어졌다. 조양각 앞 남천 너머 넓은 들판에서 벌어지는 마상재 공연도 함께 관람했다. 1643년 통신사의 경우, 정사가 조양각에 올라 군관들로 하여금 활쏘기를 시킨 기록도 있어 조양각이 군관들의 무예실력을 점검하는 장소로도 활용되었음을 보여준다.

이처럼 조양각은 빼어난 풍광으로 시정(詩情)을 불러일으키는 장소이자, 전별연의 행사장 및 마상재 공연의 관람장이면서, 군관의 무예를 점검하는 장소로 활용되었다.

4. 통신사 연고지로서 영천의 활약과 위상

이처럼 영천은 조선시대 통신사와 밀접한 관련을 지닌 고장이었다. 그런데 영천은 통신사와의 인연을 과거의 역사적 사실이 아닌 오늘의 역사로 다시 이어가는 고장이기도 하다. 최근 4억원의 사업비를 들여 조양각 보수공사를 완료했고, 조양각에는 1643년 통신사 정사 윤순지가 읊은 시판(詩板)도 걸려 있다. 또 조양공원의 '사현대(思賢臺)'에는 1881년 신사유람단의 일원이자 『일사집략(日槎集略)』의 저자 이헌영의 공적비가 세워지고, '조선통신사의 길' 표지석도 놓여 있다. 이밖에도 신녕장수 도찰방터의 관가샘 복원(2007), 운주산 승마자연휴양림의 조성(2009) 등 다양한 사업도 의욕적으로 펼치고 있다.

　게다가 영천은 1984년에 교통의 요충지이자 아오모리 사과의 고장인 일본 아오모리현(青森縣) 쿠로이시(黑石市)와 자매결연을 맺었다. 그리고 공무원 상호 파견·우호대표단 순방·중학생 학예작품전 개최·검도 친선경기 등의 개최를 통해 한일문화교류를 지속적으로 실천하고 있다. 영천은 그야말로 옛날 선조들의 얼을 이어 오늘날에도 21세기에 부활한 대표적인 통신사 연고지로서 그 선구적 역할을 톡톡히 수행해 내고 있는 셈이다.

최무선과 화약

- 생애와 화약 개발사

윤훈표

1. 출생, 성장, 그리고 관심사

최무선(崔茂宣)은 자체의 힘으로 화약을 제조하는데 성공함으로써 과학기술사에 거대한 발자취를 남겼다. 이것으로 우리나라 화약의 아버지란 칭송을 받고 있다.

1325년(고려 충숙왕 12) 광흥창사(廣興倉使) 동순(東洵)의 아들로 태어났다.[1] 본관은 영주(永州 : 현재의 영천)이다. 영천최씨의 족보에 둘째 아들로, 형 광준(光俊)이 있다고 기재되었다.[2] 그 이외에 확인할 수 있는 기록이 적은 관계로 더 이상 가족 관계에 대해 상세하게 알려진 바가 없다.

그 이유는 최무선의 생애를 생생하게 보여주는 사료가 부족하기 때문이다. 업적이 컸음에도 불구하고 고려시대 연구의 기본 사료인『고려사』,

---

[1] 기존의 태어난 연도가 잘못된 계산으로 인해 틀린 것이라며 1326년(충숙왕 13)으로 정정해야 한다는 연구가 나와 주목된다(金琪燮,「高麗後期 崔茂宣의 생애와 화약제조」,『한국중세사연구』26, 2009, 268쪽).

[2] 장남이라는 주장도 있어 장차 정밀한 연구가 필요하다.

「열전」에는 실리지 못했다.3) 여러 가지 복합
적인 이유가 있을 것이나, 『고려사』 편찬에
참여했던 사관들이 과학 기술의 발전에 대해
무심했던 탓도 작용했을 것이다. 1395년(태
조 4)에 사망하자 그의 업적을 크게 기리며
마침내 『태조실록』의 해당 날짜에 졸기(卒
記)를 기록하였다.

최무선 초상

조선이 개창돼 왕위에 올랐던 태조는 화약
의 중요성을 깊이 인식하였던 관계로 개발자
인 최무선을 존중하여 우대하고자 했다. 하지만 이미 나이가 많았던 관계
로 더 이상 등용이 힘들었다. 얼마 뒤 사망했다는 소식이 들리자 애도를
표했다. 그리고 『태조실록』에 졸기가 실렸다. 하지만 세월이 흘러 『고려
사』 편찬이 마무리 단계에 접어들었던 문종, 단종대에 이르러서는 아마
도 그 명성이 다소 축소되었던 것 같다. 그 여파로 『고려사』, 「열전」에
입전되지 못했던 것 같다. 과학 기술의 진흥에 크게 기여했던 인물들에
대한 평가가 인색했다는 점에서 문제가 없지 않다.

그러므로 최무선의 업적은 『태조실록』의 졸기와 『고려사』의 관련 내
용, 그리고 화약 관련 기록에 보이는 단편적인 기사를 통해 살펴보아야
된다.

흔히 본관인 영주, 영천에서 출생했다고 알려져 있다.4) 아마도 비교
적 어린 나이에 관료 생활을 영위했던 아버지를 따라 당시 수도인 개경

---

3) 박성래, 「최무선의 생애와 업적」, 『한국전통과학기술학회지』 2-1, 1995, 100쪽.
4) 지금으로 치면 경상북도 영천시 오계동 마단(五溪洞 麻丹)에서 태어났다고 한다(박성래,
「최무선의 생애와 업적」, 『한국전통과학기술학회지』 2-1, 1995, 107쪽).

에 이르러 살았던 것은 확실하다. 그러니 언제 어떻게 교육을 받으며 성장했는지는 알 수 없다. 졸기에는 '천성이 기술에 밝고 방략(方略)이 많으며, 병법(兵法)을 말하기 좋아하였다.'고 서술되었다.[5] 일찍부터 군사 방면의 지식과 기술에 많은 관심을 가지고 그 습득에 힘썼던 것으로 보인다.

그렇게 된 요인이 중요하다. 개인적인 흥미와 취향이 크게 작용했을 것이나 당시 분위기도 상당한 영향을 끼쳤을 것이다. 최무선이 자라고 공부하던 시기는 이른바 원나라의 정치적인 간섭을 받던 때였다. 이로 인해 상호간의 교류가 활발하였다. 일방적인 요구에 따라 많은 물품이 수탈되었을 것이나, 그와 더불어 자연스러운 왕래를 통해 고려에서는 볼 수 없거나 희귀한 것들이 전해지는 경우도 많았을 것이다.

원나라는 유목인 몽골족이 세운 왕조로 문예도 중시했지만 무예 또한 그 이상으로 떠받들었다. 그러므로 군사 분야의 새로운 지식이라든가 기술이 간혹 전파되기도 했다. 물론 원나라 정부에서는 이에 대해 다른 부문보다도 훨씬 철저하게 통제했지만 완전 봉쇄는 힘들었을 것이다.

최무선은 전통적으로 내려온 군사 관련 지식이나 기술을 익히는 일도 좋아했을 것이나 아마도 원으로부터 전래된 당시로서는 최신에 해당하는 것들에 대한 호기심이 무척 강해서 그 흡수에도 많은 투자를 했을 것이다. 즉 '병법을 말하기를 좋아했다는 것은' 단순히 익히는 것이 아니라 배운 지식을 널리 펼치고 이를 토대로 실현하는 것에 관심이 컸음을 의미한다.

---

5) 최무선의 생애에 대한 서술에서 주요 부분은 『태조실록』 권7, 태조 4년 4월 임오(19)에 수록된 그의 졸기에 의거해 작성되었다. 이하 특별한 전거가 없는 서술은 모두 졸기에 의거했기 때문에 별도로 각주를 붙이지 않았다.

이른 시기부터 군사 분야 지식이나 기술을 익히는 것을 좋아했는데, 마침 원나라와의 교류가 활발했던 때라서 그 방면의 새로운 것을 습득하는데 유리한 점이 있었다. 다만 원나라 정부의 통제가 심했기 때문에 이것을 어떻게 극복할 것이냐가 큰 과제였다.

2. 왜적의 침탈과 대비책으로 화약의 사용

최무선의 나이 20대에 접어들면서 매우 충격적인 사건이 발생하였다. 1350년(충정왕 2) 왜적이 고성(固城)·죽림(竹林)·거제(巨濟) 등지에 쳐들어와서 고려군과 크게 싸웠다. 비록 왜적 300여 명을 죽이는 전과를 올렸으나, 그 이후에 적들의 침략이 본격화되었다.[6] 이들을 일본 출신의 해적이라고 간단하게 정의할 수 있겠으나 실상은 전혀 아니었다.

1350년, 즉 경인년(庚寅年) 이후의 왜적은 고려 정규군과 싸울 수 있는 전력을 갖춘 집단이었다. 그들의 지휘체제가 구체적으로 밝혀지지 않았으나 각각에 부여된 역할을 수행하는 복수의 중간 지휘관과 그 위에서 작전을 총괄하는 한 명의 총대장이 있었으며 그들 사이에 엄격한 상하관계가 있었던 것으로 보기도 한다. 뿐만 아니라 기예면에서도 군인 이상의 실력을 지닌 자도 많았다. 그러므로 단순한 해적이 아니라 군대라고 해도 과언이 아니었다.

출현 빈도도 대단해서 고려 멸망 때까지 40여 년간 394건에 이르렀는데, 10회 이상 습격했던 것이 15개 년, 20회 이상도 3개년이나 된다고 한다. 이것은 역사에 기록될 정도로 큰 것들이고 규모가 작아서 서술하

---

6) 李鉉淙, 「倭寇」, 『한국사 8 – 고려후기의 사회와 문화』, 국사편찬위원회, 1974.

지 않은 것을 합치면 그 숫자는 더 늘어났을 것이다.[7]

왜적은 곡식을 비롯한 각종 물자의 약탈은 물론 일반 주민들에 대한 납치도 서슴지 않았다.[8] 살기가 어려워지자 백성들이 이들을 피해 대거 도주하게 됨으로써 해안 지역이 사람이 살지 않는 무인지경으로 변하는 일까지 벌어졌다. 심지어 지방 행정이 마비되면서 조세 수취가 곤란하여 재정이 궁핍해지는 등 사회경제적으로 막대한 손실을 입었다. 그로 인해 왜적의 근절 없이는 국정을 제대로 운영하기 어려운 지경에 처하기도 했다.[9]

왜적의 침입으로 인한 고통이 갈수록 커지는 가운데 효과적으로 제압할 수 있는 방도를 마련해야 한다는 목소리도 높아졌다. 다양한 각도에서 그 방어책을 모색하였다. 왜적은 속력이 빠른 배를 타고 해안의 이곳저곳을 날렵하게 돌아다니며 약탈을 일삼았다. 즉 특유의 기동력을 이용한 치고 빠지는 전술을 사용하며 노략질에 열중했던 관계로 종래의 주요 지역을 점령하거나 정복해서 소기를 성과를 거두려했던 외적들과는 성격이 달랐다. 따라서 청야(淸野)라고 하여 생산 근거지를 비우고 군사 요새지에서 적을 방어하다가 틈을 노려 급습하는 식의 고려군이 자주 애용하던 전법으로는 물리치기 힘들었다.

특히 해상에 머물렀다가 미리 들여보낸 첩자 등을 이용하여 정보를 수집해 불시에 공격을 가했기 때문에 막기가 힘들었고, 설사 그 징후를

---

7) 이영, 「제4장 '경인년 이후의 왜구'와 내란기의 일본 사회」, 『왜구와 고려·일본 관계사』, 혜안, 2011.

8) 『고려사』에 의하면 왜구에게 잡혀간 사람의 수만 3만여 명에 이른다고 하는데 부녀자보다 젊고 힘센 장정이었다고 한다(홍영의, 「제8장 고려 말 전란과 새로운 군사체제의 지향」, 『한국군사사 4-고려Ⅱ』, 육군본부, 2012, 313~314쪽).

9) 이영, 「제4장 '경인년 이후의 왜구'와 내란기의 일본 사회」, 『왜구와 고려·일본 관계사』, 혜안, 2011.

포착하여 추적하더라도 재빨리 대기 중이던 배로 피신해버려서 여간해서 잡기가 힘들었다. 이에 완전 근절을 위해서는 육상뿐만 아니라 바다에서도 쳐부수어야 한다는 의견이 제시되었다. 그것을 위해서는 지금과 달리 별도로 대규모의 수군을 양성해야 하는 난제가 있었다.

바다에서 왜적을 격파해야 한다고 주장한 대표적 인사가 고려 말의 학자이며 정치가인 이색(李穡, 1328~1396)이었다. 그는 최무선과 같은 시대를 살았는데, 1352년(공민왕 1) 왜적 토벌의 방책을 강구하라는 임금의 유지(宥旨)에 응하는 형식으로 제출하였다. '우리나라는 삼면이 바다를 끼고 있어 100만에 달하는 백성들이 섬에 살고 있다. 그들은 배의 운항과 수영에 매우 능숙하며, 또 밭 갈고 누에치는 대신 고기 잡고 소금을 생산하는 것으로 삶을 영위하고 있다. 그런데 근래 왜적의 등쌀로 주거지를 떠나 생업의 터전을 잃었으니 그들을 원망하는 마음이 육지에 사는 백성에 비하여 어찌 열 배에 그치겠는가? 임금의 계책을 적은 문서를 가지고 달려가 연안의 피난민들을 모은 다음 상을 주겠다고 약속한다면 단번에 수천 명의 지원병을 얻을 수 있을 것이다. 물에 익숙한 그들의 장점을 살려 자신들이 원한을 품은 자들을 대적하게 한다면 싸움에 이기지 못할 까닭이 어디 있겠는가? 하물며 적을 죽이고 상을 받으니 고기 잡고 소금을 생산하는 것보다 더 낫지 않겠는가? 또한 추포사(追捕使)로 하여금 그들을 지휘해 항상 배 위에서 전투에 대비하게 하면 주군(州郡)들은 편안해지고 도적들은 패퇴될 수 있을 것이다.'라고 주장했다.10)

구체적인 방안을 내놓았음에도 불구하고 선뜻 받아들여지지 못했다. 그 이유가 1373년(공민왕 22) 재차 수군의 증강을 통해 왜적을 물리칠

---

10)『고려사』권115, 열전, 이색.

것을 건의했던 간관 우현보(禹玄寶) 등의 상소를 통해 확인된다. 즉 '왜적이 배를 잘 몰기 때문에 해전을 벌여서는 당할 수가 없으니 만약 전함을 건조한다면 이는 우리 백성들을 거듭 괴롭히는 짓이다.'라는 것이다.[11] 한 마디로 바다에서 싸워서는 승산이 없기 때문에 오히려 배를 만드는 것이 백성에게 이중의 부담만 지게 한다는 주장이다. 해상에서 적을 제압할 수 있는 확실한 방도가 없다면 타당한 측면이 없지 않았다.

그러나 왜적으로 인한 피해가 날로 커짐에 따라 드디어 수군을 대대적으로 증강하기로 결론을 내렸다. 처음에는 6도도순찰사(六道都巡察使) 최영(崔瑩)으로 하여금 2,000척의 배를 건조하고 거기에도 6도군(六道軍)을 태워 왜적을 체포하는 전략을 수립하였다. 하지만 겁을 먹은 백성들이 대거 도망치자 정준제(鄭准提) 등의 건의로 최영의 전략은 중지되었다.[12] 그렇다고 완전히 중단된 것이 아니라 규모를 축소하는 대신 정예화를 추구했다.

그런데 여전히 문제가 되었던 것은 전술이었다. 왜적들은 이른바 승선접전술(乘船接戰術, Boarding tactics, 적군의 배에 기어 올라가 칼로 싸우는 백병전)에 능했다. 고려군이 이들을 효과적으로 저지하기 위해서는 활 같은 사거리가 긴 병기를 잘 써야 했다. 그러나 출렁이는 배 위에서는 명중이 결코 쉽지 않았다. 더구나 왜선이 속력이 빨랐고 조정에 익숙했기 때문에 유효 사거리 안에 포착하는 것이 어려웠다. 보다 획기적인 대책이 필요했다.

이 같은 상황에서 병법에 남달리 관심이 많았던 최무선은 화약의 중요성을 절감하였다. 즉 '왜구를 제어함에는 화약만 한 것이 없으나 국내

---

11) 『고려사』 권83, 병지 3, 선군, 공민왕 22년 5월.
12) 『고려사』 권83, 병지 3, 선군, 공민왕 23년 1월.

에는 아는 사람이 없다.'고 했다. 화약이라는 최신 무기를 전함에 탑재해야만 해전에 능숙한 왜적들을 온전하게 격퇴할 수 있을 것으로 판단했을 것이다. 마침내 성년기에 이르러 화약 무기를 개발하여 엄청난 해악을 끼치는 왜적을 격파하는 문제의 해결에 전심전력을 다했다.

3. 화약의 자체 제조 성공

명나라는 몽골족이 세운 원나라를 물리치며 패권을 잡아가고 있었다. 이 무렵 높은 수준의 화약 무기를 매우 능란하게 다루었다. 마침 고려에서도 해군력을 증강하던 시기라 화약을 보내달라는 청을 넣었다. 1373년 명나라에 사신을 보내 왜적을 물리칠 함선에서 사용할 병기ㆍ화약ㆍ유황ㆍ염소(焰焇) 등 물품을 보내달라고 요청하였다. 『고려사』에는 보내주었다는 기록이 없으나 후대의 『세종실록』에 명나라 태조가 화포(火砲)와 화약을 내려주었다고 언급되었다.[13]

그런데 이때 보내준 화약은 완제품이 아니라 원료이며 고려의 기술자들이 염초를 고아 만드는 법을 잘 몰라 제대로 된 것을 만들지 못했다고 한다.[14] 확실하게 알기 위해서는 직접 가서 보고 배워야 하나 명나라에서 허용할 리가 만무하였다. 스스로 개발해야 했다. 이 어려운 과제를 해결하기 위해 최무선이 나섰다. 국내에서는 전혀 알 길이 없었으므로 중국에서 건너온 사람들을 대상으로 탐문해야 했다.

때마침 중국에서 원과 명의 왕조 교체가 단행되고 있었기 때문에 사회

---

13) 『세종실록』 권56, 세종 14년 5월 계유(16).
14) 金琪燮, 「高麗後期 崔茂宣의 생애와 화약제조」, 『한국중세사연구』 26, 2009, 283~284쪽.

가 극도로 혼란하였다. 난을 피해 고려로 건너왔던 사람들이 많았다. 이 무렵 귀화인으로 고려 말기와 조선 초기의 대중국 외교에 공이 큰 설장수(偰長壽)가 대표적인 케이스다. 특히 원나라에 반대하는 세력들이 먼저 강남에서 일어났기 때문에 우선 그 지방 인사들이 대거 몰려들었다.

최무선은 강남에서 오는 상인이 있으면 곧 만나보고 화약 만드는 법을 물었다. 어떤 사람이 대강 안다고 대답하므로 자기 집에 데려다가 의복과 음식을 주고 수십 일 동안 물어서 대강 요령을 얻었다고 했다. 하지만 그 과정이 너무 단순하기 때문에 신뢰하기 곤란하다는 것이다. 즉 화약 제조에 필요한 원료의 확보와 비법 파악이 상당한 기술을 요하기 때문이다.[15]

그와 관련해서 『고려사』에 보다 상세한 기술이 나온다. 즉 '최무선이 같은 마을에 사는 원나라 염초(焰硝) 기술자인 이원(李元)을 잘 구슬려 그 기술을 은밀히 물은 다음 가동(家僮) 몇 명으로 하여금 익혀 시험해 본 후 왕에게 건의해 화통도감(火㷁都監)을 설치했다.'[16]는 것이다.[17]

원나라 기술자 이원이라고 구체적인 언급되었다는 점이 주목된다.[18] 그가 무슨 이유로 고려로 건너와 최무선이 사는 마을에 거주했는지가

---

15) 金琪燮, 「高麗後期 崔茂宣의 생애와 화약제조」, 『한국중세사연구』 26, 2009, 279쪽.
16) 『고려사』 권133, 열전, 우왕 3년 10월.
17) 한편 『신증동국여지승람』 권2, 경향 하, 군기시조에 기록된 정이오(鄭以吾)가 지은 화약고기문(火藥庫記文)에 따르면, '최해산(崔海山)이 자신의 아버지인 최무선이 일찍이 왜적 제어의 어려움을 근심하여 수전(水戰)에서 화공(火攻)을 쓰는 방책을 생각하고서 염초를 구워서 쓸 기술을 찾았다. 당나라 사람 이원이란 자는 염초 굽는 장인인데, 무선이 매우 후하게 대우하고 은밀히 그 기술을 물어서 집에서 부리는 종 몇 명을 시켜 사사로이 기술을 익히게 하여, 그 효과를 시험하였다. 그 뒤에 조정에 건의하여 홍무 10년 정사 10월에 처음으로 화통도감을 설치하여 염초를 굽고 또 당나라 사람으로 우리나라에 와서 살고 있는 자를 모집하여 전함을 만들게 하고 공이 직접 감독하였다.'고 하였다.
18) 후세에 조작했을 가능성이 있다고 한다(박성래, 「최무선의 생애와 업적」, 『한국전통과학기술학회지』 2-1, 1995, 114쪽). 권위를 높이기 위해 가끔씩 가공하기도 했다.

궁금하다. 아마도 그의 고국이 명나라에 패배해 무너지면서 고려로 망명했던 것 같다. 하지만 우연히 최무선이 사는 마을로 흘러들어온 것 같지 않다. 거기에는 최무선의 내걸었던 강한 유혹이 있었을 것이다. 망명자에게 의식주를 비롯한 여러 혜택을 보장하겠다고 사전에 약속했을 것이다. 그것을 듣고 이원이라는 원나라 출신 염초 기술자는 최무선에게 이르렀을 가능성이 매우 크다.

그런데 『세조실록』에는 최무선이 처음으로 화포 만드는 법을 원나라에서 배워 가지고 돌아와 그 기술을 전했다고 했다. 확인하기가 곤란하나 혼란한 틈을 타서 직접 원나라에 들어가서 화약 기술자를 데리고 귀국했을지도 모르겠다.[19] 아무튼 왕조 교체의 어수선한 시기를 이용해서 원나라 출신의 기술자를 데려와 화약을 제조하는데 성공하였다.[20]

화약 제조 비법을 알아냈다고 금방 만들어지는 것은 아니다. 당시 최고 정무기구인 도당(都堂)에 시험해 보자고 건의했으나 모두 믿지 않고 속이는 자라며 험담까지 했다. 여러 해에 걸쳐 끈질 지게 요구해서 마침내 그 성의에 감동하여 화약국(火藥局)을 설치해서 제조에 나섰다는 것이다.

하지만 장기간 믿지 않았다가 마침내 그 성의에 감동했다는 것은 아마도 특별한 이유가 있었을 것이다. 화약국, 곧 『고려사』에서는 화통도감으로 나오는데, 1377년(우왕 3)에 설립되었으며 책임자인 제조(提調)에 최무선이 임명되었다. 이 당시 외교적으로 매우 미묘한 시기였다. 공민왕이 갑자기 시해당하고 어린 우왕이 즉위한 뒤 자기가 파견했던 사신이 살해되자 명나라에서는 즉각 그 배후를 의심하였다. 공민왕이

---

19) 일찍이 그 가능성에 대해 許善道, 『朝鮮時代火藥兵器史硏究』, 一潮閣, 1994, 16쪽에서 지적하였다.

20) 박재광, 『화염조선』, 글항아리, 2009, 15~16쪽.

원에 적대적이고 명에 우호적이었기 때문에 친원파 누군가의 사주를 받아 암살되었다는 것이다. 이로 인해 우왕의 즉위를 인정하지 않으며 적대시했다. 이에 맞서 고려에서는 원의 잔존 세력인 북원(北元)과 교류하였다.[21] 이런 분위기에 편승하여 최무선이 이원을 통해 알아낸 화약 제조법이 틀림없다고 북원 쪽에서 확인해주었을 가능성이 있다. 더불어 명의 군사적 위협이 가중되자 방어력 강화를 위해 서둘러 화통도감을 두었을 수도 있다.

마침내 자체적인 힘으로 화약을 제조하는데 성공했다.[22] 원과 명의 왕조 교체기를 맞이하여 혼란되고 복잡한 상황을 활용해서 어렵게 그 제조 비법을 알아냈다. 최무선의 노고와 그 공을 짐작할 수 있다. 하지만 전함에 적재하여 해전에서 사용해야 하는 과제가 남아있었다.

4. 화약 무기의 전함 탑재와 실전 투입

화약을 전함에 적재시켜 해상 전투에서 사용할 수 만드는 것은 결코 만만한 작업이 아니었다. 우선 자체 개발에 성공한 화약을 사용하는 화기를 만들어야 했다. 최무선은 대장군포(大將軍砲)·이장군포(二將軍砲)·삼장군포(三將軍砲)·육화석포(六花石砲)·화포(火砲)·신포(信砲)·화통(火㷁)·화전(火箭)·철령전(鐵翎箭)·피령전(皮翎箭)·질려포(蒺藜砲)·철탄자(鐵彈子)·천산오룡전(穿山五龍箭)·유화(流火)·주화(走

---

21) 김순자, 『韓國中世韓中關係史』, 혜안, 2007, 83~85쪽.

22) 자체적으로 어떤 부분을 개발해서 화약 제조에 성공했는지에 대해서는 여러 가지 학설이 있다. 대개 염초제조법이었을 것으로 추정하고 있다(金琪燮, 「高麗後期 崔茂宣의 생애와 화약제조」, 『한국중세사연구』 26, 2009, 285쪽).

火)·촉천화(觸天火) 등 무려 18종에 달하는 화기를 만들었다.

한꺼번에 만든 것은 아니었고 아마도 필요에 따라 순차적으로 제작했을 것이다. 또한 먼저 만든 다음에 실험과 실전에 사용한 뒤 개량한 것들도 많았을 것이다. 아무튼 정력적으로 여러 종류의 화기를 만들어서 적절한 곳에 사용하여 최대한의 성과를 올리도록 조처했음에 틀림없다.[23]

이때 만든 화기를 시험하기 위해 1378년(우왕 4) 경외에 각사(各寺)에 화통방사군(火桶放射軍)을 배정했다. 대사(大寺)에 3명, 중사에 2명, 소사에 1명씩을 두었다.[24] 이들의 정확한 기능이 무엇인지 알기 어려우나 시험 발사에 종사했던 것으로 추측된다.[25] 다만 대·중·소사, 즉 사찰 규모에 따라 인원을 배정했는데, 이 역시 미상이다. 다만 당시 사찰이 일종의 수공업 공장의 역할도 했기 때문에 어쨌든 관련이 있었을 것이다.

다음으로 시험 발사를 마친 화기들을 어떻게 전함에 적재할 것이냐가 문제였다. 배에서 화포를 발사하면 폭발 반동력에 의해 큰 충격을 받아 배가 한쪽으로 기울며 흔들린다. 특히 재료가 나무로 돼 있고 배수량이 일정한 규모일 경우 더 심한 진동을 받게 된다. 이 점은 배의 안정성뿐 아니라 화포의 명중률에도 커다란 영향을 끼친다고 한다. 이 사실을 잘 알고 있던 최무선은 '또 전함의 제도를 연구하여 도당에 말해서 모두 만들

---

23) 실물이 남아 있지 않아 정확하게 무엇을 만들었는지는 확인되지 않는다. 대개 먼저 발사 장치를 제작했을 것인데 대장군, 이장군, 삼장군 등이 이에 해당한다. 그리고 이들을 이용하여 여러 가지 발사물을 쏘았다. 발사물에는 화살[箭], 돌이나 쇠알[丸] 등이 있었다. 폭탄 종류도 몇 가지가 있었는데 질려포 따위가 그것이다. 또한 이때 이미 로켓용 화기가 사용되었는데, 유화, 주화, 촉천화 등이다. 기능이 조금씩 다른 일종의 로케트로 적진을 불태우기 위한 화공으로 쓰였을 가능성이 있다. 신포도 있었는데 지금의 신호탄이라 할 수 있다(박성래, 「최무선의 생애와 업적」, 『한국전통과학기술학회지』 2-1, 1995, 116~117쪽).

24) 『고려사』 권81, 병지 1, 병제, 우왕 4년 4월.

25) 홍영의, 「제8장 고려 말 전란과 새로운 군사체제의 지향」, 『한국군사사 4-고려Ⅱ』, 육군 본부, 2012, 312쪽.

어 냈다.'고 했다. 그것이 곧 누선(樓船)이라는 연구가 나와 주목된다.[26]

시험 발사를 마치고 전함에 적재된 화기들이 드디어 전투에 투입되었다. 1380년(우왕 6) 8월 당시 해도원수(海道元帥)였던 나세(羅世)는 심덕부(沈德符), 최무선 등과 함께 전함 100척을 거느리고 왜적을 추격했는데, 이때 적선 500척이 진포(鎭浦 : 금강입구, 지금의 전라북도 옥구군 성산면[27]) 어구로 들어와 정박하고는 군사를 나누어 일방 수비하는 한편 상륙해 각 고을로 흩어졌다. 고려군이 진포에 이르러 최무선이 만든 화포를 쏘아 적선을 불태우니 연기와 불꽃이 하늘을 가렸고 배를 지키던 적 대다수는 불에 타 죽었으며 바다로 뛰어들어 사망한 자들도 많았다.[28] 특히 『고려사절요』에 따르면 '진포 어귀에 들어와 큰 밧줄로 서로 잡아매고 군사를 나누어 지켰다.'고 했다.[29] 이로 인해 왜선의 화재가 쉽게 옆 선박으로 번지면서 고려군의 전과를 더 올리는데 일조했다.[30]

진포해전은 우리 역사상 처음으로 해상 전투에서 화약 병기를 이용해 대규모의 적선을 격파했던 기념비적인 사건이었다. 그 의의는 아무리 강조해도 지나침이 없다. 이는 왜적 토벌사에 획기를 이루었다. 그 동안 해상 전투에서 항상 수세에 몰렸는데 이를 계기로 공세로 전환할 수 있었다.[31] 그 힘으로 우리 해역에서 왜적을 격퇴할 수 있게 되었다. 그 최고의 공로자는 당연히 최무선이었다.[32] 비록 최고 지휘관은 아니었

---

26) 박재광, 『화염조선』, 글항아리, 2009, 34~35쪽.
27) 이에 대해 문헌 조사와 현지답사 등을 종합하여 현재 충청남도 서천군 장항읍 일대로 비정한 연구도 있다(李領, 「홍산·진포·황산 대첩의 역사지리학적 고찰」, 『日本歷史研究』 15, 2002, 30~37쪽).
28) 『고려사』 권114, 열전, 나세.
29) 『고려사절요』 권31, 우왕 6년 8월.
30) 金琪燮, 「高麗後期 崔茂宣의 생애와 화약제조」, 『한국중세사연구』 26, 2009, 290쪽.
31) 정해은, 『고려시대 군사전략』, 국방부 군사편찬연구소, 2006, 332~334쪽.

으나 자신의 주도로 개발한 화기를 가지고 적을 공격해서 물리쳤기 때문에 실질적인 책임자였다고 볼 수 있다.

하지만 진포해전은 정박 중인 왜선들을 일방적으로 공격하여 불태운 것이다. 즉 전함끼리 대면해서 싸웠던 것이 아니었다. 그러므로 고려군의 전력이, 특히 해상 작전에서 전함에 탑재된 화포의 위력이 어느 정도인지를 가늠하지 못했다. 분명히 전에 보지 못했던 강력한 화력을 갖춘 것은 확실했다. 하지만 실력이 얼마나 되는지가 검증되지 못했다. 왜적들도 반신반의했을 것이다. 신무기의 강력함을 경험하지 못했기 때문이다.

오래지 않아서 양쪽이 정면 대결하여 그 승패가 갈리는 사건이 벌어졌다. 1383년(우왕 9) 5월 남해 관음포(觀音浦) 앞바다에서 정지(鄭地)가 이끄는 47척의 함대가 120척에 달하는 왜선과 격돌하여 그 중 17척을 불태우는 전공을 거두었다.[33] 전투가 끝난 뒤 정지가 '내가 이전에도 전쟁터에서 많은 적을 격파했지만 오늘처럼 통쾌한 적은 없었다.'고 토로할 만큼 압도적인 승리를 차지했다.[34]

이는 전함에 화포를 탑재해서 싸운 세계 최초의 해전으로 세계 전쟁사에도 널리 기억되어야 할 전투로 알려졌다.[35] 하지만 화포는 고려 함대에만 장착되었으며 그것이 승리에 결정적인 기여를 하였다. 드디어 왜적들도 화약 무기의 위력을 몸소 체득하였다. 그 동안 해상에서만큼은 우위에 있었다고 자부했지만 더 이상은 불가했다.

관음포 해전에 최무선이 직접 참가했던 것은 아니었으나 지금까지의

발자취를 되돌아보았을 때 그의 공적
또한 결정적이었다.[36] 주도권을 고려
가 행사하게 만든 장본인이었다. 그
귀결이 1389년(창왕 1) 2월의 대마도
정벌이었다. 박위(朴葳)가 전함 100척
으로 대마도를 공격하여 왜선 300척
과 해변의 집들을 불태워버린 사건이
었다. 이때 잡혀갔던 남녀 100여 명을
구출해서 귀국시켰다.[37]

최무선 과학관에 복원해놓은 화포

왜적의 소굴인 대마도를 고려군이
직접 공격했다는 것은 더 이상 침입을 용납하지 않겠다는 의미였다. 그
들로서는 결정적 타격을 받은 셈이다. 이로써 고려로 쳐들어오는 것을
완전 차단하지는 못했으나 전에 비해 그 빈도가 크게 떨어졌다. 비로소
안정을 찾으면서 다방면으로 피폐해진 곳을 복구하고 회복하는 활동이
전개되어 사회의 각 분야가 제자리를 잡게 되었다.

---

36) 이는 동시대의 저명한 문인인 권근의 '진포에서 왜선을 깨뜨린 최원수(崔元帥) 무선(茂宣)
를 축하하다 – 공이 처음으로 화포를 만들었다 – '.라는 제목의 시에 의해 확인된다(『양촌집』
권4, 시). '때 맞추어 태어난 우리님의 지략이라/삼십 년 왜적 난리 하루에 평정했네/바람
실은 전함은 나는 새가 못따르고/진 무찌른 화차는 뇌성이 무색하네 가소롭다 주유는 갈대에
불지를 뿐/자랑 마소 한신이 목앵부 타고 건넌 것을/이제부터 큰 공이 만세를 전하고 말고/능
연각에 초상 걸려 여러 공경 으뜸이리/화포 만들 공의 지혜 하느님이 열어 주어/병선의 한번
싸움에 흉한 무리 쓸어냈네/허공에 뻗친 적의 기세 연기 따라 흩어지고/세상 덮은 공명은
해와 함께 빛나누나/긴 맹세 어찌 다만 대려를 기약하리/응당 정벌 맡아 궁부를 받으리라/종
묘 사직 힘입고 나라도 안정되어/억조 창생 목숨이 다시금 소생하리(明公才略應時生, 三十年
倭一日平, 水艦信風過鳥翼, 火車催陣震雷聲, 周郎可笑徒焚葦, 韓信寧誇暫渡罌, 豐烈自今
傳萬世, 凌煙圖畫冠諸卿, 天誘公衷作火砲, 樓船一戰掃兇徒, 漫空賊氣隨烟散, 蓋世功名與
日鋪, 永誓豈惟期帶礪, 專征應亦賜弓鈇, 宗祧慶賴邦家定, 億萬蒼生命再蘇.)

37) 『고려사』 권116, 열전, 박위.

5. 책의 저술과 제조법 전승

많은 업적을 쌓았음에도 불구하고 최무선의 말년은 다소 답답하였다. 위화도 회군 이후 권세를 잡은 이성계세력이 급진개혁파사대부들과 손잡고 대대적인 체제 개편에 나섰다. 그 일원이었던 조준(趙浚)이 상소하기를, '도감(都監)이란 일이 있으면 두고 일이 없으면 없애는 것이 관례다. 하지만 그렇게 하지 않아 폐단이 많아 없애야 한다며 방어·화통도감도 아울러 없애서 군기시(軍器寺)에 소속시킨 후 청렴하고 정직한 자를 신중히 가려서 관직을 주고 또한 규정을 시켜 감독하고 점검할 것을 건의하였다.'[38] 마침내 이것이 받아들여져 혁파돼서 군기시로 병합되었다.[39]

혁파 이유에 대해서 다양한 해석이 나왔다. 새로 실권을 잡은 이성계 일파가 반대파들이 화약 무기를 소유하는 것을 극도로 경계했으며, 여기에 자신들과 가깝지 않았던 최무선을 거세하고 그에 따라 화통도감도 없앴다는 주장이 그 한 예이다.[40]

정권의 교체에 따른 권력 장악의 일환으로 도감 혁파가 이루어졌다는 정치적 해석은 정황상 충분히 납득된다. 다만 조준 등의 급진개혁파가 추진했던 체제 개혁에서 군기시를 통한 무기 제작의 일원화, 체계화 시행도 그 의미하는 바가 적지 않다. 무기 제작에서 표준화가 시급하였기 때문이다. 국가가 생산하는 무기가 일원화, 표준화되지 않으면 군인들이 사용하는데 있어 심각한 문제가 발생한다. 이는 이른바 당시 군제 개혁에서 사병화, 허소화를 철폐하고 철저한 피라미드형 통수 체제에 의거한 국가병, 공병 시스템을 수립하고자 했던 것과 일맥상통한다.[41]

---

38) 『고려사』 권118, 열전, 조준.
39) 『고려사』 권77, 백관지 2, 제사도감각색, 화통도감.
40) 박성래, 「최무선의 생애와 업적」, 『한국전통과학기술학회지』 2-1, 1995, 118쪽.

탁월한 무장 출신인 이성계가 화약 병기의 위력을 무시하거나 등한시할 의도는 추호도 없었을 것이다. 다만 그것이 자신들이 구축하고자 했던 통수체제에 보다 유리하게 작용하도록 만들려고 했다. 자파가 장악하였던 군기시에 합속시켜 철저하게 통제되도록 했다.[42]

그 무렵 최무선은 일단 일선에서 물러나 화약 제조에 관한 비법을 책으로 저술하였다. 이에 '임종할 때에 책 한 권을 부인에게 남기며 아이가 장성하거든 주라고 하였다. 부인이 잘 감추어 두었다가 아들인 (최)해산의 나이 15세에 약간 글자를 알게 돼서 내어주니, 곧 화약을 만드는 법이었다. 해산이 그 법을 배워서 조정에 쓰이게 되어 지금 군기소감(軍器少監)으로 있다.'고 했다.

생의 마지막 작업으로 화약 제조 비법을 책으로 써서 자손에게 전승하였다. 이로써 후대에 이르기까지 비법이 온전하게 전해질 수 있었다. 그 또한 커다란 공적이었다.

6. 업적에 대한 평가

최무선의 업적에 대해 일찍이 화약의 개발, 화약 무기의 제작 및 실제 전쟁에의 활용, 그리고 제조 비법을 책으로 저술하여 아들에게 전해서 후세에 이르기까지 전승하게 했던 점 등을 들고 있다. 나아가 그의 정신적 유산으로 창의적 태도, 기술 도입의 자세, 기술의 현장 활용 등을 거론하였

---

41) 尹薰杓, 「제2장 高麗末期 軍制改革의 추진과 그 성격」, 『麗末鮮初軍制改革研究』, 혜안, 2000.

42) 아직 확고부동하게 권력을 장악하지 못한 신흥세력에게 화약 병기는 언제 갑자기 자파의 집권세력을 뒤엎을지 모르는 결정적 요소로서 경계와 억제의 대상이 되기 마련이라고 한다(許善道, 『朝鮮時代火藥兵器史研究』, 一潮閣, 1994, 20쪽).

다.[43] 이러한 견해는 현재까지도 여전히 유사한 표현으로 재현되고 있다.

그런데 『태조실록』의 졸기에는 '배를 잃은 왜구는 육지에 올라와서 전라도와 경상도까지 노략질하고 도로 운봉(雲峯)에 모였는데, 이때 태조가 병마도원수(兵馬都元帥)로서 여러 장수들과 함께 왜구를 빠짐없이 섬멸하였다. 이로부터 왜구가 점점 덜해지고 항복하는 자가 서로 잇달아 나타나서, 바닷가의 백성들이 생업을 회복하게 되었다. 이것은 태조의 덕이 하늘에 응한 까닭이나, (최)무선의 공이 역시 작지 않았던 것이다.'라고 서술돼 있다.

왜적의 격퇴에 최무선의 공이 얼마나 큰 것인지를 알려주는 기록이다. 위에 따르면 왜적을 물리친 공으로 이성계는 명성을 얻어 새로운 왕조를 개창할 수 있었다. 이때 최무선이 화약을 개발하지 않았다면 과연 이성계가 그런 전공을 세울 수 있었을지 의문이다. 이것은 『태조실록』을 편찬한 조선 사관들의 입장이었고, 실질적 주관자이며 태조의 아들은 태종의 견해이기도 하다. 그들과 가깝지 않았던 탓에 밀어냈던 인물에 대한 평가였다. 그만큼 당시 실상을 반영한 서술이라 볼 수 있다.

최무선은 직접 전투에 참가하기보다 무기를 개발하고 제작했던 인사다. 그러므로 과학기술자에 가깝다. 그런 사람이 세상을 바꾼 것이다. 왜적을 제압하지 못했다면 혼란이 계속돼 민생이 안정되지 못했을 것이다. 그렇다면 신왕조 세우는 일도 쉽지 않았다.

그 모든 세상의 변화는 최무선의 화약 개발에서 비롯되었다. 한 사람의 노력, 곧 과학 기술의 개발이 세상을 바꾸는 작용을 했던 대표적 사례가 최무선을 통해 입증되었다.

---

43) 박성래, 「최무선의 생애와 업적」, 『한국전통과학기술학회지』 2-1, 1995, 113~121쪽.

　조선 초기 유명한 경세가이자 정치가인 양성지(梁誠之)는 문익점과
최무선의 사우(祠宇)를 건립할 것을 건의하였다. 민생을 윤택하게 만들
었던 그들의 공적을 기리기 위함이었다.[44] 비록 실현되지 않았으나 그
의 정신만큼은 현재까지 유효하다.

　세상의 바꿈과 나라와 백성의 안녕을 이루게 했던 과학기술자의 정당
한 평가는 오늘날에 있어서도 필요불가결하다. 이는 최무선의 생애와
업적에 대한 해석에서도 여전히 중요한 덕목을 이룬다.

　최무선의 고향 영천에 최무선 과학관을 세워 그의 업적을 기리고 있는
데, 이번 인문강좌를 통해 영천 시민들이 최무선 과학관을 한번이라도
더 찾아가 그의 생애와 업적을 제대로 공부하는 계기가 되기를 바란다.

최무선 과학관

44) 『세조실록』 권3, 세조 2년 3월 정유(28).

정몽주와 11대손 정찬술의 통신사 활동

구지현

1. 영천과 통신사

영천시가 2014년도 인문도시지원사업과 2015년 문화의 달의 주제로 조선통신사를 정했다. 영천은 일본으로 배가 떠나는 바닷가도 아니고, 경상도의 큰 고을도 아닌데, 400년 전의 조선 정부는 왜 통신사의 거점 도시로 영천을 선택했을까?[1]

조선시대에 한양에서 동래까지 가장 빠르게 갈 수 있는 큰 길이 영남 대로(嶺南大路)인데, 총연장이 약 380km이다. 경부국도나 경부선 철도 보다 70~80km나 거리가 짧다. 통신사가 반드시 거쳐 갔던 영천이 당시 한양에서 부산으로 내려가던 영남대로의 중심도시는 아니었다. 이천년 동안 한반도의 교통축은 중국 국경 의주에서 평안도의 안주와 평양을 거쳐 충청도의 충주, 경상도의 상주와 대구(감영), 일본과 마주보는 부산(동래)로 이어졌다.

---

[1] 2014년 영천문화예술제 기간인 10월 3일에 〈조선통신사와 영천〉이라는 학술세미나가 개최되었는데, 허경진 교수의 기조강연 〈영천, 왜 조선통신사인가〉의 1장 〈왜 영천인가?〉를 요약하여 소개한다.

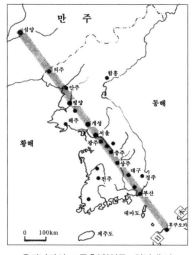 

우리나라의 교통축(최영준 : 영남대로)　　　일본 사신이 한양에 올라가던 네 가지 길

여기에서도 영천은 조금 비켜서 있다.

중국 사신이 의주를 거쳐 한양으로 내려오는 길이 비교적 단순하다면, 일본 사신이 쓰시마에서 한양으로 올라오는 길은 네 가지였다. 조선 초기에 대일무역이 활발해지고 사신의 숫자도 늘어나자, 세종 대에는 상경로를 좌로·우로·중로·수로 등 4로로 분산시켰다. 이 교통로의 이용은 임진왜란 당시까지 계속되었다.[2] 그래서 낙동강 가의 칠곡군(漆谷郡)에 아직도 왜관(倭館)이라는 지명이 남아 있는 것이다. 이 가운데 좌로는 울산의 염포에서 한양에 이르는 교통로인데, 경주·영천·의흥·의성·안동·풍기·죽령·단양·청풍·충주·여주·양근 등을 경유하였으며, 단양에서 한양까지는 남한강 수로를 이용하였다.[3] 이 길이 바로 조선후기에 통신사가 일본에 가던 길과 비슷하다. 그 중간에 영천이 있다.

2) 최영준, 『영남대로』, 고려대학교 민족문화연구원, 2004, 136쪽.
3) 같은 곳.

통신사의 하행로와 상행로(한태문 : 조선통신사의 길에서 오늘을 묻다.)

통신사는 한양에서 부산(동래)까지 내려가던 길과 부산(동래)에서 한양으로 올라오던 길이 달랐는데, 통신사 일행 수백 명의 숙식(宿食)을 같은 고을에서 거듭 부담하기 힘들었기 때문에 배려한 것이다. 경상도에서 기생과 풍물이 가장 잘 갖춰졌던 안동과 경주를 연결하던 노정에 영천이 있었고, 비용을 절감하기 위해 전별연을 베푸는 도시 숫자를 줄이다보니 자연스럽게 영천이 전별연과 마상재 공연을 실시하는 거점 도시가 된 것이다. 임진왜란 때까지 경주에 있던 경상감영이 1601년에 대구로 옮기면서, 경상도관찰사가 영천으로 와서 전별연을 베풀기에도 알맞은 거리였다.

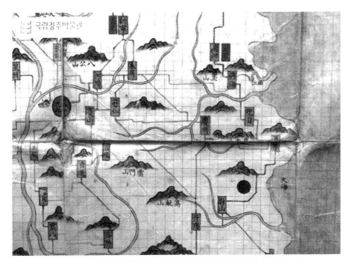

영천 인근 옛지도(출전 : 경주국립박물관)

사백년 전 통신사를 파견할 때의 거점도시 영천이 2014년 인문도시지원사업 거점도시가 되었다. 2014년 영천문화예술제에서 마상재를 공연하고 통신사 행렬을 재현하면서 사백년 전 영천에서 통신사를 환영하던 모습을 많이 되찾았다. 영천은 조선시대 통신사의 거점도시일 뿐만 아니라, 고려시대에도 화약과 화포를 개발해서 왜구를 섬멸했던 최무선장군의 고향이자, 포로를 송환하기 위해 사신으로 파견되었던 포은 정몽주 선생의 고향이기도 하다. 포은 정몽주 선생과 영천, 그리고 일본 파견과 그 성과 및 후손 정찬술의 활동 등을 정리하여 영천과 통신사의 역사적 맥락을 풀어보기로 한다.

2. 영천의 4대 인물과 대일관계

인문도시지원사업의 주제로 통신사를 선정한 이유는 무엇인가?

영천시민들에게 영천의 인문학 자산을 가장 효과적으로 전달하기 좋은 주제가 바로 조선통신사이다. 영천의 4대 인물이 모두 통신사, 또는 한일관계와 관련된다. 영천이 지도상으로는 내륙 한가운데 있지만, 인물들의 활약상으로 보면 대일관계 전면에 있었다고도 할 수 있다.

영천의 대표적인 인물을 꼽으라면 대부분 포은 정몽주를 내세우는데, 4대 인물을 꼽으라면 최무선(崔茂宣, 1325~1395), 포은(圃隱) 정몽주(鄭夢周, 1338~1392), 노계(蘆溪) 박인로(朴仁老, 1561~1642), 병와(瓶窩) 이형상(李衡祥, 1653~1733)을 내세운다. 영천 용화사에 소장된 영천의 옛 지도를 펼쳐보면 이들의 집이 표시되어 있다. 조선시대에 이미 이들은 영천에서 내세울만한 인물이었고, 이들이 살았던 집이나 이들을 기념하는 건물이 영천의 랜드 마크가 되었던 것이다.

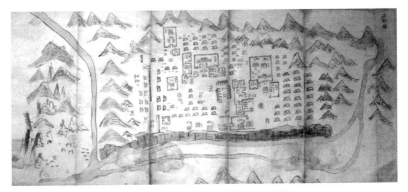

영천 용화사 소장 옛지도 〈영양도(永陽圖)〉

　이들은 우연히도 모두 일본과 관련이 있다. 일본과 전투하여 승리하거나, 일본에 외교관으로 파견되어 왜구를 막고 포로를 데려오거나, 일본과 전투하며 배 위에서 태평성대를 염원하는 노래를 부르거나, 일본을 연구하여 올바른 일본 인식을 정립한 이 인물들을 하나로 연결하는 고리가 바로 조선통신사이다.

　조선통신사는 임진왜란의 상처와 갈등을 치유하고, 두 나라 사이에 신의를 통하기 위해 조선 조정에서 일본에 파견했던 평화의 사절단이다. 한양에서 통신사가 파견되면 영천 조양각에서 전별연을 베풀고, 마상재를 시연하였다. 세상의 벽을 허물고 소통과 화해의 길로 나아가는 21세기의 표상으로, 한국과 일본 두 나라 사이에 이백년이나 평화를 유지케 하였던 조선통신사는 바람직한 모델이다.[4]

---

4) 이 부분도 허경진 교수의 기조강연 제2장의 앞부분을 인용하였다.

3. 포은 정몽주의 고향 영천

포은 정몽주는 1338년 1월 13일 (1337년 음력 12월 22일) 경상북도 영천시 임고면 우항리에서 영일 정씨(迎日鄭氏) 정운관(鄭云瓘)과 영천이씨의 아들로 출생하였다. 어머니는 선관서승(膳官署丞) 이약(李約)의 딸이다. 진현관 제학을 지낸 정종흥(鄭宗興)의 5대손이며, 고조부 정림(鄭林)은 판도판서에 이르렀지만, 아버지 정운관은 성균관 재생이었다. 고려 말에 등장한 중소지주 기반의 신진 사대부들이 경상도 내륙 지방에 많았는데, 포은 정몽주는 포항과 영천, 야은 길재는 구미, 목은 이색은

포은 정몽주 초상

영덕, 도은 이숭인은 성주, 삼봉 정도전은 영주 출신이었다. 따라서 자연스럽게 이색의 문하에서 수학하였다.

그가 태어날 때 어머니 영천 이씨는 품에 안고 있던 난초 화분을 떨어뜨리는 태몽을 꾸었기 때문에 처음에 이름을 몽란(夢蘭)이라고 지었다. 이때 그의 아버지 정운관이 중국의 이상적인 정치가 주공(周公)을 만나는 꿈을 꾸었기 때문에, 뒷날 몽주(夢周)라고 고쳤다. 아버지는 성균관 재생이었으나 대대로 관료 생활을 한 집안이었으므로 어려서부터 비교적 유복한 환경에서 성장하였다. 따라서 아우 정과(鄭過)는 벼슬이 예조판서에 이르렀고, 정후(鄭厚), 정도(鄭蹈)도 사재령 판서에 이르렀다.

역사에서는 아버지보다 변한국대부인(卞韓國大夫人)에 봉해진 어머니 영천 이씨가 더 많이 기억된다. 아들 몽주가 어려서부터 기억력이 좋고 암기력이 뛰어났으며 손에서 책을 놓지 않자, 어머니가 아들의 비범함을 알아보고 〈백로가(白鷺歌)〉라는 시조를 지어 훈계하였다고 한다.

『가곡원류』에 실린 영천 이씨의 시조에는 "혹은 포은이 태종의 잔치에 갈 때에 정몽주의 모친이 지어 주었다고 한다."는 설명이 덧붙어 있다.

까마귀 싸우는 골에 백로야 가지 마라
성낸 까마귀 흰 빛을 새울세라
청강에 깨끗이 씻은 몸을 더럽힐까 하노라

이 시조는 어린 시절 정몽주에게 큰 영향을 주었을 뿐만 아니라, 후대의 여러 가집(歌集)에 실려 많은 젊은이들에게 귀감이 되었다.『가곡원류』에 실린 영천 이씨의 시조에는 "혹은 포은이 태종의 잔치에 갈 때에 정몽주의 모친이 지어 주었다고 한다[或曰, 鄭夢周母親, 爲圃隱赴太宗宴時作.]"는 설명이 덧붙어 있다. 이 기록이 맞다면 정몽주가 어느 정도 자란 뒤에 지어준 시조이다. 태종의 〈하여가(何如歌)〉 "이런들 어떠하리 저런들 어떠하리 …"에 화답하여 정몽주가 〈단심가(丹心歌)〉 "이 몸이 죽고죽어 일백번 고쳐 죽어 …"를 화답하였다고 하지만, 그러한 답가는 이미 어머니의 시조에서부터 비롯되었다고 할 수 있다.

정몽주가 살던 생가는 우항리에 복원사업이 진행중인데, 현재 확인할 수 있는 유적은 효자리(孝子里) 비석이다. 19세 되던 1355년에 아버지가 돌아가셨는데, 당시는 유교 국가가 아니어서 사대부들도 삼년상을 지내지 않았다. 그러나 정몽주는『주자가례(朱子家禮)』에 의거해 3년 동안 시묘(侍墓) 살이를 하였다. 예법을 배운 대로 실천한 것이다. 따라서 그에게 효자라는 이름이 주어졌으며, 동네 이름까지 효자리(孝子里)가 되었다. 29세 되던 1365년 정월에 모친상을 당하여 벼슬에서 물러나 삼년상을 지냈는데, 그의 효성을『고려사』열전에서는 이렇게 기록하였다.

列傳第三十　高麗史一百十七

正憲大夫工曹判書兼經筵應敎儒學知　經筵藝秋館事兼成均大司成臣鄭麟趾奉敎修

鄭夢周

鄭夢周字達可知奏事襲明之後母李氏有
娠夢抱蘭盆忽墜驚窹而生因名夢蘭生而
秀異肩上有黑子七列如北斗年至九歲母
晝夢黑龍升園中梨樹驚覺乃夢蘭也
因改夢龍旣冠改今名恭愍九年應擧連魁
三場遂擢第一人十一年選補藝文檢閱十
三年從我
太祖擊走三善三介于和州累選典農寺丞時
喪制紊弛士大夫皆百日卽吉夢周於父母
喪獨廬墓哀禮俱盡命旌表其閭十六年以
禮曹正郎兼成均博士時經書至東方者唯
朱子集註耳夢周講說發越超出人意聞者
頗疑及得胡炳文四書通無不脗合諸儒尤
加嘆服李穡亟稱之曰夢周論理橫說竪說

정몽주가 부모의 삼년상을 지내고 효자 정려를 받았다는 『고려사』 열전 부분

　당시 상제(喪制)가 문란해서 사대부들이 모두 백일(百日) 단상을 입었
는데, 정몽주만 어버이의 상에 홀로 여묘(廬墓)를 살아 슬픔과 예절을
모두 극진히 하였기 때문에 나라에서 정려(旌閭)를 내렸다.

– 열전 권30, 『고려사』 권117.

　현재 우항리에는 홍무(洪武) 기사년(1389)에 세운 효자리 유허비가
남아 있다.

효자리 유허비

1367년에 복을 벗고 나서 통직랑 전공정랑에 제배 되었으나 나아가지 않았고, 곧 예조정랑 겸 성균박사(成均博士)에 제배 되었다. 같은 해 중구절(重九節)에 영주(永州, 현 영천) 치소에 부사(府使) 이용(李容)이 유림들과 함께 명원루(明遠樓, 현 조양각)를 창건할 때에 협력하였다.

조양각(고려시대의 명원루). (출처 : www.visitkorea.or.kr)

우리나라 시화(詩話)에서 정몽주의 대표작으로 가장 많이 꼽는 시가
바로 명원루(明遠樓) 시이다.

> 맑은 시내와 바위벽이 마을 안고 도는 곳에
> 다시 세운 새 다락이 눈 앞에 펼쳐졌네.
> 앞 들판의 누런 구름이 풍년을 알려주고
> 서편 산속의 맑은 기운으로 아침 온 것을 알겠네.
> 풍류를 아는 태수께선 녹봉이 이천석이라
> 오랜만에 만난 벗에게 술 삼백잔 내실테니,
> 이제 곧 밤이 깊어지면 옥피리를 불면서
> 밝은 달 부여잡고 우리 함께 놀아보세나.

> 淸溪石壁抱州回. 更起新樓眼豁開.
> 南畝黃雲知歲熟, 西山爽氣覺朝來.
> 風流太守二千石, 邂逅故人三百盃.
> 直欲夜深吹玉笛, 高攀明月共徘徊.
>
> － 〈重九日題益陽守李容明遠樓〉

태수의 녹봉이 이천석이라는 표현은 중국 한나라 때의 제도인데, 친
구에게 술 한 잔 내라는 말을 이천 석과 삼백 잔의 규모로 표현했으므
로, 『필원산어』에서는 "그 기상의 뛰어남이 시에 드러난다" 칭찬하였고,
『소문쇄록』에서는 "군색한 자태가 없어 화운할 수가 없다"고 하였다. 실
제로 조선 중기의 대표적인 시인 동악(東岳) 이안눌(李安訥)이 영천 명원
루에 이르러서 포은이 지은 이 시를 보고 감탄하며 화운시를 지으려 했
지만, 생각이 막혀 시 짓기가 어려웠다. 종일토록 읊조리다가 겨우 "이
태 동안 남녘땅을 헤매며 천리 밖에 떨어져 있는 신세 / 인간 만사를 서
풍 앞에서 한 잔 술로 푸네. [二年南國身千里, 萬事西風酒一盃.]"라는 구

절을 얻었다. 홍만종은 『소화시평』에서 "이안눌의 시가 맑고 **빼어나기**는 하지만, 포은 시의 크고 원대한 기상에는 미치지 못한다."고 평하였다. 정몽주가 고향에서 지은 시가 많지만, 명원루(조양각)에서 읊은 이 시가 가장 널리 알려져 조양각을 지금까지도 유명하게 만들었다.

4. 일본에 사신으로 파견되어 포로를 데려오다

영천 출신의 최무선이 왜구를 물리치기 위해서 화통도감을 설치했던 1377년에 일본에 사신으로 가서 포로들을 데려오고, 더 이상의 침략이 없게 담판을 지었던 인물이 또한 영천 출신의 정몽주이다.

정몽주가 대륙에 새로 건국된 명나라와 친밀하게 지내어 고려 국권을 유지하기 위해 펼친 외교정책에 관해서는 그 동안 여러 학자들의 연구가 많았지만, 일본에 사신으로 파견되어 포로를 데려오고 평화를 체결한 외교업적은 비교적 널리 알려져 있지 않다.

1) 친명(親明) 외교노선을 주장하다

공민왕 3년(1354)에 양자강 일대에 홍건적(紅巾賊)을 치기 위해 원나라가 고려에 군사를 요청하자, 공민왕은 원나라의 세력이 약해진 것을 알고 부마국(駙馬國) 체제에서 벗어나기 위해 본격적인 반원(反元) 정책을 펼치기 시작했다. 공민왕 9년(1360)에 24세 나이로 급제한 정몽주는 이듬해에 한림(翰林)을 제수 받아 홍건적의 침략을 피해 공민왕을 모시고 안동(安東)으로 호종(扈從)하며 벼슬길에 올랐다. 과거시험의 은사인 좌주(座主) 김득배(金得培)가 공민왕의 측근이었으므로, 정몽주도 공민왕의 반원정책에 참여하였다.

정몽주가 주장한 친명(親明) 외교노선은 그가 지은 〈원나라 사신을 영접하지 말자고 청하는 상소문(請勿迎元使疏)〉에 잘 드러나 있다.

신이 듣건대, 천하 국가의 일을 맡은 이는 반드시 먼저 큰 꾀를 정하는 법이니, 큰 꾀를 정하지 않으면 사람의 마음이 의혹되는 것인데, 사람의 마음이 의혹되면 이는 백년의 재앙입니다.

생각건대 우리 동방은 외로이 바다 밖에 있어서 우리 태조(太祖)께서 당나라 말년에 일어나 예법으로써 중국을 사귀었으니, 그 사귐은 천하에 정의를 잡은 주인이기 때문입니다. 지난번 원씨(元氏)는 스스로 옮겨가고 명나라가 용흥(龍興)하여 엄연히 사해(四海)를 두었으므로 돌아가신 우리 임금께서 밝게 천명을 아시고 표문을 보내어 신이라 일컬었더니, 황제가 아름답게 여겨서 왕작(王爵)으로 봉하고, 받는 것과 바치는 물건이 서로 바라볼 만큼 된 것이 이제 6년째나 되었습니다.

지금 임금께서 즉위하시던 처음에 적신(賊臣) 김의(金義)가 중국 사신을 예송(禮送)하는 틈을 타 중로에서 제멋대로 죽이고는 반하여 북원(北元)으로 들어가니, 원씨의 끼친 후예와 함께 심왕(瀋王)을 드릴 것을 꾀하였습니다. 이미 명나라 사신을 죽이고 또 그 임금을 배반하여 죄역이 심하였으니, 마땅히 그 죄를 바로잡아 위로는 천자(天子)에게 고하고 아래로는 방백(方伯)에게 고하여, 쳐서 죽인 연후에 말아야 하는데도 불구하고 국가에서 비단 김의의 죄를 묻지 않았을 뿐 아니라, 도리어 재상 김서(金湑)로 하여금 북방(北方)에 공물을 바치게 하였고, 오계남(吳季南)은 봉강(封疆)의 신하로써 제멋대로 정요위(定遼衛)의 세 사람을 죽였으며, 장자온(張自溫) 등은 김의와 일행으로써 정요위까지도 이르지 않고 공연히 귀국하였으나, 또 불문에 부쳤는데, 이제 북쪽 사신이 이르니 대신을 국경에 맞이할 것을 의논하고는 말하기를, "북방 사람의 노여움을 일으키지 않도록 하여 전쟁을 늦추는 것이다." 하였습니다. …

적이 듣건대, 그들의 조서(詔書)에는 우리에게 대역(大逆)의 죄를 가하고는 곧 놓아주는 듯이 하였다 하니, 우리는 애당초 죄가 없었던 바 무엇을 놓아주는 것입니까. 국가에서 만일 그 사신을 우대해 보낸다면 이것은 온 나라의 신민(臣民)이 그 실상도 없이 스스로 대역의 이름을 뒤집어쓰게 될 것인 바, 이를 사방에 알릴 수 없는 일이었으니, 신하된 자 가히 이에 참을 수 있겠습니까.

하물며 명나라에서 처음 김의의 일을 듣고서 이미 우리를 의심하였는데, 또 원씨와 더불어 서로 통하고는 김의의 죄를 묻지도 않는다면 그들은 반드시 우리들이 사신을 죽이고 적과 통한 것이 의심이 없다고 할 것입니다.

만일 이제 죄를 묻는 군사를 일으켜서 수륙(水陸)으로 병진한다면 국가에서 장차 무슨 말로 대답할 수 있겠습니까. 이것은 작은 적의 싸움을 늦추려 하다가 천하의 군대를 움직이게 하는 것입니다. 이 이치가 지극히 명백하여 사람마다 알기가 쉬운 것이었으나, 묘당(廟堂) 위에서는 마치 말을 못하는 듯하니, 그 까닭은 알기 어려운 것은 아니었습니다.

대체 전일 군소배의 사변에 당시 재상들이 명나라의 힐책을 받을까 두려워하여 실로 김의와 더불어 꾀를 통하여 상국을 끊으려 하였으니, 안사기(安師琦)는 사실이 나타나자 스스로 목 찔러 죽은 것이 곧 이것이었던 것입니다. 안사기가 이미 죽었으니 의당히 재빨리 꾀를 정하여 뭇 사람의 분개를 풀어야 하겠거늘, 지금까지 아무런 들리는 바가 없으므로 인정이 흉흉하여 다른 변이 생길까 저어하오니, 엎드려 생각건대, 전하께서는 용단을 내리시어 원나라의 사신을 가두고 원나라 조서를 거두며, 오계남·장자온과 아울러 김의가 데리고 갔던 사람들을 묶어서 명나라 서울로 보낸다면 그 애매했던 죄가 변명하기 전에 스스로 밝혀질 것이요, 그제서야 정요위와 약속하여 군사를 길러서 변이 날 것을 기다려서 북으로 향한다고 성명을 내면 원씨가 남긴 종자가 자취를 거두고 멀리 도주하여 국가의 복을 무궁토록 기대할 것입니다. (한국고전번역원 역)

여러 신진사대부들이 친명 정책에 참여하였지만, 실제로 명나라에 사신으로 파견되었던 신진 사대부는 정몽주뿐이었다. 아직도 원나라에서 책봉사(冊封使)가 오고 북원(北元)의 연호 '선광(宣光)'을 사용하던 공민왕 21년(1372)에 서장관(書狀官)으로 파견되었다는 것은 정몽주의 친명 정책 실천이라고도 볼 수 있다.

정몽주는 1372년 3월부터 이듬해 7월까지 남경(南京)에 파견되었는데, 『포은집』〈행장〉과 『고려사』에서는 그의 외교성과를 이렇게 소개하였다.

> 홍무 5년 임자년(1372) 3월에 서장관으로 지밀직사사(知密直司事) 홍사범(洪師範)을 따라 남경에 가서 촉(蜀)을 평정한 것을 축하하고 아울러 자제의 입학을 청하였다. 8월 대창으로 돌아오는 길에 바다 가운데 허산(許山)에 이르러 태풍을 만났다. 홍사범은 익사하고 선생께서는 거의 돌아가실 뻔하다 살아서 말다래를 베어 잡순 지 13일만에 황제가 듣고, 배를 갖추어 도로 데려와서 후하게 돌보았다.   −『포은집』, 〈행장〉

> 공민왕 11년(1372) 추7월 임자에 찬성사 강인유·동지밀직사사 김서·성원계·판도판서 임완 및 홍사범·서장관 정몽주 등이 명나라 서울로부터 돌아왔다.
> 정몽주가 작년 4월에 홍사범과 함께 (명나라) 서울에 이르러 중서성(中書省)의 자문(咨文) 2통을 받았는데, 하나는 촉(蜀)을 평정한 일과 자제의 입학에 관한 사항이고, 하나는 아악(雅樂)의 종경(鐘磬)에 관한 사항이다. 8월에 돌아오다가 바다 가운데 이르러 풍랑을 만나 배가 부서져 홍사범은 죽고 자문도 잃어버렸다. 몽주가 다시 (명나라) 서울로 가서 중서성에 아뢰었더니 종경에 관한 자문은 중서성의 관원이 초본이 없어졌다면서 허락하지 않고, 촉을 평정한 일과 자제의 입학에 관한 사항만 베껴서 회자(回咨)하여 돌아왔다. 그 자문은 이렇다.

"(고려에서) 보내온 밀직사사 홍사범 등이 촉지방을 평정함을 축하하는 표문을 올려왔기에, 예부에서 곧 황제께 진주하였다. 신하로서의 뜻이 절절하고 문리가 조리있는데다 순통하며 전고를 널리 인용하여 몹시 잘되어 있음을 보고, 황제께서 몹시 즐거워했다. 또 표문 1통은 자제를 입학시키기를 청하는 글이었는데, 이에 관하여 황제의 성지를 받으니 그 글에 이르기를 '고려 국왕이 고려인 자제들을 명나라 국학에 넣어 공부시키기를 순히 원하고 있는데, 내가 일찍이 들으니 당나라 태종에게도 고려국이 그 자제를 입학시켰다고 한다. 이는 참으로 훌륭한 일이다.' 하셨다."

–『국역 고려사』, 동아대학교 석당학술원 번역.

험한 뱃길에 풍랑을 만나 사신이 익사하고 몇 달이나 더 걸려 되돌아온 것에 감격한 명나라 태조(太祖)는 고려에 여러 가지 특전을 베풀었다.

해마다 두세번씩 공물(貢物)을 바치려면 반드시 백성들을 번거롭게 할 것이며, 사신이 왕래하는 바닷길도 험난하다. 옛날에 중국에서는, 제후가 천자에게 해마다 한 번 소빙(小聘)을 하고, 3년에 한 번 대빙(大聘)을 하며, 구주(九州) 이외의 지역은 한 세대 만에 한 번 조현(朝見)하였는데, 지금 고려는 중국과의 거리가 조금 가깝고 문물과 예악이 중국과 서로 같으므로, 다른 번국(蕃國)과 같이 하기는 어려우니, 지금부터는 3년 만에 한 번 조빙하는 예에 의거할 것이며, 혹시 한 세대 만에 조현하고자 하여도 가하다. 방물은 토산의 베만을 쓰되, 그것도 3, 5대(對)만으로써 성의만 표시하는 데 그치라.

–『고려사절요』 권29, 공민왕 22년 7월(한국고전번역원 역).

조선이 건국된 뒤에도 명나라는 조선과 긴밀한 관계를 유지했는데, 그 바탕에는 대륙의 신흥 국가 명나라로부터 고려왕조를 지키기 위한 정몽주의 외교적인 노력이 있었다고 볼 수 있다.

2) 일본에 파견되어 포로를 데려오다

왜구(倭寇)는 신라시대부터 우리나라에 이따금 쳐들어왔는데, 상황에 따라 침략과 화친(和親)을 반복하였다. 고려 말에 이르러 거의 해마다 왜구의 침략이 반복되었는데, 일본이 통일국가가 아니어서 왜구에 대한 중앙정부의 통제도 불가능했기에 양국 정세가 더욱 어지러웠다. "국가위급존망지시(國家危急存亡之時)"라는 탄식이 저절로 나왔다. 건무(建武, 1334~1335) 중흥 이래 족리고씨(足利高氏)가 일으킨 전국적인 동란이 백성들의 생업을 파괴하자, 국내에서 쌀을 구하지 못한 해적의 무리들이 대거 고려와 중국 바닷가 고을들을 약탈한 것이다.

고려에서 왜구를 무력으로 진압하지 못하자 우왕(禑王) 때에 나흥유(羅興儒)를 사신으로 파견하여 외교적인 협상을 시도하였다. 그러나 나흥유는 협상에 실패하였을 뿐만 아니라, 오히려 옥에 갇혔다가 간신히 돌아왔다. 일본에서도 왜구 근절을 의논하기 위해 고려에 사신을 보냈으므로, 고려에서는 1372년 9월에 정몽주를 보빙사절(報聘使節)로 일본에 파견하였다. 정몽주는 구주절도사(九州節度使) 원료준(源了俊)과 협상하여 외교적인 성과를 거두고, 이듬해 7월에 윤명(尹明)·안우세(安遇世) 등 포로 수백 명을 데리고 돌아왔다. 구주절도사가 보내는 사신 주맹인(周孟仁)과 함께 돌아왔으니, 두 나라가 평화적인 관계를 앞으로도 계속 유지하자는 약속까지 받아낸 셈이다.

정몽주가 일본에서 지은 시들은 『포은집』에 실려 있는데, 〈홍무 정사년에 일본에 사신으로 가서 지은 시[洪武丁巳奉使日本作]〉라는 제목 아래 12수가 실려 있다. 이 가운데 5수가 증시(贈詩)인데, 과거제도를 실시하지 않던 일본에서는 대부분의 지식인이 승려였으므로, 정몽주의 시를 받은 인물들도 외교를 담당하던 승려들이었다. 그 첫 번째 시를 읽어보자.

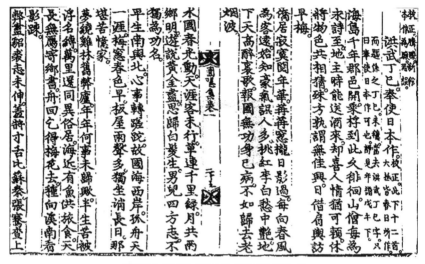

정몽주가 일본에 사신으로 파견되어 지은 시

바닷섬 천년 이래 고을이 열렸던 곳
배 타고 이곳에 와 오래 서성거렸네.
스님은 언제나 시 받으러 찾아오고
지주는 이따금 술을 보내주네.
다행스럽게도 인정은 기댈 만하니
물색이 다르다고 서로 의심하지 말아야겠네.
아무리 이역인들 흥취마저 없을손가
날마다 가마 빌려 타고 일찍 핀 매화를 찾아가네.

海島千年郡邑開。乘桴到此久徘徊。
山僧每爲求詩至。地主時能送酒來。
却喜人情猶可賴。休將物色共相猜。
殊方孰謂無佳興。日借肩輿訪早梅。

이 시에 나오는 지주는 구주절도사이다. 나흥유는 옥에 갇히기까지

하는 수모를 겪었지만, 정몽주가 예부터 이웃나라들이 친하게 지냈던 이해관계를 들어서 설득하자 모두들 존경하고 복종하였다. 그래서 술을 대접하고 가마를 보내어 풍물을 즐기게 했던 것이다.

홍장로에게 지어준 시에는 외교적인 표현도 보인다.

> 흰 구름이 어찌하여 푸른 산에서 나왔나.
> 오랜 가뭄에 창생을 위해서라네.
> 한번 오고 감에 응당 뜻이 있으리니
> 사람들아! 아무렇게나 보지 말게나.

> 白雲何事出靑山。只爲蒼生久旱乾。
> 一杖往來應有意。傍人莫作等閑看。

〈일본 홍장로에게 지어주다[贈日本洪長老]〉라는 제목의 이 시에는 "이때 홍장로가 우리나라 포로들을 데리고 돌아왔다[時洪僧率還我國被擄人口]"는 설명이 있어서, 이 시의 흰 구름은 홍장로를, 푸른 산은 일본을, 창생은 포로로 잡혀갔던 우리 백성들을 가리킨다고 볼 수 있다. 홍장로에게 고마워하는 마음을 마지막 구절에서 드러냈다.

정몽주가 일본에서 지은 시 가운데 대표작은 〈홍무 정사년에 일본에 사신으로 가서 지은 시[洪武丁巳奉使日本作]〉의 네 번째 작품이다.

> 평생을 남쪽으로, 또 북쪽으로
> 마음 속의 일이 점점 어긋나네.
> 고국은 바다 서쪽 언덕인데
> 외로운 배는 하늘 끝에 있네.
> 매화 핀 창가에 봄빛 이르니
> 판자집에 빗소리 많구나.

혼자 앉아 긴 날을 보내노라니
집 그리운 괴로움을 어이 견딜까.

平生南與北。心事轉蹉跎。
故國海西岸。孤舟天一涯。
梅窓春色早。板屋雨聲多。
獨坐消長日。那堪苦憶家。

이 시를 우리나라 시인들이 뛰어나다고 평가한 이유는 일본과 우리나라의 차이를 빗소리로 표현했다는 점이다. 창가에 매화가 피어 봄빛이 우리나라보다 빨리 왔다는 것은 시각적인 이미지를 표현한 것이고, 판자집이라 빗소리가 더 많이 들린다는 것은 청각적인 이미지를 표현한 것이다. 우리나라의 초가집에는 빗소리가 묻혀들지만, 지진이 많아 판자집을 많이 짓던 일본에서는 판자집에 빗방울이 부딪치는 소리가 더 크게 들린다. 정몽주는 빗소리를 들으면서, 이곳이 고국이 아니라 일본이라는 사실을 절감하였다. 그래서 고국이 바다 서쪽 언덕이라고 한 것이다. 이 시는 일본 시인들 사이에서도 오랫동안 전해졌으며, 일본 시화에서도 고려 시인의 대표작으로 꼽았다.

〈연보〉에는 일본에서의 외교적 성과를 이렇게 기록하였다.

홍무 10년(정사) 9월 전 대사성으로서 일본에 사행을 갔다. 이때 조정에서는 왜구의 침략을 걱정하여 나흥유(羅興儒)를 패가대에 사신으로 보내 화친을 유세한 적이 있는데, 그곳의 우두머리 장수가 나흥유를 가두었다. 나흥유는 거의 굶어죽을 뻔 하다가 간신히 살아 돌아왔다. 권력을 잡은 신하들이 사신 가는 일을 저어하여 선생을 보빙사(報聘使)로 천거하였다. 이 사행을 모두 위험하게 여겼으나 선생은 조금도 난처한 기색이 없었다. 도착하여서는 고금의 교린에 대한 이해를 극진히 진술하여 우두머리 장수가 경복하였고 대접도 융숭하였다. 왜승이 시를 청하자 붓을 들고 곧바로 써주었는데, 승려들이 모여들었다. 날마다 가마를 메고 아름다운 경치를 구경하자고 청하여 일본에 사신 가서 쓴 시가 있게 되었다.

이숭인(李崇仁)이 공을 전송하는 글에 다음과 같이 썼다.

"전하(우왕) 4년 7월 일본 패가대의 사자가 와서 한 달 남짓 머물고 돌아간다고 고하였다. 전하께서 재상을 불러 말하였다.

'보빙은 예이다. 더구나 지금 이웃나라와 우호를 맺어 왜구를 멸하게 하여야 하니 빙사를 마땅히 삼가 간택하여야 하지 않겠느냐.'

이에 성균 대사성 정달가[정몽주의 자]를 파견하였다. 달가가 고금의 일에 박학하고 기상이 순후하면서도 방정하였으며 말이 온화하면서도 달변이었고 오나라 월나라 땅에 간 적이 있고 제나라 노나라의 유적을 구경하여 사마자장의 기풍이 있었기 때문이다. 사신으로 가는 일쯤은 넉넉히 하고도 남았다."

정도전(鄭道傳)이 말했다.

"선생의 학문은 날마다 성장하였고 시 역시 따라 늘었다. 일본에 사신으로 갔을 적에 험한 파도를 건너 멀리 먼 외국에 있으면서도 안색을 바르게 하고 사령을 닦고 우리나라의 훌륭함을 선양하여 다른 풍속을 지닌 사람들로 하여금 경모하게 하였다. 그러므로 그 말의 분명하고 공명정대하여 위축되고 꺾이는 기상을 찾아볼 수 없다."

두 사람의 말씀이 모두 선생이 사신의 임무를 훌륭히 수행했음을 칭찬하여 말한 것이다. 본정의 행장에 빠진 부분을 보충하기에 충분하나 연보에 역시 실려 있지 않다. 그러므로 부기한다.

일본에서 외교적 성과를 거두고 돌아온 정몽주는 1380년 3월에 판도판서(版圖判書)에 제수되었다. 가을에 조전원수(助戰元帥)로 이성계(李成桂)를 따라 전라도 운봉(雲峰)에 가서 왜를 크게 이기고 돌아왔다. 동년 11월에 밀직제학 상의회의도감사 보문각제학 상호군(密直提學 商議會議都監事 寶文閣提學 上護軍)에 제수되었다. 왜구에 대해 평화적인 협상만 힘쓴 게 아니라, 필요한 경우에는 조전원수(助戰元帥)로 참전하여 무공도 세웠다.

5. 11대손 정찬술이 선조 덕분에 환대를 받다

정찬술(鄭纘述, 1684~1766)은 역사에서 정몽주의 11대손으로 더 잘 알려져 있는 장군인데, 1725년에 전라병사가 되었고, 1728년 이인좌(李麟佐)의 난에 포도대장으로 발탁되었다. 1743년 평안병사가 되었다가 파직되었는데, 평안감사 이종성(李宗城)이 훌륭한 장수임을 역설하여 구제되었다.

1749년 통제사, 1752년 총융사가 되어 금위영·어영청의 대장(종2품)을 겸직하였으나, 부하를 단속하지 못하겠다는 영남이정사(嶺南釐正使) 민백상(閔百祥)의 탄핵으로 고신을 환수 당했고, 1755년 무고한 백성을 죽인 까닭으로 파직되었다가 1758년 다시 총융사에 올랐다. 1746년 영의정 김재로(金在魯)의 요청으로 그의 증손이 정몽주의 사손(祀孫)으로 정하여짐으로써 제사를 받들게 되었다. 정몽주의 대를 잇게 된 것이다.

정찬술이 1711년에 통신사의 군관으로 파견되자, 에도막부에서는 정몽주의 후손이 왔다는 사실만으로도 환대하였다. 에도막부의 집정관이었던 아라이 하쿠세키(新井白石)가 조선의 사신들을 만난 자리에서 그 소문의 진상을 확인하였다.

"오늘 이 관중(館中)에서 포은(圃隱) 정공(鄭公)의 후손을 만난 것이 뜻밖입니다. 옛날 본국의 영화(永和) 2년(1376)은 바로 대명(大明) 홍무(洪武) 10년인데, 그때 정공이 고려(高麗)의 사신으로 여기 오셔서 우리 구주절도사(九州節度使) 원요준(源了俊)과 만나 두 나라의 화평을 의논했

일본에서 그려준 정사 조태억 초상

고, 귀국이 개국(開國)하던 날에는 박돈(朴敦)공이 왔으니 곧 고려의 옛 우호관계를 돈독히 하기 위한 것이었습니다. 그런데 전일에 궐중수서관(闕中受書官)인 근위소장(近衛少將) 원공(源公)이 또 요준(了俊 원요준)씨의 후손이고 보니 어찌 기이하지 않습니까? 혹시 근위소장이 다음날 이 관중에 온다면 제가 인사 소개를 하겠습니다."

340년 전 고려의 사신이었던 정몽주의 후손과 일본의 절도사였던 원료준의 후손들이 통신사의 수행원과 접반사로 기이하게 만나게 된 것이다. 그러자 정사(正使) 조태억이 그 말에 반응하였다.

"선전관 정찬술(鄭續述)은 바로 포은 선생의 11대손이며, 그 뒤 대대로 사환이 찬란하였고, 본인이 또한 기이한 인물이기에 이번에 내가 데려왔는데, 원공의 후예를 만난다면 그야말로 기이한 일이지요. 원소장의 이름은 무엇이며 앞으로 이 관중에 올 일이 있겠습니까?"

아라이 하쿠세키가 설명하였다.

"요준(了俊)의 후손 근위소장은 풍전수(豊前守)를 겸한 자인지라, 원이(源伊)씨를 세간에서 품천(品川)이라 부릅니다. 신사(信使)께서 여기 오시던 날 치관사(致館使, 사신의 숙소를 안내하는 사람)로 받들고 온 이가 바로 그 사람입니다. 뒷날 하직하시는 날 궐내에서 교명(敎命)을 전할 때 어쩌면 있을 겁니다."

家頗依朱子家禮而行之。
陸德明經典釋文周禮音義曰。春官宗伯笠氏職曰。
九㧓䚟首振動音義曰。如字李依大夫童音。杜徒
弄反。今倭人拜以兩手相擊如鄭大夫之說。盖古
之遺法。
席上製述官及三書記入來。
白石曰。製述官令胤幾位在。
東郭曰。僕之螟子名胤祚年二十二歲矣。宣傳即養。續述宣傳官。
白石曰。鄭宣傳於其祖文忠公世次多少。
東郭曰。圃隱先生十一代孫䝞武科以禅將方在行。
中。大明大祖建國之初圃隱先生以進賀使入中州。得見文物之盛豈不壮哉奇哉圃隱集中有紀焉。
東郭曰。鄭先生之後何為登武科。
白石曰。其人自是能文奇士而朝廷勸令就武矣以其才略出衆可作大將軍。
白石曰。士戌之聘僕與滄浪子有一揖之舊洪書記。
其為其族人耶。
洪書記答曰。有知舊之誼而非親戚也。
白石曰。敢問君家門閥及令子弟幾在嚴南二君亦

일본에서 편집, 출판한 『강관필담』의 정찬술 부분

　부사(副使) 임수간(任守幹)이 아라이 하쿠세키와 주고받은 필담을 정리한 『강관필담(江關筆談)』에 이러한 사연이 실려 있는데, 같은 날의 만남과 필담을 일본인이 편집한 『강관필담(江關筆談)』에는 더 자세한 이야기가 실려 있다. 이 기록에 나오는 백석(白石)은 아라이 하쿠세키(新井白石), 동곽(東郭)은 제술관 이현(李礥, 1654~?), 홍서기(洪書記)는 홍순연(洪舜衍, 1653~?)이다.

　　여러 사람이 모인 자리에 제술관 및 세 서기가 들어왔다.
　　백석 : "제술관은 자제를 몇 분이나 두셨습니까?"
　　동곽(東郭) : "제 양자는 이름은 윤작이고 나이는 22세입니다." 동곽은 제술관의 호이다.
　　백석 : "정 선전관(宣傳官)께서는 선조이신 문충공(文忠公, 정몽주)과 몇 대 차이가 나십니까?" 선전관은 정찬술이다.

동곽 : "포은선생 11대손입니다. 무과에 급제하여 비장으로써 사행(使行)에
　　　왔습니다. 명나라 태조가 건국한 초기에 포은선생이 진하사(進賀使)로서
　　　중국에 들어가 문물의 성대함을 보았으니 어찌 장하지 않습니까? 기이하
　　　고 기이합니다! 『포은집(圃隱集)』에 기록이 남아 있습니다."

백석 : "정선생의 후손이 어째서 무과에 올랐습니까?"

동곽 : "이 사람은 본래 글을 잘하는 뛰어난 선비입니다만, 조정이 권하여
　　　무직(武職)에 나아갈 것을 명하였습니다. 재략이 출중하니 가히 대장군
　　　으로 일할 만하기 때문입니다."…

백석 : "오늘 저는 제술관(이현)을 통해서 포은 정공의 먼 후손을 뵈었습니
　　　다. 예전 본조 영화(永和) 2년(1376)은 실로 대명 홍무(洪武) 10년(1377)
　　　입니다. 정공께서 고려의 사신으로 와서 우리 구주(九州 : 규슈) 절도사
　　　원정세(源貞世)5)를 만났습니다. 그리고 두 나라의 평화를 위해 의논하였
　　　습니다. 귀국이 나라를 세웠을 때 박돈지(朴敦之) 공이 오셨으니6) 고려
　　　의 옛 우호를 닦은 것입니다. 공들이 진현하시던 날, 수서관(受書官)7)
　　　원소장(源少將)8)이라는 사람이 원정세의 9대 족손입니다."

청평 : "선전관 정찬술은 포은 선생 11대 후손입니다. 그 후 대대로 높은
　　　벼슬을 하였습니다. 사람됨 역시 뛰어난 선비입니다. 그래서 제가 군관으
　　　로 대동해 왔습니다. 원공의 후예처럼 진실로 뛰어난 선비입니다. 원

---

5) 원정세(源貞世) : 미나모토노 사다요(1326~1420). 가마쿠라 시대 후기부터 남북조 무로
　마치 시대의 무장으로 원강[遠江, 도오토미]의 슈고다이묘(守護大名)였던 금천정세[今川貞
　世, 이마가와 사다요]를 가리킨다. 구주탐제(九州探題)로 있었을 때 정몽주를 접대했다.

6) 귀국이 … 오셨으니 : 1401년 박돈지(朴敦之, ?~?)가 일본에 사신으로 다녀왔다고 한다.

7) 수서관(受書官) : 수도서인(受圖書人)을 가리킨다. 조선 정부로부터 도서(圖書)를 지급받
　은 사람으로, 도서란 조선정부가 일본 통교자를 통제하기 위하여 쓰시마도주 등에게 통교
　증명으로 발급해 준 구리 도장이다. 조선에서는 무절제한 왜인의 출입을 제한하기 위하여
　도서가 찍힌 서계(書契)를 가져오는 수도서인(受圖書人)이나 수도서선(受圖書船)에 한하여
　각 포소(浦所)에서 통상을 허락했다.

8) 원 소장(源少將) : 품천이씨[品川伊氏, 시나가와 고레우지(1669~1712)]로, 에도시대 하타
　모토(旗本)이다.

소장의 이름과 자가 어떤지 모르겠군요. 그리고 장차 객관으로 올 일이
있습니까?"

백석 : "고(故) 구주절도사 원공의 족손은 이름은 이씨(伊氏)입니다. 현재
근위소장 겸 풍전수(豊前守)입니다. 집안 대대로 품천(品川)이라고 칭
합니다. 통신사께서 처음 동도에 도착한 날 이 사람이 사명을 받들고
관소에 왔었습니다. 공들께서 사현하시던 날 궐내에서 이 사람을 보셨
을 지도 모르겠습니다."

청평 : "오늘 이 모임은 진실로 양국 천고의 성사입니다. 모두 기록하여 나
라의 역사에 남길만합니다."

백석 : "예전에 정공, 신공이 연달아 와서 양국 강화를 하였습니다. 근래
호곡 남공이 병신년에 빙례를 오셨습니다. 지금 들으니 조공께서는 신
공의 먼 외손이시고, 임공과 이공은 정공과 남공 두 분의 후손과 함께
오셨습니다. 이공 게다가 남공의 문인이십니다. 어찌 공들만이 대대로
그 덕을 이으십니까? 아니면 이른바 오래된 나라에 있는 대를 이어가는
신하가 있다는 것이 또한 이와 같은 것입니까? 진실로 이웃해 있는 나
라의 큰 경사입니다. 제가 다행히 이 성대한 일을 보았으니 세상에 다시
없는 기이한 모임이라고 이를 수 있겠습니다. 공들께서 기록하여 그것
을 후세에 남기신다면 길이 남을 것입니다."

남강 : "사신이 교빙하는 것은 어느 대인들 없었겠습니까? 그러나 오늘 이
모임은 교향(僑向)을 얻은 것에도 부끄럽지 않으니 어찌 기이하지 않겠
습니까? 이별한 후 그리워하며 부상의 해를 바라볼 뿐일 테니 어찌 슬프
지 않겠습니까?"

청평 : "옛말에 이르기를 '길가에서 일산을 기울이며 잠깐 얘기하였어도
오래된 사이 같다.'라고 하였습니다. 한 번 웃고 막역한 사이가 된다면
국경이 같고 다름을 논하겠습니까? 오늘의 모임은 한자리에 앉아 웃으
면서 해학을 하였으나 진실로 양국이 교빙한 이래 쉽게 얻을 수 있는
일이 아닙니다. 서로 마음을 털어 놓고 초나라와 월나라처럼 먼 거리를
모두 잊었습니다. 공께서는 어떻게 여기십니까?"

평천 : "나라의 국경에는 한계가 있고 바다와 육지가 아득히 떨어져 있습
　　　니다. 한번 이별한 후엔 소식을 들을 길이 없습니다. 말이 이에 이르면
　　　울적하지 않을 수 있겠습니까? 오직 한 조각 밝은 달이 만 리 떨어져
　　　있는 마음을 나누어 비춰 줄 뿐입니다."
백석 : "제 마음 역시 〈습상(隰桑)〉의 마지막 장에 있습니다. 마음속에 간
　　　직하니 언젠들 잊겠습니까? 공들이 귀국하신 후에 동쪽을 바라보고 생
　　　각해 주시면 다행이겠습니다. 오늘 나눈 얘기는 기록해 두는 것 역시
　　　훌륭한 일일 것입니다. 감히 청한 자리에 있는 수십 장의 종이를 뒷날
　　　보내주시길 감히 청합니다."
　　드디어 읍을 하고 헤어져 돌아왔다.

　　교향(僑向)은 춘추시대 정나라 공손교(公孫僑)와 진(晉)나라의 대부 숙
향(叔向)을 가리키는데, 외국에 사신을 가거나 외국의 빈객을 접대할 적
에 응대(應對)를 잘하기로 이름이 높았다. 뛰어난 외교관들을 만난 즐거
움을 그렇게 표현한 것이다. 〈습상(隰桑)〉은 『시경(詩經)』의 편명으로,
군자를 만난 즐거움을 노래하는 내용이다. 정찬술을 비롯한 여러 수행
원들을 만나게 되어, 일본과 조선의 지식인들이 화기애애한 가운데 필
담을 주고받았다.
　　일본인이 편집한 『미양창화록(尾陽唱和錄)』에 그의 명단이 보인다.

　　군관(軍官) : 민제장(閔濟章)・정수송(鄭壽松)・조빈(趙儐)・정찬술(鄭
績述)・신진소(申震熽)・유정좌(劉廷佐)・장문한(張文翰)・임도승(任道
升)・변경리(卞景利)・김두명(金斗明)・엄한우(嚴漢佑).

　　1711년에 군관으로 통신사를 수행했던 정찬술이 일본에서 활동한 기

록을 더 찾아내면 그가 정몽주의 후손으로서만 환대받은 것이 아니라 자신의 능력에 의해 인정받았음이 확인될 것이다.

6. 후손에까지 이어진 대일 외교

대부분의 국민들은 정몽주를 고려시대의 대표적인 성리학자이자 조선 건국을 반대하고 고려왕조를 지키다가 순절한 충신으로만 알고 있지만, 이성계 장군을 따라 왜구 섬멸에도 앞장섰으며, 일본에 파견되어 포로를 데려오고 두 나라 사이에 화평스런 시대를 열려고 애썼던 인물이기도 하다. 조선후기 통신사가 파견되던 시기에도 정몽주는 일본인들에게 존경을 받아, 1711년에 정몽주의 후손 정찬술이 통신사 수행원으로 파견되는 것을 알고 일본인들이 환영하며 접대하였다.

임고면 우항리에 정몽주의 생가 터를 복원하고 있는데다, 부근의 임고서원이 국민들에게 널리 알려져 있어, 영천과 통신사의 연결고리로 정몽주를 더 배워볼 필요가 있다.

영천시 임고면 포은로 447에 세워진 임고서원

정몽주 생가 복원 상량식

대책문을 통해본 정몽주의 국방 대책*

도현철

1. 머리말

포은 정몽주(1337~1392)는 고려 말 정치가로 왕조의 중흥에 진력한 인물이지만, 그의 위상만큼 남아있는 자료가 많지 않다. 『포은집』[1]은 소략하여 공민왕, 우왕, 창왕, 공양왕대에 이르는 정치적 격변기를 살다 간 정몽주의 사상과 행동을 파악하는 데 미흡하다. 정몽주 연구를 진전시키기 위해서는 새로운 연구방법론과 함께 연구 자료의 발굴이 요청된다.

최근, 일본 명고옥 봉좌문고(日本 名古屋 蓬左文庫)에 있는 『책문(策文)』이라는 책 속에 정몽주의 대책문이 확인되었다. 『책문』은 조선중기 무렵 과거시험 준비생이 고려 말부터 조선중기까지 출제되었던 질문인 책문과 답안지인 대책(對策)을 행초서체로 정리한 글이다.

---

* 이 글은 『한국중세사연구』 26, 2009에 실린 글을 요약 정리한 것이다.
1) 『포은집』은 14회에 걸쳐 간행되었다. 초간본은 세종 21년(1439)에 간행되었는데 상하권 시 255제 303수가 수록되고, 잡저로 포은과 관련된 諸家의 시문으로서, 이색과 유방선 등의 5편의 글이 수록되어 있다. 『圃隱集』(『韓國文集叢刊』 권6, 민족문화추진회, 1990) 판본에 대한 연구로 다음이 참고 된다(최채기, 『圃隱詩藁』, 『고서해제 VI』, 2006).

대책은 과거시험의 마지막 관문인 종장의 시험 방식으로, 당면한 현실 문제를 질문하는 책문의 답안인데, 정몽주의 대책문에는 정몽주가 과거에 수석 합격한 해인 공민왕 9년(1360)의 현안문제와 대응방법을 말해준다.

그러므로 정몽주의 대책문을 살펴보게 되면, 공민왕 9년 무렵의 정국 상황과 공민왕대 정몽주의 현실인식과 대응론을 살펴볼 수 있으며, 과거시험 대책문의 형식과 내용을 파악하여 과거제 연구를 활성화하는 데 기여할 것이다. 또한 봉좌문고의『책문』처럼 일본에 있는 한국학 관련 자료를 이해하는 데 도움이 될 것이다.

2. 자료 검토와 공민왕대 정몽주의 정치 활동

1) 자료의 검토와 고려의 과거

새로 발굴된 정몽주의 대책문은『포은집』에 없는 글로서 일본 봉좌문고에 있는『책문』에 수록되어 있다. 일본 봉좌문고는 풍신수길(豊臣秀吉)과 그를 이은 덕천가강(德川家康)이 임진왜란 때 조선에서 가져간 전적(典籍) 가운데 상속받은 일부와 그 이후 수집된 자료로 이루어졌다.『책문』은 임진왜란 이전에 만들어진 것으로 임진왜란 중에 일본으로 유출된 것으로 보인다.

『책문』은 고려 말부터 조선중기까지의 책문과 대책 29종을 모은 것인데, 고려의 것으로는 이색, 안축, 정몽주의 글이 있다.[2] 현재 고려인의

---

2)『策文』에 있는 대책문의 저자를 편집 순서대로 제시하면 다음과 같다(朴時亨, 李蓀(1439~1520), 河叔山, 崔敬止, 孫昭(1433~1484), 洪貴達(1438~1504), 金驥孫(1455~1492), 蔡壽

책문은 16개, 대책은 4개가 남아있는 것으로 알려져 있다. 이규보 책문 2개, 최해 책문 2개, 안축 책문과 대책(元 制科) 각 1개, 이제현 책문 4개, 이곡 책문 5개와 대책(鄕試, 元 廷試) 3개, 정도전 책문 2개 등인데, 고려 과거 종장(終場)의 대책은 없다. 이『책문』을 통해서 이색과 정몽주의 대책문이 찾아지게 됨으로써, 고려시대 과거의 종장 대책 답안지가 처음으로 소개되는 셈이다. 이색, 정몽주의 대책 답안지가 남아 있게 된 것은 조선중기 성리학자의 관심, 예컨대 조선 성리학의 연원인 절의를 실천한 두 사람에 대한 관심과 실질적으로 과거시험에 참고가 되는 장원급제자의 글이라는 점이 참작되었을 것이다.

고려시대 과거시험은 광종 때 처음 실시되었는데, 시험 과목은 왕대별로 차이가 있으나 문과의 경우 초장(1차)에 경학(經學), 중장(2차)에 시부(詩賦), 종장(3차)에 대책(對策)을 시험하였다. 고려후기에는 성리학이 수용되면서 경학과 대책의 의의가 새롭게 이해되고, 충숙왕 7년(1320)에 이제현이 지공거일 때 종장에 시(詩)·부(賦)를 폐지하고 책문을 포함시켰다. 충목왕 즉위년(1344)의 과거는 초장(初場)에 육경의 사서의(六經義 四書疑), 중장(中場)에 고부(古賦), 종장에 책문을 시험 보았다. 공민왕 9년에는 충목왕대의 시험과목이 이어졌을 것이므로, 정몽주는 과거시험 종장의 답안으로 대책문을 작성하였을 것이다.

공민왕 9년 과거의 시험관은 김득배와 한방신이었다. 김득배(1312~1362)는 충숙왕 후5년(1336) 채홍철(蔡洪哲) 안규(安珪) 문하에서 급제하였다. 공민왕을 따라 원나라에 들어가 숙위하였고, 공민왕 9년 3월에

(1449~1515), 李永垠(1434~1471), 辛季琚, 朴衡文(1421~?), 李昌臣(1449~?), 裵仲厚, 鄭夢周(1337~1392), 李穡(1328~1396), 趙昱(1498~1557), 安軸(1287~1348-충숙왕 11년(1324)의 원 제과 합격) 등이다).

홍건적 격퇴의 공을 세웠다. 동왕 9년 10월에 지공거로 정몽주 등 33인을 선발하였다. 공민왕 10년 10월 홍건적이 10만군으로 다시 침략해 왔을 때, 서북면도병마사가 되어 이를 방어하려고 했으나, 패하여 개경이 함락되었다. 공민왕 11년 정월 개경을 수복할 때 안우, 이방실, 등과 함께 홍건적 격퇴의 공을 세웠다. 하지만, 정세운과 권력 싸움에 나서던 김용(金鏞)이 일을 꾸며 안우, 이방실, 김득배에게 정세운을 살해할 것을 지시하였고, 이들은 정세운을 살해하였다. 김득배는 이 때문에 체포되어 상주에서 죽임을 당했다. 문생인 정몽주는 공민왕에게 청하여 그의 시신을 거두고 제문을 지어 그의 죽음을 애도하였다.

고려후기에는 과거제에 기초한 유대감이 강하여, 좌주문생제, 동년회, 용두회, 영친연 등을 통하여 긴밀한 인간관계를 유지하였다. 특히 좌주문생제를 통하여 성리학의 전수가 이루어지고 있었다. 하지만, 정몽주는 좌주가 일찍 죽음으로써 은혜를 입지 못하게 되고, 동년인 임박(?~1376), 이존오(1341~1371), 유구(柳珣, 1335~1398), 문익점(文益漸, 1329~1398) 등과 정치적으로 긴밀하게 결합한 모습은 보이지 않는다.

2) 공민왕대의 상황과 정몽주의 정치 활동

정몽주는 자는 달가, 호는 포은이다. 본관이 영일이고, 영천 출신이다. 어머니가 영천이씨로 외가에서 출생한 것으로 보인다. 부(父)인 정운관(鄭云瓘)은 성균관(成均館) 복응재생(服膺齋生)이었고, 조(祖)인 정유(鄭裕)는 직장동정(直長同正), 증조(曾祖) 정인수(鄭仁壽)는 검교군기감(檢校軍器監)이었다. 공민왕 6년(1357) 신군평(申君平)이 주관한 감시(監試)에 합격하였고, 24세인 공민왕 9년에 김득배, 한방신이 주관한 과거에서

1등으로 합격하였다. 과거 합격할 무렵인 20대 전후에 사서오경(四書五經) 이외에도 병서를 비롯한 제자백가서를 익히고 있었다. 정도전이 16~17세 무렵인 공민왕 초반에, 정몽주가 정도전에게 『대학』과『중용』, 그리고 『맹자』를 주어 읽어보게 했다고 한다. 후술하는 바와 같은 병서를 알고 있었다. 고려후기 원으로부터 성리학을 포함한 다양한 지식, 서적이 보급됨으로써 세계와 인간, 국제관계와 고려 사회에 대한 폭넓은 인식을 가능케 한 지적 토대를 마련하고 있었다.

정몽주는 공민왕 11년 3월 예문검열(藝文檢閱)이 되고, 동12년(1363) 8월 한방신이 동북면지휘도사가 되어 여진을 정벌할 때 종사관으로 참여하게 되었다. 13년 2월에는 이성계와 함께 삼선(三善) 삼개(三介)를 무찔렀다. 당시에 상제(喪制)가 문란(紊亂)하고 해이하여 사대부(士大夫)가 모두 백일(百日)이면 길복(吉服)을 입었으나 정몽주는 부모상(父母喪)에 여막(廬幕)을 짓고 유학의 예에 충실하였다. 공민왕 16년 성균관이 중영되어 이색, 김구용, 박상충, 박의중, 이숭인 등이 성리학을 연구하고 학생을 교육하는데, 정몽주는 성균박사, 성균사예, 성균사성을 역임하면서 이에 동참하였다. 이색은 정몽주의 말이 횡설수설하는 것 같지만 이치에 맞지 않은 것이 없다고 하였다. 공민왕 21년(1370) 3월부터 22년 7월까지 홍사범의 서장관으로 명나라에 갔다 왔다.

정몽주가 과거에 합격한 공민왕 9년 무렵은 고려왕조의 대내외적인 변화, 변동이 심한 시기였다. 무신집권기와 원 간섭기를 거치면서 토지분급제, 토지소유관계의 변화를 비롯한 경제상의 변동, 사회신분제의 동요, 왜구와 홍건적의 침입으로 국토의 황폐화, 원의 간섭에 의한 사회모순의 심화, 원·명 교체에 따른 동아시아 지역의 불안정, 왕실의 권위 실추, 지배층의 무기력과 분열, 정치기강의 이완 등이 나타났다.

공민왕은 반원개혁을 추구하여 원의 부당한 간섭을 배제하고 고려와 중국의 외교관계를 정상화하고자 하였다. 몽고식 변발과 호복 착용 금지, 정방 혁파, 정동행성이문소(征東行省理問所) 혁파, 쌍성총관부 회복, 전민변정도감 설치 등을 통하여 고려의 자주성을 회복하고 빼앗겼던 영토를 회복하며, 정치, 사회, 경제의 여러 부문에서 그동안 왜곡되고 변질되었던 제도를 시정하고 국가의 기강을 확립하며 민생을 안정시키려는 것이다. 공민왕의 정책은 원의 절대적 간섭과 영향력을 갖는 시점에서 고려의 중흥을 기약하는 전향적이고 개혁적인 것이었다.

한편, 공민왕 대에는 남쪽으로 왜구, 북쪽으로는 홍건적이 변방을 위협하고 있었다. 고려 후기 왜구는 충정왕 2년(1350)의 경인년 이후부터 본격화되었는데, 공민왕 6년 여름부터 더욱 기세를 떨치고 있었다. 왜구는 해안뿐만 아니라 내륙까지 침략해 국토를 유린하며 인민을 살상하고, 지방 행정을 마비시키며 국가의 공적 체계를 무너뜨렸다. 특히 교동, 강화 등지를 습격하여 수도 개경을 위협하였다. 왜구의 침입으로 개경은 계엄 상태가 되고, 급기야 천도를 논의하였다. 공민왕 5년 6월부터 6년 정월에 이르기까지 공민왕은 한양으로 천도하려 하였고 남경의 궁궐을 수축하기도 하였다. 천도론은 개경인을 불안하게 하고 미리 남경으로 떠나는 사람이 나오기도 하였다.

홍건적의 침입[3]은 위기 상황을 더욱 악화시키고 있었다. 공민왕은 반원의 노선으로부터 북방의 경비를 철저히 하여 만일의 사태에 대비하였다. 공민왕 7년 3월 정주부사 주영세와 전라만호 강중상이 그 직무를 함부로 이탈하여 개경에 오자, 공민왕은 홍적(紅賊)과 왜노(倭奴)가 염려된다 하

---

3) 漢族 정권 회복을 목표로 한 홍건족은 원과 싸워 승리하기도 하였으나 패하여 사방으로 흩어지게 되었는데, 그들 중 한 무리가 요동지역으로 진출하고 고려에 침입하였다.

여, 이들을 옥에 가두었다. 아울러 홍건적의 침입 예상 지역인 서북면의 방어태세를 강화하여 추밀원직학사인 김득배를 서북면도순문사(西北面都巡問使), 김원봉을 서북면방어지휘사로 삼아 대처하도록 하였다. 공민왕 8년 2월 홍건적은 고려에 침입하겠다는 글을 보냈고, 같은 해 12월에 압록강을 건너 고려를 침입하였다. 모거경(毛居敬)이 거느린 홍건적 4만명은 의주(義州)와 정주(靜州), 인주(麟州)를 거쳐 서경까지 함락시키고 서북면 도지휘사 김원봉을 죽였다. 홍건적이 고려군을 격파하고 개경으로 향한다는 소식에 중외가 크게 흉흉하고 개경 사람들은 피난을 생각하기에 이르렀다. 조정에서는 수문하시중 이암을 서북면도원수, 경천흥을 부원수, 김득배를 도지휘사, 이춘부를 서경윤, 이인임을 서경존무사로 삼아 대응하게 하였다. 또한 제사(諸司)의 서리(胥吏)를 뽑아 서북면에서 싸울 군사를 보충하고 승선이상은 각각 말 한필씩을 내게 하였고, 각 사원의 승려와 인마도 모아 군용에 충당하고 병력보강에 힘썼다. 안우, 김득배, 이방실 등은 연합전선을 구축하여 함종에서 적군을 대파하여 홍건적을 압록강 이북으로 쫓아낼 수 있었다. 홍건적은 그 뒤에도 배를 타고 들어와 황해도, 평안도의 연안 일대를 노략질하였다. 이방실 등이 이들을 무찔렀지만, 홍건적의 침입 가능성은 여전하였고 고려를 불안하게 하였다.

공민왕 10년(1361) 10월 홍건적이 10여만의 군사로 다시 침입하였다. 안우, 김득배 이방실 등이 다시 막아 싸웠으나 개경이 함락되고 왕은 福州(안동)로 피난가기에 이르렀다.

말하자면, 공민왕 9년 무렵의 고려 사회는 왜구와 함께 홍건적의 침입에 대한 국가적 위기감이 고조되었기 때문에 이에 대한 대비를 해야 했다.

3. 국방 대책과 문무겸용론

1) 유교의 치난론(治亂論)과 국방 대책

정몽주는 유학자로서 유학적 세계관과 성패론을 견지했고, 유학의 교화론과 이민족 대책을 생각하였다. 유학에서는 일치일난(一治一亂) 곧 다스려진다는 의미의 치(治)와 혼란한 시대인 난(亂)의 문제가 중요하고, 다스려지지 않은 혼란한 시대를 안정시킬 수 있는 대책이 항상적으로 요구된다. 정몽주는 유학의 치난론(治亂論)과 함께 혼란을 제어할 수 있는 방안을 대책문(對策文)에서 제시하였다.

홍건적의 침입에 어려움을 당한 공민왕 8년 다음해인 공민왕 9년에 과거가 실시되고, 3차 시험 문제는 고려가 당면한 현실 문제를 묻게 되는데, 다음과 같이 홍건적의 침입을 방어하는 대책을 묻는 것이었다.

天下가 생긴 지가 오래되었다만 한번 다스려지고 한번 혼란해지는 것이 일정하지 않다. 唐虞와 三代이래 宋遼에 이르기까지 歷代의 자취가 書冊에 기록되어 있으니 분명하게 볼 수 있다. 대저 잘 다스려지는 시대에 있어 다스려지게 되는 이유는 무슨 도 때문이겠는가? 혼란한 시대에 있어 혼란이 생기게 되는 이유는 무슨 일 때문이겠는가? 時代의 運數가 그렇게 만드는 것이겠는가? 刑政이 그렇게 만드는 것이겠는가? 또한 一代一世가 統體를 갖추는 것에 있어 어느 것이 선하고 어느 것이 선하지 않겠는가? 위대한 元이 흥기하여 천하를 통일한지 백년이 채 안되었는데, 하루아침에 홍건적이 일어나 지금까지 장애가 되고 있으니 그 이유가 무엇이겠는가?

우리나라는 聖祖가 나라를 창업한 이래 전쟁이 그친지 500년이 되었다. 근래 賊(홍건적)이 강을 건너오자 모든 사람들이 적개심을 품고 達妬을 격퇴시켜 西北民들로 하여금 다시 자리를 깔고 잠들도록 하였으니 이는 우리 임금의 덕의 소치가 아니겠는가? 어찌 이것으로써 천하에 위용을 보이려는 것이겠는가? 오직 조심하고 삼가며 文德을 펼치고 반드시 至治를 이룰 것을 생각할 따름이다. 따르고자 한 시대는 어느 시대인가? 또 편안할 때는 위급할 때를 잊지 않고 다스려질 때는 혼란할 때를 잊지 않는 것은 무엇인가를 도모하려는 사람이라면 깊이 살펴보아야 하는 것이다. 피할 수 없어 武威를 본받고자 하면, 太公望·司馬穰苴·孫賓·吳起·孔明·李靖 등에게 각각 兵書가 있으니 어떤 책이 그것을 위한 핵심적인 병서인가? 술수를 말하자면 어떤 술수가 義에 합치되는가? 병서의 요체를 알고 술수의 義를 선택할 수 있다면 공격하고 방어하는 전쟁은 고민할 필요도 없다. 제생들은 널리 공부하였으니 천하 국가의 治亂과 統體, 文을 숭상하고 武를 쓰는 것 등의 도리에 관해 익히 탐구하고 밝게 강구하였을 것이다. 말이 구차하고 범연하면, 의리가 천박하고 우활하다. 어찌 문장에 구애될 것인가? 뽑히지 못할 것이 분명하다.

공민왕 6년 이후 동북면에서 홍건적의 침입에 맞서 싸운 바 있는 시험관인 김득배는 한방신과 함께 홍건적의 재침을 우려하고 고려가 당면한 긴급한 현안문제로 홍건적과 같은 이민족의 침입을 방어하는 국방대책을 생각하였다. 이러한 대책은 유학의 국가운영에 제시하는 인의론에 의한 민심안정과 외적 방어론으로 제시된다. 이에, 한번 다스려지고, 한번 혼란해진다는 유교의 흥망성쇠론을 말하면서 잘 다스려지는 시대에 다스려지게 되는 이유는 무슨 도 때문이고, 혼란한 시대에 혼란이 생기게 되는 이유는 무엇인지 실마리를 던졌다. 그러면서, 원(元)이 천하를 통일한지 백년이 채 안되었는데, 홍건적이 침입하여 고려사회를 혼란하게 만든 원인이 무엇인지를 질문했다. 이때 홍건적의 발생이 원의 붕괴를 상징하는 증거가 될 수도 있음을 질문에서 암시하는 것이 흥미롭다.

공민왕 8년에 홍건적이 압록강을 건너왔으나 격퇴시켜 서북민이 안정을 찾았다. 오직 조심하고 삼가며 문덕(文德)을 펼치고 반드시 지치(至治)를 이룰 것을 생각해야 한다. 만약, 피할 수 없어 무위(武威)를 본받고자 하면, 태공망(太公望) 등 병서(兵書)가 있으니 어떤 책이 요긴하게 쓸 병서인지, 술수를 말하자면 어떤 술수가 의(義)에 합치되는 지를 말하라고 하였다. 즉, 홍건적 침입을 염두에 두면서, 천하 국가의 치란(治亂)과 통체(統體), 문(文)을 숭상하고 무(武)를 쓰는 것 등의 도리를 질문하고 있다.

이때, 병서(兵書)는 고려후기 성리학이 수용되고 유학서 이외에 제자백가서(諸子百家書)가 소개되는 가운데 널리 알져지게 된 것으로 보인다. 고려는 오랫동안 전란을 겪었으므로 병서(兵書), 병학(兵學)의 발달이 있었을 것으로 추정되지만, 남아 있는 자료는 많지 않다. 병서를 책문에서 언급하고 정몽주가 답안으로 진술한 것은 이미 시험에 응시하는 생도들이 병서를 교양으로 널리 알고 있었을 것으로 추측할 수 있다.

이에 대하여 정몽주는 유학의 성쇠론, 일치일난을 전제하면서 인심에 순응하는 유교 정치를 제시하였다.

三代 이전에는 文과 武가 하나였으나 三代 이후에는 文과 武가 둘로 나뉘었습니다. 文과 武가 하나가 되면 天下를 다스릴 수 있고, 文과 武가 둘로 나뉘면 천하를 다스릴 수 없습니다. 執事 先生이 과장에서 책문을 발표하면서 古今 治亂의 자취를 묻고, 이어 太公 등 諸子의 책을 거론하면서 '병서의 요체를 알고 술수의 義를 선택할 수 있다면 공격하고 방어하는 전쟁은 고민할 필요도 없다.'고 하셨습니다. 큰 질문이여! 憂國愛民의 마음에서 나온 것이요, 나가서는 장수의 일을 행하고 들어와서는 재상의 일을 행하는 근본입니다. 제가 비록 불민하지만 감히 마음을 다하여 대답하지 않을 수 있겠습니까?

文武를 함께 쓰는 것은 모든 왕이 따라야 할 大法이고 萬世의 불변하는 원칙입니다. 文은 융성한 것을 유지하고 완성된 것을 지킬 수 있게 해주는 것이고, 武는 어지러움을 바로 잡아 바름으로 되돌아갈 수 있게 해주는 것입니다. 仁義禮智는 文의 도구이고, 刑政攻守는 武의 術입니다. 잘 다스려질 때에는 文의 德으로 陽에 베풀고 武의 術은 陰에 감추어 둡니다. 어지러워지는 때에 이르러서는 武의 術을 陽에 베풀고 文의 德은 陰에 시행합니다. 文만을 사용하고 武를 쓰지 않으면 예기치 않은 사태 당하였을 때 구해낼 수 없고, 武만을 사용하고 文을 쓰지 않으면 人心이 어긋나는 것을 막을 수 없습니다. 그러므로 文과 武를 함께 써 하나로 한 연후에 천하의 다스림을 이룰 수 있습니다. 제가 執事의 물음을 받고 그 점을 분명히 밝히자 합니다.

정몽주의 답안지 앞부분은 질문을 요약하고 쓸 방향을 제시한 글이다. 즉, 병서의 요체를 알고 술수의 의(義)를 선택할 수 있다면 전란의 어려움을 극복할 수 있다. 문무를 일치하는 것은 모든 왕이 따라야할 대법이고, 만세의 불변하는 원칙이다. 문(文)은 융성한 것을 유지하고 완성된 것을 지킬 수 있게 해주는 것이고, 무(武)는 어지러움을 바로 잡아 바름으로 되돌아갈 수 있게 해주는 것이며, 인의예지(仁義禮智)는 文의 도구이고, 형정공수(刑政攻守)는 武의 術이다. 文만을 사용하고 武를 쓰지 않으면 예기치 않은 사태를 당하였을 때 구해낼 수 없고, 武만을 사용하고 文을 쓰지 않으면 인심(人心)이 어긋나는 것을 막을 수 없다. 그러므로 文과 武를 함께 써 하나로 한 연후에 천하의 다스림을 있음을 분명히 밝히겠다고 하였다.

24세 때의 인의예지의 문과 형정공수의 무를 함께 써야 한다는 생각은 정몽주가 40세경인 우왕 3년에 김해산성기(金海山城記)에 보다 진전된 형태로 나타난다. 이 글은 우왕원년 김해(金海)가 왜적에 의해 함락되고, 그 후 김해부사에 임명된 박위가 김해를 되찾고 읍성을 쌓고 왜구 방비에 주력한 사실을 기록한 것이다. 여기에서 정몽주는 성을 쌓고 나라를 지키는 것은 옛날부터 제왕들이 나라를 다스리는 방법이고, 『맹자』가 하늘의 때는 땅의 이로움만 못하고 땅의 이로움이 백성의 화합만 못하다고 한 것은 경중과 대소의 차이가 있을 뿐이지 어느 하나만 택하고 나머지는 버리라는 뜻은 아니라고 하였다. 인화(人和)와 지리(地理)를 동시에 고려해야 한다고 보는 것이다.

공민왕대 유학에 몰두하여 인의예지,『맹자』의 인화의 중요성을 파악하고 공민왕 12년에 한방신의 종사관으로 13년에는 이성계군의 막료로 여진정벌에 참여하면서 지리의 중요성을 터득하게 된 결과라 생각된다. 『맹자』를 통해서 제시된 '유학의 교화론 곧 인화를 중시하면서도 성을 쌓고 방비하는 대책인 지리도 등한시 하지 말아야 한다'는 것은 다스림에서 인의예지의 文과 형정공수의 武를 함께 사용해야 한다는 점을 확대된 형태로 보여준다고 할 수 있다. 20대 전후에 유학 경전을 익히는 정몽주는 30대 여진 정벌의 막료로 참여하면서 치도(治道)와 국방의 문제를 아울러 생각할 수 있게 되는 사상의 성장을 보게 되었다고 할 수 있다.

공민왕 9년 과거의 책문과 정몽주의 대책에서 문덕(文德), 지치(至治), 인의예지, 유학적 병서를 언급한 것은 원시 유학 본래의 문제의식에 충실한 것으로 성리학 수용상의 초창기 모습을 보여주는 것이라 할 수 있다.

2) 문무 겸용과 인재 등용

정몽주는 이어서 문무 겸용과 인재 등용이라는 차원에서 답안을 작성했다. 우선 문과 무를 함께 쓰는 일을 중국 역사를 들어 설명하였다.

唐虞 三代의 정치는 仁으로서 근본을 삼고 禮로서 중심을 삼아 드디어 천하의 사람들로 하여금 몸에 젖어들고 뼈 속에 스며들게 했고, …… 농사짓는 틈틈이 문무를 익히지 않음이 없었으니 …… 文武를 병용하면서 統體를 도모한 것을 알 수 있습니다. 다스림이 흥기하는 이유가 여기에 있지 않겠습니까? 秦漢이래 삼국이 鼎立하여 대치하고 五朝에 소요가 있었으며, 隋와 唐을 거

쳐 宋에 이르기까지 文武의 道는 서로 得失이 있었으니, 統體를 파악하는
데 있어서 정말로 거울로 삼을 만합니다. 漢 高祖의 관대하고 어짐은 百世의
統體로 삼을 만하지만, 文治의 측면에서는 진실로 아직 순수하지 못했습니
다. 太宗의 仁義 역시 百世의 統體로 삼을 만하였지만 그 덕을 돌아보면 실로
부끄러운 점이 있었습니다. 문과 무로 다스림의 統體로 삼지 못하였음을 알
수 있습니다. 혼란함이 발생한 이유가 또한 여기에 있지 않았겠습니까? 그러
므로 統體가 훌륭하였던 것은 오직 三代와 文武의 道일 것입니다! 혹자는
치란의 이유를 온전히 氣數로 돌리는데 이 또한 정말 모르고 하는 말입니다.
위대한 원나라가 인과 의를 쌓고 文과 武를 숭상하여 통일을 이룬 盛業은
옛날에도 없던 일이라 장차 太平의 至治가 만세토록 이어져 근심이 없으리라
고 할 만하였습니다. 그런데 어찌하여 백년도 채 안되어, 河南의 홍건적이
소소한 것으로부터 일어나 잠시의 화난이 십년 가까이 계속되었습니까? 대
개 世祖皇帝가 武를 통해 禍亂을 진정시키고 그 이후의 황제들이 서로 이어
文으로 太平을 이루었습니다. 근년 이래로 상하가 안일해져 文治가 무너졌어
도 무너진 줄을 모르고 武備가 소홀했어도 소홀한 줄을 깨닫지 못하니 갑작
스런 우환이 생기면 구원할 방도가 있을지 모르겠습니다. 슬픈 일입니다.

유교의 이상 사회인 당우 삼대의 정치가 다스려진 이유는 인(仁)으로
서 근본을 삼고 예(禮)로서 중심을 삼아 문무의 도를 통체(統體, 통치의
근본)로 삼은 결과로 본다. 하지만, 진한 이래로 문무의 도에 득실이 있
는데, 거울로 삼을 만하다. 한(漢) 고조(高祖)의 관대하고 어짐은 백세(百
世)의 통체(統體)로 삼을 만하지만, 문치(文治)의 측면에서는 순수하지
못했고, 태종(太宗)의 인의(仁義) 역시 백세의 통체로 삼을 만하였지만
그 덕을 돌아보면 실로 부끄러운 점이 있었다. 문과 무를 통치의 근본으
로 삼지 않았음을 알 수 있는데, 혼란함이 발생한 이유가 여기에 있었다
고 하였다.

그러므로 통체가 훌륭하였던 것은 오직 삼대(三代)와 문무(文武)의 도(道)이다. 어떤 사람은 치란(治亂)의 이유를 온전히 기수(氣數)로 돌리는데, 이는 잘못된 생각이다. 원나라가 인의를 쌓고 文과 武를 숭상하여 지치가 이어질 것으로 생각하였지만, 백년도 안 되어, 하남(河南)의 홍건적이 일어나 화난이 십년 가까이 계속되었는데, 이는 세조(世祖)가 武를 통해 화란(禍亂)을 진정시키고 그 이후의 황제들이 서로 이어 文으로 태평(太平)을 이루었지만, 근년에 상하가 안일해져 문치(文治)가 무너졌어도 무너진 줄을 모르고 무비(武備)가 소홀했어도 소홀한 줄을 깨닫지 못하여 생긴 것이라고 하였다.

공민왕 9년 정몽주의 의식에 천자국인 원의 쇠망을 분명히 인지하고 있음을 알 수 있다. 이러한 생각은 정몽주가 공민왕에게 명과 외교관계를 수립할 것을 먼저 권하고, 우왕원년 북원 사신의 영접에 반대한 것으로 이어진다.

이어서 고려 태조 왕건이 문무를 함께 쓴 이래 공민왕대에 이를 이어받았다고 하였다.

우리 太祖가 후삼국을 통일한 초기에 법제를 수립하고 정사를 정비함에 文과 武를 함께 사용하여 이후 오백년간 성대한 치세를 이루었으니 唐虞를 지나 삼대를 뒤따랐다고 할 만합니다. 오직 우리 主上殿下께서는 이미 이루어 놓은 업적을 기반으로 禮義之法을 지킴에, 大器가 이미 이루어졌다고 하지 않고 위태로워지는 이유를 생각하며, 우리 백성들이 이미 다스려졌다고 하지 않고 혼란이 야기되는 이유를 생각하셨습니다. 그러므로 學校를 숭상하여 文敎를 진흥시키고 府兵을 설치하여 武事를 강마시키면서, 경계하는 뜻이 아직 충분하지 않다고 여기셨습니다. 최근 도적들이 오합지졸로 승기 타고 멀리 공격해오니 이르는 곳마다 그 기세를 보고 무너져 마침내 압록강을 건너

오기에 이르렀습니다. 이에 장수들에게 군사를 출동하도록 명하니 당당한 진영과 굳센 병사들로 한 번 나가면 한 번 승리하고 두 번 나가면 두 번 승리하였고, 우레처럼 날쌔게 몰아쳐 서북지역을 소탕하자, 조정에 청명한 경사가 있게 되었습니다. 그런데도 오히려 큰 것을 좋아하고 공을 기뻐하며 천하에 위용을 과시하는 따위를 하지 않고 장수들로 하여금 국경을 삼가 지키게 하였고, 대신들과 정사를 의논하는 한편, 현자를 천거시키고 선비를 구하여 과거를 통해 인재를 등용하니 문무를 병용한 효과가 오늘날 나타나고 있습니다. 그런데도 執事는 오히려 병술을 가지고 질문을 하시니 나라에 보답하고자 하는 순수한 마음이 은연중에 저절로 나타나는 바입니다.

태조 왕건은 법제를 수립하고 문과 무를 함께 써서 500년의 성대를 이루었는데, 당우삼대를 이었다. 공민왕은 예의지법(禮義之法)을 지킴에, 대기(大器)가 이미 이루어졌다고 하지 않고 위태로워지는 이유를 생각하며, 백성들이 이미 다스려졌다고 하지 않고 혼란이 야기되는 이유를 생각하였다. 그러므로 학교(學校)를 숭상하여 문교(文敎)를 진흥시키고 부병(府兵)을 설치하여 무사(武事)를 강마시키면서, 경계하는 뜻이 아직 충분하지 않다고만 여겼다. 또한, 홍건적이 압록강을 건너 침입하자 소탕하여 서북 지역이 안정되게 되었다. 그런데도 큰 것을 좋아하고 공을 기뻐하며 천하에 위용을 과시하지 않고, 장수들로 하여금 국경을 지키게 하고, 대신들과 정사를 의논하는 한편, 현자를 천거시키고 선비를 구하여 과거를 통해 인재를 등용하니 문무를 병용한 효과가 나타났다고 하였다.

마지막 단락은 병서(兵書)를 통하여 문무 겸용의 사례를 말하고 있다.

저 太公望은 곰을 사냥하는 사냥터에서 처음 무왕을 만나 帝王의 君師가 되었고, 牧野의 전쟁에서 용맹을 떨쳐 말들을 華山 남쪽으로 돌려보냈으니

文과 武의 德이 갖추어졌다고 할 만합니다. 司馬穰苴는 미천한 출신에서 발탁되어 마침내 대장이 되어 명령을 하면 따르지 않는 사람이 없었고 만나는 적마다 복종하니 문과 무의 덕이 갖추어지지 않았다고 할 수 없습니다. 제갈공명은 南陽에서 세 번 부름을 받고 일어나, 蜀漢이 분립하는 때에 八陣으로 진영을 이루어 만물을 살리려는 뜻에서 신하로서 보좌하고자 하는 풍도를 분연히 가졌으니 문무의 …… 을 이름이 아니겠습니까? 孫臏, 吳起, 李靖 등의 무리는 그 재주와 지혜로 보면 名將이라고 일컬을 만하지만, 그 文德으로 보면 그렇지 못하다는 혐의가 본래부터 있었습니다. 그 행동이 의리에 부합함을 보면 그로써 술수가 선함을 아니, 그 술수의 선함을 안다면 그 책의 요체를 알 수 있습니다. 태공이 무왕을 돕고 穰苴가 莊賈를 주살하며 공명이 한의 왕실을 흥기시킨 것은 참으로 천하의 大義를 얻은 것입니다. 孫臏이 변화에 대응한 것과 吳起가 전투를 잘 한 것 그리고 李靖이 지혜로운 계책을 낸 것 등은 지금의 장수된 자들이 역시 몰라서는 안 될 것입니다. 그러나 그 책을 읽어 변화에 통달하며, 그 변화에 통달하여 그 일을 맡기게 되는 것은 오직 사람을 얻는 데 달려 있으니 오늘날의 계책으로는 진실로 문무를 겸비한 사람을 얻어 문무를 겸용하는 도리를 널리 드날리며, 효제충신의 도로 백성들을 가르치고, 앉고 일어나며 나가고 물러나는 방법으로 백성들에게 익히게 하는 한편 장수가 그 도를 알고 병사들이 군율을 알게 하면 천하에 대적할 자가 없게 될 것입니다. 붓을 잡고 글을 써 만에 하나 국가에 도움이 될 수 있다면 나 같은 어리석은 사람으로서 얼마나 다행이겠습니까? 집사께서 임금께 전하여 말씀드려주시면 정말 다행이겠습니다.

태공망(太公望)은 곰을 사냥하는 사냥터에서 처음 무왕을 만나 제왕(帝王)의 군사가 되었고, 전쟁을 종식시키고 말들을 화산 남쪽으로 돌려보냈으며, 사마양저(司馬穰苴)는 미천한 출신에서 대장이 되어 명령을 하면 따르지 않는 사람이 없었고 만나는 적마다 붙잡지 못한 법이 없었으니, 두 사람 모두 문무의 덕이 갖추었다고 할 수 있다. 손빈(孫臏),

오기(吳起), 이정(李靖) 등은 재주와 지혜로 보면 명장(名將)이라고 할 수 있지만, 문덕(文德)으로 보면 그렇지 못하다는 점이 있다. 그 행동이 의리에 부합함을 보면 그로써 술수가 선함을 아니, 그 술수의 선함을 안다면 그 책의 요체를 알 수 있다. 태공(太公)이 무왕을 돕고 양저(穰苴)가 장가(莊賈)를 주살하며 공명(孔明)이 한(漢)의 왕실을 흥기시킨 것은 천하(天下)의 대의(大義)를 얻은 것이며, 손빈이 변화에 대응한 것과 오기가 전투를 잘 한 것 그리고 이정이 지혜로운 묘책을 낸 것 등은 지금의 장수된 자들이 역시 몰라서는 안 될 것이라고 하였다. 이때, 책을 읽어 변화에 통달하며, 일을 맡기게 되는 것은 오직 사람을 얻는 데 달려 있으니, 오늘의 계책으로는 문무를 겸비한 사람을 얻어, 효제충신의 도로 백성들을 가르치고, 나가고 물러나는 방법으로 백성들에게 익히게 하며, 장수가 그 도를 알고 병사들이 군율을 알게 하면 천하(天下)에 대적(對敵)할 자가 없게 될 것이라고 하였다.

여기에서 주목되는 점은 태공망(太公望), 사마양저처럼 문무를 겸비한 인물을 상정하고 이러한 인재를 등용해야 한다는 부분이다. 혼란한 시대를 다스리는 핵심은 문무(文武)를 겸비한 사람을 등용하는 것이고, 이들을 통하여 효제충신(孝悌忠信)의 덕과 전술(戰術)을 백성들에게 가르치며, 장수가 그 도를 알고 병사들이 군율을 알게 하면 어떠한 적도 방어할 수 있다는 것이다.

또한, 장수(將帥)들도, 태공망이나 사마양저가 유학의 인의론에 기초하여 전쟁을 수행한 전술이 담긴, 병서를 읽어야 한다고 하였다. 고려의 무신(武臣)들은 무예에는 능하지만 글자를 모르는 경우가 있고 병서를 알지 못하는 경우가 있었다. 태공망이나 사마양저는 문무를 겸하며 유학적 관점의 병서에 모범이 되는 인물이다. 고려의 장수(將帥)는 이러한 병서를 익힘으로써 무예뿐만 아니라 병서를 익혀야 한다고 하였던 것이다.

원래 고려의 관료제는 문반 중심으로 운영되었다. 후기가 되면 문반과 무반의 상호 교류를 통하여 대립이 해소되어갔고, 무반의 문관직 진출이 활발해지고 종래 문반만이 차지할 수 있었던 외직까지 겸직할 수 있었다. 그런데, 다른 한편에서는 무반직이 권문의 어린 자제들이 출세의 발판이 되거나 피역창구의 수단이 되기도 하였다. 이는 국방력 약화로 연결되어, 홍건적과 왜구의 침입을 효과적으로 방어할 수 없게 된다. 이에 따라 고려에서는 새로운 인재선발 방법을 통해 실력 있는 무장의 선발과 이에 바탕을 둔 양반 관료제의 재정비가 긴급하였다.

그리하여 이색은 공민왕 원년에 복중 상소를 통하여 개혁안을 제시하는 가운데 "문무부가편폐 문경무위 천지지도(文武不可偏廢 文經武緯 天地之道)"라고 하면서 무과의 설치를 제안하였다. 이는 무술 능력만이 아닌 병서의 통달여부가 중시되고, 전문화된 무반층(武班層)의 양성이 가능해지게 되었다. 이색의 무학 진흥론은 설장수, 우현보 등의 병제개혁안4)으로 이어지고 무학 교육기관의 정비와 십학교수관의 설치, 무예와 병서를 시험하는 무과제의 실시 등 여말의 개혁론으로 발전하였다.

정몽주는 태공망, 사마양저를 모범으로 하는 문무 겸용에 의한 인재 등용론을 통하여 홍건적과 같은 이민족 대처 방안을 제시하였다. 이는 이색처럼 전문화된 무신 관료의 양성, 무과 설치 등 제도적인 측면을 제시하지 않았지만, 문반과 무반이 모두 유학에 기초한 병서를 익히고 이를 바탕으로 외적의 침입을 방어해야 한다는 실질적인 측면을 말하는

---

4) 설장수는 싸우지 않고 왜구를 물리칠 수 있는 방안을 중시하여, 城堡를 견고하게 축조하고 이를 근거로 흩어진 주민들을 추쇄하며, 이들로 하여금 且耕且守의 원리에 입각해서 왜적을 방어하자는 견해를 제시하였고, 반면에 우현보는 전선의 건조와 선군의 육성, 장수 선발 및 양성, 군대훈련의 강화, 군량 확보 등을 주장했다.

것이다. 공민왕대 정몽주와 이색의 국방 대책은 각각 외적 방어의 실질
적 측면과 제도적 측면을 제시하면서 여말 군제 개혁론의 기초를 제공
한다고 하겠다.

또한 정몽주의 대책문은 고려 후기 성리학 수용기의 한 측면을 보여
준다고 할 수 있다. 책문에서, 맹자(孟子)의 일치일난(一治一亂), 문덕(文
德)과 지치, 제갈량의 병서, 대책에서 인의예지와 효제충신을 기축으로
하는 武의 활용, 문무겸용 등은 유학 본래의 문제의식을 충실히 반영하
는 것이다. 유불도 삼교가 상호 공존하고 성리학의 이기론이 처음부터
이해되기 어려운 시기에, 유학 본래의 이념에 충실하여 불교, 도교와
구분되는 정통(正統), 정학(正學)으로서 유학이 인식되어 가고, 유학적
세계관, 인생관이 일반화되어 가는 추세를 반영하는 것이라 할 수 있다.

4. 맺음말

본고는 새로이 발견된 정몽주의 대책문의 성격을 살펴보고, 공민왕
초반의 정국상황과 정몽주의 현실인식을 살펴보려는 글이다.

정몽주는 여선교체기에서 차지하는 위상만큼 연구가 진행되지 않았
다. 『포은집』은 소략하여 공민왕, 우왕, 창왕, 공양왕에 이르는 시기에
정몽주의 생각과 행동을 파악하기 곤란하기 때문이다. 최근, 봉좌문고
(蓬左文庫)에 있는 『책문(策文)』이라는 책 속에 정몽주의 대책문이 있다.
『책문』은 조선시대 과거시험 준비생이 시험에 출제된 대책문을 행초서
체로 정리한 글이다. 대책문은 과거시험의 마지막 관문인 종장의 시험
방식으로, 당면한 현실 문제를 질문하는 책문의 답안지인데, 정몽주가
과거에 수석 합격한 해인 공민왕 9년의 현안문제와 대응방법을 말해준

다고 하겠다.

공민왕 9년 과거시험이 실시될 무렵은 홍건적의 침입으로 국가적 위기가 닥친 시기였다. 홍건적은 공민왕 8년의 1차 침입 이후에도 9년에도 침입하였다. 이에 당대 현안 문제를 질문하는 대책문을 홍건적 방비대책으로 제시하는 것은 자연스런 일이었다.

책문은 한번 다스려지고 한번 혼란해진다는 유교의 흥망성쇠론을 말하면서 잘 다스려지는 시대에 있어 다스려지게 되는 이유와 혼란한 시대에 있어 혼란이 생기게 되는 이유는 무엇인지 서두를 꺼내고, 오직 조심하고 삼가며 문덕을 펼치고 반드시 지치를 이루어야 하는데, 근래 홍건적이 강을 건너 침략을 격퇴시킨 것은 우리 임금의 덕의 소치이지만, 피할 수 없어 무위를 본받고자 한다면, 태공망 등의 병서가 있으니 어떤 책이 요긴하게 쓸 병서인지, 술수를 말하자면 어떤 술수가 의에 합치되는지를 말하라고 하였다.

정몽주의 답변은 제일 앞부분에서 질문을 요약하면서 답안은 文과 武를 함께 써 하나로 한 연후에 천하를 다스릴 수 있음을 밝히겠다고 하였다.

그 다음 유교의 이상 사회인 당우 삼대의 정치가 다스려진 이유는 문무의 도를 통체(統體, 통치의 근본)로 삼은 결과인데, 진한 이래로 문무의 도에 득실이 있다고 하였다. 즉, 한 고조(漢 高祖)나, 당 태종 등은 인의는 백세(百世)의 통체로 삼을 만하지만, 文治의 측면에서는 순수하지 못하거나 그 덕은 부끄러운 점이 있다고 하였다. 즉 문과 무로 통체로 삼지 못하였다는 것이다.

원나라는 인의를 쌓고 文과 武를 숭상하여 지치(至治)가 이어졌지만, 백년도 안 되어, 하남(河南)의 홍건적이 일어나 화난이 십년가까이 계속되었는데, 이는 문치가 무너졌어도 무너진 줄을 모르고 무비(武備)가 소홀했어도 소홀한 줄을 깨닫지 못하여 생긴 것이라고 하였다.

고려 태조 왕건은 당우 삼대를 이어 법제를 수립하고 문과 무를 함께 써서 500년의 성대를 이루었다. 공민왕은 이미 이루어 놓은 것을 바탕으로 예의지법(禮義之法)을 지키고 문교(文敎)를 진흥시키며 부병(府兵)을 설치하여 무사(武事)를 강마시켰다. 홍건적이 침입하자 소탕하여 서북 지역이 안정되게 하고, 장수들로 하여금 국경을 지키게 하고, 현자를 천거시키고 선비를 구하여 과거를 통해 인재를 등용하니 문무를 병용한 효과가 나타났다.

태공망(太公望), 사마양저(司馬穰苴), 제갈공명(諸葛孔明) 등은 인의로써 무를 행한 인물로 지금의 장수된 자들이 몰라서는 안 된다. 병서에 담긴 이치를 통달하는 것은 오직 사람에 달려 있으니, 오늘날의 계책은 문무를 겸비한 사람을 얻는 것이라고 하였다. 즉 홍건적을 방어하는 대책의 핵심은 문무를 겸비한 사람을 등용하는 데 있고, 이를 통하여 효제충신(孝悌忠信)의 덕과 전술(戰術)을 가르쳐 이민족을 막을 수 있다고 하였다.

당시 고려는 문반 중심으로 관료제가 운영되었는데, 후기에 들어 무반직이 권문의 어린 자제들의 출세의 발판이 되고 피역창구의 수단이 되었다. 이것이 국방력 약화로 연결되어, 홍건적과 왜구의 침입을 효과적으로 방어할 수 없게 되었다. 이에 따라 고려에서는 새로운 인재선발 방법을 통해 실력 있는 무장의 선발과 이에 바탕을 둔 양반 관료제를 재정비할 필요가 있었다.

정몽주의 문무 겸용에 의한 인재등용론은 유학의 인의론, 교화론이 전제된 무학 진흥을 제시하여 홍건적과 같은 이민족을 대처하는 방안으로 제시한 것이었는데, 뒤에 여말의 군제개혁론으로 발전하게 되었다.

또한 정몽주의 대책문에는 맹자의 일치일난, 인의예지와 효제충신이 제시되어 있는데, 이는 유불도 삼교가 상호 공존하는 시기에, 유학 본래의 이념에 충실하여 불교, 도교와 구분되는 유학이 새로이 인식되어 가는 추세를 반영하는 것이라 할 수 있다.

영천지역의 불교미술

지봉

1. 머리말

영천지역(永川地域)에는 팔공산(八空山)이라는 불교의 성산(聖山)이 있고, 경북지역에 위치한 5개 조계종 본사 중 2개의 본사인 은해사(銀海寺)[1]와 동화사(桐華寺)[2]가 자리 잡고 있다.

이 팔공산을 배경으로 수많은 사찰과 함께 통일신라에서 근대에 이르는 불교문화재가 산재해 있으며, 그 가운데 대표적인 불교조각으로 7세기 초로 추정하는 국보 제109호 군위 부계 제2석굴암 〈석조삼존여래좌상〉은 통일신라 불상의 전형을 보여주는 국보 제24호이며 1995년 세계문화유산으로 등재된 경주 불국사 석굴암(石窟庵·774년)의 〈석조여래좌상(石造如

---

1) 영천군, 『내 고장 전통 가꾸기』, 1981, 318~319쪽.
　경상북도 영천시 청통면 신원리 팔공산(八公山)에 있는 절. 대한불교조계종 제10교구 본사. 신라 41대 헌덕왕 1년(809) 혜철국사가 해안평에 창건해 해안사(海眼寺)라고 하였다. 이후 조선 인종 을사년(1545)에 큰 화재가 발생하여 사지(寺誌)와 보물들이 소실되었다. 이후 명종 병오년(1546) 천교(天敎)화상이 내탕금을 지원받아 현재의 자리에 절을 세우고 은해사라 고쳤다.
2) 신라 흥덕왕 7년(832년) 심지 대사가 창건.

來坐像)〉보다 100여년 정도 앞서 조성되어, 불교조각사에서 큰 의의를 지니고 있다. 이러한 불교문화자료를 지닌 팔공산을 배경으로 통일신라로 부터 현재까지 영천지역을 중심으로 한 신라시대에서부터 근·현대까지의 불교문화사, 불교미술사에 대한 연구는 부족한 실정이다.

영천 은해사 전경

조금 늦은 감은 있지만 지금부터라도 이 팔공산 동북지역 은해사권의 통일신라, 고려, 조선시대에 찬란한 불교문화사·불교미술사에 대한 연구를 축적시켜 지난 과거 시대의 불교문화예술을 통해 현재와 미래에는 어떻게 계승 발전시켜 나가야 할지 살펴보는 기회를 갖고자 한다.

2006년 사찰문화연구원에서 심혈을 기울여 펴낸 은해사 사지(銀海寺寺誌)에서 정리하지 못한 몇 가지 문제를 정리하고 영천의 불교미술사를 개괄적으로 정리하고자 한다.

이번 강의에서는 불교문화사적인 부분에서는 선행연구와 사료의 부족으로 유교문집(儒家文集)을 통해서 불교의 흔적을 찾아 접근해보기로 하고, 미술사 부분에서는 현재 남아있는 불교유물과 유적을 통해 접근해 영천지역의 불교미술사를 간략하게 살펴보고자 한다.

2. 시대별 불교문화

1) 통일신라시대

경주지역을 중심으로 한 통일신라는 육로를 통한 문화전달 경로로 서쪽인 백제에서 동쪽으로 향하는 불교문화와 북쪽인 고구려에서 신라로 항해 동남쪽으로 향하는 두 가지 문화를 흡수한 것으로 보여지고 있다.

이러한 경로로 보아 영천은 지리적인 측면에서 경주의 서북쪽에 위치하고 있고, 남북으로 통하는 교통 요충지라는 특수성을 가진 곳으로 북쪽에서 내려와 경주로 향하는 길목에 위치하고 있다.

고찰해 보면 후자에 제시한 북쪽에서 동남쪽으로 향하는 불교문화의 경로지이자 전통적인 조선통신사 길에서 보듯이 서울에서 부산으로 향해가는 길목에 위치하고 있어, 이러한 지정학적인 배경을 가지고 영천지역을 살펴 볼 필요가 있다.

이러한 경향은 불교조형에서도 나타나고 있는데, 고구려의 영향을 받은 것으로 알려진 보물 제221호 영주 가흥동 〈마애여래삼존상 및 여래좌상(榮州 可興洞 磨崖如來三尊像 및 如來坐像)〉, 〈봉화 북지리 마애여래좌상(奉化北枝里磨崖如來坐像, 국보 제201호)〉, 국보 제109호인 7세기경에 조성된 〈군위 석조삼존불(軍威 石造三尊佛, 제2 석굴암)〉과 양식적인 면에서 많은 친연성(親緣性)을 지니고 있다.

앞서 제시한 불상에서 보여지는 양식적 특징들이 경주 지역의 〈삼화

령 미륵삼존불〉, 〈배리 석조삼존여래입상〉, 〈칠불암 마애여래삼존상〉
과 함께 통일신라 초기불상에서 나타나고 있어, 팔공산의 북동지역을
지나가는 불교조형예술의 경로지로서의 영천에 대한 연구가 더 필요할
것으로 보여진다.

국보 제201호　　　　　　　보물 제221호　　　　　　　국보 제109호
봉화 북지리 마애여래좌상　영주 가흥동 마애여래삼존상　군위 석조삼존불

2) 고려시대

　고려시대의 영천 불교문화와 관련된 그 흔적을 살펴 볼 수 있는 가장
이른 자료로는 강희사십구년경인(康熙四十九年庚寅, 1710) 칠불사(七佛
寺)에서 개간(開刊)한 『현행서방경(現行西方經)』3)의 발문에는 은해사 거

---

3) 한국민족문화대백과, 한국학중앙연구원, 康熙四十九年庚寅(1710) 七佛寺 開刊 목판본
〈현행서방경(現行西方經)〉單冊.
　고려 승려 원참(元旵)이 저술한 정토신앙에 관한 책인 〈현행서방경(現行西方經)〉單冊으
로 권두에 康熙己丑(1709) … 明眼書 〈重刻現行經序〉와 '康熙四十九年庚寅(1710)正月日開
刊七佛寺' 간기가 있으며 1298년(충렬왕 24) 승려 원참(元旵)이 저술한 정토신앙에 관한
책. 1권 1책. 목판본.

조암의 대한 이야기가 서술되어져 있다.

고려(高麗) 충렬왕대(忠烈王代) 팔공산 은해사(銀海寺) 거조사(居祖社)에 주석(駐錫)한 고승인 원참(元旵)이 낙서(樂西) 도인(道人)으로부터 법(法)을 전수받아 충렬왕(忠烈王) 24년(1298) 대덕(大德) 2년에 정월 초8일 반야(半夜)에 만들었다.

康熙四十九年庚寅(1710) 七佛寺 開刊 『현행서방경(現行西方經)』　　(고려)居祖社 → (현)居祖寺

이 기록에서 보듯이 이 시기에 거조사(居祖寺)의 수행의 경향과 함께 고려시대의 선사(禪師)들이 자력적(自力的) 수행 참선과 동시에 타력적(他

정토왕생(淨土往生)을 지향하는 진언밀교(眞言密敎)의 수행의식집이다. 이 책은 1448년(세종 30)과 1531년(중종 26)·1710년(숙종 36)에 각각 간행되었다. 이 중 현재 가장 널리 유통되고 있는 것은 1710년 본이다. 이를 근거로 그 내용을 살펴보면, 권두에는 조선시대의 고승 명안(明眼)이 쓴《현행법회예참의식 現行法會禮懺儀式》이 수록되어 있는데, 극락정토에 왕생하기를 발원하는 예참의식을 자세히 서술하고 있다. 권말에는 경헌(敬軒) 등의 시주자 명단과 1654년(효종 5) 만회(萬廻)가 찬한 발문 및 1448년 도대선사(都大禪師) 소언(少言)이 쓴 발문이 있다. 1448년 화엄대사(華嚴大師)가 조계조선공(曹溪祖禪公)의 예참 1권을 합하여 직지사에서 최초로 간행하였다.

1710년본 간행은 명안이 지리산 칠불암에 머무르면서 우연히 이 책을 보고 현행법회를 수련하다가 표찰(標札) 41개 중 '불(佛)'자를 얻고 서원을 세운 뒤 개판하였다고 한다.

力的) 수행인 정토신앙을 동시에 수행하고 있음을 살펴볼 수 있는 자료를 통해, 은해사와 함께 거조암의 수행풍토가 선과 정토신앙도량이었음을 미루어 짐작해 볼 수 있다. 권서(卷序)에 있는 경판화 향 좌측에는 청련화 가 피어오르고 원참(元旵)과 낙서(樂西) 도인(道人)이『현행서방경(現行西 方經)』을 적는 모습이 변상화 형태의 표현되어져 있어 이채롭다.

또한 1691년 전남 여수『흥국사사적기(興國寺寺蹟記)』를 통해 거조사 에 대한 기록을 찾아볼 수 있다.

> 불일보조국사(佛日普照國師) 지눌(知訥 : 1158~1210)는 명종 18년(1188) 경에 임공선백(林公禪伯)가 거조암에 머물기를 청하므로 거조사에 와 2년 후 명종 20년(1190)에《권수정혜결사문(勸修定慧結社文)》을 만들어 여러 선객 (禪客), 교학자(敎學子), 그리고 선비들과 교분을 나누면서 자신의 깨달음에 대한 확인과 대중들과 보림(保林)을 하면서 수행한 기록과 함께 10년 뒤 경원 2년 1198년 지리산 상무주암으로 옮겼다[4]

조선 초의 문신인 유방선(柳方善, 1388~1443)은 1410년에 영천으로 유 배오게 되어 세종 정미년(1427) 귀양에서 풀리는 17년간 거의 영천지역 에 머물렀는데, 이 시기의 작품이 실린『태재집(泰齋集)』에 영천지역의 여러 사찰을 방문해 읊은 시 가운데 모자산(母子山) 공덕사(功德寺)에 대 한 내용이 있다.

> 명곡스님(明谷上人)이 계시는 공덕사(功德寺)에서 시를 적어 드렸다.
>
> 모자산(母子山) 안(中)의 공덕암(功德菴)을 마을사람들이 전하기를
> 이 오래된 사찰은 누각이 높아 …… [5]

---

4) 眞五,『흥국사』, 동쪽나라, 1991, 5, 44면.

이 기록은 공덕리에 있는 삼층석탑의 명칭이 공덕리 삼층석탑에서 〈공덕사 삼층석탑〉으로 변경될 수 있는 자료가 되고 있다.

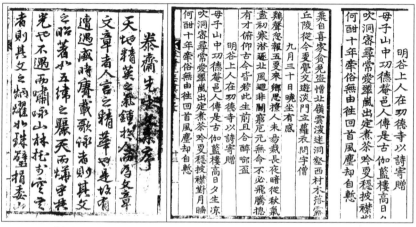

『泰齋集』序文　　　　卷之三 〈明谷上人在功德寺以詩寄贈〉

또 다른 사찰로는 거조사(居祖寺)에 관련한 〈기증거조사당두(寄贈居祖寺堂頭)〉, 〈제거조사루벽(題居祖寺樓壁)〉 2수를 비롯해서 임고지역에 있는 환귀사(還歸寺), 은해사(銀海寺) 암자인 운부사(雲浮寺). 지금의 중앙암으로 보이는 〈제중봉상인소암(題中峰上人小菴)〉 등을 비롯해 모자산(母子山)의 정각사(鼎覺寺)에 대한 자료를 보여주는 시로 〈망모자산구호증정각산인(望母子山口號贈鼎覺山人)〉 등이 기록되어 있다.

이러한 기록을 남겨 둠으로써 영천지역 동북쪽에 위치한 고려후기와 조선시대 초기의 불교문화사에 대한 자료를 풍부하게 제공하고 있다. 또한 영천은 고려시대를 대표할 불교의 유물과 유적들이 많이 남겨져

---

5) 『泰齋集』 卷之三, 〈明谷上人在功德寺以詩寄贈〉
　　母子山中功德菴邑人傳是古伽藍樓高 ……

있어, 영천지역의 불교문화의 높은 수준과 함께 다양한 접근이 가능 할 것으로 보인다.

3) 조선시대

가. 공산(公山)의 주인 은해사(銀海寺)

은해사라는 사명으로 불리게 된 시기에 대한 논란은 지금도 이어지고 있는데, 시기 비정(比定)의 부분을 살펴보아야 할 것으로 보인다. 〈은해사사적기(銀海寺寺蹟記)〉에는

> 銀海寺라는 사명(寺名)을 1546년 명종 원년에 나라에서 하사한 보조금으로 천교화상(천교화상)이 지금의 장소로 법당을 옮겨 새로 절을 지었다. 이때 법당과 비석을 건립하여 인종의 태실을 봉하고 은해사라고 이름을 짓게 되었다.[6]

라고 밝히고 있으나, 이것은 잘못된 기록이다.

조선 초 문신인 태재 유방선[7](1388~1443)의 문집인 『태재집』 권3에 은해사에 관련된 시가 실렸는데,

銀海寺　　　은해사
暇日遊僧寺　한가한 날에 스님 계시는 절집에 놀러가
堂頭思不羣　대청에 앉으니 잡스러운 생각이 사라진다.

---

6) 사찰문화재연구원, 『銀海寺』, 2006, 10, 21쪽.
7) 유방선(柳方善) 1388(우왕 14)~1443(세종 25). 조선 초기의 학자. 본관은 서산(瑞山). 자는 자계(子繼), 호는 태재(泰齋). 아버지는 기(沂)이며, 어머니는 지밀직사사(知密直司事) 이종덕(李種德)의 딸이다. 1405년(태종 5) 국자사마시(國子司馬試)에 합격하고 성균관에서 공부하였다.

焚香初禮佛	향을 사르고 부처님께 처음 예를 올리고
啜茗更論文	향기로운 차를 마시니 글을 논하네
榻靜千竿竹	고요히 평상에 앉아 빽빽한 대숲을 바라보고
山空一片雲	산은 공적하고 한편의 구름이 떠있네
明朝還入郭	아침 일찍 집으로 돌아와 둘러보니
世事文紛紛	세상사 일들이 너무 어지럽네

이 시는 태재 유방선이 유배지인 영천으로 내려온 시기[8]인 1410년경부터 유배에서 풀린 1427년 이전에 은해사(銀海寺)를 둘러보고 지은 것이니, 조선 초에도 은해사라는 사명을 사용한 것으로 볼 수 있다.

그러므로 「팔공산은해사사적기(八空山銀海寺寺蹟記)」[9]에 나오는 해안사(海眼寺)를 1546년 명종 원년에 은해사(銀海寺)라고 고쳐 불렀다는 기록은 잘못된 것으로 보여진다.

또 다른 근거로 1531년 은해사판 『묘법연화경(妙法蓮華經)』의 간행기록에는 '가정십년신묘육월일경상도영천군공산본사중각(嘉靖十年辛卯六月日慶尙道永川郡公山本寺重刻)'으로 공산 본사라고 기록되었고, 1535년 『수륙무차평등재의촬요(水陸無差平等齊義撮要)』의 간기(刊記)에도 '가정십사년을미삼월일경상도영천지공산본사(嘉靖十四年乙未三月日慶尙道永川地公山本寺)'의 형식으로 공산 본사라고 적었으며, 1606년에 간행한

---

8) 1409년 아버지가 민무구(閔無咎)의 옥사에 관련된 것으로 연좌되어 청주로 유배되었다가 이듬해에 영천에 이배되었다. 1415년 풀려나 원주에서 지내던 중 참소로 인하여 다시 영천에 유배되어 1427년(세종 9) 풀려났다.

9) 옛날 신라 헌덕왕 기축년(己丑年, 809년)에 혜철 국사가 개산(開山)한 곳이다. 사찰 이름을 해안사(海眼寺)라 하였으며 조선 인종 을사년(乙巳年, 1545년)에 큰 화재가 발생하여 사지(寺誌)와 보물들이 모두 잿더미가 되었다. 명종 병오년(丙午年, 1546년) 천교(天敎) 스님이 내탕금을 지원받아 이곳으로 옮겨 세웠으며 절 이름도 은해사로 고쳤다. 대체로, '모든 눈을 취한다(取眼)'는 것으로 '은해(銀海)'의 뜻을 삼았다.

『고봉화상선요(高峰和尙禪要)』에서도 흥미로운 기록이 보인다.

이 책의 간기에서는 '만력삼십사년 병오 영천지 팔공산 본사 은해사(萬曆三十四年丙午永川地八空山本寺銀海寺)'로 기록하고 있는데 이곳에서 유의해야 하는 부분으로 공산(公山)을 팔공산(八空山)으로 바꾸어 부르고 있다는 점이다.

이같이 팔공산이라고 부른 흔적은 순치17년(1660) 부인사(夫人寺)에서 간행된 『선문조사 예참의문(禪門祖師禮懺儀文)』·『선문조사 예참작법(禪門祖師禮懺作法)』이라는 2책의 선가서(禪家書) 간행 기록에 '순치십칠년 정월일 경상도 대구지 팔공산 부인사 개판(順治十七年丁月日慶尙道大邱地八空山夫人寺改版)'이라고 기록해, 팔공산으로 부르고 있다.

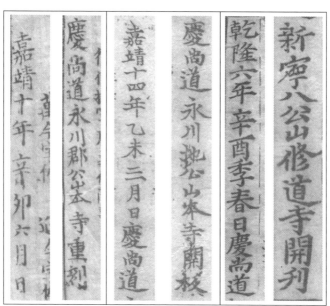

| 1531년 공산본사
(은해사)
『妙法蓮華經』 | 1535년 공산본사(은해사)
『수륙무차평등재의촬요
(水陸無差平等齊義撮要)』 | 1741년 수도사
『임종정념결
(臨終正念訣)』 |

이 기록에도 나타나듯이 17세기 이전에는 공산이라는 명칭이 일반화 된 것으로 보이며, 17세기 이후에는 팔공산 주변에서 간행된 모든 불서 에서 현재의 팔공산이라는 명칭으로 사용하는 것이 보인다.

또한 이 시기에 은해사 간행 불서(佛書) 시주질(施主秩) 어느 부분에도 천교화상의 이름이 나오지 않는다는 점에서도 "1546년 명종 원년 은해 사(銀海寺)"라고 고쳐 부른 부분은 잘못 기록된 것으로 볼 수 있다.

이러한 내용으로 보아 은해사의 사명은 조선초기인 15세기에는 은해 사(銀海寺)라 불리고 있었고, 16세기에는 공산 본사로, 1606년 『고봉화 상선요(高峰和尙禪要)』가 간행되고 난 17세기 어느 시점에서 은해사로 다시 불리워진 것으로 보인다. 이렇게 불리워진 계기는 조선 중기 16세 기 초에는 은해사가 공산 본사라고 이를 만큼의 사세가 있었으나 임진 왜란(1582~1598)이 지나면서 주변지역의 불교세력이 동화사로 집결되 면서 공산 본사라는 명칭을 조심스럽게 쓸 수밖에 없는 상황이 일어난 것으로 보여지며, 그 이후 17세기 어느 시점에서 은해사라는 사명을 다 시 쓴 것으로 이해할 수 있다.

좀 더 많은 조사가 필요하지만 은해사(銀海寺)는 조선시대에 발간한 모든 불서에서 공산 본사(公山本寺), 또는 팔공산 은해사(八空山銀海寺)를 사용 하였으나, 동화사(桐華寺)에서 조선 초기 세종18년(1436)에 간행한 『묘법 연화경(妙法蓮華經)』에는 영천 출신 판원사 이순몽이 화주한 기록이 남겨 져 있는데, 간기(刊記)에는 보이지 않으나 발문에서 '공산(公山) 동화사(桐 華寺)'라는 기록이 보인다. 그리고 현종 7년(1666)에 간행한 『불설광본태세 경(佛說廣本太歲經)』 간기에는 공산의 기록이 보이지 않고 동화사만을 사 용하고 있다. 또한 영조8년(1732) 『팔공산 동화사 사적(八空山桐華寺史蹟)』 에서 처음으로 팔공산이라는 명칭이 동화사에서 사용된 것으로 보이고 있으며, 이후 1736년(건륭 원년) 『대방광불화엄경(大方廣佛華嚴經)』, 『예참불호(禮懺佛號)』, 『신간화엄경행원품(新刊華嚴經行願品)』, 1753년 『불설아미타경(佛說阿彌陀經)』에서 팔공산 동화사라는 사명을 보인다.

지금까지의 내용으로 보아 조선 초에서 17세기 후반까지는 공산(公山)의 주도적인 지위가 은해사와 영천지역에 있었음을 이야기하는 대목으로 추정해 볼 수 있다.

또 하나 의미 있는 기록으로는 태재(泰齋) 유방선(柳方善)이 영천이라는 유배지에서 마음을 붙이고 수년간 머문 환귀사(還歸寺)의 위치에 대한 내용으로, 환귀사에 대한 위치가 적혀진 구절을 매산(梅山) 정중기(鄭重器, 1685~1757)선생의 시문집에서 찾아볼 수 있다.

환귀리(1710년)는 모자산과 운주산의 말미 끝에서 서로 만나는 곳에 위치한다. 붉은 용혈이 모인 상서로운 자리라 전하며 절의 모습이 있다. 세속에서 전하기를 봉황이 군 남쪽에 죽림에서 죽실을 따서 돌아와 쉬는 곳이라 한다. 환귀동 뒷산에는 오래부터 절이 있었으며 지금의 마을 이름이다.[10]

또한 『태재집(太齋集)』 권3의 〈제환귀사벽(題還歸寺壁)〉이라는 시에서는

阿川東畔路歧遙	아천의 동쪽 논밭의 경계로 난 갈림길을 거닐어
獨向禪扉手自敲	홀로 가 선방 문짝을 손으로 두드리렸네
遠近樹光秋雨?	원근의 나무들에게는 가을 비에 빛나고

---

10) 『梅山集』卷之一 還歸里 庚寅 母裔雲孫互送迎 母子雲住兩山之餘支相會而迎送 丹穴祥傳寺有名 俗傳鳳鳥巢於探竹實於郡南竹林而歸休而 還歸後山故名焉古有寺今爲里名.

하였다. 이 두 내용으로 보아 어디인지 정확히 알 수는 없으나, 지역의 인근 주민들의 구전으로 내려오는 내용과 종합해 보면 환귀사(還歸寺)의 위치를 살펴 볼 수 있을 것 같다.

3. 영천지역의 불교미술

1) 불상

가. 영천 야사동 용화사 소장 〈석조약사여래입상(石造藥師如來立像)〉

이 입상의 도상적 특징을 중심으로 살펴보면, 이 불상의 상고는 약 1,160cm, 연화좌의 높이는 약 12cm로 부조형의 석조여래입상이다. 입상으로서는 다른 석조여래입상에 비해 크기가 작은 형이라고 할 수 있으며, 불상의 머리와 몸의 비례를 살펴보면 특히 머리에 비하여 하반신의 길이가 매우 긴 편으로 약 7등신 정도의 신체 비례를 보여주고 있다.

또한 상반신에서부터 하반신에 이르기까지 고부조로 조각된 마애불상이다. 머리 부분은 타원형에 가까운 상호, 높은 육계와 민머리, 부드러운 아이의 눈을 가졌으며, 코는 약간 훼손이 되었지만 남아있는 모양을 보아 오똑한 콧날을 추정해 볼 수 있다, 웃음을 머금은 도톰한 입술, 어깨에 닿을 정도로 크면서 간략하고 평면적인 귀, 목에는 삼도가 표현되어져 있지 않다.

상반신은 어깨의 선이 목에서부터 좌우 측면으로 넓게 펴져 있기 때문에 당당한 모습이며, 오른손은 작게 표현되어 손바닥을 펴고 있는 시무외인의 형상을 하고 있고, 왼손도 가슴 아래쪽에 무엇인가를 쥐고 들고 있다. 이와 같이 수인은 태안마애삼존불의 도상과 친연성을 지닌다.

착의법은 통견방식을 취하고 있으며 Y자형 옷주름에 기본형을 취하고 있으나, 허리 아래로 U자형 대의가 많이 내려와 U자형 스타일이 많이 남아 있는 Y자형 스타일로 허리는 날씬하고 잘록하며 하체가 길게 뻗어있다. 또한 삼굴(三屈) 자세와 함께 뒷면에 선각입상이 새겨져 있어 통일신라 불상에서 유일한 후불입상으로 보여진다.

2) 석탑

가. 영천 신월동 삼층석탑(永川 新月洞 三層石塔)

경상북도 영천시 금호읍 신월동 205-1 신흥사에 소재하는 신월동 삼층석탑은 보물 제465호로 지정이 되어있다. 높이가 4.75m로 화강암으로 조성된 통일신라시대 석탑이다.

영천시에서 금호읍 쪽으로 국도를 따라, 영천 경찰서 고개를 지나 1.5km 정도를 내려가면 경북 사료공장 보인다, 그 공장 옆으로 난 길을 따라 200m 정도를 들어

가면 신흥사(新興寺)가 보인다. 이 절은 인근에서 신흥사라고 부르기 보다는 탑절이라고 부르며, 근대에 창건된 것으로 동네 주변사람들이 이야기하고 있다. 신월동 삼층석탑은 대웅전 앞에 위치하고 있으며, 대웅전을 기준하여 북동(北東) 간(間)을 향하고 있다.

이 탑은 사찰과 40m 정도 떨어져 있는 저수지(일명 탑못)를 축조(築造)할 당시에 저수지 안, 사적지에 무너져 있던 탑을 현재 위치로 옮겨와 세운 것으로 신흥사 주지스님이나 인근 마을의 사람들은 말하고 있다.

사찰과 저수지가 너무 가까운 탓으로 인해 대웅전을 중심으로 부속 전각들이 뒤쪽과 대웅전의 정면 쪽으로 배치된 모습을 통해 이 탑이 세워진 이후에 가람이 형성되었다는 것을 간접적으로 알 수 있다.

이 탑의 양식은 평지 위에 2층 기단을 마련하고 삼층 탑신을 올린 신라석탑 전형양식(典型樣式)을 따르고 있다. 지붕돌의 낙수 면에는 두꺼운 부연(副椽)과 그 밑으로 4단 층급 받침을 새기고, 부드러운 경사로 이루어진 전각의 모습과 전체적인 느낌은 숭복사지 서쪽 삼층석탑과 매우 흡사하다.

큰 특징으로는 1층 탑신 몸돌에서 보이는 문비(門扉-목조건물이나 인도의 산치대탑과 같은 건축물에 내부를 통행하기 위한 출입시설)의 큼직한 문고리 장식을 사면에 돌아가며 새긴 형식이나 탑의 상대중석에 새겨진 팔부신중 상은 훼손으로 인해 정확한 모습은 알 수 없으나 다비상인 아수라상이 양 탑에서 보이지 않는 것은 경주 숭복사지 서탑과 신월동 삼층석탑이 유사한 형식을 보여주고 있다. 문비의 자물쇠 유무와 테두리 부분의 수가 다를 뿐, 다른 형식은 매우 흡사하다. 하지만 숭복사지 동탑에는 아수라상이 뚜렷이 새겨져 있다.

문비의 수나 층단 받침의 감소, 지붕돌의 두께, 팔부신중의 조각수법 등으로 보아 신월동 삼층석탑은 통일신라 후기나 고려 초기에 조성된 양식으로도 추정해볼 수 있으나, 보면 볼수록 숭복사지 서탑을 모델링한 것 같은 느낌을 지울 수 없다. 탑의 멋스러움이 있어 영천지방에서 남아 있는 탑 가운데서 수작(秀作)으로 꼽을 수 있다.

3) 서지

가. 영천 용화사 소장 『유가사지론(瑜伽師地論) 권71』[11]

유가행자(瑜伽行者)의 경(境)·행(行)·과(果) 및 아뢰야식설, 삼성설(三性說), 삼무삼성설(三無性說), 유식설 등을 자세히 논한다. 이 불전은 미륵 보살이 무착(無着)을 위해 중천축(中天竺)의 아유도(阿踰闍) 대강당에서 4개월에 걸쳐 매일 밤 강설한 것이라고 한다. 아비달마대비파사론(阿毘達磨大毘婆師論)이 소승 불교의 사상을 대표하고, 대지도론(大智度論)이 대승 불교가 발흥하던 시대의 사상을 대표함에 대해서, 대승 불교가 완성되고 있던 시대의 사상을 대표하는 것으로서 유식 학파의 중도설과 연기론 및 3승교의 근거가 되는 불전이다. 모두 5분으로 구성되어 있으며, 각 분은 다시 여러 품으로 세분된다.

---

11) 『瑜伽師地論』 彌勒菩薩 說; 玄裝 譯, 卷71, [14世紀]印出, 木板本, 零本 1冊, 29.3×49.8㎝ (29.3×975㎝), 無界, 23行 14字, 無魚尾, 卷子本, 楮紙.

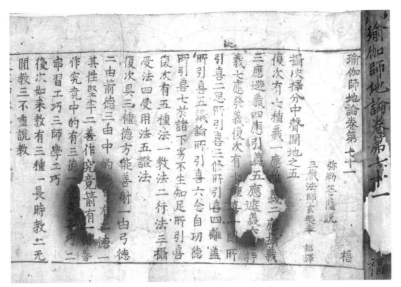

《瑜伽師地論》 卷71 表紙

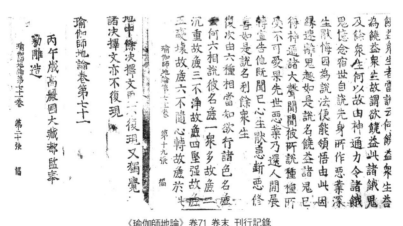

《瑜伽師地論》 卷71 卷末 刊行記錄

소장된 이 자료는 권71로 섭결택분(攝決擇分)으로 본지분에서 자세히 설하지 못했거나 의문이 나는 부분을 분별해서 설하고 있으며 성문지(聲聞地)에 해당하는 부분의 내용을 담고 있다.

소장본은 "해인사 대장경(海印寺大藏經)", "재조대장경(再彫大藏經)"으로 불리워지는 것으로 권71의 영본 1책으로 전체 20장으로 구성되어 있다. 표지는 약간 훼손된 상태이나 배접하여 글자가 훼손된 부분은 묵서로 보충했다. 권두(卷頭)에는 변상도(變相圖) 없이 내용면으로 이어지며, 함차는 '복(福)'이다. 권말(卷末) 20장까지 부분적으로 약간의 먹색의 번짐 등이 있을 뿐 크게 훼손된 부분 없이 완벽하게 원형이 잘 보존된 상태이다.

비록 손상이 있으나 권자본(卷子本)의 원표지가 남아 있고 주칠(朱漆)이 된 축도 고려시대 당시의 것으로 형태적으로 중요한 자료이다. 이 책의 판식의 특징을 살펴보면, 변란은 상하단변으로 고려시대의 권자나 접장의 형태에서 일반적으로 나타나는 형식을 취하고 있으며 23행 14자로 구성되는데 이러한 특징은 고려재조대장경의 기본적인 형식이다. 각 장의 말미에는 경제 및 권장차가 표시되어 있어 쉽게 해당 위치를 파악할 수 있다. 권말(卷末)에는 '병오세고려국대장도감봉칙조조(丙午歲高麗國大藏都監奉勅雕造)'라는 간행기록이 보이고 있어, 판각시기가 고종(高宗) 33년(1247)임을 알 수 있다. 현재 보물 제969호, 972호로 지정된 자료와 동일한 판본으로 추정된다.

4) 불화

가. 은해사 괘불

괘불(掛佛)은 전각의 후불탱화와는 달리 일상 법요의식을 벗어나 특별한 의식에 사용되는 불화이다. 영산재(靈山齋), 수륙재(水陸齋), 천도재(遷度齋) 기우재(祈雨齋)와 같이 특별한 의식에 장엄되는 불화이기에 법당

의 앞마당을 이용하여 10m 정도 높이 걸어 장
엄을 한 뒤 의식을 거행하는 대형불화이다.

은해사 괘불탱화는 1750년에 보총(普聰),
처일(處一) 등 2명의 화승에 의해 그려졌다.
61~64cm 내외의 비단 9조각을 이어 붙여 총
고(總高) 1,167cm 화고(畵高) 471.85cm의 거
대한 화면을 마련하고, 입상 형식의 여래를
그렸다.

화면의 상부와 좌우 녹색 변에는 범자를
적어 넣은 주색 원문이 일정한 간격으로 그려
져 있다.

그리고 각 원문마다 한 자씩 적은 글자는 상부 15자, 좌우 각 33자로
구성하였다. 화면 상부에는 화려한 보개장식이 영락을 늘어뜨리고 화려
한 색조의 극락조 3조가 하늘을 날며 그 아래로 붉은 꽃송이의 산화 장
면이 묘사되어 있다. 중앙의 본존여래는 두 개의 연꽃 위에 두 발을 내
딛고 서서, 오른손은 아래로 늘어뜨리고 왼손은 가슴 아래에 대어 손바
닥을 위로 향한 채 엄지와 중지를 맞댄 모습으로 당당하게 서 있다.

권속을 대동하지 않고 본존 여래만이 단독으로 등장하는 단순한 형태
로 이러한 불화는 대개 영산회상의 석가모니불로 인식되어 18세기에 유
행하였던 형식이다. 입상의 독존여래에 산화하는 꽃송이를 배경으로 구
성한 작품은 〈율곡사 괘불탱화(1684년)〉, 〈법주사 괘불탱화(1766년)〉와
유사하다. 그러나 모두 보살형의 보관을 쓴 장엄불로 손에는 연꽃을 들
고 서있는 염화시중(拈華示衆)의 석가모니불을 상징하는 모습으로 〈은
해사 괘불탱화〉와는 다소 차이가 나는 모습이다. 〈은해사 괘불탱화〉는

주존의 구성과 배치, 상호나 의습 문양, 연못 위에 두 발로 서 있는 장면 등은 같은 해에 제작된 〈은해사 대웅전 아미타 후불탱화(1750)〉와 동일한 양식으로 은해사 괘불탱화는 여기에 주존 아미타불만을 분리하여 독존상으로 도해한 것으로 보인다. 또한 배경에 그려진 상단 중앙의 화려한 보개와 좌우에 연꽃을 입에 문 극락조, 그 아래에 붉은 모란과 연꽃 송이가 꽃비처럼 연못 위로 떨어지는 장면은 극락세계를 연상시킨다. 이러한 모습은 다른 독존여래에서는 볼 수 없는 독특한 특징이다.

따라서 은해사 괘불탱화는 기존의 영산회를 위한 괘불로서의 성격을 유지하면서 정토왕생(淨土往生)과 보다 밀접한 아미타불로 조성되었을 가능성이 높다.[12]

5) 공예

가. 은해사 금고

영천 은해사 성보박물관(銀海寺聖寶博物館)에 소장되어있는 〈은해사 금고 (銀海寺金鼓)〉[13]는 조선 1646년에 지름 77.2cm으로 제작되었으며 보물 제1604호로 지정되었다.

---

12) 통도사 성보박물관 전시자료.
13) 은해사 성보박물관 도록 참조.
　　新□縣八公山修道寺□ 鼓畵員□ □ □ 施主□ □ 比丘, 順治三年丙戌四月初一日一百九十斤鑄成.
　　大施主朴巳善□施主安自□施主□海男治匠□岩□別座虛幹保體鮮善道人學休保體勤化興益比丘惠廷比丘澄揮比丘惠輝比丘大眞.

　이 금고는 조선 후기에 많이 쓰였던 재질인 청동으로 되어 있고, 크기
는 직경 77.2cm, 두께 12.7cm로 큰 편이다. 표면의 공간은 큰 동심원을
그린 다음 금고를 두드리는 자리인 당좌의 원과 안쪽 원 바깥쪽 원으로
나누었다. 당좌는 3중의 연꽃무늬를 돋을새김 하였고, 안쪽 원에는 봉
황무늬 3개와 구름무늬 3개를 배치하였다.

　바깥쪽 원에는 연꽃무늬 5개와 이중의 연꽃무늬 5개를 교대로 배치하
여 장식하였다. 측면에는 금고를 매달 수 있도록 위쪽과 옆구리에 3개
의 고리를 달았으며, 뒷면에 제작시기를 새긴 명문이 있다. 문양의 표현
은 고려시대 금고에 비해 앞면의 문양이 두텁고 회화적이다. 금고 뒷면
에 새긴 명문을 통해 1646년에 만들어졌음을 알 수 있고, 무늬의 각종
표현이 조선 후기의 시대상을 나타내고 있다. 문양과 그 배치가 금고의
변화를 연구할 수 있는 좋은 자료가 된다.

4. 결론

영천지역은 공산을 중심으로 한 많은 불교문화 유적이 산재해 있고, 또한 공산을 벗어난 지역에 있어 그 가치를 인정받지 못하고 있거나, 아직도 정리되지 않아 그 역사성과 의미를 밝혀내지 못한 자료들로 넘쳐난다. 특히 영천의 동북쪽 모자산(보현산) 주변과 임고지역 일대의 불교문화재는 그 가치를 인정받지 못해 방치되어져 망실되어 잊혀지는 경우도 적지 않은 것으로 보여진다.

이번 인문도시지원사업 선정을 통해 영천지역의 불교미술사에 관련된 특성을 한 번 더 상기하면서, 유구한 역사를 지닌 영천지역 불교미술의 종교예술문화가 팔공산이라는 자연생태계와 호흡하면서 영속성을 유지하고 상호의 보완적인 의미를 나눔으로써 후대에 새로운 해석과 이해를 필요로 하는 인문학적인 유산으로 남을 수 있다는 것을 보여주는 것이 아닐까 생각해 본다.

영천의 유교문화권에 들어있는 불교유적은 서원의 주춧돌이나 계단돌 내지는 경계석으로도 쓰여져, 흥망성쇠라는 과정을 통해 새로운 인문학적 해석을 요구하고 있다. 한 사상이 한 사회를 지배하는 구조가 되었을 때, 다른 사상과 함께 상생할 수 있도록 넓은 이해와 고민을 가지지 못하면 파괴와 훼손이라는 문화를 물려 줄 수밖에 없는 것이다.

조선 전기의 『태재집』을 통해 상호공존의 문화를 통한 감동을 전해 받았다. 유배지인 영천에서 쉼 없이 이어진 자신의 고뇌를 사찰이라는 공간과 승려라는 수행자를 통해서 자신의 삶을 치유한 기록이 지금의 영천 불교문화예술에 큰 가치와 기여를 하는 것처럼, 다른 문화의 공존은 다음 세대에 새로운 해석을 낳게 하는 감동을 줄 것이다.

미술사는 이미지를 통해 감동을 느끼는 학문이다. 이미지에서 그 원형을 볼 수 없어 우리에게 감동과 역사를 전해 주지 못한다면 그 가치가 사라지는 것이다. 불교미술사는 텍스트인 경전(經典)을 이미지화하여 감동과 또 하나의 신앙과 숭배의 가치를 부여받는다.

영천이라는 작고도 큰 공간 속에 인간과 함께 한 불교미술은 상호문화의 공존의 가치라는 의미를 동시에 가지는 예술이 되어가기 위한 노력을 해야 할 시기로 보인다.

독도는 우리 땅

유종현

1. 머리말

"일본은 우리나라의 가장 가까운 이웃이므로 역사적으로 선린우호 관계를 유지해온 시대도 있었지만 때로는 서로 대립과 갈등, 침략과 약탈, 지배와 예속이라는 적대관계의 과정도 상당기간 있었다. 때문에 한일 양국 간에는 중첩되는 동일한 역사적 사실에 대하여 서로 다른 의견이 생기게 되었다. (중략) 양국 간 역사분쟁은 일본제국주의 학자들의 황국사관(皇國史觀)과 식민사관에 뿌리를 두고 있다. 이러한 역사관은 20세기 후반부터 군국주의적 극우파에 의해 더욱 가열되었고 2000년대에 들어서서는 양국 간 역사 분쟁이 학자간의 문제에 그치지 않고 양국정부간의 외교적 이슈로 비화되면서 한일 간의 상호이해와 우호관계 발전을 저해할 뿐만 아니라 동아시아지역의 공동번영에도 심각한 위협이 되고 있다."[1]

---

1) 손승철, 「일본 역사교과서 문제의 사적 전개」 2011.8.27. 한일관계사학회 주최 학술회의 자료, 1~2쪽 인용.

일본 정부는 2012년도부터 중등학교 지리, 공민, 역사교과서에 〈독도는 일본의 교유영토이며 한국이 불법 점거하고 있다〉는 내용을 기술하도록 검정하였다. 이로써 독도 영유권 문제는 한국 국민의 대일감정을 자극하고 있을 뿐 아니라 양국 간 외교적 마찰을 재발케 하는 요인의 하나가 되고 있다. 한국 관계학계에서도 이번 두 가지 사건을 중시하고 〈독도 영유권을 둘러싼 일련의 소동으로 당초 '한국 대 일본의 소수 극우파 의원'으로 그어졌던 대립구도가 '한국 대 일본'으로 조금씩 변질되는 양상을 보인다.〉라고 우려를 표명하고 있다.[2]

2011년 3월 일본 정부가 발표한 중학교 교과서 검정 결과에 따르면 일본의 7개 출판사(東京書籍, 大阪書籍/文敎書籍, 帝國書籍, 敎育書籍, 淸水書籍, 自由社, 育鵬社)에서 발간된 교과서 중 도쿄쇼세키(東京書籍)의 경우를 예를 들면, 2001년에는 〈일본의 영해와 경재수역〉(145쪽)에 독도표기는 없고 독도가 배타적 경제수역 범위에 포함되어 있는 지도를 게재하였는데, 2005년에는 〈일본의 영해와 경제수역-다케시마(竹島)와 센카쿠제도(尖閣諸島)〉(155쪽)편에 "시마네현 오키제도의 북서에 위치한 다케시마(竹島), 오키나와현 센카쿠제도는 모두 일본 고유의 영토다"로 개정했다가 다시 2011년에는 〈일본의 영역과 경제수역〉(151쪽)에 "다케시마(竹島)는 오키제도 서북쪽에 위치하고 시마네현 오키노시마쵸에 속하는 일본고유의 영토이다. 그러나 한국이 불법으로 점거하고 있어, 일본은 한국에 항의를 계속하고 있다."라고 점차적으로 왜곡된 내용의 수위를 높이고 있다.

2012년 12월 일본에 자민당의 아베 신타로 정권이 들어선 이후에는 한일간 정치 관계가 악화되기 시작했으며, 그 원인은 야스쿠니신사 참

---

2) 이명찬, 「일본은 왜 독도를 자기네 땅이라고 우길까」, 2011.8.25자 동아일보 A29면 칼럼에서 인용.

배, 군 위안부 문제, 독도 영유권 등 한일 간의 역사인식을 둘러싼 불협화음으로 급기야는 양국 관계를 극도로 냉각시키고 말았다. 그 중에는 아베정권의 독도 영유권 도발이 현저하게 나타났다. 2013년 2월 22일 시마네현 '다케시마의 날' 행사에 중앙정부의 내각부 정무관을 처음으로 파견하였다. 이어 3월 26일에는 고교 2차년도 사회과 교과서 15종에 "독도를 일본 영토"로 기재하도록 검증하였다. 4월에는 외교백서 7월에는 반위백서에 "독도는 일본 고유의 영토"라고 예년처럼 기술하였다. 8월에는 내각부가 "독도 영유권에 대한 대 국민 특별 여론 조사 결과를 발표"하는한편, 10월에는 외무성이 독도 영유권 주장 홍보 동영상을 인터넷을 통해 유포하기 시작하였다.

2014년에 들어서도 아베정권의 독도 도발은 계속 강화되고 있다. 1월에는 종래의 외무성 홈페이지에 이어 독도 영유권을 주장하고 홍보하는 정부 홈페이지를 개설하는 한편, 중고등학교 학습 지도요령 해설서에 "독도는 일본 고유영토"라고 주장하는 내용을 기술하도록 조치하였다. 2월에는 전년과 같이 시마네현 '다케시마의 날' 기념행사에 중앙정부 내각부 정무관을 2년 연속 파견하였다. 4월에는 심지어 초등학교 5, 6학년 사회 교과서에 "독도는 일본 고유 영토", "한국이 불법으로 점령(점거)"라고 기술하는 검증을 통과시켰다.

이처럼 검정을 통과한 한일관계역사 기술 내용은 비단 독도 영유권 문제뿐 아니라 고대로부터 근대에 이르기까지 종래에 비하여 황국사관에 입각한 극우보수적인 경향으로 기울어진 왜곡된 역사기록이 늘어났다. 이를 하나하나 모두를 분석하여 다루기에는 여러 가지 제약이 따르기 때문에 본고에서는 독도 영유권에 관한 일본의 교과서 기술 내용에서 왜곡된 사실과 한일 간의 의견 차이를 나타낸 중요한 부분을 중심으

로 분석하여 한일 간 독도 영유권을 둘러 싼 분쟁을 심화하려는 일본의
허구성과 술책이 무엇인지를 짚어보고자 한다.

2. 독도 영유권에 대한 일본의 도발과 우리의 대응

일본 교과서에 관련된 한국정부의 대응으로써 외교부가 그 때마다 외
교부에서 성명서를 통하여 일본 측에 항의 시정을 촉구하였다. 과거 발
표된 성명서의 실적 과 내용을 살펴보면 다음과 같다.

> (1) 2001년 일본 중학교 교과서에 역사왜곡 사실 기술에 대하여 항의.
> (2) 2005년 중학교 교과서 독도 영유권 문제의 왜곡 기술과 역사왜곡 기
> 술에 대한 항의.
> (3) 2006년 고등학교 교과서에 독도 영유권 주장의 검정통과와 검정의견
> 제시에 항의하고 다른 역사왜곡 부분에 대한 항의.
> (4) 2007년 고등학교 교과서의 독도 영유권 주장 기술을 검정통과한데 대
> 하여 항의하고 그릇된 역사인식에 대하여 항의.
> (5) 2010년 초등학교 교과서에 독도 영유권 주장의 기술에 항의.

한국 정부는 이상과 같이 성명서를 통해 항의하였음에도 불구하고,
일본 정부는 아랑곳 하지 않고, 점점 더 강도 높게 일본 측 주장을 굽히
지 않고 있다.

3. 일본 학계와 지식인들의 독도 영유권에 대한 의견

그렇다면 독도 영유권에 대한 일본 학계와 지식층의 주장과 의견은

어떤 것일까? 주요 인사들의 대표적인 사례를 살펴보고자 한다.[3] 다음에 열거하는 사례 5개 항목을 자세히 검토하면 일본정부가 '독도가 일본의 전통적 영토인데 한국이 불법으로 점거하고 있다고'하는 허구를 중학교와 소학교 교과서에까지 왜곡된 사실을 기술하여 애국심 교육이라는 명분아래 어린 학생들에게 가르치려 하고 있다.

1) 이즈미 하지메교수와 오카자키 히사히고 대사의 의견:

2006. 4. 25. 노무현 대통령의 한일관계에 대한 특별담화를 통해 "독도는 한국 땅"이라는 초강경 발언과 더불어 영토 문제는 곧 주권회복 문제임을 강조하고 나서자, 일본의 한반도 정세 연구의 권위자인 시즈오카(靜岡)대학 이즈미 하지메(伊豆見 元)교수는 종합월간지 주오코론(中央公論) 5월호에 한국 참여정권과는 야스쿠니진자 참배나 다케시마 영유권 문제를 협의할 수 없다. 차기 신정권이 발족할 때까지 양국의 미래지향적 관계 구축은 불가능하다고 전제하고, '그 때까지 일본은 다케시마가 역사적으로, 국제법상으로 일본의 고유영토라는 것을 한국국민에게 여러 가지 수단을 통하여 끈질기게 설득해 나가야 한다.'라고 하였다.

같은 달 주오코론지에는 외교평론가로 고명한 오카자키 히사히고(岡崎久彦) 전대사의 이즈미 교수의 주장을 비판하는 글이 실렸다. '다케시마는 에도(江戸)시대부터 일한 양측이 자국 영토라고 주장하고 있으나 무인도였으며 정식으로 어느 쪽이고 실효적 지배를 한 적이 없다. 다만 정식으로 일본령이 된 것은 일·러전쟁 때였으며 그 사실이 한국 측으로서는 정치화하는 이유가 되고 있다.'고 반박하였다.

2) 가와카미 켄조 교수와 호리 카즈오 교수의 의견

사실 일본 외무성이나 지식인들은 에도막부시대인 겐로쿠 9년(1616) 1월 28일, 3년에 걸친 교섭 끝에 도쿠카와막부(德川幕府)가 조선정부의 항의에 승복하여 울릉도에 대한 조선의 영유권을 인정하고 돗토리한(鳥取藩)에 일본인 도해를 금지한 유명한 '다케시마 잇켄(竹島一件)'과 메이지 10년(1877)에 태정관(太政官, 당시의 국가최고기관)이 내린 독도에 관한 지령을 왜 외면하는 것인가? 일본의 독도(=다케시마)에 대한 실증적 논거의 전거(典據)가 된 것은 가와카미 켄조(川上健三)교수의 〈다케시마의 역사지리학적 연구〉(1966년)라는 것은 널리 알려진 사실이다. 일본에서 이 가와카미 교수의 연구에 대하여 일본인으로서 학문적 매스를 가한 것은 교토(京都) 대학의 호리 카즈오(堀 和生)교수였다. 그는 1987년에『조선연구회논문집』에 기고한 「1905년 일본의 다케시마 영토편입」이라는 논문에서 일본이 독도를 무주지(無主地)라 하여 시마네현에 편입한 경위를 소상히 밝히고 있다.

이에 따르면 외무성 정무국장(山座圓二郎), 해군성 수로부장(肝付兼行), 농상무성 수산국장(牧朴眞) 3인이 내무관료들의 주저를 무릅쓰고 '일러해전의 중요시기에 다케시마를 편입하여 망루와 무선기지를 건설하면 결정적으로 유리하다'고 하여 시마네현의 어업종사자인 나카이 요사부로(中井養三郎)의 다케시마 대여 청원서를 무주지의 영토 편입원으로 변경시켜 청원케 하여 시마네현으로 편입시켰던 것이다'라고 호리교수는 주장하였다.

3) 메이지(明治)시대의 태정관(太政官) 지령

호리 교수 논문이 발표되기 전까지 일본 측이 숨기고 언급을 회피한 사건 중 하나는 1877년(明治 10) 다케시마에 관한 태정관의 지령이다. 태정관 지령은 1876년 시마네현이 '일본해내죽도외일도지적편찬방사' (日本海內竹島外一島地籍編纂方伺)를 내무성에 품의했을 때, 내무성이 검토한 결과 울릉도와 다케시마(竹島)와 그 외 1도는 에도시대의 경위로 보아 '조선 령이며 일본 땅이 아니다'는 결론을 내리고, '판도(版圖)의 취사(取捨)는 중대사건'이므로 1877년 3월 17일 당시 최고의 국가기관이던 태정관의 판단을 앙청하여 내린 것이다.

이와 관련 1950년대 한일 양국이 논쟁하는 과정에서 당시 일본이 조선 령으로 인정한 것은 다케시마(竹島=울릉도)이지 마쓰시마(松島)가 아니었다고 일본 측이 강변한 일이 있으나, 내무성이 품의한 서류에는 위의 '다케시마'외 1도는 마쓰시마(松島, 지금의 다케시마)임을 지도에 명기하고 있다.(호리논문, 10쪽)

또 하나의 사례로서 에도시대 막부의 독도와 울릉도가 조선 령이라는 인식은 1699년의 결정 즉 아이즈야 하치우에몬(會津屋 八右衛門)의 '다케시마 잇켄(竹島一件)'(1836년)이라는 사건을 보면 더욱 확실하다. 에도 막부는 당시 울릉도에 대한 도해금지령을 엄격히 지켰던 것이다. 울릉도에 대한 밀무역이 탄로되어 하마다한(浜田藩)을 위해 밀무역에 종사한 선박운송업자 아이즈야 하치우에몬은 막부에 의해 사형에 처하고 밀무역을 시킨 하마다한의 주석가로(主席家老) 오카다 다노모(岡田 賴母)는 자결(自決)을 명받았다. 그러나 하마다한 향토사 갓시야와(甲子夜話)의 기록에 의하면 자결이 아닌 증거 인멸을 위해 죽인 것이라고 한다.

이 사건으로 하마다한의 한슈(藩主) 스오노카미 야스토(松平周防守康任)는 막부 로츄(老中)직을 치사(致仕)하고 침거(蟄居)와 동시 동북지방의 다나쿠라(棚倉)로 전봉(轉封)되었다.

4) 시마네(島根)대학 나이토 세이츄(内藤 正中) 명예교수의 견해

나이토 세이츄 명예교수는 일본 측의 독도에 대한 명확한 영토의식이 없었던 이유를 독도에 대한 일본 명칭의 변천을 들어 설명하고 있다. 월간지 세커이(世界) 2005년 6월호에 실린 그의 기고문 〈다케시마는 일본 영토인가?〉에 다음과 같이 주장한 바 있다.

〈일본은 에도시대의 독도 명칭인 마쓰시마(松島)를 메이지시대 중간에 와서는 버리고 프랑스 포경선이 명명한 '리앙쿠르(Liancourt)'로 불렀다가 시마네현 영토로 편입하는 1905년에는 '시볼트'가 잘못 인지하고 불렀던 다케시마(울릉도)를 독도의 명칭으로 부쳤다. 이것은 소위 신도(新島) '다케시마'에 대한 인식이 시마네현 현지에서도 얼마나 희박했는지를 말해주는 것인데, 그러한 것이 어찌 고유의 영토라고 할 수 있는가?〉라고 반문하였다.

5) 은주시정합기(隱州視聽合記)와 이케우치 사토시(池内敏) 교수의 해석

일본 측이 울릉도가 일본의 땅이었다고 주장하는 역사 문헌으로서 '은주시청합기'가 있다. 그러나 이 문헌 중의 한 구절이 논쟁의 초점이 되어 한일 학계에서 해석을 두고 서로 다른 의견을 내세우고 있다. 〈은주시청합기〉에 기록된 문제의 구절은 '일본의 북서쪽 한계가 일본의 오키노쿠니(隱崎國)를 가리키는 것이냐, 아니면 울릉도를 가리키느냐' 하

는 문구의 해석이다. 즉, '일본지건지이차주위한의(日本之乾地以此州爲
限矣)〉'의 '차주(此州)'가 섬인 울릉도를 말하느냐, '오키노쿠니'를 말하
느냐 하는 논쟁이다.

이케가미 사토시 교수는 한일 양국 학계의 연구가들의 해석을 비교한
뒤 다음과 같이 결론지었다.

이상의 논증에 따른다면 문맥, 용어법, 본문 중에 그렇게 명기된 사실
및 동시대인에 의하여 읽혀지는 어느 것을 보더라도 '차주'는 〈은기국
(隱崎國)〉으로 밖에는 읽을 수가 없다. 그럼에도 불구하고 계속 문제된
부분만은 〈도(島)〉로 읽어내려 볼 수밖에 없다는 것은 학문적으로 성립
될 수 없는 감정론밖에 안 된다.

'은주시청합기'는 오키노쿠니(隱崎國)의 지지(地誌)이며 마쓰에한(松
江藩)에 제출한 보고서이다. 이 보고서의 문장이 66개소에 있는 〈州〉에
대하여 전부 나라 국(國)으로 읽을 수 있음에도 불구하고 딱 한군데에서
만 섬(島)의 뜻으로 무리하게 읽어야 이해될 수 있는 것이라면 그러한
보고서를 왜 새로 쓰지 않았을까. '은주시청합기'는 지지(地誌)보고서의
종류의 것이지 사색(思索)의 서(書)는 아니다. 누가 읽어도 읽는 내용이
명확하지 않으면 보고서로서는 쓸모가 없다.

이상을 감안하여 생각한다면 '은주시청합기'에 의거한 '오키노쿠니(隱
崎國)'는 일본 북서의 끝이 되지 않을 수 없다. 그러한 만큼 죽도=독도는
당시 일본의 판도(版圖)에서 벗어나 있었던 것으로 인식되어 있었다.

그 밖에도 독도가 한국 고유의 영토라는 사실을 입증할 여러 가지 한일양
국의 문헌과 고지도가 다수 있다. 은주시청합기(隱州視聽合記) 이외에도

예를 들면 〈막부찬 경장 일본지도(幕府撰 慶長 日本地圖)〉, 〈일본 지리학자
임자평(林子平)이 그린 〈삼국접양지도(三國接讓之圖, 1785년)〉, 〈세종실록
지리지(1454년)〉, 〈동국여지승람(東國輿地勝覽, 1481년)〉, 〈신증동국여지
승람(新增東國輿地勝覽, 1531년)〉, 〈대한여지도(大韓輿地圖, 1898년)〉, 〈대
한전도(大韓全圖, 1899년)〉, 〈프랑스 지리학자 B. B. D'Anville가 그린 조선왕국
전도(1737년)〉, 〈대한제국 칙령 제41호(1900년)〉 등 수많은 자료가 있으나,
본고에서는 이들 자료의 분석은 생략한다.

4. 맺는말

일본은 독도를 일본고유의 땅이라고 우기면서 영유권을 주장하고 있
다. 〈예로부터 일본은 독도의 존재를 알고 있었고, 17세기 중반 영유권
을 확립하였으며, 1905년 근대법적으로 독도를 시마네현에 편입함으로
써 독도에 대한 영유권을 재확인하였다. 패전이후 1952년 4월에 발효한
샌프란시스코 평화조약의 '일본이 포기해야 할 한국영토조항'에 독도가
포함되어 있지 않았으므로 일본 땅으로 남아 있다〉는 것이다.

이러한 논리는 일본이 핵심 자료를 숨기면서 일본국민과 세계인을 속
이기 위한 것이다. 앞서 본바와 같이 일본은 17세기 말에 독도가 자국
영토가 아니라고 확인했고, 1870년과 1877년 두 차례에 걸쳐 독도는 일
본영토가 아닌 조선영토라고 재확인 하였다. 그러나 그런 역사적 공문
서를 숨기며 독도를 무명, 무주지로 주장하여 선점논리를 적용, 시마네
현에 강제 편입시켰다. 선점논리 자체가 고유영토 설에 배치되므로 그
후 '무주지 선점'을 '고유영토 재확인'으로 말을 바꾸었다. 그러나 독도
가 일본 영토라고 '재확인'하기 전에 일본 스스로가 '확인'한 사실은 존

재하지 않는다.

샌프란시스코 평화조약에 독도가 일본영토에서 제외되었으나 이는 당시 미국 국무성의 의견과는 달리 영연방의 입장은 '독도는 한국영토'라는 것이었다. 미국과 영연방과의 타협에 의해 독도에 대한 언급이 없어진 것일 뿐 일본영토로 인정된 것은 결코 아니다. 대일 강화조약이 협의 체결된 시기는 1951~1952년이었다. 다시 말하면 대일 강화조약 체결 협의는 한국 전쟁(1950.6~1953.7) 기간이라 한국 정부가 독도 영유권을 충분히 입증 대응할 만한 여건 하에 있지 않았다.

그런 와중에서도 1952년 7월 한국 정부는 대일 강화조약에 독도가 한국 영토임을 명기할 것을 요청했다. 1951년 8월 러스크 국무부 차관보는 한국 측이 요청한 독도 영유권 주장을 받아들일 수 없다는 극비 문서를 한국 측에 보냈다. 러스크 서한의 중요부분은 다음과 같다.

"미국의 정보에 의하면 독도는 한국의 일부로 취급된 적이 결코 없으며 1905년 이래 일본의 시마네현 오키섬 관할 하에 있고 일본은 일찍 한국에 의해 영유권 주장이 이루어졌다고 볼 수 없다 ··· 그러므로 한국정부의 요구를 수용할 수 없다"

그리하여 다음 달인 1952년 9월에 대일 강화조약이 체결 되었다. 결국 샌프란시스코 강화조약 제2조 (a)항에는 "일본은 한국의 독립을 인정하고 제주도 거문도 및 울릉도를 포함한 한국에 대한 모든 권리, 권원 및 청구를 포기한다"고 규정하였다. 즉 조약문 초안에 들어 있던 섬 이름들 가운데 독도가 삭제된 것이다. 제2차 대전 중에 열린 연합국 정상들의 카이로 선언, 포스담 선언과 전후(1946년) 연합군 사령부 각서(SCAPIN) 제677호 등에 명기된 "제주도, 거문도, 울릉도 및 독도"라는 문구가운데

"독도"가 삭제된 것이다.

일본 정부는 이 러스크 서한을 근거로 독도 영유권을 주장한다. 그러나 그 후 무쵸 주한미국대사는 "독도가 한국 고유의 영토"라는 사실을 미국 무성에 보고하였다. 그 결과 미국무성은 1952년 10월 주일미국대사관 앞 비밀공문을 통해 "독도는 한때 조선왕조의 일부영토였다. 이 사실을 우리는 거듭 확인한 바 있다. 일본이 평화조약 상에 독도가 일본 영토로 남아 있다고 하나 그것은 그들의 추정일 뿐이다"라고 못을 막았다. 또한 1953년 아이젠하워 대통령의 특사인 밴 플리트 대사의 방한 후 귀국보고서에는 (1) 러스크 서한은 공표된 문서가 아니라 극비문서다. (2) 러스크 서한의 독도에 대한 미국의 견해는 "한국 측에 극비리에 통보되었지만 미국의 공식입장이 통보된 것은 아니다"라고 기술되었다. 그 후 덜레스 미 국무장관의 기록인 비밀문서에서도 (1) 독도에 대한 견해는 많은 서명국 중 하나의 견해일 뿐이다. (2) 러스크서한은 국제법상 한국에 적용되지 않는다. 즉 연합국 승인 없는 미국만의 견해다. (3) 1948년 한국의 독립 이후 한국이 독도를 영토로서 지배했고 영토주장은 1951년 7월 미 국무성에 전달되었다. (4) "독도의 영토지배는 한국의 주권행위이며 샌프란시스코 조약에 독도의 귀속이 명시되지 않았다 하더라도 독도가 일본 영토라는 기재가 없는 한 독도는 한국 영토다."

이상과 같이 결국 일본은 자국에 결정적으로 불리한 공문서 내용은 숨기면서 독도 영유권을 고집하고 있는 것이다.

그렇다면 왜 일본은 이러한 무리수를 쓰고 있을까? 일본은 현재 바다와 국경을 접하고 있는 이웃나라들과 영토 분쟁을 일으키고 있는 중이다. 중국과는 센카쿠도=조우도에서, 러시아와는 남쿠릴열도에서 한국과는 독도 영유권을 둘러싸고 논쟁 중이다. 이러한 입장에서 일본이 어느 한 곳을 양보하거나 그것이 자기네 땅이 아니라고 한다면 다른 곳의 영토문제와 직결되기 때문에 어느 하나를 절대로 양보할 수 없는 입장이다. 그러므로 일본정부는 독도를 센카쿠도＝조우도, 그리고 남쿠릴열도의 경우와 동일하게 고도의 지능적 외교전술을 펴고 있다는 것이다.

그러나 이 외교전술은 자가당착의 모순된 이론이라는 것을 지적하지 않을 수 없다. 일본은 현재 중국과 영토문제를 다투고 있는 조우도＝센카쿠도를 사실상 실효지배하고 있다. 한국이 독도를 실효지배하고 있듯이 이 섬에 헬리콥터 기지까지 건설하려고 한다. 그런데 '독도는 일본 고유의 영토이며, 한국이 불법 점거하고 있다'고 하고 일본은 조우도＝센카쿠도를 합법으로 점거하고 있다는 것인가. 자국 점거는 합법이고 타국의 점거는 불법이라는 이론은 결코 성립될 수 없는 것이다.

한편 일본이 무력으로 독도를 점거한다면 어떻게 될까하는 우려를 표시하는 사람도 있다. 그러나 과연 독도 영유권 때문에 정쟁을 치룰 메리트가 있을 것인가. 무력을 사용하여 독도를 점거한다면 일본은 얻는 것보다 잃는 것이 더 많을 것이다. 또다시 일본제국주의가 되살아나서 남의 영토를 무력으로 약탈했다는 침략자로 국제사회에서 낙인이 찍힐 것이기 때문이다.

여기서 한국은 독도 영유권을 지키기 위해 어떻게 해야 할 것인가. 한편으로 현재 독도를 실효 지배하고 있는 상태를 계속 굳건히 지켜나가야 할 것이며 다른 한편으로 한일 양국의 학계를 통해 꾸준히 역사문헌의 새로운 기록을 발굴과 이를 제시해가며 일본 측을 설득하는 대화의 창구를 열어 슬기롭게 대응해 나가야 할 것이다. 일본 정부가 정부 공식 홈페이지를 개설하여 독도 영유권 홍보를 하고 10개 국어로 작성된 간행물을 통해 독도영유권 주장을 세계적으로 홍보하고 있음에 비추어 한국도 이에 뒤지지 않는 홍보를 펼쳐야 할 것이다.

독도 영유권문제 연구의 제1인자였던 서울대학교 법과대학의 고 백충현 교수는 그의 논문 중 「독도 영유권 문제의 실체와 해결책」에서 '금후에도 양국이 합의하여 제3자의 판단에 위임하는 국제소송에 의뢰할 가능성은 없다. 그렇다하여 외교교섭으로 절충하거나 타결할 가능성도 안 보인다. 외교마찰은 현재의 수준을 반복하면서 역사적 증거와 국제법 논리가 상대방을 설득할 때까지 계속될 것으로 보인다.'라고 독도 영유권 문제 해결의의 장기화를 우려하였다.

공로명 전 외교통상부장관은 '한일 양국의 뜻있는 학자들의 진지한 탐구에 의하여 상호이해를 깊이 해나가는 가운데 해결의 실마리가 풀리기를 바란다.'라고 전망하였다.4)

사실 양국정부는 독도 영유권을 비롯하여 역사문제의 인식을 찾는 노력의 일환으로써 그 동안 '한일역사공동연구위원회'을 설치 운영해 왔다. 강원대학교 손승철 교수(역사전공)는 이 문제와 관련 다음과 같이 언급하였다.

한일 양국에 2002년 양국 정상에 의한 '한일역사공동연구위원회'가 설치되었고, 2기에 걸친 공동위원회의 노력은 양국정부와 학자들에 의해 민관합동으로 역사교과서 문제 내지 역사분쟁의 해소를 위해 공식적인 활동을 시작한 데 커다란 의의를 가진다.

그러나 한일역사공동위원회는 2010년 3월에 제2기 활동을 끝으로 현재 중단 상태다. 2011년 일본 정부가 중학교와 소학교의 교과서 검정이 이루어졌으며 새로이 극우파 교과서 출판사인 이쿠호샤(育鵬社)의 '새로

---

4) 공로명 : 「한일 양국관계의 가시, 독도문제를 어떻게 할 것인가?」 2006년 8월 제14회 한일포럼발표문 참조.

운 일본역사'가 출현되어 양국 간에 갈등이 고조되고 있다.

이런 시점에서 제3기 공동연구위원회 설치가 시급하다. 향후 제3기 위원회는 지속적으로 운영되어 연속성을 가질 수 있도록 함이 바람직하다.

유럽의 예를 살펴보자. 독일과 프랑스, 독일과 폴란드가 공동교과서 및 보조교재를 발간하는데 50년 이상의 기간이 필요했다. 드디어 유럽 통합이라는 기본적인 합의가 이루어졌고 아울러 공동의 역사교과서를 바탕으로 후속세대들에게 상대국에 대한 인식뿐만 아니라 자국에 대한 올바른 역사인식의 토대가 마련되어가고 있다. 이런 유럽 사례를 바탕으로 한일 간에도 양국의 학자, 시민단체 등의 노력이 상호 이해와 공동 번영의 미래를 향한 새로운 길을 모색하기를 염원한다.[5]

독도영유권 주장을 위해 특히 성급한 감정적 대응은 절대 금물이다. 일본에는 양심적인 학자와 지식인이 많이 있다. 한국은 이들과 손을 잡고 현재 독도를 문제 삼는 극우 보수파 위정자와 이들을 추종하고 있는 일부 시민들을 물리치도록 하는데 노력을 아끼지 않아야 할 것이다. 먼 장래에 일본 극우보수분자들이 언젠가는 자기 잘못을 깨닫는 날이 올 것이다.

일본은 제2차 세계대전이 끝난 다음 자유민주주의와 인권을 신봉하는 민주국가를 표방하면서 국제사회에 복귀했다. 이러한 일본이 황국사관을 기저로 하는 지유샤의 중학교와 소학교 역사교과서를 검정에서 통과시킨 것은 지난 전후 70여년의 민주주의 국가라는 일본의 역사를 스스로 부정하는 자기모순적인 행위이다. 망언과 사죄를 반복하는 일본정치인의 언행과 교과서 검정에서 나타나는 일본 정부의 이러한 태도가 결국

5) 손승철, 「일본 역사교과서 문제의 사적 전개」, 2011.8.27. 한일관계사학회 주최 학술회의 자료, 21~22쪽 인용.

이웃 나라에 불신을 준다. 과거 일본 제국주의, 군국주의의 헛된 영광을 꿈꾸는 자들은 결코 역사의 심판을 피하기가 어려울 것이다.[6]

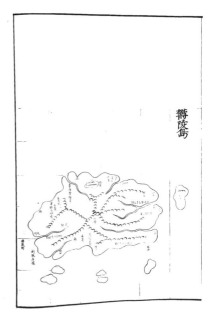

해동여지도 속에 그려진 울릉도와 독도

---

6) 이원우, 「일본은 보편적 인식 추구하라」, 세계일보 2009.4.15. 시론 참조.

독도·울릉도와 안용복 활동의 군사적인 해석

김정식

1. 머리말

지난 2005년 5월 17일 이후 독도를 바라보는 우리들의 눈길은 다르다. 일본 시마네현은 우리의 국토, 독도를 일본 땅이라고 주장하는 소위 '다케시마의 날'을 제정하면서 독도가 세간의 이목을 집중시키기에 이른 것이다.

이와 아울러 전설처럼 구전되어 온 그러나 실존의 걸출한 무골이던 안용복에 대한 재평가 작업이 조금씩 이루어지고 있다. 그는 17세기 말 수군에 종군한 평범한 어민의 한 사람이다. 그러나 그가 일본인들에 보여준 남다른 영토 수호의식과 용기 있는 활동은 곧 애국의 표현이요 자위적인 살아 있는 행동이다. 이제 역사 속에 묻혀 있는 그의 숭고한 호국적 행적과 대일 일화를 재발굴하고 새로운 가치로 재조명하려는 움직임이 일어나고 있다.

이러한 추세에 따라 기존의 기념사업 단체나 연구 및 사회운동 단체들이 재정비하거나 속속 새롭게 발족하는 사례가 심심찮게 나타나고 있다. 안용복을 기념하는 대표적 단체인 '안용복장군기념사업회'는 안용복의 출신지인 부산을 중심으로 하여 '증보 안용복 장군'이라는 책을 출판하는 등 안용복을 재조명하는 다양한 사업을 전개하고 있다. 얼마 전에는 대구한의대에 '안용복 연구소'가 설립되어 '내가 사랑하는 안용복'을 출간하고 안용복 영화의 남북 공동제작을 추진하는 등 다양한 연구가 이루어지고 있다. 지방정부인 경상북도에서도 안용복 기념관 설립을 추진하는 등 다양한 지원책을 내세우고 있다. 그러나 안용복에 대한 학술적 연구는 사실상 전무한 형편이며 사료에 대한 분석 및 조사도 실질적으로 이루어지지 못한 형편이다. 물론 각종 세미나 등에서 다루어지고 각종 저작물로 발표된 것들이 있지만, 전문 학술지에서 다뤄진 예는 거의 없다. 따라서 국내 주요 학술지에 발표된 안용복 관련 논문은 홍일표가 발표한 '안용복과 요승 처경' 외에는 거의 발견하기 어려운 실정이다. 안용복의 일생과 대일 행적에 관해서는 다양한 측면의 조명과 연구가 진행될 여지가 많지만, 안용복의 일대기에 대한 분석 외에 다양한 학문적 측면에서의 연구가 없다는 점은 매우 아쉬운 부분이다.

위의 연구 사례에서 보는 것과 같이 수군으로서 안용복 또는 민간 군사지향적 활동가로서 안용복에 대한 이해는 전무하다. 사실 그의 이력이 말해주고 있듯이 안용복은 길지 않은 기간 동안 수병에 종사하였을 뿐 군인과 거리가 먼 어부에 불과하다. 그러나 그의 추서된 사회적 평가는 소위 장군의 반열에 올려 져 있다. 그것이 비록 구전 혹은 민간차원의 것에 불과할 뿐 정부차원에서 공식적으로 훈포상한 것이라 볼 수가 없으나 그의 사후 지위는 무장이요 장군이다.

그의 업적과 세간의 평가에도 불구하고 안용복에 걸맞는 군사적인 해석이나 이해는 거의 전무한 실정이다. 뿐만 아니라 사관학교를 비롯하여 군사교육기관에서도 안용복이 남긴 호국 영토 수호 정신이나 용맹과 관련한 무훈 또는 리더십을 사례로 하는 교육 프로그램이 마련되지 못한 실정이다. 안용복의 해상활동을 통한 호국과 국토사랑에 관련한 일화들이 희화되어 에피소드 정도로 회자되고 있을 뿐이다.

역사적인 인물에 대한 이해와 가치의 재발견을 위해서는 다양한 측면의 노력이 필요하다. 포괄적이고 종합적으로 접근할 때 그 인물의 사상과 행적을 균형감 있게 이해하게 되는 것이다. 그때 비로소 그 역사적 인물이 역사 속에 묻혀 있는 박제된 존재가 아니라 현시대인과 살아서 함께 숨 쉬고 그로 하여금 우리 삶의 현장과 호국의 전형이 무엇인가를 찾아내게 되는 것이다.

따라서 오늘날 국내외적인 시대 상황과 관련하여 안용복이 활동했던 탁월한 호국적 행동과 지도력을 군사적인 측면에서 해석하는 것은 국토 자위의 호국사상과 지역 주민에게 자신이 살고 있는 영토를 올바르게 사랑하고 선택하여야 할 행동방식을 제시하여 준다 할 것이다. 다시 말해서 안용복의 활동을 군사적 렌즈로 조명해 봄으로써 그의 호국정신과 책임 있는 지도력을 보다 밀도 있게 이해하는 기회가 될 수 있다는 점이다. 이러한 문제의식에서 이루어진 본 연구는 다음과 같이 구성된다. 1장 서론에서는 안용복에 대한 선행연구와 연구의의 등을 검토하고 2장에서는 당시 조선과 이를 둘러싼 시대적 상황과 안용복의 활동을 살펴볼 것이다. 그리고 본 연구의 핵심인 3장에서는 안용복의 활동에 대한 군사적인 해석을 연구자의 분석 틀을 통해 분석해 볼 것이다. 마지막으로 현재 육군의 가치관과 관련하여 안용복의 활동을 검토하고 결론을 도출할 것이다.

이 연구는 안용복의 활동을 새롭게 발굴하고 조사하였다기보다는 기존에 출간된 여러 문헌 자료나 영상자료들을 활용하였다. 다만 그 내용들을 군사적인 시각이라는 한정된 틀로 조명한 것이다. 그리고 이 분석을 위하여 사용된 군사관의 개념은 군사학에서 널리 사용되는 범위와 방법에 준거하여 본 연구자의 자의적인 분석모형에 대입하여 설명하였다. 이 부분에 관해서는 3장에서 구체적으로 다룰 것이다.

2. 시대적 상황과 안용복의 활동

1) 시대적 상황

가. 조선의 공도정책

공도정책은 왜구의 침략과 노략질 때문에 조선 태종이 1417년(태종 17년)에 울릉도의 '공도·쇄환정책'을 확정하여 채택함으로써 시행되기 시작했다. 고려말기부터 조선초기에는 왜구가 창궐하여 중국해안과 조선해안을 침범하여 노략질을 자행하였는데, 특히 고려말기에는 왜구들이 깊숙이 내륙 오지에까지 침입하여 살육과 노략질을 자행하였다. 울릉도의 경우를 보면, 1379년(우왕 5년) 7월에 왜구가 울릉도에 침입하여 주민을 살육하고 노략질을 자행한 후 약 15일간 머물다가 돌아간 적도 있었는데, 이에 태종은 등극한 직후인 1403년(태종 3년) 8월 11일에 강원도관찰사의 건에 따라 울릉도에 들어가 살고 있는 백성들을 모두 육지로 나오라고 명령하였으며, 1417년(태종 17년) 정월에는 김인우를 안무사에 임명하여 울릉도에 들여보내서 울릉도에 거주하는 백성들을 모두 데리고 나오게 하였다. 그러나 이듬해 안무사가 울릉도에 가서 15호 86명의 백성들이 거주하고 있음을 확인했으나, 데려온 것은 겨우 3명이었으며, 이때 울릉도 부근에 부속도서로 우산도라는 작은 섬이 있다는 것을 알게 되었다. 태종은 이에 1417년 2월 8일 우의정으로 하여금 정부대신들을 모두 소집하여 대전회의를 개최하여 울릉도와 우산도의 관리정책을 논의하였다. 절대 다수의 대신들은 울릉도에 군사진을 설치하여 방어하면서 백성들을 계속 농사와 어업을 하며 거주하게 하자고 주장하였으나, 공조판서 황희는 이에 반대하면서 울릉도 거주민을 속히 육지로 쇄출(조사하고 찾아내어 이동시킴)하는 것이 가장 안전한 방책이라고 주장하였다. 이에 태종은 황희가 제안한 '쇄출정책'을 채택하였는데, 울릉도에 거주하는 백성들을 쇄출해 오면 울릉도는 비게 되므로 이것을 '공도정책'이라고도 부르게 되었다. 태종의 '공도정책'은 세종 때에도 그대로 이어지는데 이전에 울릉도에서 쇄환해 온 백성 가운데 일부가 조정 몰래 다시 울릉도에 들어가서 거주하자 세종은 1425년(세종 7년) 8월에 김인우를 다시 '우산·무릉등처안무사'에 임명하여, 이들을 쇄환하게 하였다.

이와 같이 조선왕조는 거의 전시대를 통하여 원격지 도서(울릉도·독도)에 대해 공도정책으로 일관하였는데, 일본은 이것에 착안하여 대마도주가 중심이 되어 임진왜란 후부터 본격적으로 울릉도·독도를 침탈하고자 시도하게 되었다. 이렇듯 조선왕조 내내 장기간에 걸친 공도정책으로 울릉도·독도에 대한 조선정부의 영토적 관심이 옅어진 상황에서 이 지역에서의 양국간에 있어서 영유권 내지는 어업권 분쟁의 빌미가 될 수 있었다.

나. 임란이후 약화된 조선의 통치력과 무단침범

16세기 말부터 17세기 초에 걸친 임진왜란으로 인하여 조선의 통치력은 극도로 약화되어 울릉도·독도와 같은 원격지 도서를 돌볼 여력이 없었다. 이 시기에도 조선왕조의 공도정책은 지속적으로 시행되어져 왔으나 일부 어민들은 어업을 울릉도 부근 해역에서 하고 있었으며, 이들은 수시로 왜구로부터 침입과 노략질을 당했다.

임란 이후에는 울릉도에 조선인뿐만 아니라 일본인들도 출어하거나 밀입도하여 고기를 잡고 나무를 베어 가게 되었는데, 심지어 일본의 도쿠가와 막부는 조선정부와 아무런 협의도 없이 1618년(광해군 10년)에 오다니징기찌와 무라카와이찌베에의 두 가문에 '죽도 도해면허'라는 것을 허가해 주었다. 그러나 일본의 이러한 불법 행위에 대해 조선 정부에서 별로 항의를 제기하지 않았고 공도정책으로 울릉도에 조선인이 거주하지도 않자 두 가문의 배들은 거리낌없이 울릉도에 들어와서 어로활동과 벌목을 자행하게 된다. 이러한 과정에서 이들은 울릉도를 왕래하며 독도를 이용하다가 1656년 경 오타니는 송도, 즉 독도에의 도해면허까지 획득하고 1696년 안용복의 활동으로 울릉도 도해가 금지될 때까지 78년 간 울릉도와 독도를 침범하게 된다.

다. 울릉도·독도 근해의 어업과 어로생활의 자원화

울릉도·독도는 일본의 어업권 내에 속해 있었다고 보여지며 조선의 실제 이용은 이에 비해 미비하였다. 이는 조선의 공도정책을 비롯한 정치적, 정책적 영향 때문이었다. 그러나 울릉도 주변이 워낙 황금어장인 관계로 정치가 어지러워 관리가 소홀할 때면 언제나 몰래 이주하여 사는 어민이 있었다.

일본인으로서 최초의 울릉도 발견자는 돗토리현 요나코 출신의 오타니이었다. 그는 1617년에 일본에 돌아오던 중 풍랑을 만나 배가 난파하여 울릉도에 표류 도착하였다. 오타니는 해양과 육지의 산물이 풍부하여 뛸 듯이 기뻐했으며, 그 중에서도 포어(전복)는 특산물로서 다 잡을 수 없을 정도로 많은 보고였던 것으로 파악되고 있다. 이러한 일본의 활발한 어업활동은 일본으로 하여금 어로 생활의 자원화에 대한 인식을 새롭게 하였다. 그리하여 일본은 울릉도 근해에서의 어로 행위는 자원 훼손으로 간주하게 되고 어업권에 대한 의식 또한 뚜렷하게 되었다. 게다가 당시의 상황에서 일본은 울릉도를 무인도라고 생각하고 있었기 때문에 어로생활의 자원화와 연계되어 울릉도 주변에 대한 일본의 조업권 및 영유권에 대한 관심을 증폭시키게 되었다. 이는 조선의 경우도 마찬가지였다. 어부인 안용복이 일본에 대한 담판과 활동의 직접적인 계기도 어업권 문제로 촉발된 것을 보더라도 당시 어로 생활의 자원화가 어떠한 측면을 띠고 있었는지 쉽게 가늠할 수 있다. 이러한 현실들은 독도를 비롯한 근해에 대해 현재까지 이어지는 어업권과 영유권에 대한 갈등의 시발이 되었다고 볼 수 있다.

2) 안용복의 활동

가. 초기 : 학습기 및 어부와 능로군 생활

조선시대의 여러 자료에서 안용복에 대한 기술을 찾아볼 수 있지만 그의 일생에 대한 기록 및 자료는 거의 없다. 따라서 안용복의 대일행적 이전의 생활을 찾아보는 것은 사실상 불가능하다. 심지어 그의 출생과 사망에 대한 기록도 전무하다. 다만 현재까지 알려진 바에 따르면 그가 동래부 출신으로 홀어머니 아래에서 엄하게 자랐으며 어릴 때부터 부산의 왜관을 자주 출입하면서 일본말을 배워 본국인으로 오해 받을 만큼의 일본어 실력을 쌓고 있었음을 알 수 있다. 장성하여서는 수군에 들어가 능로군으로 복무하였다. 그러나 그는 곧 그곳을 나와 어부로서 생활했다는 정도로 매우 소략했다는 것이 그의 대일 활동 이전의 알려진 모습이다.

나. 활동기 : 대일 담판과 1·2차 활동

안용복은 1693년 동래어민 20여명과 울릉도에서 고기잡이를 하던 중 고기를 잡기 위하여 침입한 일본어민을 힐책하다가 부하 박어둔과 함께 일본으로 잡혀가게 된다. 이때 안용복은 30대 중반에서 40대 초반의 장년 어부였다.

이러한 안용복이 관련된 1693년의 울릉도·독도 영유권분쟁에 대해서 조선 측 기록에는 안용복이 어류를 잡기 위하여 울진에서 삼척으로 항해하던 도중에 울릉도에 표착한 것으로 진술되어 있다. 아마도 이는 귀국 후 조사에서 비어있는 섬에 정부의 허락 없이 몰래 들어간 죄를 벗어나려는 상투적인 진술로, 실제로는 울릉도에 들어가 가건물을 짓고 장기간 거주하면서 어업활동을 벌일 작정으로 들어간 것으로 볼 수 있다. 안용복이 울릉도에 갔을 때는 마침 일본의 호키슈 요나코무라의 상인들도 어업을 위해 나와 있었다. 마찰 끝에 호키슈 상인들은 약간의 일본어를 구사할 줄 알았던 안용복과 박어둔 2명만을 일본에 인질로 붙잡아간 것으로 추정된다.

안용복은 오키와 이즈모슈를 거쳐 호키슈로 이송되었다. 그는 인질의 몸으로 호키슈 태수 마쓰타이라에게 소장을 내어 울릉도의 조선 영속 및 일본인의 불법적인 어업활동에 대하여 항의하였다. 호키슈 일각에서는 울릉도가 조선 땅이라는 인식을 갖고 있으며, 안용복 일행에게 은폐를 주어 무마하려 했다. 그러나 안용복이 이를 거절했기 때문에, 호키슈 태수는 하는 수 없이 안용복의 소장을 막부에 제출하여 이에 대한 판단과 안용복의 신병처리를 의뢰하였다. 막부는 1693년 5월 울릉도에서의 조선인 채어 금지를 결정하고, 안용복 등을 나가사키로 이송하도록 지시하였다. 호키슈는 안용복을 나가사키로 이송하면서 "울릉은 일본의 지역이 아니다"라는 각서를 써주었다. 그러나 각서를 들고 들어오던 중 대마도주에게 잡혀서 문서를 빼앗기고 구금되었다. 그리고 대마도주는 울릉도를 차지하기 위해 문서를 위조하게 된다. 1693년 12월 안용복의 신병을 인수한 대마도는 사자 다치바나로 하여금 안용복을 조선으로 송환해 왔다. 이때 다치바나가 지참해 온 서계에는 중대 사안이 기재되어 있었다. "일본의 죽도에 조선인이 들어와 어업 및 벌목하는 일이 잦은데, 이번에 송환하는 2명은 죽도에 들어와 어업활동을 하던 40명 가운데 호키슈 태수가 인질로 잡아 에도에 보낸 자들이며, 이들의 신병을 인수받아 보낸다. (중략) 변방 포구에 정령을 내려 금조를 정해달라"는 것이었다. 즉 이 서계에는 동해에 마치 울릉도와 별개의 섬으로 일본의 죽도가 존재하는 것처럼 되어 있으며, 죽도(울릉도)에서의 조선인의 어업활동을 불법적인 것으로 간주한다는 것이었다.

안용복의 송환을 통해 처음으로 사태의 심각성을 알게 된 조선정부에서는 여러 가지 대책이 논의되었다. 그러나 일본과 전쟁 경험이 있는 조선은 처음에는 일본과의 충돌을 염려하여 울릉도가 조선 영토인 것만을 암시하고 어민의 출어를 금지시키는 것을 내용으로 하는 선에서 답서를 작성하기로 하였다. 이 답서에는 울릉도를 우리나라의 영토라고 못박음과 동시에 일본측이 말하는 '죽도'가 울릉도임을 알면서도 이를 모른척하여 이상의 논란을 피해보자는 의도가 담겨있었다. 이 답서를 받은 대마도주는 '우리나라 국경에 있는 울릉도'를 거론한 조선측의 의도에 의혹을 표하는 한편, 죽도만 기재하고 울릉도는 삭제해줄 것을 요구하였다. 그러나 남구만 등은 안용복에 대한 조사를 통해 삭제요구를 하는 진의가 대마도의 울릉도 침탈에 있다고 판단하였다. 실제로 울릉도라는 문구의 삭제 요구는 대마도가 막부에 문의조차도 하지 않은 것

이었다. 이에 숙종은 첫 번째 답서를 취소하고, 1694년 8월에는 예조참
판 이여의 명의로 두 번째 답서를 작성하여 주었다. 거기에는 "울릉도는
강원도 울진현의 동쪽바다 가운데 있는 섬으로, 울릉도와 죽도는 이름
만 다를 뿐 실제로는 같은 섬이므로 일본인의 울릉도(죽도) 도해 및 채어
를 금지한다."고 되어 있었다. 울릉도의 조선 영속을 분명히 한 이 서계
는 첫 번째 답서에 비한다면 대단히 강경해진 것이었다. 이후 조선과
일본 사이에서는 논쟁이 계속되었다. 그 결과 마침내 1696년 1월에 막
부의 결론이 내려졌다. 거기에는 "처음부터 그 섬을 조선으로부터 빼앗
은 적도 없는데 지금 이를 돌려준다는 것은 말이 되지 않는다. 울릉도·
독도의 조선 영속은 물론, 일본인의 도해 및 어업활동의 금지를 조선에
알리라"는 것이 기재되어 있었다. 이는 일본의 중앙정권에서 울릉도와
그 부속도서가 조선의 고유 영토임을 확인한 매우 중요한 내용으로, 막
부의 조선과 외교적인 마찰을 일으킬 의사가 전혀 없었음을 나타낸 것
이다. 이것이 안용복의 1차 대일 활동의 주요 내용과 결과이다.

그러나 안용복의 1차 대일 활동과 이에 따른 조선의 영유권 및 어업권
의 확보에도 불구하고 울릉도와 독도에 관한 문제는 해결의 기미를 보
이지 못하고 있었다. 그러던 중 1696년 여름에 뜻하지 않은 사건이 발생
한다. 안용복은 울릉도·독도의 영속 시비가 대마도의 서계 접수 거부
로 빨리 해결나지 않자, 자신이 나서서 이를 해결하기로 결심한 것이다.
안용복은 어부 11명을 모아 재차 울릉도로 갔다. 그때 마침 울릉도에는
일본 어선들이 와서 정박하고 있었다. 안용복은 울릉도·독도에서 조업
중이던 일본인의 월경죄를 꾸짖어 내쫓고, 그 길로 일본의 오키섬을 거
쳐 인바슈로 가서 일본인들의 울릉·우산 도해를 항의하였다. 이때 안
용복 등은 자신들의 배에 '조울양도감세장신안동지기'라는 깃발을 달아

조선의 관리임을 사칭하였다. 그리고 함께 데리고 간 이인성으로 하여
금 정부문서를 위조하게 하여 인바슈 태수를 통해 울릉도·독도의 조선
영유 및 일본인의 불법도해 금지를 막부에 항의해줄 것을 요청하였다.
이로 인해 1697년 대마도에서는 자신들의 잘못을 사과하고 울릉도를 조
선 땅으로 확인한다는 막부의 통지를 보내게 된다. 이것인 안용복의 2
차 대일 활동이고 이러한 안용복의 두 차례 대일 활동으로 인해 울릉도
와 독도에 대한 영유권과 어업권을 명확하게 하게 되었다.

다. 귀양기

안용복은 두 차례 대일 담판을 통하여 울릉도와 독도의 영유권과 어업권
을 분명히 하는 성과를 거두었으나 2차 대일 활동 당시의 행적 때문에 곤욕
을 치르게 된다. 이미 검토한 바와 같이 안용복은 2차 대일 활동에서 조선의
관리를 사칭하고 정부문서를 위조하는 등의 행위를 하였다. 이는 울릉도,
독도의 조선 영유 및 일본인의 불법도해 금지를 인바슈 태수를 통해 막부에
요청하기 위한 방법이었다. 그러나 일본의 막번 체제하에서 인바슈가 조선
관련 문제를 막부와 상의 없이 일방적으로 약속할 입장은 아니었다. 인바슈
는 안용복의 소장을 막부에 전달하는 한편, 안용복의 신변 처리를 의뢰하였
다. 막부의 연락으로 이 소식을 알게 된 대마도는 안용복 등이 비록 민간인
으로 조선 정부가 파견한 사자는 아니라 하더라도 대마도가 아닌 다른 루트
를 통해 교섭하는 것을 엄단하지 못한 조선정부 측의 의도에 의문을 품었
다. 조선은 조선전기 이래 막부와 직접 통교는 하지 않고, 대마도를 통해
간접적으로 통교하는 방식을 취하였으며, 양국의 외교창구 역할을 하였던
대마도는 양국으로부터 많은 기득권을 취하고 있었다. 그리하여 조선이
다른 루트를 통해 막부와의 접촉을 시도한다는 것은 대마도의 기득권을

박탈하는 것과 마찬가지였으므로, 이에 대마도는 막부에 의견서를 제출하여 인바슈의 요구를 철회해줄 것을 요구하고, 안용복 일행을 표민 처리하여 대마도를 통해 송환할 것을 제안하였다. 그러나 막부는 안용복 일행의 송환을 호키슈 태수에게 지시하였다. 그 결과 안용복 일행이 제기한 울릉도·독도의 조선영속 문제는 무시된 채, 안용복 등은 1696년 8월 조선으로 송환되기 이르렀다. 송환 후 조정은 함부로 벼슬을 사칭하고 양국간에 외교문제를 일으켰다는 이유로 그를 체포하고 국경을 함부로 넘나들었다는 범경죄 죄목으로 사형선고까지 논의되게 된다. 그러나 남구만 등 몇몇 신하들이 나서서 그의 공적을 변호해주어 간신히 유배형으로 감형을 받고 귀양을 가게 된다. 이듬해인 1697년 대마도에서 자신들의 잘못을 사과하고 울릉도를 조선 땅으로 확인한다는 막부의 통지를 보냈으나 안용복의 죄는 풀리지 않았다. 안용복의 엄청난 대일 활동에 비해 당시 조정의 평가는 그리 긍정적이지 못했던 것으로 보인다.

3. 군사적인 해석

1) 분석을 위한 틀 구성

여기서는 위에서 밝혀 본 안용복의 제반 활동을 군사적 측면에서 재조명해 보려고 한다. 이와 같은 논의를 위하여 먼저 군사에 관한 개념 정의가 이루어져야 할 것으로 본다. 군사(military affairs)란 국가존재와 관련된 가치적 측면인 목적적 요소와 기능적 요소를 포괄한다. 여기서 기능적 요소라면 국가 목표달성에 요구되는 것으로 이는 곧 군대 운용을 통하여 수행된다.

따라서 우리가 군사적으로 해석한다는 것은 곧 주어진 상황이나 인적·물적 자원을 대적 상황에서 어떻게 승리로 이끄는 무력적 자원으로 활용할 수 있을 것인가에 대한 해석이라고 말 할 수 있다. 이와 같은 군사적인 관점에서 인식하는 그 대상 범위는 일정한 경계는 없지만 군사사상이나 정신은 물론 군사운용과 관련하여 군제, 병원관리에 관한 용병술로서 지휘통솔, 군사정책, 무기체제, 교육훈련과 실전을 처리하는 기술문제 등 유무형의 군사상의 제반 과제를 다룰 수가 있다.

따라서 본 논문에서 사용하는 군사적 해석이라는 것은 안용복의 초기 수군활동과 두 차례에 걸친 대일 활동을 군사적으로 이해한다는 의미이다. 다시 말해서 그것을 군사적 정신과 군사 사상의 하위 체계라고 할 수 있는 용병술의 입장에서 조명한다는 이야기가 된다.

이를 그림으로 도식화 하면 다음과 같다.

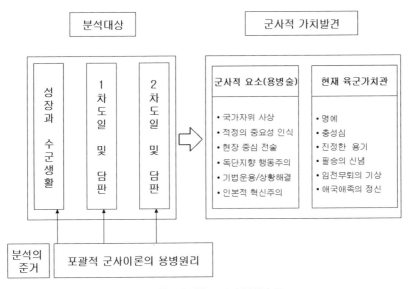

안용복 활동에 관한 군사적 분석의 틀

2) 군사적인 요소들

가. 국토자위 사상

군은 국가를 수호한다. 군은 국토를 방위하며 국민의 재산과 생명을 보호하는 합법적인 무력 집단이다. 그러한 군대는 국가와 국민에게 충성을 다하고 일단 유사시 전쟁에서 승리를 얻어낸다. 이와 같은 성격의 군대는 군정체계와 군령체계로 구성된다. 일반적으로 군정권은 민간정치 부문인데 비하여 군령권은 군 본연의 임무를 수행하는 부문과 직결된다.

안용복은 내 땅을 내가 지킨다는 투철한 국토수호 의식으로 무장하고 그것을 행동으로 이행한 진정한 용기를 지난 사람이다. 안용복의 신분은 민초에 불과하다. 울릉도 근역에서 어로를 생업으로 한 어부요 지역주민의 한 사람에 불과하였지만 자신이 살고 있는 땅과 자신이 생업으로 활동하는 울릉도와 독도를 수호하려 하였던 일련의 활동들은 군대의 역할과 다름없었다. 울릉도 앞바다에 일본선이 무단으로 침입하여 자신과 지역주민의 생존권을 위협하는 일에 대하여 안용복은 자위 정신에 기초하여 과단한 방어 행동으로 영토를 지켜낸 것이다.

1693년 당시 안용복은 1차 도일 담판을 벌인다. 어부의 몸으로 일본으로 피랍되어 갔지만 그는 한결같이 일본이 울릉도와 독도를 점유하고 있는 것은 불법이라는 사실을 입증하고 설변을 통하여 일본의 돗토리성 성주가 이에 승복하였던 것이다. 이는 지역주민으로서 단순한 용기와 지혜로운 처신이 아니라 오로지 국토에 대한 자위의식이요 국토수호의 자위적 사상의 발로로 판단된다.

오늘날 지역방위 개념 역시 자기가 사는 땅을 자기가 지킨다는 자주적 자위적 정신을 기반으로 한다. 이는 곧 국가안보와 영토 보존의 기초 사상이 된다고 보아진다.

안용복의 국토 사랑과 내 땅 지키기는 특별하다. 그것은 정부로부터 무지원이요 자발적 행위이고 나아가 불굴의 도전적인 정신으로 이루어진 것이다. 자기 신념에 따라 두 차례에 걸친 일본 방문과 돗토리 성주와 담판, 그럼에도 불구하고 조선 정부로부터 홀대와 심지어는 범법자로 처벌을 받으면서도 안용복의 일본으로부터 울릉도와 독도를 지키려는 집요한 신념과 과감한 행동들은 가히 초유의 국토자위적 시민 행동이라고 평가된다.

일본과의 2차 담판 후 귀양길에서 그가 남긴 단호한 어조의 '내 몸이 죽어서라도 우리 땅을 찾으려는 것인데 귀양쯤이야 달게 당하겠다'는 이 말은 안용복의 나라사랑과 진정한 용기를 짐작하게 하고도 남는다 할 것이다.

나. 적정의 중요성 인식

군사는 우선 적정에 민감하여야 한다. 전투의 원칙은 고전적인 전쟁이나 현대의 전자전이나 큰 차이가 없다. 적정에 대한 충분한 이해는 최소의 노력과 동원으로 최대의 전과를 확대할 수가 있는 것이다. 소위 적을 알고 나를 알면 모든 전투에서 위험하지 않을 뿐더러 적을 모르고 싸우면 잘 하면 이길지 모르지만 실패할 확률이 높다고 말한다.

적정을 이해하고 적에 대해 이해하는 것은 주어진 상황을 예측하고 적에 앞서 상황을 주도해 나가는 데 있어 매우 중요하다.

적 상황을 이해하는 데 여러 가지 수단이 동원된다. 간첩의 파견 등 물리적인 활동을 비롯하여 제3자로 하여금 다양한 자료의 입수 또는 각종 언어와 장비를 동원하여 적이 추진하거나 보유하고 있는 전략전술 상황을 파악가능하게 된다.

안용복의 일본을 이해하려는 노력은 매우 장기적으로 계획되고 추진되어 왔다. 이는 곧 안용복의 젊은 시절의 행장에서 짐작이 가능해진다. 즉 미천한 신분의 가정에서 태어난 그는 당시의 체계적이고 심화된 유교 교육이나 엄밀한 사회 교육을 받은 것 같지는 않지만 자기 독습을 지속하였던 것 같다.

안용복은 부산에서 성장하였다. 임란이후 부산은 대마도와 을유조약이 체결되면서 왜구의 입국이 자연스러워지게 되고 공식적인 교역활동이 이루어지게 되었다. 이와 같은 상황 속에서 부산 지역은 일본과의 교류가 활발해 지고 자연 일본인과의 왕래가 빈번하게 이루어지게 된 것이다.

여기서 안용복은 지역 내 두모포 왜관에 출입하면서 일본어를 익히기 시작하였다. 이는 누구의 강요라기보다 본인 스스로 자발적인 노력이며 미래를 위한 준비작업의 일환으로 파악된다.

또한 당시의 사회상황으로 미루어 정통 유학대신 신학문 신언어라는 측면에서 일본어는 청년 안용복에게 호기심의 대상이 되기에 충분하였고 나아가 왜구와 교역, 도일을 위한 준비 작업이라고 보아진다.

현실적으로 언어를 학습한다는 것은 단순한 어학 습득이 아니라 그 사회의 문화와 문물을 이해하고 나아가 그 언어 지역에 대한 동경을 불러일으키기에 적합한 동기를 제공한다고 미루어 판단할 수 있다. 일본어 구사력을 지적 배경으로 한 안용복은 다름 아닌 수군에 종사하게 되는 데 이는 우리가 주목하여야 할 사항이다. 다시 말해서 왜구 출몰이 잦은 바다를 지키기 위한 수군의 최하급직이라 할 수 있는 노군 즉 오늘날 해군 수병이 된 것이다. 이는 자연스럽게 왜구의 출몰이 많은 남해안의 경비대에 소속된 것이고 아울러 이미 학습한 일어를 활용하여 주어진 여러 상황을 능동적으로 처리하는 능력과 실무 경험을 쌓게 된 것이다. 이러한 이력으로 볼 때 안용복은 일본의 문물 지리 등 일반적인 상황은 물론 당시 일본 해군과 일본의 관료 체제에 대한 정보를 상당히 확보하고 있었다고 보아진다. 상대에 대한 정보의 확보는 대상에 대한 응전에서 자신감의 확보요 최소의 무력으로 최대한의 전과를 얻어낼 수 있는 전략과 전술 구성이 가능하다 할 것이다. 이처럼 안용복은 장기간 시간을 두고 적정을 이해하여 나간 것이다. 이와 같이 일본과의 교류 경험이 축적된 안용복은 소규모 함정 요원으로 복무하면서 부산과 포항 일원의 해안 방위를 담당하게 되는 기회가 주어졌다. 이로써 안용복은 포항 관할의 울릉도와 독도에 이르는 해안방위권을 직접 감당하거나 또는 충분히 이해하는 기회를 가지게 된 것이다.

또한 안용복은 지리에 능숙하였고 지도의 중요성을 잘 인식하고 있었다. 그는 조선팔도를 소상히 이해한 나머지 강원도와 울릉도 간 그리고 독도 간의 거리는 물론 일본 대마도와 독도간의 해상 거리를 정확하게 측량하고 있었다. 다시 말해서 안용복이 1차 일본 방문과 2차 방문 모두 돗토리 성주를 만나 당시의 세계 지도라 할 조선팔도지도에 근거한 독도의 지리상 위치와 해상거리를 성주에게 설명하고 그 결과 독도가 조선의 영토임을 확정 짓게 된 것이다. 안용복의 해박한 지리상의 지식과 독도법에 대한 식견은 곧 천지에 관한 지식이요 장수로서 반드시 알아야 할 제일의 요체이다.

다. 현장중심의 전술 우선

용병체계는 크게 전략체계와 전술체계로 구성된다. 진자는 군사사상의 기조 위에 전쟁을 어떻게 수행할 것인가에 관한 상위의 군사력 운용

개념이고 후자는 군사전략이 부여한 목표를 달성하기 위하여 군사력을 어떻게 기동하고 배비할 것인가 하는 실제적인 작전 준비와 전투 수행 기술을 말한다. 여기서 전술체계는 곧 작전술로서 전장상황의 유리한 처리와 전투를 최소화하는 방법을 추구하는 것이다.

위 양자가 지향하는 중심 가치는 다르지만 하나의 전쟁 상황에서 이들을 균형 있고 조화롭게 운영하는 지혜가 필요하다. 이들 개념들은 어디까지나 이상적인 모형에 불과하고 또 상호연쇄적인 성질을 지니고 있기 때문에 전략과 전술의 경계를 명확하게 한정하기란 용이한 일이 아니다. 예컨대 부대가 수행하는 일의 규모보다는 일을 수행하는 부대의 규모에 따라 구분하기도 하고 또한 소규모의 제대는 기본적으로 전략적 임무수행이 불가능한 것으로 이해하고 있다.

안용복은 현재 전장에 탁월한 전술가이다. 무관시험을 거쳐 정규적인 군사 교육이나 경력관리가 되지 않은 안용복은 전략적인 측면보다는 전술적인 식견이 앞선다고 보아야 한다. 또한 하급제대의 수병으로 현장에서 복무한 안용복은 현실적으로 전략적 활동이 아닌 전술적 활동이 주임무이고 아울러 현장 지향의 전투기술에 능숙하였다고 판단된다.

이와 같은 입장에서 안용복은 전략가라기보다는 현장상황을 파악하고 그 현실에 적합한 적시적인 전술운용을 잘하는 소위 임무 중심의 지휘자이요 군사전술가라고 여겨진다. 이러한 사례는 안용복이 수군에 종사한 행적뿐만 아니라 1차 및 2차 도일 경도에서 자신과 동행한 수하의 집단에게 보여진 여러 활동에서 확연하게 드러내 보이고 있다.

라. 독단지향의 행동주의

안용복의 군사적 리더 유형을 어떻게 해석하여야 할 것인가.

전통적인 군사리더 유형은 지장, 덕장, 용장으로 대분하여 일컬어진
다. 여기서 지장이란 전략전술에 대한 해박한 군사지식을 바탕으로 부
하와 부대를 장악하는 유형인데 이는 군사 관리의 지식 정보가 탁월하
다 할 것이다. 이러한 경우는 전략가적 타입이며 리더가 참모를 능가하
는 선도형이라고 할 수 있다. 반면에 덕장은 지휘관의 지적인 경험 능력
을 앞세우기보다 오히려 부하를 헤아리고 집단의 동기를 유발, 조장함
으로서 부하집단 스스로가 자발적이고 능동적으로 임무수행을 즐기는
형태이다. 이 경우 리더는 집단을 선도하기보다 오히려 지원자로서 목
표를 제시하고 의사결정을 명확하게 함으로서 부대관리를 성공적으로
이끌어내는 책임자로 놓인다. 또 용장의 경우는 부대관리의 중심체인
상벌관리에 있어 상에 비하여 오히려 벌에 엄격한 소위 신상필벌형의
리더로 보인다.

여기서 지장과 용장은 덕장에 비하여 보다 과감한 리더십을 수행한
다. 독단적 리더십이라 할 만큼 강력하다. 그 근거는 조직 상황에 대한
정확한 지식과 정보를 바탕으로 하고 있으며 자신감에 찬 과단성과 용
기 있는 리더십이 뒷받침 된다고 보아야 한다.

안용복의 리더십은 지장과 용장을 겸전하는 것 같다. 이것은 3차례에
걸친 도일 담판에서 잘 나타나고 있다.

안용복은 1693년 3월 박어둔 등 부하 40여명과 함께 울릉도 앞 바다에
서 일본군 어로 경비 함선을 만나 일전을 치르게 된다. 무기체제나 조직
화 능력과 병력의 열세 등으로 하여 무참하게 패전하고 만다. 요나꼬의
성주에게 나포된 안용복 일행은 비록 적진에 들어 있는 불확실하고 어려
운 상황이나 그에 기세를 죽이고 않고 당당하게 맞서 울릉도가 옛날부터
조선의 영토임을 지리적 조건으로 설명한다. 즉 울릉도는 일본에 비하여

조선과 거리가 가깝고 왕래가 용이하다는 등 조선의 영토임을 강변함으로써 되레 일본 돗토리성 성주로부터 환대를 받을 만큼 독단적이고도 명쾌한 판단과 과단성 있는 행동능력을 가지고 있었다.

그리고 1696년 재차 도일 담판에서도 안용복의 용감성과 국토애에 관한 투철한 신념은 여일하게 나타나고 있다. 안용복은 울릉도에 대한 대마도주의 술수와 만행의 진상을 동래부사에게 보고하였으나 그 결과가 여의치 않자 다시 개인적인 노력으로 울릉도에 도착, 일본 어선을 격파하고 심지어 일본의 오키시마까지 추격한다.

그리고 안용복은 동국여지승람 팔도총에 근거하여 울릉도와 독도(당시 자산도로 설명)는 강원도 관할의 도서임을 분명하게 밝히고 있다. 또한 지난 1차 담판 시 일본으로부터 울릉도를 침범치 않겠다는 서약을 받은 바 있는 안용복은 그것을 근거로 하여 돗토리성 성주에게 매우 냉정하게 항의 하고 있다. 즉 전년에 안용복이 돗토리 성주와 울릉도와 우산도는 조선의 땅임을 분명히 공감하고 서계까지 했는데 왜 그 약속을 지키지 않느냐고 항의한다.

이 사건을 치른 후 강원도로 복귀한 안용복은 유감스럽게도 조선 정부로부터 우방국에서 무단 행패를 부린 범법자로 취급되고 심지어 유배형을 받게 되고 만다.

이와 같이 안용복은 정부의 협력이나 지원 없이 독자적으로 전투행위를 수행한 것이다. 말하자면 독단적 지휘행위이며 신념에 입각한 과단성 있고 독단적인 리더십의 발로로 이해할 수밖에 없다.

마. 기법운용과 민활한 상황 해결

기법이란 모략전으로 위장 전술에 해당한다. 모략전이란 일종의 변칙적인 방법으로 전략전술을 운영하는 것인데 손자에 따르면 궤도(詭道), 사(詐), 기(奇), 모(謀) 등으로 표현된다. 병법의 기본사상을 모략전으로 간주하는 손자는 승리를 이끌어 내는 주요 요소로서 궤도 즉 기법은 가능한 것 같으면서도 불가능하고 또한 유용한 것 같으면서도 불용한 것 같이 하는 등 그 기미를 내보이지 말라고 한다. 뿐만 아니라 원근의 거리까지도 적절하게 기만하여야 한다고 이르고 있다. 제반 군사 활동을 은밀하게 활용하면서 적을 혼란스럽게 하여 과감하게 격파하라고 말하고 있다.

안용복의 해상에서 일본 어선과 접전한 전술이라든가 도일 이후 돗토리성 성주와 담판한 과정에서 나타나는 여러 일화들은 전략전술의 적절한 배합이요 적절한 기법의 운용이라고 보아진다.

그 사례를 살펴보자.

1차 울릉도 앞바다에서 대적상황을 맞이할 때 안용복은 병력이나 장비 그리고 또는 원장어로에 요구되는 여러 가지 준비상태가 그렇게 넉넉하지 않은 것으로 추측된다. 그럼에도 안용복은 자신의 열세한 여건을 마치 적절하게 감추고 은폐하듯이 일본 어선을 향하여 담대하게 호령하고 돌파를 시도한다. 물론 열세에 몰린 안용복은 적에게 나포되어 일본으로 이송되지만 그의 기선을 잡아나서는 태도나 과단성은 곧 모략전략의 하나로 이해 할 수밖에 없다. 그리고 2차 도일은 1차에 비하여 준비된 선택이었던 것으로 보인다.

소위 동행한 구성원을 보면 유학자, 노병, 자원보유자 등 다양한 역할이 가능한 조직으로 편성한다. 분만 아니라 울릉도 감세장 등의 직함과 당상관의 복장을 구비하고 부하들에게도 적절한 관복을 착용토록 한 것이다. 이는 대단히 가변적인 위장 전술이다. 물론 안용복의 기지로 엮어

낸 위장의 관복장으로 일본에 대한 권위를 표현하고 기세를 얻어내려 하였던 것으로 이해된다. 이와 같은 일련의 행동은 다분히 모략전의 차원에서 이해할 수밖에 없다. 모략전은 곧 속임수다. 아군의 열세를 여러 조건으로 하여 적을 속임으로서 아군의 의지와 목적을 수행토록 하는데 있는 것이라 할 때 안용복은 정부나 민간 등 후원의 지원세력이 없지만 과감한 대적 행동을 보이고 있는 것은 모략전술에 대단히 밝은 군사전술을 운용하고 있다고 보아진다.

바. 민본적 혁신주의

조직이 지향하는 체제 이념과 목표를 막론하고 리더는 그 구성원의 현재와 미래를 책임진다. 이를 거절하는 리더는 처음부터 존재가 불가능해진다. 구성원에 대한 책임은 곧 부하 등 하부에 대한 책임이라는 의미이고 공공 영역의 경우는 민을 본으로 한다는 뜻이기도 한다.

민본이란 지도자(제왕)는 백성을 가까이 친애하고 가볍게 여기지 말아야 한다는 민 우선적 사상을 말한다. 맹자는 지도자는 자기이익을 좇는 공리를 배척하고 민본을 근본가치로 한 애민의 방법을 모색하여 광범위하게 백성의 지지를 받아야 한다고 말한다.

다산 정약용은 주민에 대한 애정과 책임 그리고 자기겸손이 목자(공공리더)의 기본가치임을 목민심서에서 구체적으로 밝히고 있다.

여기서 안용복의 해상 활동을 살펴보자. 먼저 안용복의 이력은 좁은 의미로는 어부에 불과하지만 그는 결코 어부로 한정지을 수 없는 일생을 보냈다. 조선군의 하위직의 하나인 해군수병(능로군)으로서 그리고 일정 규모의 부하들을 대동하여 원양어로 활동을 전개한 해양인으로 또 과정에서 전개한 일본 어부들과의 교전과 울릉도와 독도의 영토권 문제를 일본 관리들과 성공적으로 협상을 이끌어낸 민간외교관 등 다양한 이력을 담고 있다. 이는 비록 개인차원에서 이루어진 것들이지만 울릉도 앞바다에 일본인들의 어로 행위를 저지하고 엄단하고 격멸한 안용복의 과감한 행동은 기본적으로 민본애향심의 발로로 이행된 혁신적인 태도가 아닐 수 없다.

바다는 어민들의 생존의 터전이다. 농경시대의 바다는 그 자체가 삶의 자원이다. 특히 당시 울릉도는 일본인들이 탐내는 향나무를 비롯한 산림, 생태자원과 강치를 비롯한 다양한 해양수산 생물자원이 풍부하였다. 그런 만큼 울릉도와 그 바다를 잃는다는 것은 곧 천혜의 어장을 침탈당하는 것으로 생존권의 위협이요 자원의 손실이다. 이를 보존하고 지키는 것은 당연한 행위이다. 더욱이 안용복은 단순한 자기이익 보호에 집착한 소아적 행동이 아니라 주민 나아가 국민들의 생존에 앞섰다는 점에서 그의 활동과 지도력은 민본적이며 하위에 대한 책임 있는 행동이었다고 보아진다. 김남일이 밝히고 있듯이 안용복이 정부와 협의 없이 도일한 이유는 분명 반복적으로 피해를 본 울릉도와 독도 주민을 위한 것으로 이해된다.

4. 맺음말 : 현재 육군의 가치관과 관련하여

지금까지 안용복의 행장과 대일 활동을 군사적 시각에서 조명하고 분석해 보았다. 안용복에 대한 다양한 고찰이 사실상 전무한 상황에서 군사적 시각에서 그의 활동, 사상 등을 살펴본 것은 매우 의미 있는 작업이라고 할 수 있다.

안용복에 대한 군사적 해석을 통해 보면 안용복의 활동들은 현대적 군인 가치관에도 적용될 수 있을 만한 것으로 평가된다. 현재 육군은 군인의 가치관과 행동규범에 대해 '군인정신 6대 덕목'을 제시하고 있다. 군인정신 6대 덕목을 살펴보면 명예, 충성심, 진정한 용기, 필승의 신념, 임전무퇴의 기상, 애국애족의 정신으로 구성되어 있다. 육군에서 제시한 명예는 내면적 긍지와 탁월성에 대한 긍지 등 인격적·직업적 명예를 총괄하는 뜻이며, 충성은 참마음에서 우러나는 정성, 진정한 용기는 죽음을 무릅쓰고 책임을 완수하는 것, 필승의 신념은 기필코 이겨야 한다는 굳은 결의와 반드시 이길 수 있다는 신념, 임전무퇴의 기상은 전장에 들어서면 죽기를 각오하고 싸우고 결코 물러서지 않는 정신, 애국애족의 정신은 국가와 민족을 사랑하는 마음으로 각각 표현하고 있다.

안용복은 어부의 신분임에도 불구하고 불합리한 일본의 침범 및 요구에 맞설 수 있는 명예, 국가의 영유권과 어업권을 확보하기 위해 최선을 다하는 충성심, 목숨을 걸고 일본에 대항하고 담판을 지을 수 있는 진정한 용기와 필승의 신념, 끝까지 자신의 신념과 국가의 이익을 위해 행동하기 위해 2차례나 도일을 감행했던 임전무퇴의 기상, 개인의 불이익과 억울함을 감수하면서까지 동료와 민족을 사랑했던 애국애족의 정신 등을 살펴볼 때 안용복은 현재 육군에서 제시하고 있는 군인의 가치관과 행동규범에 매우 잘 충족되는 인물이다.

지금까지 논의 한 것처럼 안용복은 과거 역사 속의 한 걸출한 인물일 뿐만 아니라 해상활동을 통하여 일본에 대항하면서 울릉도와 독도의 영유권을 확보한 그의 국토수호적인 용기 있는 행동들은 현대 군인정신에도 잘 부합되어 재조명될 수 있는 호국적 가치재라고 하겠다. 이와 같은 시각으로 볼 때 국방 의무로서 군복무를 하고 있는 많은 젊은이들은 물론 민, 군이 함께 국가 안보를 책임지고 있는 현재의 국가 안보 시스템을 고려해 볼 때 안용복의 사례는 많은 깨달음과 감동을 준다.

안용복에 대한 다차원적인 접근과 다양한 측면에서의 해석이 필요하다. 이를 실현하기 위해 역사적인 연구뿐만 아니라 당시의 해상 및 국토 행정적인 측면에서 일본과 조선의 다양한 자료를 분석하고 발굴하는 작업이 지속되어야 하고 이에 따른 다차원적 시각의 분석도 이루어져야 한다. 나아가 이를 바탕으로 초중등 과정의 학교 교육을 비롯하여 사회 교육을 위한 프로그램화 하는 작업도 필요하다. 또한 사관학교 교육에서는 호국인물로써 안용복을 재조명하고 브랜드화 하는 작업도 시도되어야 할 것이다. 그 하나의 사례가 안용복의 활동을 군사적 측면으로 해석하고 훈육 및 부대이름으로 활용하는 것 등이 될 수 있을 것이다. 이러한 여러 영역의 연구들은 안용복의 역사적 가치를 감정적 접근 그 이상으로 과학화하고 통섭화하는 길이 될 것이다. 그 결과는 당연히 현대적 의미의 안용복에 대해 많은 국민들이 함께 공감하고 인식을 같이 하는 산물이 될 것으로 판단된다.

제2장

조선시대 영천과 조선통신사

노계 박인로의 임진왜란 체험과 가사 창작

－「太平詞」·「船上嘆」

윤덕진

1. 선가자(善歌者)로서의 노계

노계(蘆溪) 박인로(朴仁老, 1561~1642)는 10편의 장가(가사)와 60여수의 단가(시조)를 남겨 송강 이후에 가장 많은 작품을 지닌 국문시가 작가로 추숭된다. 10편의 가사는 〈태평사(太平詞)〉·〈선상탄(船上嘆)〉·〈사제곡(莎提曲)〉·〈누항사(陋巷詞)〉·〈독락당(獨樂堂)〉·〈영남가(嶺南歌)〉·〈노계가(蘆溪歌)〉·〈소유정가(小有亭歌)〉·〈권주가(勸酒歌)〉·〈상사곡(相思曲)〉 등으로 전쟁이나 정치를 소재로 한 송양(頌揚), 유가적 사유를 형상화한 은일과 추앙, 자연 속의 지락을 주제화한 강호, 그리고 세속적 취락과 애정이 계기가 된 취흥과 연군 등 가사 양식 내의 대표적인 유형을 모두 다룸으로써 실로 가사 창작의 대가 경지에 이른 산물임을 잘 보여주고 있다.

鄭葵陽은 蘆溪의 行狀에서 蘆溪 詩風을 평하여,

한 그루 나무의 淸陰한 곳을 만나면 문득 높이 팔짱을 끼고 도사리고 앉아서 朗朗히 읊어 所懷를 풀었으니 대개가 모두 사람들의 箴戒할 말이었다. 公의 가슴 속은 넓고 상쾌하며 생각이 용솟음쳐 곧장 長篇의 글을 붓대를 잡자 이내 이룬다. 事物을 敍述諷詠함에 無限한 意趣를 머금고 있어 듣는 사람으로 하여금 저절로 손이 춤추고 발이 뜀을 깨닫지 못하게 하였으니, 비록 어리석고 완고한 사람이라도 또한 心中이 灑落해지게 된다.[1]

라고 했으니, 이처럼 수물즉응(隨物卽應)하는 기량은 박성의 교수에 의해

별로 苦心 彫琢을 다 하지 않고도 卽興的으로 累累 數百字를 읽어 나가는 솜씨는 凡人의 追從 效顰을 許하지 않는 바이며, 構想 · 技巧 모두가 상당한 水準을 보이고 있다.[2]

고 칭상되었다. 실제로 노계의 가사를 읽어보면 송강가사처럼 조탁의 고심이 보이지는 않지만 너글너글하게 시원스레 읽히는 기분을 느끼게 된다. 아마도 이를 일러 질박한 아름다움이라 했겠는데, 노계의 시가에 대한 소박한 견해가 그 원천이라 할 것이다.

일찍이, "시는 뜻을 말하고 노래는 말을 길게 늘인다. 그런데, 사람의 착한 마음을 느껴 일어나게 함에는 노래가 가장 좋으니, 二南 (周南 · 召南) 또한 노래이다." 라고 하고 드디어 군신 · 부자 · 부부 · 형제 · 붕우 다섯 조목 전체

---

1) 遇一樹梢淸陰處。輒高拱趺坐。朗詠以遺懷。大抵皆箴戒語也。公胸次爽曠。意思水涌。卽長篇大章。把筆便成。敍事諷物。蓄得無限意趣。使人聽之。不覺手舞足蹈。雖頑夫亦灑如也。(『蘆溪集』, 附錄, 「行狀」 : 한국고전번역원 DB에서 따옴. 번역은 박성의, 『松江 · 蘆溪 · 孤山의 詩歌文學』, 현암사, 1972, 359쪽에서 인용)
2) 박성의, 위의 책, 360쪽.

백여 편을 지어서 周詩를 본뜨고 이름하여 正風이라 하였으니, 세상 사람들
이 모두 소중하게 읊조리고 때때로 관현에 올리기도 하였다.3)

시가의 효용에 대한 노계의 견해를 볼 수 있을 뿐만 아니라 정풍(正
風)으로서의 시가는 민요에 원천을 둔 시경의 국풍(國風)처럼 백성들이
누구나 쉽게 즐길 수 있는 대상이어야 한다는 노계의 시가관이 드러나
있기도 하다.

이와 같은 시가관을 가지고 손쉬운 길로 시가 창작에 임한 노계의 자
세를 당대 사람들은 "선가자(善歌者)" 곧, 노래를 잘 하는 사람으로 불렀
다. 이제 이 말의 함의가 어디까지 뻗어서 국문시가 대가로서의 노계의
자질을 얼마나 밝힐 수 있는가 모색해 보기로 한다.

노계를 "선가자"로 지목한 대목은 다음과 같다.

莎堤는 別墅의 마을 이름이다. 이 때 朴萬戶 仁老가 公을 따라 놀았다.
仁老는 처음에 무과에 급제하여 萬戶가 되었는데 나이가 들어서는 張旅軒을
좇아 性理語를 배워 이전의 자세를 고치고 공부하였다. <u>公이 嶺南 체찰사
때에 서로 매우 잘 알고 지냈다. 仁老는 노래를 잘하여서 드디어 〈莎堤曲〉을
짓게 하였다.</u> 投閒致養의 즐거움을 썩 잘 풀었고, 江湖退憂의 마음을 지어
내어서 至今 듣는 자들이 아직도 그 眷眷한 忠愛의 정성을 볼 수 있다.4)

---

3) 嘗曰。詩言志。歌永言。而感發人之善心。歌爲最。二南亦歌也。遂敍君臣父子夫婦兄弟
朋友五目凡百餘篇。以倣周詩。名曰正風。世皆誦。往往被諸管絃。(『蘆溪集』, 附錄, 「行
狀」: 한국고전번역원 DB에서 따옴. 번역은 필자.)

4) 莎堤。別墅村名也。時朴萬戶仁老從公遊。仁老始武擧爲萬戶。晚從張旅軒學性理語。折
節爲學。公體察嶺南時。甚相善。仁老善歌。遂令作莎堤曲。極敍投閒致養之樂。江湖退憂
之情以述懷焉。至今聽者。尙可見其眷眷忠愛之誠。(『漢陰先生文稿』附錄 卷二 年譜 下, 三
十九年 辛亥 公五十一歲 春。在龍津。作莎堤曲。조항)

밑줄 친 대목을 보건대, 한음(漢陰) 이덕형(李德馨)이 〈사제곡〉을 짓도
록 의뢰한 계기가 영남체찰사 때에 노계가 노래를 잘 하는 것을 본 데에
연유함을 알 수 있다. 한음은 1601년 신축년 충청·전라·경상·강원 4도
도체찰사(都體察使)의 명을 받아 성주(星州)에 본부를 열었다. 연보에는
드러나지 않았지만, 이때에 노계를 만나 〈조홍시가(早紅柹歌)〉를 보고
단가를 짓도록 명하였음을 경오본(庚午本)『노계가집(蘆溪歌集)』과『노
계집(蘆溪集)』의 관련 기사를 통하여 알 수 있다.

> 漢陰大鑒命作短歌 辛丑九月初 漢陰大鑒見盤中早紅命作三章 此皆出於思
> 親之誠(庚午本『蘆溪歌集』)
> 早紅柹歌 辛丑九月初 漢陰相公饋公早紅柿 公因時物有感而作 (『蘆溪集』)

경오본『노계가집』에서 "반중조홍(盤中早紅)"이라 한 것은 조홍시(早紅
柹) 실물이 아니라 이전에 지은 〈조홍시가〉를 가리킴으로 보아야 하겠
다.[5] 『노계집』에서는 노계를 "공(公)"의 호칭으로 추숭하는 문맥에서 한
음(漢陰)이 노계에게 조홍시를 대접하였고, 노계가 명에 의하기 전에 주
체적으로 〈조홍시가〉를 지은 것으로 기술되어 있다. 〈조홍시가〉는『손씨
수견록(孫氏隨見錄)』의 "여헌선생사조홍노계명제(旅軒先生賜早紅蘆溪命
題)"에서 알 수 있듯이 노계가 여헌(旅軒) 장현광(張顯光)의 명을 받고
지은 것이다.[6] 노계는 〈조홍시가〉를 짓기 전에 임진란의 승전을 찬양하
는 〈태평사〉를 지은 바 있는데, 이때에 알려진 "선가자"로서의 명성이
임란 후에 여헌을 종유할 때까지 유지되어 여헌의 명을 받게 된 것으로
보인다.『손씨수견록』의 "여헌선생사조홍노계명제"라는 기사는 여헌이

---

5) 김석배, 庚午本『蘆溪歌集』, 구미문화원, 2006, 「해제」 참조.
6) 김석배, 위의 책, 54쪽.

가제(歌題)를 제시하고 노계가 그에 대하여 수응한 일종의 시험과 같은 인상을 주기도 하는데, 아마 이 때 여헌에게 허여 받은 사정이 뒤에 〈입암 이십구곡(立巖二十九曲)〉(1629)을 짓는 계기를 마련한 것으로 볼 수 있다.

남아 있는 작품으로 보아 노계의 시가 창작은 〈태평사〉를 지은 때로 부터 비롯되었다고 할 수 있겠지만, 그런 공적인 효용을 가지는 작품을 짓는 기량을 인정받기까지 선행하는 습작 내지는 준비 기간이 있었을 것으로 추정된다. 이런 준비·습작의 흔적은 아마도 작품 내에 선행 작품을 추수한 것으로 남아 있을 것이기에 작품 속으로 그 흔적을 찾아가 보기로 한다.

> **誠意關 도라 드러 八德門 ᄇ라보니**
> 크나 큰 흔 길이 넙고도 곳다마ᄂ
> 엇지라 盡日行人이 오도가도 아닌게오(『蘆溪集』 권3 歌, 〈自警〉)

초장이 〈권선지로가(勸善指路歌)〉에 나오는 "三達德 묘든 길노 誠意 關을 ᄎ자 가셔 / 伊川의 빙을 씌여 濂溪을 건너가셔"와 자구가 유사할 뿐 아니라 작품 전체의 의상(意想)이 길(道)에 관련되어 있어서 〈권선지 로가〉의 영향이 미쳤을 가능성을 두텁게 하고 있다. 여헌 장현광이 노 계를 평하는 가운데 "그 爲人은 仁義의 사람이니, 仁은 安宅에 있고 義 는 正路에 머물러 항상 夫子의 말씀을 외우고, 자기를 책하기를, 朝聞 道夕死可矣라······"[7]라 한 말도 이 작품과 〈권선지로가〉의 연관을 염 두에 두고 한 것으로 이해할 수도 있다.

한편, 노계의 가사 가운데에서도 선행 작품과 연계되는 면모를 볼 수

---

7) 其爲人也仁義人也 仁居安宅 義由正路 常誦夫子之言 而責於己曰 朝聞道夕死可矣(「無何 翁傳九仞山記跋」, 『蘆溪集』 권2, 부록).

있다.

노계(蘆溪)의 만년작으로서 평생의 가사 작시 역량이 총집되었다고도 할만한 〈노계가〉(1636, 인조14)에는 다른 강호가사인 〈강촌별곡(江村別曲)〉에 있는 구절이 되풀이됨으로써 이 가사와 〈노계가〉가 전승 관련을 가졌음을 시사하고 있다.

> 낙딕를 비기쥐고 葛巾布衣로 釣臺예 건너오니 : 〈蘆溪歌〉
> 낙대를 두러메고 釣臺로 나려가니 : 〈江村別曲〉(『古今歌曲』)
>
> 瓦樽에 白酒를 박잔의 가득 부어
> 흔 잔 쏘 흔 잔 醉토록 먹은 後에
> 桃花ᄂ 紅雨 되야 醉面에 쏄리ᄂ딕
> 苔磯 너븐 돌애 놉히 베고 누어시니
> 無懷氏 적 사름인가 葛天氏 쎡 百姓인가 : 〈蘆溪歌〉
>
> 瓦樽의 濁醪 걸너 박盞의 ᄀ득 붓고
> 淸風의 半醉ᄒ여 北窓의 누어시니
> 無懷氏 적 사름인가 葛天氏 적 百姓인가 : 〈江村別曲〉(『古今歌曲』)

『고금가곡(古今歌曲)』이 영조 40년(1764)에 완성되었다고 하면 〈노계가〉 성립 연대와 한 세기 이상 거리를 가지게 되지만, 이미 홍만종의 『순오지(旬五志)』(1678, 숙종 3년)에서 〈강촌별곡〉에 대한 평어를 달고 있는 것으로 보아 〈노계가〉 성립 시기에 〈강촌별곡〉이 유통되었을 가능성이 있다. 『순오지』에서는 작자를 차천로(車天輅, 1556~1615)로 비정하고 있는데 『고금가곡(古今歌曲)』에서도 이를 따르고 있는 것으로 보아 동일한 전승 선상에 있다고 할 수 있다. 〈강촌별곡〉은 이후 다른 강호가사의 출현에 영향 받아 가명과 작자에서 착종을 빚는 복잡한 전승 과정을 거치게 되는데, 이미 〈노계가〉 당대에 다른 작품으로 어구 이동이 일어났던 사실에서 다가올 혼잡이 예견되었던 것이다. 19세기 중반에 이루어진 것으로 보이는 육당본 『청구영언(青丘永言)』에 실린 〈낙빈가 (樂貧歌)〉는 〈강촌별곡〉의 가명이 변개된 경우인데 작자 표기가 "퇴계 혹운 율곡(退溪 或云 栗谷)"으로 되어 있어 그 간의 복잡한 전승 경로를 암시하고 있다. 노계가사(蘆溪歌辭)가 퇴계(退溪) 가문 전승과 어느 정도 관련을 가지고 있다면 〈노계가〉는 〈강촌별곡〉의 퇴계 작자설 전승으로 진행하는 경로의 초두에서 이루어졌다고 할 수 있을 것이다.

노계의 가사 향유 가담은 사대부들과의 교유를 통해 구체화 된 것으로 보인다. 『노계가사』의 가명 부기에 나타나는 "짓게 했다(命作)"의 주체에 해당하는 사대부들이 노계의 가사 창작에 계기를 마련해 준 것으로 볼 수 있기 때문이다. 그들 사대부들이 스스로 창작하지 않고 노계에게 미룬 데에는 몇 가지 당대 가사향유 정황과 관련된 사정이 개재해 있는 듯하다. 우선은 국문시가를 짓는 일이 아직도 논란거리가 될 수 있는 사회 분위기를 꺼려서이다. 노계는 무반(武班) 출신으로서 이 관습으로부터 자유로울 수 있었을 뿐만 아니라 명가(名歌) 또는 선가자(善歌者)로서의 성예를 충족시켜야 하는 예술가적 책무도 안고 있었던 듯하다. 그렇다고 노계가 가객으로서의 독자적인 영역을 구축하고자 한 것은 아니었다. 노계의 지향은 유가적 도학자로서의 당대 사대부에게 맞추어져 있었기 때문이다. 예능인으로서의 가객과 예술 수용자로서의 사대부 사이에서 노계는 가사 작자라는 완충점을 찾고 이 완충점을 자기 삶의 형식으로 삼고자 한 것으로 보인다. 가사를 통해 도의 본질을 구현하려는 목표에 투철하였기에 노계의 형식적 시험은 다양하게 이루어질 수밖에 없었던 듯 하다.

노계가 가사 발전사의 전환기에 처하였다는 판정은 이미 내려져 있지만 주로 현실인식의 심화라는 주제적 측면에 초점이 맞추어져 있고, 가사 향유자로서 양식의 변화에 대응하는 면모는 주목 받지 못하였다. 〈누항사(陋巷詞)〉가 주제적인 면에서 각광을 받았지만 이를 양식적인 면으로까지 확대하기에는 동일한 성격을 지닌 다른 작품과의 관련이 주어질 수 없었기 때문이었다. 최근에『노계가사』의 원본이라고 할 수 있는 경오본『노계가사』가 발굴됨으로써8) 이 문제에 하나의 출구가 열렸다. 〈누항사〉 가운데 문집에서 누락된 부분의 표현 양태를 이어갈 수 있는 작품이 이 원본 가사집 가운데 들어 있기 때문이다. 〈상사곡(相思曲)〉과 〈권주가(勸酒歌)〉가 그 작품들이다. 〈상사곡〉은 송강(松江) 〈미인곡(美人曲)〉에, 〈권주가〉는 〈장진주사(將進酒辭)〉에 대응하는데 직서하는 표현이 송강 쪽에 비해 두드러져 있다. 〈상사곡〉은 전승이 단절되고 〈권주가〉는『잡가(雜歌)』(1821)에 확대본이 실려 있는데 확대의 방향이 직서 표현을 강화하는 쪽으로 이루어진 것을 보면 이 변화의 방향이 가사발전사에서 정해진 것이었음을 알 수 있다. 서민적 취향의 강화라는 발전사적 방향이 그것이다. 1831년에 간행된『노계선생문집(蘆溪先生文集)』에서 아예 〈상사곡〉과 〈권주가〉가 빠져 버리는 것을 보면 서민적 취향을 수용하는 방식이 극단적으로 대립되어 가사 향유에 큰 굴절을 일으킨 것을 확인할 수 있다. 원작자인 노계는 후대에 전개될 이 사단을 예비하였으되 온건하게 변화를 수용하는 쪽으로 처리하였다. 이렇게 본다면 노계가사의 주제사 내지 양식사적 구도는 이후 전개될 사대부–서민의 향유층 대비에 균형을 맞추는 쪽으로 조절되어 있는 것으로 보아야 할 것이다.

---

8) 김석배 편,『庚午本 蘆溪歌集』, 구미문화원, 2006.

2. 임진왜란이 가사 창작 계기로 작용한 길

임진왜란은 조선조 초유의 대란으로서 자칫 망국에 이를 수도 있는 국면을 전환케 한 것은 각지의 의병 거사와 명나라의 원병이라고 할 수 있다. 초야의 향반으로서 그 행적이 드러나지 않던 노계의 분연강개히 투필(投筆)함은 의병 거사에 맥락이 닿아 있다고 하겠다. 처음 군진(軍陣)에 투신했을 때에 다른 이들이 지녔던 의혹은 노계가 세운 혁혁한 전공에 의해 불식되었다. 무술년(1598)에 강좌절도사(江左節度使) 성윤문(成允文)이 노계의 명성을 듣고 막하에 초치했을 때에 적정(賊情)을 논하여 절도사를 탄상케 했다는 기사를 보면 노계의 전공은 주로 지략에 의해 이루어진 것으로 보인다. 이때에 지어진 〈태평사〉에 당시 동아시아의 정세를 논하는 것을 필두로 주로 전세가 전환되는 국면을 거시적으로 기술한 것을 보면 노계의 포부가 웅대하고 단지 일개 무부를 넘어서는 단계에 이르렀음을 알 수 있다. 소시에 남쪽 변방을 방어하러 가서, 대마도를 바라보며 "죽은 제갈량이 산 사마중달을 도망치게 하였고, 손빈은 발꿈치가 없지만 방연을 사로잡았으니 조무래기 도적을 어찌 두려워하겠느냐?"라고 탄식하였다[9]는 데에서 그 사실을 미리 알려주고 있다.

〈선상탄〉은 임진왜란이 끝난 직후 을사년(1605)에 아직 왜의 동요가 있으므로 나라에서 노계를 통주사(統舟師)에 나아가게 했을 때에 지은 가사로 〈태평사〉가 "명작(命作)"의 계기를 충족하기 위해 전례(典禮)적인 표현을 습용한 것과는 다르게 대상을 주체적으로 수용한 구체적인 표현이 주를 이루고 있다. 노계의 작가 생애가 〈태평사〉(1598)로 사회적

---

9) 少時赴防南陲。望對馬島歎曰。死諸葛。走生仲達。孫臏膑而禽龐涓。小醜何畏焉(『蘆溪集』, 附錄, 「行狀」, 한국고전번역원 DB에서 따옴. 번역은 필자.)

요구에 응답하기 시작한 다음, 이어 〈조흥시가〉(1601)에서 유가 사상을 시조시로 형상화하는 언어 구사의 솜씨를 보여준 다음, 작가로서의 성예를 발전시켜나가려는 즈음에 스스로의 작의에 의해 이루어진 〈선상탄〉이 가지는 작가 생애 위의 위상은 각별하다고 볼 수 있다.

　노계의 시가 창작은 크게 두 줄기 지향으로 나누어지는데, 유가의 명류들과 교유하면서 지어진 작품들이 전아한 표현과 심중한 사상 내포를 꾀하면서 이상적인 성향을 지니고 있다면, 스스로의 생활상을 반영한 경우에는 구체적인 표현과 생활 사실의 제시를 통하여 사실적인 경향을 보여주게 된다. 〈사제곡(莎堤曲)〉(1611) 〈독락당(獨樂堂)〉(1619경) 〈영남가(嶺南歌)〉(1635) 등이 이상적 성향의 전자에 해당된다면, 〈누항사(陋巷詞)〉(1611) 〈권주가(勸酒歌)〉(1632) 〈상사곡(相思曲)〉(1632) 등은 사실적 경향의 후자에 해당된다. 〈노계가(蘆溪歌)〉(1636)는 만년작으로서 이 두 지향의 알력이 극복된 경지에서 유유자적하게 강호한정을 노래한 작품으로 따로 다루어야 하겠다.

　노계의 가사들은 경오년(1690) 간행의 『노계가집』과 노계 종가 수장의 고사본 『노계집』, 그리고 1831년 간행의 『노계선생문집』세 군데에 실려 있는데, 『노계가집』에 실린 〈권주가〉와 〈상사곡〉이 『노계집』에서 누락된 것은 세속적 취향이 부정된 편찬 태도에 말미암지만, 실린 작품들은 두 군데의 대본이 대동소이한 반면, 『노계선생문집』에는 전자들의 대본을 산삭하는 유가 교화 기준의 적극적인 편찬을 하고 있다. 〈누항사〉가 『노계선생문집』에 실릴 때에 삭제된 부분들은 "얼머 만히 바든 밥의 懸鶉稚子들은 / 將碁 버덧 卒 미덧 나아오니 / 人情天理예 춤마 혼자 머글넌가"처럼 유가적 기준에 위배될만한 대목들이었다. 이런 대목들의 구체적이고 사실적인 취향이 『노계집』에서부터 누락되기 시작한

〈권주가〉와 〈상사곡〉의 주조라는 사실은 노계 가사의 두 갈래 지향 가운데에 서민가사로 이동하는 가사발전사의 흐름이 내재하고 있다는 것을 시사하고 있다.

노계의 시가 작가 생애는 임진왜란을 계기로 출발하는데, 이 계기가 만들어지는 데에는 노계의 우국충분(憂國忠奮)하는 개인적 성향과 당대 시가 애호 풍조에 편승하였던 사류 명인들의 존재가 작용하였다. 임진왜란 전후의 가사 향유상을 훑어보면, 앞서 언급한 〈강촌별곡〉류의 강호가사가 주요 유형으로 자리 잡은 가운데에, 허강의 〈서호별곡〉처럼 악조를 배려한 편사가 이루어지면서 거문고 애호 성향에 편승하는 변모가 뒤따랐다. 한편, 퇴계(退溪), 남명(南冥)같은 유학 대가가 〈권선지로가〉의 작자로 비정되는 교훈류의 발전 가운데에 선조 자신이 〈고공가(雇工歌)〉를 지어서 신하들의 농지에 대한 견해를 타진하고 이원익이 이에 대하여 〈고공답주인가(雇工答主人歌)〉로 수응하는 현실 담론의 우회적인 통로 역할도 하게 된다.

여러 언급을 통하여 확인하는 것처럼 노계의 작시 습관은 수물즉응(隨物卽應)하는 활달한 편인데 이 자세가 작품 분위기를 질박한 가운데에 심중한 쪽으로 이끌게 하였다. 자연히 교훈류의 발전에 관심을 가졌을 터인데, 임진왜란이 발발하면서 국가 안위를 우선 주제로 삼아야하는 현실적 요구에 대응하는 굴절이 일어난 것으로 보인다. 그러나 노계가 주제 치중의 편향에 이끌리지 않고, 〈태평사〉의 전례적 이상 지향과 〈선상탄〉의 구체적 사실성 사이에서 균형을 이루는 작자성을 유지할 수 있었던 것은 〈조홍시가〉에서도 보인 대상에 대한 응변하는 재능을 지니고 있었기 때문이다. 만년의 〈노계가〉에 보이는 여유 있는 작품 분위기로 알 수 있는 것처럼 노계는 현실적 효용성과 이상적 예술성 사이에서 적절한 긴장 관계를 유지하면서 높은 작가적 성취를 달성하는 자질을 지녔다. 아울러, 당대의 시가 발전에 적절히 대응하여서 구체적이고 사실적인 성향이 강화되어 나가는 방향을 놓치지 않고 자기 작품 안에 반영할 줄 알기도 하였다.

3. 작품 실제에서의 확인 – 「太平詞」·「船上嘆」

이제 그간 이야기 되어 나온 사항을 실제 작품을 통하여 확인해 보고자 한다.

1)「太平詞」

01. 나라히 偏小ᄒ야 海東애 ᄇ려셔도
02. 箕子 遺風이 古今업시 淳厚ᄒ야
03. 二百年來예 禮義을 崇尙ᄒ니
04. 衣冠文物이 漢唐宋이 되야꺼니
05. 島夷百萬이 一朝애 衝突ᄒ야
06. 億兆驚魂이 칼 빗츨 조차나니
07. 平原에 사힌 쎄ᄂ 뫼두곤 노파 잇고
08. 雄都巨邑은 豺狐窟이 되얏거늘
09. 凄凉玉輦이 蜀中으로 뫼아드니
10. 烟塵이 아득ᄒ야 日色이 열워꺼니
11. 聖天子 神武ᄒ샤 一怒를 크게 내야
12. 平壤 群兇을 一劍下의 다 버히고

13. 風驅南下ᄒ야 海口에 더져두고

14. 窮寇을 勿迫ᄒ야 몃몃히를 디내연고

15. 江左一帶예 孤雲 ᄀᆞᆺᄒᆞᆫ 우리 물이

16. 偶然時來예 武侯龍을 幸혀 만나

17. 五德이 불근 아래 獵狗 몸이 되야쩌가

18. 英雄仁勇을 喉舌에 섯겨시니

19. 炎方이 稍安ᄒ고 士馬精强 ᄒ야쩌니

20. 皇朝一夕에 大風이 다시 이니

21. 龍 ᄀᆞᆺᄒᆞᆫ 將帥와 구름 ᄀᆞᆺᄒᆞᆫ 勇士들이

22. 旌旗蔽空ᄒ야 萬里예 이어시니

23. 兵聲이 大振ᄒ야 山岳을 씌엿ᄂᆞᆫ 듯

24. 兵房 御營大將은 先鋒을 引導ᄒ야 敵陣에 突擊ᄒ니

25. 疾風大雨에 霹靂이 즈치ᄂᆞᆫ 듯

26. 淸正 小竪頭도 掌中에 잇것마ᄂᆞᆫ

27. 天雨爲祟ᄒ야 士卒이 疲困커늘

28. 져근듯 解圍ᄒ야 士氣을 쉬우더가

29. 賊徒ㅣ 犇潰ᄒ니 못다 잡아 말년졔고

30. 窟穴을 구어보니 구든 덧도 ᄒ다마ᄂᆞᆫ

31. 有敗灰燼ᄒ니 不在險을 알니로다

32. 上帝聖德과 吾王沛澤이 遠近업시 미쳐시니

33. 天誅猾賊ᄒ야 仁義를 돕ᄂᆞᆫ쏘다

34. 海不揚波 이젠가 너기로라

35. 無狀ᄒᆞᆫ 우리 물도 臣子 되야 이셔더가

36. 君恩을 못 갑흘가 敢死心을 가져 이셔

37. 七載을 奔走터가 太平 오늘 보완디고

38. 投兵息戈ᄒ고 細柳營 도라들 제

39. 太平簫 노픈 솔의예 鼓角이 섯겨시니

40. 水宮 깁흔 곳의 魚龍이 다 우는 듯

41. 龍旗 偃蹇ᄒ야 西風에 빗겨시니

42. 五色祥雲 一片이 半空애 써러딘 듯

43. 太平模樣이 더옥 ᄒ나 반가올사

44. 揚弓擧矢ᄒ고 凱歌를 아뤼오니

45. 爭唱歡聲이 碧空애 얼히ᄂ다

46. 三尺霜刃을 興氣 계위 둘러메고

47. 仰面長嘯ᄒ야 춤을 추려 이러셔니

48. 天寶龍光이 斗牛間의 소이ᄂ다

49. 手之舞之 足之蹈之 절노절노 즐거오니

50. 歌七德 舞七德을 그칠 줄 모ᄅ로다

51. 人間 樂事ㅣ 이 ᄀᆺᄒ니 또 인ᄂ가

52. 華山이 어ᄃᆡ오 이 말을 보내고져

53. 天山이 어ᄃᆡ오 이 활을 노피 거쟈

54. 이제야 ᄒ올 일이 忠孝一事 ᄯᅢᆫ이로다

55. 營中에 일이 업셔 긴 줌 드러 누어시니

56. 뭇노라 이 날이 어늬 적고

57. 羲皇盛時를 다시 본가 너기로라

58. 天無淫雨ᄒ니 白日이 더옥 볼다

59. 白日이 볼그니 萬方애 비최노다

60. 處處溝壑애 흐터잇던 老羸드리

61. 東風新燕가치 舊巢을 츳자오니

62. 首邱初心에 뉘 아니 반겨ᄒᆞ리

63. 爰居爰處에 즐거옴이 엇더ᄒᆞᆫ뇨

64. 孑遺生靈들아 聖恩인줄 아ᄂᆞᆫ다

65. 聖恩이 기픈 아리 五倫을 발켜스라

66. 敎訓生聚ㅣ라 절로 아니 닐어가랴

67. 天運循環을 아옵게다 하ᄂᆞ님아

68. 佑我邦國ᄒᆞ샤 萬世無彊 눌리소셔

69. 唐虞天地예 三代日月 비최소셔

70. 於萬斯年에 兵革을 그치소셔

71. 耕田鑿井에 擊壤歌을 불니소셔

72. 우리도 聖主을 뫼옵고 同樂太平 ᄒᆞ오리라

작자 38세 때(선조 31년; 1598년 겨울) 좌병사(左兵使) 성윤문(成允文)의 막중(幕中)에서 지은 작품. 도망치는 적을 폄하하여 표현하고 아군의 능력을 과장되게 표현한 대조적 수사는 당대인들의 왜적에 대하여 지녔던 보편적인 적대의식의 표출이면서, 이 작품이 지향하는 주제 –태평성대(太平聖代)에 대한 찬양– 를 도출하는데 효과적인 수단이다. 조선조 전쟁가사의 이러한 수사법은 이미 「남정가(南征歌)」(1555)에서 확인된 바 있다. 단락별로 내용을 정리하면 다음과 같다.

> 01-04 : 서사. 우리나라의 역사를 기자 동래설에 입각한 중화 지향적 시각으로 약술. 작품 주제의 방향을 예시한다. "쩌니"(04)는 실질적인 종결형의 구실을 하고 있다. [참고 : "해동육 룡이 나라샤 일마다 천복이시니 고성이 동부ᄒᆞ시니"「용비어천가」]

05-10 : 본사 도입부. 임란 초기의 패전 상황 기술. 앞 단락과 동질적인 종결 형("써니")을 사용 하여 과거 회상의 시적 분위기를 유지하고 있다.

11-18 : 명의 원군에 의한 전황 회복의 사실 기술. 11. "聖天子", 16. "武侯龍" 과 같이 명을 과대하게, 12. "平壤 群兇", 14. "窮寇"와 같이 왜적을 과소 하게 표현함으로써 작자의 의도를 드러내 보이기 시작한다. 따라서 이 부분을 본사가 본격적으로 시작되는 부분으로 볼 수 있다.

19-37 : 작자의 실제 경험을 바탕으로 기술한 정유재란에서의 승전의 과 정. 문면에 비로소 드러난 발화의 주체는 "우리물"(35)이다. 이 작품이 개인적인 체험의 주관적 표출보다는 일반적인 경험의 객관적 기술에 치중하고 있다는 징표이다. 이 대목의 중심을 지향하는 단어는 종결부 의 "태평"(37)이다. 또한, 이 말은 이 작품 전체의 제재이기도 하다.

38-54 : 승전의 기쁨을 구가하는 대목. 39. "太平簫 노픈 솔의"로 이끌어 졌다가 41. "龍旗偃蹇ᄒᆞ야" 42. "五色祥雲 一片이 半空애 셔러딘닷"한 절정에 이르는 정서적 고양 상태 ("太平 模樣")에 대한 묘사. 이 대목 은 앞 대목과 더불어 본사의 중심부를 형성하는데 앞 대목보다는 이 부분에 작품 주제의 중심이 놓여있다. 종결행에서는 "충효"라는 직접 적인 의도를 제시하고 있다.

55-66 : 본사부의 결말 부분. 앞 단락의 말미에 제시된 "충효"라는 주제를 부연함으로써 구체적인 체험이 추상적인 관념으로 정리되는 결사부를 예비하고 있다.

67-끝 : 결사. 되풀이되는 원망형 종결 어미를 통하여 주제 제시의 직접성 이 드러나고 있다. 69. 唐虞天地, 三代日月과 같은 시어는 "태평성대" 와 동의어로서 이 작품 전체의 주제가 함축되어 있는 말이다. 이 말들 에 담겨 있는 중화 지향적인 사고는 임란이라는 역사적인 사건을 해석 하는 작자의 시각에 일정한 제한 요인으로 작용하고 있다. 이 작품이 실제 사건과 거기에 참여한 작자의 체험을 바탕으로 하고 있음에도 현실성에 있어서 결핍되어 있는 것은 바로 이 한계 때문일 것이다.

2) 「船上嘆」

1. 늘고 病든 몸을 舟師로 보닉실식
2. 乙巳 三夏애 鎭東營 닉려오니
3. 關防重地예 病이 깁다 안자실랴
4. 一長劍 비기 추고 兵船에 구테 올나
5. 勵氣瞋目ㅎ야 對馬島을 구어보니
6. 부람 조친 黃雲은 遠近에 사혀 잇고
7. 아득흔 滄波는 긴 하늘과 흔 빗칠쇠
8. 船上에 徘徊ㅎ며 古今을 思憶ㅎ고
9. 어리 미친 懷抱애 軒轅氏를 애드노라
10. 大洋이 茫茫ㅎ야 天地예 둘려시니
11. 진실로 비 아니면 風波 萬里 밧긔 어닉 四夷 엿볼넌고
12. 무슴 일 ㅎ려 ㅎ야 비 못기를 비롯흔고
13. 萬世 千秋에 フ업순 큰 弊되야
14. 普天之下애 萬民怨 길우느다
15. 어즈버 씩드라니 秦始皇의 타시로다
16. 비 비록 잇다 ㅎ나 倭를 아니 삼기던들
17. 日本 對馬島로 뷘비 졀로 나올넌가
18. 뉘 말을 미더 듯고 童男 童女를 그디도록 드려다가
19. 海中 모든 셤에 難當賊을 기쳐 두고
20. 痛憤흔 羞辱이 華夏애 다 밋나다
21. 長生 不死藥을 얼민나 어더닉여
22. 萬里長城 놉히 사고 몃 萬年을 사도썬고

23. 눕되로 죽어가니 有益흔 줄 모르로다

24. 어즈버 싱각ᄒ니 徐市等이 已甚ᄒ다

25. 人臣이 되야셔 亡命도 ᄒᄂᆫ 것가

26. 神仙을 못 보거든 수이나 도라오면

27. 舟師 이 시럼은 젼혀 업게 삼길럿다

28. 두어라 旣往不咎라 일너 무엇 ᄒ로소니

29. 쇽졀업슨 是非를 후리쳐 더뎌 두쟈

30. 潛思 覺悟ᄒ니 내 뜻도 固執고야

31. 黃帝 作舟車ᄂᆫ 왼 줄도 모르로다

32. 張翰 江東去애 秋風을 만나신들

33. 扁舟 곳 아니 타면 天淸 海濶ᄒ다 어늬 興이 졀로 나며

34. 三公도 아니 밧골 第一 江山애

36. 浮萍 ᄀᆞᆺ흔 漁夫生涯을 一葉舟 아니면 어듸 부쳐 ᄃᆞᆫ힐ᄂᆞᆫ고

37. 일언 닐 보건딘 빈삼긴 制度야 至妙흔 덧 ᄒ다마ᄂᆞᆫ

38. 엇디흔 우리 물은 ᄂᆞᄂᆞᆫ 듯흔 板屋船을 晝夜의 빗기 ᄐᆞ고

39. 臨風 詠月ᄒ되 興이 젼혀 업ᄂᆞᆫ 게오

40. 昔日 舟中에ᄂᆞᆫ 杯盤이 狼藉터니

41. 今日 舟中에ᄂᆞᆫ 大劍長鎗 ᄲᅮᆫ이로다

42. 흔가지 빈언마ᄂᆞᆫ 가진 비 다라니

43. 其間 憂樂이 서로 ᄀᆞᆺ지 못 ᄒ도다

44. 時時로 멀이 드러 北辰을 ᄇᆞ라보며

45. 傷時 老淚를 天一方의 디ᄂᆞ다

46. 吾東方 文物이 漢唐宋애 디랴마ᄂᆞᆫ

47. 國運이 不幸ᄒ야 海醜 兇謀애 萬古羞을 안고 이셔

48. 白分에 혼 가지도 못 시셔 브려거든

49. 이 몸이 無狀혼들 臣者ㅣ 되야 이셔다가

50. 窮達이 길이 달라 몬 뫼웁고 늘거신들

51. 憂國 丹心이야 어늬 刻애 이즐넌고

52. 慨慨계운 壯氣는 老當益壯 호다마는

53. 됴고마는 이 몸이 病中에 드러시니

54. 雪憤 伸寃이 어려올 둣 호건마는

55. 그러나 死諸葛도 生仲達을 멀리 좃고

56. 발 업슨 孫臏도 龐涓을 잡아거든

57. 호믈며 이 몸은 手足이 フ자 잇고 命脈이 이어시니

58. 鼠竊 狗偷을 저그나 저흘소냐

59. 飛船에 둘려드러 先鋒을 거치면

60. 九十月 霜風에 낙엽가치 헤치리라

61. 七縱 七禽을 우린들 못홀 것가

62. 蠢彼 島夷들아 수이 乞降호야스라

63. 降者 不殺이니 너를 구틔 殲滅호랴

64. 吾王 聖聽이 欲竝生 호시니라

65. 太平 天下애 堯舜君民 되야 이셔

66. 日月 光華는 朝復朝 호얏거든

67. 戰船 트던 우리 몸도 漁舟에 唱晚호고

68. 秋月 春風에 놉히 베고 누어 이셔

69. 聖代 海不揚波를 다시 보려 호노라.

〈태평사〉와의 대조를 위해 단락별로 정리해 본다.

01-07 : 서사. 5. "勵氣瞋目ᄒ야 對馬島을 구어보니" 이하는 『盧溪集』, 附
錄, 「行狀」에 "소시에 남쪽 변방을 방어하러 가서, 대마도를 바라보며
'죽은 제갈량이 산 사마중달을 도망치게 하였고, 손빈은 발꿈치가 없지
만 방연을 사로잡았으니 조무래기 도적을 어찌 두려워하겠느냐?'라고
탄식하였다."(少時赴防南陲。望對馬島歎日。死諸葛。走生仲達。孫臏
臏而禽龐涓。小醜何畏焉)라는 대목의 반영.

07-14 : 배를 타고 건너온 왜적이 배를 처음 만든 軒轅氏 때문이라고 원망
하는 내용. 항해술이나 조총과 같은 근대 문물 제도에 대한 비판이라
고 할 수 있다.

16-23 : 불사약을 구하러 동해로 가게 만들어서 왜적을 생기게 한 秦始皇
에 대한 원망. 王道의 仁政이 아니라 覇道의 무력 침탈을 비판한 내용.

24-27 : 복명하지 않고 일본에 머물러 왜의 조상이 된 徐市에 대한 원망.
윗 단락과 연계 되겠으나 특히 왜적이 불충한 무리라는 점을 강조한 것.

28-36 : 문명의 폐해가 된 배의 원래 좋은 쓰임을 나열하면서, 무력 침탈
의 패륜이 아니라 평화에 이로운 쓰임이 되어야 함을 강조. 32. 張翰
江東去는 옛날 중국 진(晉)나라 오(吳)땅의 사람인 장한(張翰)이 양자
강(楊子江) 동(東)쪽 고향의 농어회의 맛을 못 잊어 벼슬을 던지고 간
고사를 인용하였고, 36. 浮萍ㅈᄒ 漁夫生涯는 강호의 유락에 배가 있
어야 함을 말함.

37-43 : 전쟁 하느라 배를 타고 있는 현재의 처지에 蘇東坡의 赤壁遊(40.
昔日 舟中에ᄂ 杯盤이 狼藉터니)를 대조함으로써 지금 상황이 매우 부
당하여 정한 운수에 어긋나 있음을 탄식함.

47-61 : 본사부의 결구 단락. 理想은 왕도의 인정을 보필하는 것이나 現實
은 침략자 왜구가 다시 득세하는 괴리감을 토로함. 이 부분에 당대 정
세에 대한 노계의 비판적 인식이 반영되어 있다. "46. 吾東方 文物이

漢唐宋애 디랴마ᄂᆞᆫ 47. 國運이 不幸ᄒᆞ야 海醜 兇謀애 萬古羞을 안고
이셔"에는 중화주의의 명분이 표명되어 있으며, "55. 그러나 死諸葛도
生仲達을 멀리 좃고 56. 발 업슨 孫臏도 龐涓을 잡아거든"은 앞서 인
거한 행장에 나오는 말로서 문명 중화에 대한 신념을 攘夷의 예증으로
써 구체화 한 것이다.

61-끝 : 결사. 왜구들을 돈호의 대상으로 삼음으로써 비공식적인 격문이
되고자 하였다. 65 이하의 시어가 "太平天下", "堯舜君民", "日月光
華", "漁舟唱晩", "秋月春風", "海不揚波" 등으로 왕도의 이상이 실현
된 단계를 지시하는 추상적 관념어인 데에서 작가의 최종적인 지향이
어디인가를 알 수 있게 한다.

임진왜란 승리의 문학 〈임진록〉

임성래

1. 시작하며

최근 〈명량〉이라는 영화가 한국 영화사상 최대의 관객을 동원했다고 해서 한 동안 화제가 되었다. 이 영화가 많은 관객을 동원한 데는 많은 요인이 있을 것이다. 그 여러 요인 가운데 필자가 주목한 것은 두 가지 이다. 하나는 세월호 침몰로 300여 명의 인명이 한 순간에 불귀의 객이 된 국민적 슬픔을 위로해 줄 수 있는 참다운 지도자에 대한 기대와 갈망을 이순신 장군에게서 찾았을 것이라는 점이다. 다른 하나는 아베 정권의 등장으로 인한 한일관계의 경색에서 일본에 대한 적대감과 우리나라에 대한 애국심이 표출되면서 임진왜란에서 일본과 싸워 승리를 거둔 민족 영웅 이순신이 재조명된 것과 관련이 있을 것이라는 점이다. 공교롭게도 세월호가 침몰한 곳이 바로 영화 〈명량〉의 배경이자 제목이 된 곳, 곧 울돌목이었다.

물론 영화는 실존 인물 이순신을 주인공으로 하였다는 점에서 역사물이라고 할 수 있다. 그러나 영화에서 그려지는 이순신의 언행은 임진왜란 당시에 이순신이 실제로 행했던 사실 그대로라기보다는 시나리오 작가가 영화의 문법에 맞게 재구성하여 허구적으로 창작한 언행을 배우들이 사실인 것처럼 연기를 통해 재현하고 있는 것이다. 바꿔 말하면 〈명량〉이라는 영화의 시나리오 작가는 이순신이 임진왜란이라는 역사적 사건에서 실제로 보여주었던, 당시 전쟁과정에서 부하들과 백성들에게 행했던 사실 그대로의, 곧 사실에 충실한 언행이라기보다는 오늘날 영화관에서 영화를 보는 현시대의 관중들에게 감동을 줄 수 있는 내용으로 재창작된 언행, 그럴 듯하지만 사실이라기보다는 허구적 언행을 통해 이순신을 재해석하고 있다.

이런 점에서 똑같은 역사적 사건을 놓고 역사와 예술(문학)은 그 접근법이나 해석의 지향점이 다르게 나타난다. 오늘 필자가 이야기하려고 하는 것이 바로 이 지점이다. 똑같은 사건을 두고, 그것을 보는 방식이나 해석 내용이 서로 다르다는 사실이다. 그 수많은 다름 가운데 오늘 이 시간에는 오직 한 가지, 곧 "역사는 사실을 중시하고 문학은 감동을 중시한다"는 논리를 중심으로 이야기를 풀어가려고 한다. 간단히 말하면, 우리는 역사적 사건을 통해 우리가 잘 모르고 있던 역사적 지식을 쌓으면서 애국심을 가질 수 있지만 그 역사적 사건에서 배운 애국심을 실천에 옮기는 일, 곧 오늘 나에게 애국심을 불러일으켜 그것을 나의 행동으로 연결시키는 것은 바로 나를 감동시키는, 역사적 인물의 행동이 나에게 주는 감동력 때문이라는 사실이다. 이것이 바로 문학이 가진 힘이라고 할 수 있다.

인간은 이성적 존재이면서 동시에 감성적 존재이다. 한편으로는 이성적으로 행동하지만 다른 한편으로는 감성적으로 행동한다. 이건 남녀관계에서 흔히 볼 수 있다. "제 눈에 안경"이란 말처럼 연애할 때는 상대방이 최고이다. 그러나 부부싸움을 할 때를 생각해보라. 그리고 다음날은 언제 싸웠느냐는 듯이 다시 평화롭게 잘 살아간다. 남편의 장미꽃 한 송이에 감동하는 것이 소박한 아내의 모습이고, 숙취가 덜 풀린 날 아침 따뜻한 콩나물 해장국 한 그릇에 감동받는 것이 무뚝뚝한 남편의 모습이다. 왜 그럴까? 인간은 감정의 동물이니까.

그런데 문학은 바로 이 감정의 문제, 곧 우리의 이성과 감성 가운데 감정의 문제를 다루는 예술이다. 문학은 우리가 이 세상을 살아가면서 느끼는 다양한 감정의 변화, 곧 기쁨과 슬픔, 안타까움과 분노, 섭섭함과 고마움, 그리움과 증오 등을 다룬다. 그러니 문학이 우리 실생활과는 아무 관련이 없다고 생각하는 것은 잘못이다. 문학은 우리와 함께 생활하고 있는 우리의 이웃이다.

2. 〈임진록〉 소개

오늘 필자가 이야기할 내용의 제목은 "임진왜란 승리의 문학 〈임진록〉"이다. 여기 계신 분 가운데 〈임진록〉을 읽어본 분은 많지 않을 것이다. 이 작품은 고전소설이기 때문에 현대인들에게는 읽을 기회가 별로 없는 것이 당연하다. 오늘을 사는 젊은이들이 해야 할 일도 많고 배워야 할 것도 많은데, 언제 고전에 관심을 가질 수 있겠는가. 게다가 거기에 등장하는 인물들의 대부분이 내 조상과 관련도 없을 뿐만 아니라 내 생활에 별로 도움이 되는 사람들도 아니다. 그리고 여기에 등장하는 인물들이 역사적으로 실제로 존재했던 인물들도 있지만 가공의 인물들도 상당수 있다. 그러니 실재하지도 않았던 인물들까지 어떻게 신경을 쓰겠는가.

그런데 신기하게도 오늘날과 달리 조선시대에는 이 소설이 매우 인기가 있었다. 그래서 독자들이 많다보니 이본이 매우 많이 생겨났다. 물론 그 인기가 〈춘향전〉만큼은 아니었지만 그래도 다섯 손가락 안에 꼽힐 정도로 인기가 있었다. 그래서 오늘 그 인기 비결이 무엇이었는지 알아보려고 한다.

3. 사실과 허구의 공존

앞에서 잠시 언급했듯이 문학은 역사적 사건을 이야기의 대상으로 삼더라도 역사적 사건이나 인물을 그대로 사용하지 않는다. 그것은 문학이 허구의 이야기를 통해 독자들에게 재미와 감동을 선사하려는 것과 관련이 있다. 곧 독자들에게 소설을 읽는 동안 재미를 느끼도록 하려면 있는 사실 그대로를 이야기하기보다는 과장과 허구의 내용을 적당히 추가하는 것이 효과적이다. 소설이 갖는 이러한 과장과 허구의 세계를 이해하지 못하는 역사학자는 소설의 내용이 역사적 사실에 어긋난다고 그 소설을 비판할 수 있겠지만 대부분의 독자는 그것이 역사적 사실에서 벗어난다고 비난하기보다는 소설이 주는 재미에 흠뻑 빠지기 마련이다. 그러므로 소설의 작자는 소설의 재미를 더하기 위해, 그리고 독자들의 감동을 이끌어내기 위해 있는 사실 그대로의 내용보다는 어느 정도 허구와 과장을 섞어서 소설을 쓰기 마련이다.

임진록의 작가도 그가 쓴 소설에서 이러한 태도를 보이고 있다. 곧 임진록에는 수많은 사건과 수많은 인물이 등장하는데, 일부 사건은 임진왜란 당시에 실제로 일어난 적이 없거나 현실에서 일어날 수 없는 경우도 있고, 등장인물 가운데는 실제 인물인 경우도 있으나 가공의 인물인 경우도 있다. 그리고 실제인물이라고 하더라도 임진록에서 활약하는 모습은 현실과는 거리가 먼 경우가 대부분이다. 그렇다면 왜 임진록의 작가는 이처럼 비역사적이고 비현실적인 이야기를 통해서 독자들에게 재미를 주려고 했을까?

우리는 임진왜란이라는 역사적 사건을 다시 생각해볼 필요가 있다. 당시 조선인들에게 임진왜란이 얼마나 힘들고 고통스런 전쟁이었겠는 가! 필자는 6·25 와중에 태어났다. 피란지에서 태어났지만 전쟁에 대한 기억은 없다. 그러나 당시 전쟁을 체험했던 우리 부모님들이나 선배들에게 전쟁에 대한 이야기를 많이 들었다. 그것이 얼마나 비참했고, 그 일로 얼마나 고생하셨는지, 얼마나 많은 사람들이 세상을 떠났는지, 굶주림과 죽음의 공포, 이념에 따라 서로를 증오하던 비인간성 등 전쟁의 참상은 이루 말로 표현하기 어려운 시대의 아픈 체험이었다는 것도 알고 있다. 어찌 보면 우리 모두 요즘 TV나 인터넷을 통해서도 세계 여러 곳에서 벌어지고 있는 전쟁의 참상을 보고 듣기 때문에 그 비극을 모른다고 하기는 어려울 것이다.

임진왜란은 하루아침에 끝난 전쟁이 아니다. 더군다나 1차 전쟁에서는 압록강까지 일본군이 북상하여 우리의 국토가 초토화되었고, 2차 전쟁 때는 3남 지방이 큰 피해를 입었다. 당시 조선은 두 차례의 전쟁을 치르는 동안 인명 피해는 말할 것도 없고, 전국의 농토가 황폐화되었다. 수많은 사람이 부모와 처자식을 잃었고, 집과 농토를 버려야 했으며, 신체적 불구가 된 사람들도 많았을 것이다. 게다가 우리의 부모, 형제자매, 이웃들 가운데 상당수가 포로로 잡혀갔으니 당시인들에게 일본에 대한 인식이 어떠했으며 일본인에 대한 감정이 어떠했을지 짐작하고도 남음이 있다. 아마 일본이라면 치를 떨었고, 어떻게 해서든지 그들에게 복수하고 싶었을 것이다. 임진록의 작가는 당시 조선인들의 심정을 누구보다도 잘 알았을 것이다. 그래서 그는 당시 사람들의 상처받은 마음을 위로하고, 그들의 복수심을 충족시킬 수 있는 방안을 이 소설 안에서 구현하려고 했을 것이다. 그러한 것들이 바로 현실과 가상이 혼합된 임진록의 줄거리를 이루는 토대가 되었을 것이다.

4. 〈임진록〉의 등장인물

임진록은 일반적인 소설과 몇 가지 차이가 있다. 대체로 소설은 한 주인공을 중심으로 이야기가 시작되고 전개되며 끝난다. 그런데 〈임진록〉은 한 명의 주인공이 등장하고, 그를 중심으로 이야기가 진행되는 일반 소설과 달리 여러 명의 주인공이 등장하고, 여러 명의 주인공을 중심으로 이야기가 전개되는 작품이다. 곧 임진왜란 와중에 한 사람이 겪은 이야기가 아니라 여러 사람이 겪은 이야기들을 들려주고 있는 작품이라는 것이 이 작품의 특징이다. 이러한 소설 형식을 옴니버스 형식, 또는 편집자적 형식이라고 한다. 곧 여러 인물의 각기 다른 삶에 대한 다양한 내용의 이야기를 줄거리로 하는 소설을 그렇게 부른다.

임진록의 작자가 이런 옴니버스 형식의 구성을 선택한 것은 임진왜란이라는 전쟁을 통해 우리에게 큰 고통을 안겨준 일본에 대한 응징을 여러 인물을 등장시켜 다양한 방식으로 그들과의 싸움에서 승리하는 우리 민족 영웅들의 승리의 모습을 보여주려는 의도와 관련이 있는 것으로 보인다. 그래서 임진록의 작자는 역사적 인물과 가상의 인물을 등장시키고, 실제의 사건과 가상의 사건을 설정해서 여러 등장인물들과 일본군의 전투를 통해 독자들의 흥미를 높이려고 했을 것이다.

임진록은 이본에 따라 등장인물이 다 다르다. 그러므로 어떤 이본을 선택하느냐에 따라 등장인물이 다르고 줄거리도 다를 수 있다. 필자는 임진왜란하면 떠오르는 인물이 역시 이순신이므로 이순신이 중심인물로 등장하는 〈임진록〉의 이본 가운데 하나를 택하여 이야기를 진행하려고 한다.

필자가 선택한 〈임진록〉은 주로 실존인물들이 많이 등장하는 작품이다. 이 작품에는 우리나라 인물로는 이순신 장군을 비롯하여 선조와 원순(원균), 신립, 김응서, 김덕냥(김덕령), 강홍립, 서산대사, 사명당 등이 등장하고, 중국 인물로는 관운장과 이여송, 진린 등이 등장하며, 일본 인물로는 평수길과 청정, 소섭 등이 등장한다. 그 외에도 실존인물인지의 여부가 불명확한 인물들도 다수 등장하고, 가상의 인물도 일부 등장한다. 이들과 관련된 이야기는 현실적인 경우도 있을 것이고, 비현실적인 경우도 있을 것이다. 그러나 중국 인물 가운데 관운장의 예에서 보듯이 비현실적 인물, 곧 임진왜란 당시에는 산 사람이 아니라 이미 민간에서 숭앙의 대상이 된 신적 존재인 관운장이 활약하는 비현실적인 이야기도 있을 수밖에 없다. 뿐만 아니라 실존인물이라고 하더라도 그들의 행동이 현실성에서 벗어난 경우가 많으므로 필자는 여기서 그들의 작품에서의 활약이 현실적인가 또는 역사적 사실에 부합하는가의 여부에 관심을 갖기보다는 그것이 독자들에게 주는 위안의 문학으로서의 역할에 초점을 두고 논의를 진행하려고 한다.

5. 이순신

고소설, 특히 영웅소설의 주인공은 인간이기는 하지만 실제 작품에서 활약하는 모습을 보면 초월적 존재, 신적 능력을 갖춘 인물로 등장하는 것이 일반적이다. 임진록에 등장하는 이순신의 경우도 실제 역사적 인물로서의 이순신이라기보다는 고소설에서 흔히 볼 수 있는 허구적 영웅의 모습을 보여주고 있다. 고소설에서 주인공은 고귀한 가문에서 태어나는데, 어릴 때부터 비범함을 보이고, 전장에 나가서는 한 번 칼을 휘둘러 수많은 적병을 몰살시키고 승리하는 초능력을 보여준다. 그런 점에서 고소설의 영웅은 인간이라기보다는 신적 존재에 가까운 인물로 묘사된다. 임진록에서 묘사하고 있는 이순신의 모습도 이러한 틀에서 크게 벗어나지 않는다.

임진록에서 소개하는 이순신 부모의 성명은 사실과 부합하지 않으며, 모친이 장성이 집에 드는 태몽을 꾸고 태어나는데, 이는 조선을 구할 명장의 탄생을 예표한다. 어려서부터 총명영오함과 지략의 과인함이 손권을 뛰어넘고, 풍운조화와 충효겸전하여 재주가 제갈량과 비긴다. 팔세에 스스로 탄식하기를, "대장부가 세상에 나서 태공병법을 배워 만민을 구호할지라 어찌 녹록한 선비의 학업을 일삼아 세월을 보내리오."하고 아이들과 더불어 진법을 일삼는다. 아이들이 이순신을 대원수를 삼는다. 십 세에 이르자 시세백사(時勢百事)를 모를 것이 없고, 십오 세에 천문지리와 육도삼약을 무불통지하고 겸하여 말달리기와 활 쏘는 재주가 세상에 드물어 만조 재상이 다 사랑한다. 21세에 알성과에서 팔도 장원으로 합격하고, 선전관제 제수되었다가 곧 훈련참관 겸 북도권관을 겸한다. 이러한 내용은 앞에서 언급한 바와 같이 대부분의 고소설처럼 주인공의 비범한 어린 시절을 묘사하는 글에 등장하는 내용을 이순신을 묘사하는 과정에서도 그대로 활용한 것으로 보인다. 이어서 그의 비범함을 보여주기 위한 하나의 사건이 등장한다.

이 때 오랑캐가 강성하여 변방을 침노하자 이순신이 술법으로 오랑캐

호와지동을 사로잡는다. 또 꿈에 부친이 와서 이별하는 말을 하고 갔는
데, 며칠 지나 부친의 별세 서간을 받고 발행하여 치상범절을 지성으로
하여 선산에 안장하고 삼년 시묘를 극진히 한다. 삼년 탈상 후 상이 벼
슬을 주고 사급마를 내린다.

위의 내용에서 보듯이 이순신은 술법으로 오랑캐의 장수를 사로잡고,
꿈으로 부친의 죽음을 아는 등 비현실적인 내용이 등장한다. 그런데 이
순신의 비범함을 잘 보여주는 장면들은 역시 그의 적들과의 싸움이다.
그는 먼저 오랑캐와 싸우는 과정에서 비범함을 보여준다.

"오랑캐 수만 명이 변경을 겁칙하고 경원 경성을 함몰하니 만호(이순
신) 사세급박하여 황금투구와 철갑을 입고 말에 올라 삼척장검을 들고
나는 듯이 진문을 열고 나가 크게 꾸짖어 왈 무지한 오랑캐 놈아 어찌
우리나라 예의지국을 모르고 방자히 침범코자 하느냐 오랑캐 놈들을 오
늘날 내 한 칼로 씨 없이 멸하리라…… 어린아이 감히 어른을 비양하리
오 하고 장창을 들고 달려들거늘 만호의 장검이 빛나며 호장 추로의 머
리 마하의 떨어지는지라 만호 좌충우돌하여 호장 수십여 명을 베고 수
만 군졸을 짓치니 그 주검이 뫼 같은지라"

이런 내용은 고소설에서 영웅이 대적과 싸울 때 흔히 하는 말과 행동
이다. 위의 내용에서 보듯이 이순신은 한 칼에 호장 추로를 베고, 호장
수십여 명을 베고 수만 군졸을 죽이는 능력을 발휘한다. 이러한 내용은
이순신의 능력을 과장하여 왜적과의 싸움에서 승리하는 모습을 보이기
위한 임진록 작가의 서사 전략이라고 할 수 있다. 곧 이순신의 비범한
능력을 먼저 제시하고, 그 이후에 왜적과의 싸움에서 계속 승리하는 것
이 우연이 아니라 이순신의 비범한 능력임을 독자들이 깨닫도록 하려는
것이다. 그러므로 독자들은 이순신이 왜적과 싸울 때마다 승리의 통쾌

감을 맛보고, 계속해서 이순신의 활약을 고대하는 것이다. 이러한 임진록 작가의 의도에 따라 소설에서 이순신은 역사적 인물이 아니라 가공의 영웅으로 형상화되는 것이다. 그래서 그가 적과의 싸움에서는 항상 승리하는 비범한 영웅으로 묘사된다. 그런 장면을 몇 군데 살펴보자.

"수사(이순신)의 행군을 바라보고 방포일성에 또 북을 울리며 빨리 오거늘 수사 또 방포일성에 북을 울리고 기를 첩하니 각 선이 일시에 응포하고 달려드니 고각함성은 강산을 흔들고 좌우로 들어가며 대환고와 화전을 일시에 놓으니 적선 이십여 척에 불이 일어나 화광이 창천하고 배가 부서지니 수만 군이 대양수에 함몰하는지라 평행장이 수십 기를 데리고 도망하여 동남을 향하고 닫거늘 수사 승전고를 울리며"

"수사 기운을 수습하여 적병을 맞아 크게 싸워 적진 장졸을 짓치니 왜병이 대패하여 닫는지라 수사 군중에 호령하고 북을 자로 쳐 적병을 쫓아 땅개진 전양에 이르니 또 적병 수만이 웅거하였는지라 한 장수 전선 위에 삼층 누각을 짓고 앉았으되 머리에 금관을 쓰고 금포옥대를 띄고 기상이 단정한지라 수사 활을 잡아 그 장수를 쏘아 죽이고 적진을 짓쳐 적선 수십 척을 파하고 조총과 군기를 앗아 앞에 두고 남은 군사를 짓치더니 적선 수백여 척이 뒤를 따라오거늘 수사 군중에 전령하여 진을 둘러치고 원순에게 왈 뒤에 따르는 적병을 치라 하고 수사는 앞을 향하여 적병을 맞아 싸우며 화전과 대환고를 적진 사면에 놓아 불을 지르니 적선 수백여 척이 다 불에 타는지라 화약 연기며 전선 붙는 화광이 해상을 덮었으니 천지를 분별치 못할러라 적병이 대패하여 도망하여 닫거늘……적병 수만이 또 웅거하였거늘 자세히 살펴보니 왜장이 전선 삼층루 위에 청홍개를 받고 높이 앉아 싸움을 돋우거늘 수사 크게 꾸짖고 또 활을 들어 적장을 쏘아죽이고 전선 삼십여 척을 더 파하니 남은 적병이 배를 버리고 육지에 내려 사방으로 흩어져 도망하거늘 수사 또 승첩한 장문을 나라에 올리고"

"왜장 평수개 할 수 없어 탄식 왈 이는 꾀에 빠졌도다 하고 분기를 이기지 못하여 후군을 막더라 또 수사는 앞을 치고 원순 이역기는 뒤를 치니 전후 고각함성은 산천을 움직이더라 왜장 평수개 비록 나는 장수나 좌우로조차 짓쳐 들어가니 제 엇지 능히 당하리오 슬프다 평수개 수십만 군병과 칠십여 척 전선을 다 패하고 지척을 분별치 못하더라 수사 장검을 들고 좌충우돌하니 주검이 뫼 같고 피 흘러 하수를 붓듯 하더라 …… 평수개 겨우 목숨을 보전하고 도망하여 좌우를 둘러보니 남은 군사 불과 수십 기라 이때 수사와 원순 이역기 승전고를 올리고 …… 평수개 수사의 행군한단 말을 듣고 높은 산에 올라 단을 묻고 진문을 굳게 닫고 나오지 않거늘 수사 군중에 전령하여 풀을 묶어 뫼 위에 쌓고 사면에 불을 지르니 화광이 충천하더라 평수개 탄왈 이제는 할 길이 없도다 바람개비라 하늘에 오르며 두더쥐라 땅을 뚫을소냐 탄식하고 스스로 죽으니 수사 세 번 싸워 적병 수십만과 전선 수백 척을 함몰하고 승첩한 형지를 장문하니라"

이처럼 이순신은 왜병과의 싸움에서 연전연승한다. 물론 이것은 이순신의 승전을 과장함으로써 독자들에게 통쾌감을 주려는 의도에서 임진록의 작가가 수십만의 왜적과 싸울 때마다 승리하는 모습을 그려냈을 것이다. 그러나 사실 여부를 떠나서 이런 내용을 읽는 독자의 입장에서는 자신의 울분을 통쾌하게 설욕해주는 이순신의 승리에 함께 기뻐하고, 왜적에 대한 승리의 통쾌감을 함께 맛보았을 것이며, 이순신의 승리에 감격했을 것이다.

"홀연 적진 중으로서 독한 철환이 날아들어 원수를 맞추는지라 원수

철을 맞고 사경에 이르러 길이 탄식하고 형의 아들 완을 불러 손을 잡고 낙루 왈 슬프다 나의 시년이 오십사 세라 어찌 죽기를 서러워하리오 마는 도적을 다 소멸치 못하고 다시 임금의 얼굴을 뵙지 못하고 속절없이 죽으니 어찌 분하지 아니하리오 너는 부디 나 죽었단 말을 군중에 내지 말고 살아있는 양으로 군법을 거행하여 군중에서 싸움을 돋우라 이제 삼일이면 도적을 다 파하고 무사히 평정하게 되리라…… 제장 등이 영을 듣고 더욱 죽기로 싸워 전선 삼십여 척에 불을 질러 적병을 짓치니 적진이 패하여 삼일지내에 함몰한지라"

임진록은 이순신의 승리의 모습만을 그리고 있지는 않다. 이 작품에는 이순신의 안타까운 죽음도 그리고 있다. 그는 죽을 때에도 전쟁의 승리를 위해 자신의 죽음을 감추는 비장한 모습을 보여준다. 임진록의 작가가 이러한 내용을 작품에 설정한 것은 그의 승리에 대한 염원을 목도함으로써 독자들에게 이순신의 죽음에 대한 안타까움을 통해 더욱 이순신을 존경하고 사랑하는 마음을 갖도록 하려는 의도와 관련된 것으로 보인다. 왜냐하면 그의 죽음이 난관을 극복하고 승리로 귀결되는 역할을 했을 때의 통쾌감이 더욱 크게 느껴질 수 있기 때문이다.

6. 그 외의 인물들

임진록에는 왜적과의 싸움에 이순신 외에도 수많은 인물이 등장하여 활약한다. 그런데 여기서 임진록에 등장하는 모든 인물의 활약상을 다 소개하기에는 여러 가지로 어려움이 있으므로 몇몇 인물에 한정하여 소개하기로 한다.

가. 관운장

우리나라에서 관운장 신앙이 언제 시작된 것인지는 정확하지 않다. 그러나 임진왜란 당시 명나라 군사들을 위해 동묘를 비롯한 사당이 들어섰기 때문에 우리나라에서도 그 무렵에 일부 관운장 신앙이 형성되지 않았을까 추정된다. 그런데 임진록에는 관운장이 일본군을 격퇴시키는 내용이 몇 곳에 등장한다.

"각설 이때 동대문 밖으로서 난데없던 바람과 구름이 일어나 도성을 둘러싸며 일대 군마 공중에서 일어나며 고각함성은 천지진동하여 일원대장이 적토마를 타고 백전포를 입고 순금투구에 삼각수를 거사리고 봉의 눈을 부릅뜨고 청룡도 높이 들어 크게 꾸짖어 가라사대 무지한 왜적 청정은 너의 강포만 믿고 나 있는 조선국을 능히 침범코자 하느냐? 바삐 물러가라 네가 만일 도성을 범코자 하면 나의 청룡도로 너의 십만 대병을 소멸하리라 하는 소리에 사람의 정신이 아득한지라 왜장 청정이 관공인 줄 알고 말에서 내려 합장사례하고 즉시 군을 거두어 퇴병하여 삼남으로 도망하니라"

위의 내용에서 보듯이 청정이 십만 대병을 거느리고 도성을 침략하려고 할 때에 관운장이 공중에서 내려와 그를 크게 꾸짖고 물러가지 않으면 십만 대병을 몰살시키겠다고 위협한다. 그러자 청정이 관우인 줄 알고 말에서 내려 합장 사례하고 즉시 군을 거두어 삼남으로 도망한다. 이러한 사실은 관운장을 높이려는 의도보다는 일본군의 침략이 도의에 벗어나는 일임을 드러내면서 동시에 그들의 패퇴를 통해 독자들의 통쾌감을 충족시키려는 의도에서 설정된 사건으로 볼 수 있다.

그런가 하면 조선에서 명나라에 청병했으나 이를 거절했는데, 신종황제에게 관운장이 나타나 "폐하는 인덕을 베푼 연고로 대명황제 되시고 소제는…… 후세에 환생치 못하게 하매 의지할 곳이 없어 조선국에 가 신령에 의지하였삽더니 국운이 불행하여 일본이 강성하여 조선을 침범하매 거의 위태한지라 폐하 어찌 제신의 간언을 들으시고 도원결의를 생각지 아니하시나이까 천자 깨달으사 답왈 오호라 아우 운장이 오심은 하늘이 도우심이라 하고 군병을 보내어 조선을 구하고자" 한다. 이것은 역사적 사실과 달리 관운장의 능력을 통해서 명나라 구원병이 온 것으로 설정하여 관운장의 신격화를 고조시키고 이를 통해서 독자들의 흥미를 제고하려는 작가의 의도가 작용한 것으로 볼 수 있다.

또 관운장은 남원을 침범한 왜적을 물리치기도 한다. 그 장면을 소개하면 다음과 같다.

"왜적 평행장이 수군을 거느리고 노량을 지나 순천부를 엄살하고 남원부에 웅거하자 하고 왜적 청정은 육군을 거느리고 팔영치를 넘어 남원부를 좌우로 쳐 합병하였더니 문득 대풍이 일며 검은 구름에 안개 자욱하여 공중으로서 고각함성이 천지진동하며 왜진 장졸을 무수히 죽이니 왜적이 바람을 조차 흩어지는지라 왜장 청정이 고이 여겨 공중을 바라보니 일원 신장이 적토마를 타고 순금투구에 백포은갑을 입고 삼각수에 봉의 눈을 부릅뜨고 우수 청룡도요 좌수에 수기를 들었으니 그 기에 하였으되 삼국시절의 한수정후 관운장이라 하였거늘 청정이 대경하여 말에서 내려 배례하고 남은 군사를 거느리고 도망하여 남도진을 바라고 닫는지라."

위의 내용도 역시 관운장의 활약을 통해서 일본을 응징함으로써 통쾌감을 맛보게 하려는 작가의 의도가 작용한 사건으로 보인다.

나. 김응서

임진록에 등장하는 김응서의 경우도 실제 인물이라기보다는 가공의 인물로 소설화된 영웅으로 등장한다. 예를 들어 김응서의 모습을 소개하는 장면을 보자.

> "상이 응서를 보시니 신장이 구 척이오 얼굴이 관옥같고 소리 웅장하여 큰 북소리 같으니 짐짓 영웅명장이라."

실제 김응서의 모습이 어떠했는지 알 수 없으나 소설에서 묘사되고 있는 것과는 차이가 클 것으로 추정된다. 신장이 구척이란 점에서 그렇다. 그런데 소설에서는 김응서를 짐짓 영웅 명장이라고 소개하고 있다. 그리고 그의 활약 장면에서도 그런 모습을 보여준다.

> "소섭의 칼이 요동하거늘 그 칼에 침을 뱉고 소섭의 머리를 베어 내리치니 베인 머리 뛰어 연광정 들보를 치는지라 월선이 즉시 치마에 매운 재를 싸다가 소섭의 베인 목에 치니 붙지 못하고 떨어지는지라 응서 소섭의 목을 가지고 월선을 데리고 문밖에 나서며 장창을 높이 들고 말에 올라 진중을 헤치며 크게 소리하여 왈 무지한 소섭의 장졸놈은 들으라 너의 장수 소섭이 내 칼에 죽었으니 너희도 내 칼에 죽으리라 하고 좌우충돌하니 왜병의 머리 추풍낙엽이라 왜적을 함몰하고"
>
> "강홍립이 길을 막았으니 당할 길이 없어 무림을 향하여 달아나더니 또 소로에서 복병이 내달아 짓치니 도망할 곳이 없어 탄식하더니 오호라 문득 김응서의 칼이 빛나며 청정의 머리 땅에 떨어지는지라 응서 청정의 머리를 칼끝에 꿰어들고 좌충우돌하니 적진 장졸의 주검이 태산 같더라."

위의 첫째와 둘째 내용은 평양성에서 월선의 도움을 받아 소섭을 죽이는 장면에서 김응서의 활약을 보여주고 있다. 그러나 술에 취해 곯아떨어진 소섭을 죽이려 할 때마다 칼이 요동한다든지, 칼에 침을 뱉어 요동을 하지 못하도록 하고 소섭의 머리를 베니 베인 머리가 연광정 들보를 치고, 다시 붙으려 하자 월선이 매운 재를 싸서 소섭의 베인 목에 뿌려서 다시 붙지 못하게 하여 그를 죽이고, 또 둘째와 셋째 내용처럼 응서가 좌충우돌하여 청정을 비롯한 수많은 왜병의 머리를 베고 왜적을 함몰한다는 내용은 사실의 묘사라기보다는 소설적 재미를 추구하려는 작가의 의도가 반영된 비현실적 허구의 내용으로 재창작된 내용이라고 할 수 있다. 사실 청정은 임진왜란 때 죽은 것이 아니고, 강홍립도 임진왜란 이후의 인물이기 때문에 이런 내용은 사실과 거리가 있으나 임진록의 작가는 독자의 흥미를 끌기 위한 방안으로 이런 내용의 전쟁 장면을 설정한 것으로 보인다.

다. 김덕령

임진록에서 김덕령은 강원도 평산성 출신으로 모친의 반대로 전장에 나가지 못한 것으로 나온다. 그는 어려서부터 병서와 무예를 일삼으며 천지조화와 둔갑지술을 배웠더니 몸에 비늘이 돋아 장검이 들어가지 않는 인물이었다. 그가 도술로 청정을 꾸짖고 희롱하는 내용이 등장한다. 그러나 그들과 실제로 그들과 싸워서 그들을 패퇴시키기보다는 자신의 신기한 재주를 보여주어서 그들이 퇴진하도록 하고 있는 것이 특징이다.

"왜적이 조선 미색여인을 수없이 거느리고 대연을 배설하고 춤추며 즐기거늘 덕양이 이 거동을 보고 분기를 참지 못하여 몸을 날려 적진 중에 들어가 소리를 높이 하여 청정을 꾸짖으니, 청정이 괴이히 여겨 …… 나의 재조를 구경하라 하고 몸을 공중에 날려 억만 군중을 무인지경같이 왕래하니 일진 장졸이 서로 돌아보아 크게 놀라더라 …… 청정을 꾸짖어 왈 어찌 삼 일을 나의 출입을 알지 못하고 당돌히 우리 조선을 침범하느냐 하고 바람 풍자를 써서 공중에 날리니 문득 대풍이 진동하여 지척을 분별치 못하거늘 진중이 요란하더니 …… 덕양이 청정다려 왈 너의 돌아감을 달래어 이르되 종시 깨닫지 못하매 오늘날 나의 재조를 보이나니 단신속수로 너의 만군 머리에 흰 종이를 일시에 거둘 때에 어찌 너의 함몰하기를 근심하리오 내 몸이 초토에 있고 나라에 허신치 않음은 아직 동정을 봄이라 하고 허인을 만들어 혼백을 붙여 적진 중에 놓아 희롱하니 일진 장졸의 눈에 보이는 것이 다 덕양이라 허인들이 적진을 짓치니 장졸이 서로 시석을 견디지 못하여 짓밟혀 죽는 자 부지기수라 청정이 정신을 간신히 수습하여 남은 장졸을 거두니 군사 태반이나 죽었더라 …… 군사를 거두어 퇴진하니라"

라. 강홍립

임진록에 등장하는 강홍립은 제주 출신으로 소개된다. 그는 병자호란 때의 인물이므로 임진왜란과는 상관이 없는 인물인데, 임진록의 작가가 그를 임진왜란에서 활약하는 인물로 허구화한 것으로 볼 수 있다. 임진록에 소개된 강홍립은 어려서부터 병서와 육도삼략을 일삼았고, 말타기와 활쏘기를 숭상하였으며 창법은 한신과 팽월을 능가하는 인물이었다.

"홍립의 신장이 구척이오 머리에 봉금투구를 쓰고 몸에 자금갑을 입고 손에 장창대검을 들고 마상에 뚜렷이 앉았으니 그 위엄이 엄숙하여 순식간에 대해를 건너오니 …… 홍립이 칼을 들고 장대에 들어가 왜장 한걸의 머리를 베어들고 진중에서 호통하며 여덟 장수를 한 칼에 베고 좌충우돌하니 적진 장졸의 머리 추풍낙엽이라 홍립이 순식간에 왜장 육십여 인을 죽이고 군사 만여 명을 함몰하고 군량 군기를 앗아"

"운충이 창을 날려 홍립을 친대 홍립이 몸을 공중에 솟구쳐 창을 피하고 운충으로 오십여 합에 승부 없더니 운충이 능히 당치 못하여 말을 돌리어 본진으로 들어가 문을 닫고 나오지 않으니 홍립이 운충의 도망함을 보고 장창을 높이 들고 소리를 크게 지르며 운충을 좇아 적진에 들어가 좌충우돌하니 적장 동경장이 내달아 길을 막거늘 홍립이 칼을 들어 동경장을 베고 바로 운충을 친대 운충이 평생 힘을 다하여 홍립을 맞아 싸울새 수합이 못하여 홍립의 창이 번듯하며 운충을 베어 말에 달고 군중에 횡행하니 장졸의 주검이 태산 같더라 홍립이 경각간에 일진을 함몰하고"

위의 인용문에서 보듯이 강홍립은 수많은 왜적을 순식간에 죽여서 승리하는 비범한 능력을 보여준다. 이러한 그의 초월적 능력을 통한 승리는 비현실적인 면이 있으나 임진록의 독자들에게 복수의 통쾌감을 맛보게 하는 역할을 하였을 것으로 추정된다.

마. 사명당

주지하듯이 사명당은 서산대사의 제자이다. 그는 스승인 서산대사와 함께 임진왜란 당시에 승군을 이끌고 왜적과 싸워 혁혁한 공을 세운 인물이다. 그런데 임진록에서는 사명당이 위에서 소개한 인물들과 달리 일본에 들어가서 일본 왕의 항복을 받고 포로로 잡혀간 우리나라 백성을 데려오는 역할을 하도록 설정하였다. 이것은 그가 일본에 파견되어 협상을 통해 포로 3천명을 데리고 온 외교적 성과를, 도술로 일왕을 항복시키고 일 년에 한 번 전마 3천필, 여인피 300장, 금은보화 삼십 수레를 진공하도록 하고 천여 명의 포로를 석방시켜 데려온 것으로 변모시켰다.

"상이 보시고 그 위엄과 기색이 준수함은 진실로 천연한 생불이라 상

이 한 번 보시고 크게 칭찬하시며 대원수 인수를 유정에게 붙이며 당부
왈 그대는 충성을 다하여 일본에 들어가 대공을 이루어 가지고 만리해
중에 무사 회환함을 바라노라 하시며 …… 또 대사 유정에게 만리타국에
들어가 대공을 세워 무사히 돌아옴을 이르고, 일 봉 서간을 주며, 이는
서해용왕에게 나온 편지라 …… 그대 나라를 위하여 일본에 들어가거니
와 동남북 삼해 용왕이 조선을 위하여 일본이 강성함을 상제께 아뢰니
상제 분부하사 사명당의 급함을 구하여 공을 세우라 하여 삼해용왕이
그대를 구하리니 삼가 대공을 세우며 또 왜왕은 천상 익성이라 상제께
득죄하고 인간에 내려왔으니 과도히 핍박 말라 하였더라 …… 너의 다시
반함을 상제 아시고 이제 생불을 명하여 너의 천시 모르는 죄를 자세히
밝힌 후에 항서를 받아 올리라 하셨기에 생불을 들여보내나니 만일 순
치 아니하면 너희를 함몰하리라 하였거늘 …… (일만팔천간 병풍사건)생불
일시 분명하니 이 일을 장차 어찌하리오 …… (무쇠가마 사건, 무쇠 말 사건
등) 천지 아득하여 지척을 분별치 못하고 뇌성벽력이 사해를 뒤집는 듯
하며 큰 비와 얼음이 날려 일본이 거의 바다가 되었으니 일본 성지가
물 속에 들고 억만 백성이 수중에 빠져 죽는 사람이 부지기수라 사명당
이 천변만화지술을 내여 불에 달은 철마에게 조화를 붙였더니 철마 황
룡이 되고 또 손을 들어 중천을 가르쳐 구름을 날리고 한 줄 무지개 일
어나니 사명당이 그 철마 황룡을 타고 공중에 솟아올라 구름 속에서 크
게 왜왕을 불러 호령하여 왈 왜왕은 빨리 머리를 베어 올리라 하는 소리
중천이 요란하거늘 …… 왜왕이 용포에다가 항서를 써 올리며"

7. 위로받는 문학 〈임진록〉

우리가 세상을 살다 보면 누구나 위로받고 싶을 때가 있다. 특히 자신에게 어려움이 밀려오거나 힘든 일이 닥치거나 슬픈 일이 생길 때 더욱 그럴 것이다. 그런 위로받고 싶은 사람들의 마음을 잘 헤아려서 그들에게 위로의 말을 전하는 것 가운데 하나가 문학이라고 할 수 있다.

임진록은 조선인들에게 말로 표현하기 어려울 정도로 큰 상처를 입힌 임진왜란이라는 역사적 사건을 배경으로 한 작품이다. 그런 상처 받은 사람들을 위로하기 위하여 임진록의 작가는 왜적과의 싸움에 여러 인물을 등장시켜 승리하는 모습을 반복적으로 보여주고 있다. 왜냐하면 임진록이 등장한 시기는 어느 때보다도 심신이 지칠 대로 지친 사람들이 많았으므로 당시 사람들에는 무엇보다도 위안이 필요했을 것이다. 임진록은 이러한 의도 아래 창작된 소설이기 때문에 전편에서 왜적과의 전쟁에서 승리하는 우리 민족 영웅들의 모습을 과장과 허구를 통해 보여줌으로써 그 역할을 충실히 수행하려고 했을 것이다. 또한 당시의 독자들은 임진록을 읽으면서 그 작품에 등장하는 우리 민족 영웅들의 승리를 통해서 일본에 대한 적개심을 해소하고 마음에 쌓였던 울분을 카타르시스할 수 있었을 것이다.

통신사와 한일 교역 : 고려인삼

서현섭

1. 일본은 왜국인가

　민중서림 2014년 제6판 국어사전을 보면 '왜(倭)'와 관련된 파생어는 왜구, 왜놈, 왜인 등 30여 개에 달하나 '일본'과 관련해서는 일본요리, 일본 뇌염, 일본풍 등 서너 개에 불과하다. 이는 한국인의 평균적 일본관이 바로 '왜'라는 글자에 압축되어 있음을 보여 준 예라고 하겠다.

　왜인이라고 함은 유교문화적인 관점에서 보면 일종의 인간을 의미하며, 사람은 중국인, 조선인 즉 유교문화를 향유하는 자를 지칭하였다. 또한 '왜'는 야만스러운 작은 섬나라라는 뉘앙스를 풍기며 무릇 일본 문화라고 하는 것은 벼농사, 한자, 불교를 전해준 한반도의 선진 문화의 재탕에 불과하다는 고정관념을 한국인의 정서 속에 뿌리내리게 했다.

　8세기 초에 편찬된 일본의 대표적 사서 〈일본서기〉에 나오는 외국명의 회수를 보면 총 1,343회 중 신라, 백제, 고구려, 가야 등의 한반도 국가에 대한 언급은 무려 1,206회나 된다. 이는 일본의 한반도에 대한 지대한 관심을 의미한다. 한편 한국의 정사 〈삼국사기〉와 〈삼국유사〉에는 일본에 대한 언급이 모두 합쳐 고작 50여 회에 지나지 않은데다 그 내용은 한 결 같이 왜인들이 변경을 침략하여 약탈행위를 자행하고 무고한 백성을 잡아갔다는 부정적 기술 일색이다.

일본은 왜국이라는 어휘 그대로 왜소한 섬나라에 불과한 존재이었는 가. 일본을 꼼꼼히 따져 본 결과가 왜국이라면 별개 문제이나 '왜'라는 호칭은 서기 3세기경에 쓰여진 중국의 역사서에 연유한 것으로 보인다. 즉 한국인의 시각으로 등신대(等身大)의 일본을 본 것이 아니라 중화문 명이라는 프리즘을 통해 이해하고 판단했기 때문에 실제의 일본과 한국 인이 인식하고 있는 일본과는 상당한 괴리가 있기 마련이었다.

1420년에 공식 사절로서 일본을 방문한 송희경은 일본에서는 거지조 차 곡물이 아닌 동전을 구걸할 정도로 상업과 화폐경제가 사회 전반에 걸쳐 침투한 사실을 목격하고 놀라움을 금치 못하였다. 1428년에 일본 을 방문한 박서생 역시 일본 견문록에, 천리 길을 떠나는 나그네가 미곡 대신에 금전으로 숙박을 해결하고, 마차도 돈만 주면 얼마든지 빌릴 수 있는 점을 지적하고, 일본의 화폐경제 발전에 부러움과 놀라움을 감추 지 않았다.

임진왜란 발발 2년 전인 1590년 3월에 정사 황윤길, 부사 김성일 일 행은 한성을 출발하여 7월에 교토에 도착하였다. 통신사는 빠른 시일 내에 국서 전달을 하고자 했으나 히데요시는 사절을 접견하려 들지 않 고 전혀 급하지 않는 국내 시찰 등으로 시간을 끌다가 11월에야 국서를 전달받았다. 외교적 관례를 전혀 배려치 않은 오만한 행위였다.

임진왜란 때, 영의정과 병조판서를 역임한 유성룡의 『징비록』에 의하 면, 히데요시는 정사와 부사에게 각각 은 400량을, 서장관과 통사 이하 의 수행원에게도 신분에 차등을 두어 은을 지급하였다고 기록되어 있다. 일본에서는 전국시대 말기부터 급속히 개발되기 시작한 금·은 광산이 도요토미 히데요시 시대에 전성기를 맞이했다. 당시 일본은 멕시코에 이어 세계 제2위의 은(銀) 산출국이었다.

은 400량은 현재의 금액으로 환산하면 어느 정도 될까? 1543년에 다네가시마에 표착한 포르투갈 상인으로부터 다네가시마의 도주가 2정의 조총을 은 200량을 주고 구입했다. 은 200량은 현재의 금액으로 약 400만 엔에 해당하는 금액이다. 물가의 변동을 감안하더라도 히데요시가 통신사 정사와 부사 각각에게 지급한 은 400량은 수백만 엔에 달하는 거액으로 추계된다.

히데요시가 임진왜란을 도발한 때는 다네가시마에 조총이 전래된 지 50년 후인 1592년이다. 이 50년 동안 일본에서는 이미 조총을 대량생산하여 전의를 불태우고 있었다. 조총을 일본에서는 철포라고 했으나 조선에서는 총에서 발사된 탄환이 수십 마리의 새처럼 무리지어 떨어진다는 하여 조총이라고 불렀다.

유성룡은 조총의 위력과 관련하여 『징비록』에 "조총의 사격 거리와 명중 도는 조선 활에 비할 바가 아니다. 활이란 백 보 밖에 못 가는데 조총은 수 백 보를 나간다. 그런데다가 바람 속에 우박처럼 쏟아지니 그것을 막을 수 없는 것은 당연하다"고 기록하였다. 조총이 조선에 전래된 것은, 임진왜란 발발 직전인 1591년 황윤길 일행이 일본을 방문하고 귀로에 올랐을 때 츠시마 도주가 서너 정의 조총을 기증한 데서 비롯되었다.

당시 조선의 국제적 정세 인식은 충분치 못했다. 정사 황윤길은 일본 방문 후, '히데요시의 인상은 눈동자가 예리하며 안광이 빛나는 것으로 보아 반드시 병화가 있을 것입니다.'라고 선조에게 복명한 데 대해, 부사 김성일은 '그의 눈은 쥐와 같아 겁낼 것이 없으며, 그러한 조짐이 있는 것은 보지 못했습니다.'라고 정반대의 보고를 했다. 이들의 상반된 보고에 대해 당시 조정은 김성일의 의견을 쫓아 방비를 강화하지 않게 되었다. 그 결과 임란은 초반에 큰 참패를 보았던 것이다. 이와 같은 모순된 보고는 동인과 서인의 국내 정치적 요인 이외에 조선의 지도층이 은과 조총으로 상징된 일본의 국력과 무력의 의미를 제대로 이해할 수 없었다는 것을 보여 준 실례라 하겠다.

2. 동아시아 정세 격변과 외교사절 왕래

1) 조선 통신사 방일

7년간에 걸쳐 두 차례 걸쳐 일본이 조선에 쳐들어 온 임진왜란은 1598년 8월 18일 도요토미 히데요시의 사망과 더불어 막을 내렸다. 한편 중국 만주지역에서는 건안 여진족의 누르하치가 1583년부터 주변 여진족을 공략하여 세력을 확장하기 시작하여, 1588년경에는 이를 거의 다 장악하고 왕이라 자칭하고 명과 조선을 위협할 정도의 세력으로 성장했다. 1616년에는 후금을 건국하기에 이르렀으며, 조선을 호시탐탐 노리고 있었다.

히데요시의 사후 권력을 장악한 토쿠가와 이에야스는 개방적인 국제관계를 모색한 가운데 조선과의 국교수복을 적극적으로 추진하였다. 그는 일본을 방문한 조선의 사절에게 자신은 임진왜란과 무관하다고 언급하고, 국교재개 희망을 피력했다.

임란 직후 조선에서는, 일본을 같은 하늘 아래서 살 수 없는 불구대천의 원수로 여기고 있었으나 명나라·청나라의 교체라는 동아시아의 국제정세 격변에 대응하지 않으면 안 되는 상황이었다. 전란이 끝난 지

불과 10년이 경과한 시점인 1607년부터 1811년까지 12회에 걸쳐 통신사라는 이름으로 사절을 파견하였다. 통신사 일행은 적을 때는 300여 명, 많을 때에는 400~500명이나 되었다. 일본에서는 국빈으로 예우하였다. 통신사는 외교 사절로서 뿐만 아니라, 조선의 선진 문화를 일본에 전하는 역할도 하였다. 학문과 기술을 배우고자 하였다.

통신사가 일본의 유학자, 문인, 화가, 의사 등과의 교환(交歡)을 통하여 수행한 문화 교류사절로서의 역할은 높이 평가될 만하다. 또한 히라도 영국 무역관 초대 관장 리차드 쿡이 1617년 9월의 일기에 "통신사 일행은 장려한 모습으로 가는 곳마다 왕자와 같은 대우를 받았다"라고 기록되어 있는 바와 같이 '국빈'으로서 후대를 받은 것도 사실이다. 그러나 일본은 통신사의 방문을 통해 조선의 유교문화를 직접 접하고 자극을 받는 한편 나가사키에 있는 네덜란드 무역관을 통해 서양의 과학, 의학 지식을 적극적으로 흡수하고 있었다. 이러한 일본의 유연한 배움의 자세에 일본을 방문한 통신사는 전혀 관심도 없었고 촌스러운 왜인들에게 한 수 가르쳐 주었다는 자기도취에 빠져있었다.

우여곡절 끝에 1607년 5월에 정사 여우길, 부사 경섬 일행이 일본을 방문하게 되었다. 에도성(東京)에서 통신사를 일행을 맞이한 제2대 쇼군 도쿠가와 히데타다는 파격적이라 할 정도로 통신사 일행을 환대했다. 쇼군은 사절을 맞이하게 되어 "감격스럽고 기쁘기 그지없다"는 소감을 피력하고 연회 석상에서는 손수 젓가락을 들어 여우길 정사에게 요리를 권하는 등 기쁨을 감추지 않았다. 그는 통신사 방일로 높아진 에도 막부의 국제적 위상을 대내외에 한껏 과시하였다. 그런데도 일본의 기록에는 통신사를 조공사절로 기술하는 이중성을 보이고 있다.

통신사 일행은 5월 23일에 은거중인 이에야스를 예방하고, 인삼 60근,

모시 30필, 꿀 100근, 황랍 100근을 진상했다. 이에 대해 이에야스는 통신사에게 은 300매, 대도 3자루 등으로 답례했다.

금번 방일 통신사에게 부과된 중요한 임무중의 하나가 조총 구입이었다. 조선은 왜란을 통해 조총의 위력을 익히 알게 되었다. 당시 조정의 최고정책 결정기관인 비변사는 여진족의 기마병에 대처하는 데는 조총이 제일이라고 판단하여 조총 구입을 명하였다. 사절은 이에야스의 배려로 조총 500정과 일본 칼 약간을 구입할 수 있었다. 사절은 이에야스의 호의적 태도로 보아 일본에 의한 재침의 우려는 없으리라는 판단을 하고, 이에야스에게 고마운 생각마저 갖고 귀로에 올랐다.

2) 일본의 은화 공세

막부는 조선과의 관계를 통해서 통상에 의한 이익은 고려하지 않았다. 일본의 대조선 창구 역할을 수행하고 있는 대마도 도주에게 거액의 하사금 등을 지급한 것은 이를 말하고 있다. 조선과의 국교를 정상화한 것은 통일정권의 기반확립을 위한 통신사의 중요성을 인식했기 때문이다. 한편 조선 역시 대마도와 교역관계를 유지했던 이유는 경제상의 이유에서라기보다는 왜구억제와 약하고 작은 것에 대해 긍휼을 베풀어 길들이려는 측면이 강했고, 또한 통신 파견 역시 통상에 따른 이윤 보다는 정치외교적 고려에서였다.

일본의 집권자들이 일본을 방문한 조선의 외교사절들에게 답례품 명목으로 거액의 은화 폭탄을 퍼부은 점이 주목된다. 조선 왕조 5백 년의 화폐역사에 금화, 은화가 등장한 예가 없으나 일본에서는 에도 막부 개막기인 1601년부터 본격적으로 금화와 은화를 발행하였으며, 은을 대외

무역의 결제수단으로서 사용했다.

막부는 통신사에 대한 은의 예물공세를 계속하였다. 오윤겸을 정사로 한 제2회 통신사가 방일했던 1617년에도 쇼군, 고관 등으로부터 다량의 은을 답례품으로 받았다. 쇼군은 정사, 부사, 종사관 등의 3사에게 각각 은화 500매, 역관 2명에게 은화 200매, 수행원 31명에게 은화 500매, 기타 인원 400명에게 동전 1000관을 지급했다. 당시 3사가 수령한 은화 는 1900매로, 현재의 가격으로 환산하면 천 5백만 엔을 상회하는 금액 으로 추산된다.

이와 같은 거액의 은화에 대해 3사는 당혹감을 감출 수 없었다. 전후 의 피폐한 경제사정과 명나라 사신 접대 등을 감안하면 예물로서 보내 온 은화는 절실히 필요한 것이었다. 조선에 온 명나라 칙사들은 노골적 으로 조선 측에 은을 요구하고 나섰다. 일례를 들면 1609년엔 6만량, 1621년엔 8만량의 은화를 명나라 사신에게 건네줘야 했다.

그러나 품위와 체면을 중시하는 조선의 사절로서는, 교화의 대상으로 보고 있는 일본으로부터 거액의 은화를 받을 대의명분이 없었다. 은화 를 답례품으로 받아 귀국하면 조정의 탄핵을 면하기 어려웠을 것이다. 결국 3사는 고민 끝에 은화를 포함한 막부의 예물을 대마도 도주에게 그간의 수고비로 사용하도록 주었다. 대마도로서도 다른 사람도 아닌 쇼군의 예물을 받아 챙기는 것은 꺼림칙하여 은 6천 냥을 부산 왜관에까 지 가지고 와 받아줄 것을 간청하였다. 조정에서는 이 문제를 논의할 때 받아서는 안 된다는 의견도 있었으나 광해군이 명나라 칙사 접대나 소실된 궁궐 재건에 충당하도록 지시함으로써 이 문제는 일단락되었다.

쇼군 도쿠가와 이에미츠(재임 1623~1651)는 재임 중에 통신사를 3번이 나 맞이했다. 그 역시 1624년에 방일한 제3회 통신사의 3사에게 각각 은화 500매씩을, 은거중인 히데타다도 은화 200매씩을 답례로서 지급했다. 3사는 금품의 답례를 극구 사양하고 이를 전례대로 대마도 측에 주었지만, 대마도 도주는 예조에 은화 4천 550냥을 쇼군의 예물로서 가지고 왔다.

부사 강홍중은 『동사록』에서 "일본은 물자가 풍부하다"고 놀라움을 표시하고 있으며, 『견문총록』에는 "시장에는 물자가 산과 같이 쌓여 있고, 마을에는 곡물이 넘치며, 백성은 부유하고, 물자가 풍부하기는 조선과 비교할 수 가 없을 정도이다"라고 하면서 조선의 현실을 한탄하고 있다. 또한 왜란 중에 연행된 조선인 포로 중에도 먹고 살만큼 된 사람들은 귀국을 원치 않고 있는 형편이라고 기술하고 있다. 강홍중은 일본 경제의 우월성을 솔직하게 인정하였다.

통신사 일행은 도처에서 일본의 풍족함을 목격하고 놀랄 수밖에 없었다. 화려한 시설이나 환대는 그들을 기쁘게 하는 한편 당혹스럽게도 했다. 사절은 일본의 재력에 놀라움을 표시하면서도 일본 경제 실상에 관한 그들의 대부분의 기록은 단편적인 기술에다 에두른 표현이 많이 보인다. 일본 경제력의 저력과 산업에 대해서는 의도적인 무관심을 가장하고, 풍족함의 뒷면에 감추어진 백성들의 비참한 생활상을 지적하고 있다.

통신사 일행에게 거액의 예물을 보내오고, 사절은 이의 처리에 애를 먹는 장면은 몇 번이나 되풀이 되었다. 1636년에 통신사가 방문했을 때에도 음식 재료가 많이 남았다고 하여 이를 은으로 환산하여 천 냥을 넘는 은화를 사절에게 보내왔다. 사절은 이를 대마도 측에 주려고 했으나 대마도측도 막부로부터 혼이 날 것을 알고 도무지 받으려 하지 않았다. 사절들은 이 문제 처리에 며칠 고민한 끝에 시즈오카현 하마나 호수 부근에 있는 이마키레 라는 작은 강에 던져버리기로 하였다. 이렇게 하여 막부의 면목이나 사절일행의 체면도 손상이 안 되고 한편 양자 사이에서 고생하는 대마도 측은 돈을 건져 올려 실익을 챙기게 되니 3자가 좋은 외교적 해결책이었다고 하겠다.

3) 조선의 연행사 파견

통신사가 일본을 방문한 시기에 조선은 청나라 수도 연경(北京)에 연행사라고 불리는 조공사절을 파견하였다. 연행사는 조선이 청나라의 북경에 파견한 외교사절로서 병자호란에서 조선이 청나라에 항복한 1637년부터 1894년 갑오개혁까지 약 250년간에 걸쳐 500여 차례에 파견되었다. 조선은 통신사 방일과 동시에 연행사의 북경 방문을 통해 조선, 중국, 일본을 국제적으로 연계시키고 일본에는 청나라 정세를, 중국에는 일본의 움직임을 알려주는 교량적인 역할을 하였다.

청나라가 조선에 파견한 사신, 즉 칙사는 1644년 이후 151회로, 연인원은 351명에 달하며. 사신의 구성은 명나라의 사신과는 차이를 보이고 있다. 청나라는 원칙적으로 조선에 파견하는 칙사를 고급관원(1~3품) 가운데에서 인선하면서 한인 관료를 배제하였다. 이에 비해 명나라의 칙사는 거의 대부분이 하급관원이거나 환관이었다. 청나라가 류큐·베트남에 파견한 칙사는 조선의 경우와는 대조적으로 5품 이하의 하급 관원을 인선 대상으로 하고 만족·한족을 가리지 않았다.

연행사는 외교 의례적 목적 외에 경제적 측면에서는 사절의 왕복 여로에 교역, 일종의 공무역이 이뤄졌으며, 문화적으로는 청나라의 선진 문화를 조선의 지식인들이 직접 접촉할 수 있는 좋은 기회였다. 홍대용, 박지원, 박제가 등의 실학자들은 연행사에 수행하여 청나라의 학자들과 교류한 체험을 바탕으로 북학론을 제창하여 조선 실학의 전개에 큰 기여를 하였다.

3. 네덜란드 무역관장의 쇼군 예방

1600년 4월에 네덜란드 선박 리푸데(Liefde)가 지금의 규슈의 오이타에 표착한 것을 계기로 양국간에 무역이 개시되었다. 네덜란드는 포르투갈의 독점과 영국의 진출을 배제하고 1609년에는 동인도 회사의 일본지점으로서 히라도에 무역관을 설치하게 되었다. 이 무역관은 1641년에 바쿠후의 지시에 따라 바다를 매립한 나가사키의 데지마(약 5천평)로 이전하여 쇄국시대의 일본과 유럽간의 교역을 독점하였다. 일본으로부터 수출한 품목은 금, 은, 동, 장뇌, 칠기 등이며, 수입품은 생사, 견직물, 면직물, 설탕, 의약품 등이었다.

데지마에는 19세기 중반까지 연 700척의 네덜란드 선박이 입항하였으며, 카피탄으로 불리는 무역관장은 1609년부터 1850년까지 정기적으로 에도에 상경하여 쇼군을 예방하고 무역허가에 대한 사의를 표함과 아울러 헌상품을 바쳤다. 「에도산뿌」(江戸參府)라고 하는 이 행사는 처음엔 매년 행하여졌으나 1790년부터는 4년에 1회로 줄어들었으며, 총 116회에 달했다. 무역관장 일행은 수도에서는 보통 2~3주간 체류했고, 왕복 90일 정도가 소요된 긴 여정이었다. 여행을 통해 무역관장이나 무역관 소속 의사들이 소개한 최신 과학기술과 의료 지식이 일본에 미친 영향은 지대했다.

무역관장의 상경 행사 때는 쇼군을 비롯한 바쿠후 고관들에게 예물을 바치는 것이 상례였다. 예물 리스트에는 망원경, 대포, 안경 등이 포함되어 있으며, 안경이 특별히 인기 품목이었다. 1634년에는 군사방어 시설에 관한 서적과 함께 망원경과 대포를 헌상하였다. 이는 막부 지도층이 망원경의 군사적 효용에 주목하기 시작한 반증으로 보인다. 1637년에 농민과 기독교 신자들이 연계하여 일으킨 반란 진압을 위해서 네덜란드측이 선박 2척을 파견한 적이 있다.

에도시대(1603~1867)에 일본에 내항한 네덜란드 선박 수는, 1621년부터 1847년까지 총 700척 이상에 달하며, 이 때 네덜란드측이 작성하여 바쿠후에 제출한「네덜란드 풍설서」, 즉 국제정세 보고서는 일본의 국제정세 파악과 대외정책 수립에 크게 도움이 되었다. 당시 유럽에서 전래된 학문·기술에 관한 섭취는 거의 네덜란드어 서적을 통해서 이루어졌으며, 이를 일본에서는 난학(蘭学)이라고 하며, 일본은 난학을 통해 바쿠후 말부터 메이지 유신 이후에 시작된 급격한 지적인 개국의 기초를 다질 수 있었다.

4. 조선의 대외 통상과 인삼

조선의 대외 통상은 국가의 엄격한 통제를 받았지만 중국과는 조공무역 및 사절의 수행원에 의한 사무역이 행해졌으며, 일본과는 부산에서 왜관을 통한 교역이 이루어졌다.

에도시대 초기인 1609년에 조선과 대마도 간에 맺어진 기유약조에 의해 무역이 정상화되자 왜관을 통한 일본과의 무역이 한층 활발하여졌다. 조선은 인삼, 미곡, 목면 등을 수출하는 한편 중국으로부터 수입한 물품의 중계무역도 행하였다. 일본으로부터는 은, 동, 유황, 후추 등을 수입했으며, 일본으로부터 받은 상품 대금 은을 청나라로 재수출하기도 하였다.

1607년부터 1811년까지 200년간에 걸쳐 12회 일본에 파견된 통신사가 도쿠가와 막부의 쇼군과 고관에 대한 예물은 고려인삼, 호피, 목면 등이 주종을 이루었다. 이중 고려인삼은 조선의 특산물로서 필수 불가결한 품목이었다. 조선과 일본간의 무역에 있어서도 고려인삼은 주력상품으로 특히 대외무역에 있어서는 은화의 대용으로 사용되었다.

대마도에선 1609년에, 고려인삼 30근 요청, 1638년 고려인삼 상등품 거래, 1642년 고려인삼 무역허가 요청, 1649년 극상품 인삼 100근, 1678년 고려인삼 80근 구입 희망 등의 기록으로 보아 인삼에 대한 높은 인기를 짐작할 수 있다. 대마도 도주가 1만석에 불과한데도 10만석의 다이묘 행세를 할 수 있었던 것은 인삼 전매권에서 얻은 이익이 크게 작용했다. 에도시대 일본에서는 "인삼 마시고 목매달아 죽는다."는 말이 생길 정도로 인삼은 고가의 영약으로 간주 되었다. 인삼 마시고 병은 고쳤으나 비싼 인삼 값 지불에 고민하다 목매달아 죽는다, 즉 분수 모르고 함부로 처신하면 신세 망친다는 비유로 사용되었다.

한편 조선 측에서는 일본에 대한 인삼 공급도 다른 나라에 대해서와 같이 철저히 통제하였다. 공무역으로 지급된 고려인삼, 왜관에서 엄격한 감시 하에서 이루어진 사무역에 의한 고려인삼, 부정기적으로 일본의 특별한 요청에 의해 제공된 고려인삼이 합법적으로 일본에 공여된 인삼의 전부였다. 통신사가 지참하는 인삼의 양은 200~300근 정도가 통례였으나 1764년 조엄 정사 방일 때에는 침수사고로 50근을 가까스로 마련할 수 있었다.

당시 고려인삼은 산삼으로 그 가격은 1근(600그람)에 서민이 타관에 가서 벌이한 1년간 수입의 10배 이상이었다고 한다. 이와 같이 인삼 가

격이 고가이었기 때문에 불법적인 이익을 꾀하려는 참상, 비공식 거래
상 등이 등장하기 마련이었다. 1668년 자그마치 100여명의 조선인 참상
이 대마도를 무대로 밀무역을 하다가 적발되기도 했다. 1764년 제11회
통신사 역관으로 수행한 최천종이 4월 7일 새벽에 대마도의 통역 스즈
키 덴조에게 살해당하는 사건이 발생하였다. 살해 원인에 대해 설이 분
분하나 김일동은 〈일동장유가〉에서 인삼 밀무역에 관한 거래에서 비롯
되었다 적고 있다.

　사무역이든 밀무역이든 간에 고려인삼에 대한 수요 대폭적인 증가로
은의 유출이 늘어나 일본경제에는 부정적인 영향이 파급되었다. 고려인
삼 거래로 조선에 연간 50~70만 량에 달하는 막대한 양의 은이 유입되
었다. 17세기 말부터 18세기 초 무렵의 호조의 연간 예산이 은 10만량에
못 미쳤다는 점을 고려하면, 조선이 인삼교역에 의해 얼마만큼 많은 은
을 획득하였는지를 가히 짐작할 수 있다.

　이렇게 호황을 누리던 인삼무역이었으나 1730년대를 전후하여 쇠퇴
의 조짐이 보이기 시작하더니 18세기 중반에 이르러서는 거의 중단상태
를 맞게 되었다. 가장 큰 이유는 산삼 자원의 고갈이었다. 한편 일본에
서는 1716년 무렵부터 질은 고려인삼에 비할 바 못되지만 값이 싼 만주
산 인삼과 미국산 인삼을 수입하는 한편 1720년대 말에는 인삼의 국산
재배에 성공하여 자국산 인삼을 저렴한 가격으로 대량으로 판매하기 시
작하였던 것이다. 17세기 초부터 100년 이상 잘 나가던 인삼교역은 사
실상 중지되고 말았다. 인삼 무역을 독점해오던 대마도는 경제적으로
치명타를 맞게 되었다.

　통신사의 최고의 예물은 시종일관 인삼이었다. 막부의 쇼군이나 고위
층에서는, 매번 같은 품목을 선물로 받으면, 설령 그것이 고가의 품목이

라고 하더라도 '뭐냐, 또 인삼 아냐'하는 기분이 들었을 것이다. 한편 통신사 파견 시기와 겹치는 네덜란드 무역관장은 100회 이상 쇼군을 예방하지만 올 때마다 예물 품목이 바뀌고 그것도 눈이 번쩍 뜨이는 청진기, 망원경, 안경, 대포 등 당시 유럽에서 개발된 최신식 과학기기, 의료기 등이었다. 문화 수용자 입장에서는 조선 통신사 보다는 네덜란드 무역관장이 진객으로 여겨졌을 것이다.

5. 일본과 중국과의 교역

임진왜란 후 중국의 민간 상선의 일본 도항은 10여 년 간 단절되었다. 전란 후 1610년에 처음으로 일본에 온 선주 주성여 등이 도쿠가와 이에야스로부터 주인장을 발급받아 일본 각지에서 무역을 할 수 있게 되었다. 일본의 쇄국정책이 아직 강화되기 이전, 곧 1611~1635년간에 일본에 내항은 중국 상선은 450여척으로 연평균 40척 이상이다.

그러나 1635년 쇄국령이 공표됨에 따라 중국 상선의 무역활동은 나가사키로 제한되기에 이르렀다. 중국 무역선이 나가사키에 입항하게 되면 선장은 〈중국선 풍설서〉라고 하는 정보 보고서를 제출하여야 했다. 이와 같이 수집된 2만 2천여 건에 달하는 정보는 바쿠후의 고위 관리에 의해 『화이변태』, 『나가사키항설』로 편집되어 발간되었다.

중국 상선에 의해 수입된 주요 품목은 생사, 견직물, 약재 등 다양하나 특히 그 중에서도 많은 전적이 포함되어 있는 것이 주목된다. 일본이 1714년부터 1855년까지 나가사키를 경유하여 수입한 서적의 수량은 6118종, 합계 7240책에 달했다고 한다. 이와 같은 일본의 다량의 서적 수입을 주목한 조선의 지식인이 있다. 1764년 통신사의 서기로 일본을 방문한 원중거는 『화국지』에서 일본문화의 상황에 대해서 문운이 발전하는 단계에 있다고 긍정적 평가를 하고 있다. 그 이유로서 문자생활의 대중성, 통신사의 왕래, 그리고 나가사키를 통한 서적의 유입을 들고 있다.

6. 나가는 말

에도시대 일본의 자기인식은 국가체제의 차이로 인해 스스로를 무위의 국가, 조선을 문약한 국가로 폄하하면서도 유교문화의 선진성은 그 나름대로 높게 평가하였다고 말할 수 있다. 한편 통신사는 조선보다 한발 앞선 일본 경제상에 대해서 내심 경탄하면서도 화이사상에서 벗어나지 못하고 문화적 우월감에 빠져 있는 그대로의 일본을 직시하려고 하지 않았다.

조선과 일본은 마음속으로는 서로를 경멸하면서도 메이지 유신에 이르기까지는 대등한 외교관계를 유지하였다. 1764년 제11회 통신사의 정사로 일본을 방문한 조엄은 조선의 대일외교관계의 일익을 담당하였던 동래부사를 역임한 경력의 소유자이다. 그럼에도 그는 일본의 풍속, 법제, 의복, 음식 등은 짐승과 같은 수준을 벗어나지 못하고 있다고 『동사일기』에서 혹평하고 있다. 그는 일본 문물을 사정없이 깎아내리면서도 일본의 물레방아, 절구, 제방 공사 등을 견학하고 이를 조선에 도입하려고 했던 점이나 츠시마에서 구한 고구마 종자를 재배토록 한 자세는 높이 평가할 만하다.

그러나 조선은 1607년부터 1811년에 이르는 200여 년 동안 대규모 사절단을 일본에 파견하였고, 방대한 견문록이 저술되긴 하였으나 일본으로부터 도입한 것은 고작 물레방아나 고구마 재배 등에 국한되었다. 이는 일본을 유교문화적 시각으로만 재단한 당연한 결과이며 조선의 한계이기도 하였을 것이다.

통신사 행렬도를 통해 본 한일 문화 교류

구지현

1. 문화교류의 시작, 1636년 통신사

임진왜란은 조선 뿐 아니라 동아시아 판도를 바꾸어버렸다. 일본 전국시대의 패권을 잡았던 도요토미 히데요시(豊臣秀吉, 1536~1598)의 세력이 급격히 쇠퇴하였고, 원군을 파견했던 명나라 역시 국세가 기울어 북쪽의 후금 세력이 성장하게 되었다. 그리고 직접적으로는 명나라와 조선이 일본과의 무역 일체를 단절하는 "해금(海禁)" 정책이 시행되었는데, 요즘으로 말하면 냉전체제에 돌입한 것이라 할 수 있다.

새로 일본의 패권을 잡고 에도막부를 세운 도쿠가와 이에야스(德川家康, 1543~1616)는 무엇보다도 명나라와의 무역을 재개하기 위해 노력하였으나 쉽지 않았다. 우회적인 방법으로 본래부터 조선과의 외교를 중개하던 쓰시마를 통해 조선과 접촉하고 명나라까지 확대시키려 하였다. 쓰시마 역시 척박한 섬으로 조선과의 무역으로 살아오던 처지였으므로 급박한 처지였다. 수차례 막부의 명을 받고 사신을 보내 달라 조선 정부에 청을 넣기 시작하였다.

조선은 일본에 대한 의심을 떨쳐 버릴 수 없었다. 정성을 시험해 보기 위해 왕릉도굴범을 잡아 보낼 것과 막부의 국서를 먼저 보내올 것을 요구하였다. 이 요구는 받아들여져 1607년 처음 에도막부로 조선의 사신이 파견되었다. 그러나 이것은 어디까지나 임시사절의 성격이었고, 명칭 역시 일본에 답서를 보내는 동시에 끌려간 조선인 포로를 데리고 돌아온다는 의미의 "회답겸쇄환사(回答兼刷還使)"가 사용되었다. 이 회답겸쇄환사는 1617년, 1624년에도 파견되었다.

그런데 1635년 국서개작 폭로사건이 터졌다. 쓰시마번의 가신이었던 야나가와 시게오키(柳川調興)가 번에서 독립하여 막부의 하카모토(旗本)가 되려고 하면서 도주 소 요시나리(宗義成)와 대립하였는데, 이 과정에서 이전까지 조선과 오간 국서가 실은 쓰시마에서 개작했던 것이라는 사실이 폭로된 것이었다. 이 사건은 막부가 하극상을 우려해 소 요시나리의 손을 들어주는 것으로 마무리되었으나, 쓰시마 도주로서는 막부에 조선과의 외교능력을 증명해 보여야 할 필요성이 제기되었다.

1636년은 병자호란이 일어난 해이다. 통신사 파견 전 조선의 북방은 매우 위험한 상황이었던 것이다. 이런 때 남쪽에서 일본이 다시 침략할 우려까지 떠안고 싶지는 않았을 것이다. 그리고 예전부터 익숙한 쓰시마와 관계를 유지하는 편이 편리한 점도 있었다. 마침내 조선 정부 역시 쓰시마를 위해 1636년 이례적으로 통신사를 파견하였다. 이때부터 에도막부는 이정암윤번제(以酊庵輪番制)를 실시하여 쓰시마의 대조선외교를 통제하였다. 결과적으로 이 폭로사건을 계기로 조선과 일본의 대등외교가 확립되었던 것이다.

1636년 통신사가 중요한 이유는 본격적인 문화교류가 이루어지기 시작했기 때문이다. 그 상징적인 존재가 마상재이다. 마상재는 말 그대로

말 위에서 재주를 부리는 것이다. 일본에 남아있는 마상재 그림은 좌우
칠보(左右七步)·등리장신(鐙裏藏身)·마상도립(馬上倒立)·마상립(馬上
立)·일앙와(一仰臥)·마상도타(馬上倒拖)·쌍기마(雙騎馬) 등 여섯 가지
로 구성되어 있었다. 말등을 넘나들며 달리기, 말 옆으로 몸 숨기기, 말
위에 거꾸로 서기, 말 위에 서서 달리기, 말 위에 가로눕기, 말 뒤로 눕
기, 두 마리 말을 동시에 타기를 가리키는 동작이다.

쓰시마에서는 외교 능력의 증거로 통신사와 함께 마상재를 초청하여
에도에서 공연시키겠다고 공언하였고, 조선에서 이 요청에 따라 군관을
파견하였던 것이다. 그리고 마상재에 사용된 말은 막부의 쇼군에게 선
물로 바쳐졌다. 일본인들은 마상재 재주에 크게 경탄하였고, 뒤에 이것
을 모방하여 다이헤이본류(大坪本流)라는 승마기예의 한 유파를 만들기
도 하였다. 또한 마상재 묘기를 자개로 새긴 도장주머니가 귀족 사이에
널리 유행하기도 하였다.

2. 통신사의 구성

통신사의 문화교류적 성격은 회를 거듭할수록 커졌고, 그에 맞게 사
행에 참여하는 인원도 늘어갔다. 마상재는 물론, 글을 써줄 사자관, 그
림을 그려줄 화원, 문장을 짓는 제술관과 서기, 의술을 보여줄 양의 등
인원이 늘거나 새로이 설치되는 직임이 많았다.

통신사행은 통상 480명 가량의 인원이 참가하였고, 이 가운데 270명
은 격군이었다. 부산에서 여섯 척의 배가 이들을 나누어 싣고 출발하여,
일본 배의 인도를 받아 세토나이카이를 거쳐 오사카 하구까지 갔다. 조
선의 배와 격군들은 잔류시키고, 3백 가량이 행차를 갖추어 육로를 통

해 에도로 향했다. 『증정교린지(增正交隣志)』에 근거하여 사행원을 정리하면 다음과 같다.

정사(正使) 1원(員) : 문관 당상(文官堂上)으로 이조 참의(吏曹參議)의 직함을 임시로 내린다.

부사(副使) 1원(員) : 문관 당하(文官堂下) 정3품으로 전한(典翰)의 직함을 임시로 내린다.

종사관(從事官) 1원 : 문관 5, 6품으로 홍문관(弘文館) 교리(校理)의 직함을 임시로 내린다.

당상 3원 : 처음에는 교회(敎誨)로 당상 2원을 뽑아 보냈는데, 숙종(肅宗) 8년 임술(1682)에 왜인이 한 명을 더 보내 달라고 요청하여 이에 관례가 되었다.

상통사(上通事) 3원(員) : 한학(漢學) 1원이 포함되어 있다.

제술관(製述官) 1원 : 글재주[文才]가 있는 자를 가려서 파견한다.

양의(良醫) 1원 : 왜인이 요청하면 의술에 정통한 자를 가려서 파견한다.

차상통사(次上通事) 2원 : 교회(敎誨)를 임명한다.

압물관(押物官) 4원 : 한학(漢學) 1원, 왜학 3원.

사자관(寫字官) 2원 : 글씨를 잘 쓰는 자를 가려서 파견한다.

의원(醫員) 2원 : 전의감(典醫監), 혜민서(惠民署) 각 1원.

화원(畵員) 1원 : 그림을 잘 그리는 자를 가려서 파견한다.

자제군관(子弟軍官) 5원 : 정사·부사가 각각 2원을 대동하고, 종사관
이 1원을 대동한다.

군관(軍官) 12원 : 정사·부사가 각각 5원을 대동하는데, 그 중에 6냥
의 화살을 잘 쏘는 사람[六兩箭善射]과 평궁을 잘 쏘는 사람[平弓善射]
각 1원은 병조(兵曹)에서 시험을 보아 임명하여 보냈다. 종사관은 2원을
대동한다.

서기(書記) 3원 : 삼사(三使)가 각각 1원을 대동.

별파진(別破陣) 2인(人).

마상재(馬上才)·전악(典樂) 각 2인, 이마(理馬) 1인.

반당(伴倘)·선장(船將) 각 3인 : 삼사가 각각 1인씩을 거느린다.

복선장(卜船將) 3인 : 3척의 복선(卜船)에 각 1명.

배소동(陪小童) 19명 : 삼사가 각각 4명을 거느렸고, 당상이 각각 2명,
제술관이 1명

노자(奴子) 52명 : 삼사 및 당상이 각각 2명, 상통사 이하 마상재에 이
르기까지 각각 1명

소통사(小通事) 10명 : 삼사가 각각 3명을 거느린다. 1명은 말을 이끌
고 먼저 간다.

도훈도(都訓導) 3인 : 삼사가 각각 1명을 거느린다.

예단직(禮單直) 1명, 청직(廳直)·반전직(盤纏直) 각 3명 : 삼사가 각각

1명을 거느린다.

사령(使令) 18명 : 삼사가 각각 4명을 거느리고, 당상이 각각 2명을 거느린다.

취수(吹手) 18명 : 삼사가 각각 6명을 거느린다.

절월봉지(節鉞奉持) 4명 : 정사와 부사가 각각 2명을 거느린다.

포수(砲手) 6명 : 삼사가 각각 2명을 거느린다.

도척(刀尺) 7명 : 삼사가 각 2명을 거느리고, 당상이 1명을 거느린다.

사공(沙工) 24명 : 상선(上船) 3척과 복선(卜船) 3척에 각 4명.

형명수(形名手)·둑수[纛手] 각 2명 : 정사와 부사가 각각 1명을 거느린다.

월도수(月刀手) 4명 : 정사와 부사가 각각 2명을 거느린다.

순시기수(巡視旗手)·영기수(令旗手)·청도기수(淸道旗手)·삼지창수(三枝槍手)·장창수(長槍手)·마상고수(馬上鼓手)·동고수(銅鼓手) 각 6명 : 삼사가 각 2명을 거느린다.

대고수(大鼓手)·삼혈총수(三穴銃手)·세악수(細樂手)·쟁수(錚手) 각 3명 : 삼사가 각 1명을 거느린다.

풍악수(風樂手) 18명 : 삼사가 각 6명을 거느린다.

도우장(屠牛匠) 1명 : 이상은 격군이 겸한다.

격군(格軍) 270명 : 삼사의 배에 각 60명, 복선 3척에 각 30명이다.

사신은 정사와 부사, 종사관 3인이었다. 이 가운데 정사만이 당상관으로서 이조참의 직함을 띠었다. 부사는 정사와 같은 정3품이나 당하관이었고, 종사관은 5, 6품에 해당하였다. 이 세 사신에게는 각기 수역이 1인씩 딸려 있었다. 중앙에서 파견되는 역관인 이들은 중인이기는 했지만 품계는 당상관이었기 때문에 당상역관이라고 불렸고, 일본에서도 "상상관(上上官)"이라 불리며 사신 다음 등급의 예우를 받았다. 중앙에서 보내는 역관은 이외에도 상통사, 차상통사, 압물통사 등 10명이 더 있었는데, 이 가운데 2인은 한학역관, 즉 중국어 통역관이었다.

사신들의 수발을 들기 위해 자제군관, 군관, 서기, 배소동, 반당, 노자, 의원 등이 함께 했고, 일본의 요청에 부응하기 위해 제술관, 화원, 사자관, 양의 등을 파견하였다. 사행단의 살림을 꾸리기 위해 소통사, 도훈도, 예단직, 청직, 반전직, 사령 등도 배정되어 있었다.

그 외 눈에 띄는 것은 형명수, 둑수같은 기수들과 포수, 장창수 같은 무기를 드는 원역과 대고수, 풍악수 등의 군악을 연주하는 원역이 다수 포함되어 있다는 사실이다. 조선에서 파견할 때부터 사신 행차를 염두에 두고 인원을 배정했다는 것을 알 수 있다.

육로로 이동할 때의 행렬에서 쓰시마인들을 제외하고 가장 먼저 나오는 이들이 깃발과 무기를 든 이들과 악기를 연주하는 이들이었다.

"청도(淸道)"라고 쓰인 깃발 여섯 기가 앞장을 섰다. "청도"는 "길을 깨끗이 하라", 즉 길을 비키라는 뜻이었다. 보통은 칙사(勅使)가 제후국(諸侯國)에 갈 때 사용되는 것으로, 일본에서 한 때 사용하지 말아달라고 요청한 적도 있었다. 그러나 민간에서는 이 깃발이 통신사행의 상징으로 받아들여져서 민속화에 가장 많이 등장하는 깃발이 되었다. 그 뒤로 둑과 형명기가 두 기씩 뒤따랐다. 둑은 권위를 드러내기 위해 임금의 가마나 대장 앞에 세우던 의장기이다. 정사와 부사는 곧 외국에 나가는 장수로서의 직책이 있었기 때문에 사용되었던 것이다. 형명기는 조선 왕권의 상징인 용이 그려져 있는 깃발로, 사신이 왕명을 띠었음을 의미하였다.

의장기 뒤를 이어 삼혈총수 2인, 언월도 4인, 장창 6인이 따랐다. 삼혈총이란 하나의 대에 세 개의 총신을 연결한 총이고, 언월도는 초승달 모양의 창날을 단 창이고, 장창은 말 그대로 긴 창이었다. 깃발 뒤로 무위(武威)를 상징하는 무기수들이 뒤따랐던 것이다. 이를 따르는 순시기 6기, 삼지창 6기, 영기 6기, 포수 6기 등도 조선의 권위와 무위를 상징하는 원역들이었다.

그 다음에 이어지는 것이 악기였다. 나팔수 6인, 나각수(螺角手) 6인, 태평소(太平簫) 6인, 동고(銅鼓) 2인, 세악(細樂) 4인, 고타수(鼓打手) 6인과 전악(典樂)이 차례로 나왔다. 마상재 군관 2인, 포수 2인, 사령 2인에 이어, 고수(鼓手) 2인, 필(觱) 2인, 적(笛) 2인, 해금 2인의 악대가 다시 따랐다.

의장기와 의장대, 악대가 앞서 나온 후 비로소 국서를 실은 용정이 등장하였고 사행원들이 뒤를 따랐다. 정사와 부사 앞에는 사신을 상징하는 절(節)과 월(鉞)이 있었다.

에도에 도착한 후 국서를 전달하기 위해 에도성에 들어갈 때도 의장대가 사신별로 나누어서기는 하였으나 긴 행렬이 이어졌다. 행차를 위한 의장대가 정사, 부사에게는 각기 38인씩, 종사관에게는 36인이 딸려 있었다. 112명에 달하는 인원이 순전히 행차를 위해 배정되어 있었던 것이다.

3. 이국인의 행렬, 통신사

외국사절의 행차로 통신사 외에 유구사절, 네덜란드 상관사를 꼽을 수 있으나, 규모 면에서 통신사를 따라올 수 없었다. 이 거대한 규모의 외국인 행렬은 행렬 자체만으로도 일본인들에게 큰 볼거리였다. 조선인의 복식과 악기, 깃발 등 모든 것이 일본인에게 낯설고 새로운 것들이었기 때문이다. 행차가 있을 때마다 구경하러 나온 사람들이 인산인해를 이루었고, 몇 달 전부터 지날 장소에 대기하고 있는 사람도 있었다. 연로의 가게는 자릿세를 받고 빌려주기도 하였다. 행렬을 구경하고 자세한 기록을 남긴 사람도 있었다. 흔치 않은 기회였기 때문에 행렬을 직접 본다는 것만도 대단한 경험이었기 때문이다.

통신사 행렬은 독립적인 행렬도가 아니라 다른 그림의 일부분으로 존재하는 경우가 많다. 최초의 행렬 그림으로 알려진 것은 『낙중낙외도병풍(洛中洛外圖屛風)』으로, 일본 하야시바라 미술관과 미국 버그콜렉션에 소장되어 있다. 우측 호코지(方廣寺)의 대불전(大佛殿) 주변을 그린 그림에 이국 복장을 한 인물들을 발견할 수 있다. 기존 연구에서 이들을 1617년 방문한 조선 사절로 추정하였다. 당시 회답 겸 쇄환사는 교토까지밖에 가지 않았고 대불전은 향응을 받던 장소이기 때문에 이렇게 보는 것이 타당할 것이다. 후대의 『낙중낙외도병풍』에서는 좀 더 긴 통신사 행렬을 찾아볼 수 있다.

"낙(洛)"이란 일본의 오랜 수도였던 교토를 중국식으로 표현한 말로, "낙중낙외도"란 교토의 여러 명소를 모아서 그린 그림을 가리킨다. 각 지역의 대표적인 모습을 시간과 상관없이 배치하여 조감할 수 있도록 그린다. 대불전 주변에 통신사의 행렬이 등장하는 것은, 교토의 훌륭한 모습을 드러내줄 수 있는 장치로 여겨졌기 때문이다.

현재 일본의 국립역사민속박물관에 소장되어 있는 『강호도병풍(江戶圖屛風)』에서도 비슷한 예를 찾아볼 수 있다. 이 병풍은 로쥬(老中)인 마쓰다이라 노부쓰나(松平信綱)가 3대 쇼군인 도쿠가와 이에미쓰(德川家

光)을 찬양하기 위해 제작하였다고 알려져 있다. 그런데 이 병풍 한 가운데 있는 에도성에는 바로 성에 들어가는 통신사 행렬이 묘사되어 있다. 통신사가 쇼군의 위광을 빛내주는 중요한 장치로 활용되고 있는 것이다. 이 그림에는 행렬이 축약되어 그려져 있기는 하지만, 청도기와 형명기 등이 섬세하게 묘사되어 있다. 그리고 성 안에는 조선국왕이 보낸 예물이 전시되어 있는 상황이 그려져 있다.

교토 센뉴지(泉涌寺)에는 『조선통신사환대도병풍(朝鮮通信使歡待圖屛風)』이 현전하고 있다. 좌우 두 쪽으로 이루어져 있는 이 병풍은 온전히 통신사만을 그린 병풍이다. 오른쪽에는 에도성을 들어가는 통신사의 행렬이 그려져 있고 왼쪽에는 성안에의 전명의식이 묘사되어 있다. 4대 쇼군인 도쿠가와 이에쓰나(德川家綱)의 명에 따라 가노 마스노부(狩野益信)가 제작한 것인데, 절의 기록에는 2대 쇼군 도쿠가와 히데타다(德川秀忠)의 딸 마사코(和子)가 천황가로 시집갔는데 그녀에게 선물한 것이라 한다. 이 기록이 사실이라면, 막부에서 통신사를 천황가에 위광을 드러내기 가장 좋은 행렬이라고 여겼던 것이다.

1682년에 이르면 두루마리 형태의 등성렬도가 등장한다. 오사카역사박물관에 소장된 『천화도조선통신사행렬병풍(天和度朝鮮通信使行列屛風)』은 본래 두루마리 형태로 제작된 것이었다. 여기에는 중요 인물에 이름과 관직, 혹은 명칭 등이 부기되어 있고, 권두에는 조선에서 에도까지의 거리와 기착지 등이 상세히 적혀 있어, 이전보다 훨씬 많은 정보를 제공해준다.

같은 박물관에는 또다른 행렬도인 『조선통신사행렬도권(朝鮮通信使行列圖卷)』가 소장되어 있다. 이 작품은 위와 비슷한 화풍을 보이는데, 목판화로 제작되었다는 점이 눈길을 끈다. 이전 시기는 어용화가들에 의해 제작된 것이었으나, 우키요에(浮世畵)로도 제작되었고 더 나아가 대량 제작의 기미를 보이기 시작한 것이다.

일부 귀족층의 고급 감상품으로서 통신사행렬도는 1711년의 기록화로 정점을 이룬다. 통신사 접대 책임자였던 쓰치야 마사나오(土屋政直)가 쓰시마번에 지시해 행렬도를 작성하라고 지시하여, 141일에 걸쳐 14벌의 행렬도를 제작한 일이 있다. 쓰시마번 소속 화가가 에도에 가서 현지의 화가들을 고용하여 15명 정도가 미리 대기하고 있다가 밑그림을 그리고 직접 통신사 숙소를 찾아가 의복을 그려오기도 하였다. 작업이 본격화되면서는 40여명의 화가가 참석하였고, 종료 후에는 1인당 쌀 45가마에 해당하는 임금을 받았다고 한다.

이때 참고로 사용되었던 그림이 유구사절의 행렬도였다. 1710년 유구사절이 사쓰마 번의 인도로 에도를 방문한 일이 있었는데, 번에 지시하여 행렬도를 그리게 하였다. 1년 후 이 그림을 참고하라고 쓰시마번에 다시 지시했던 것이다. 이 시기 에도막부는 이처럼 여러 종류의 행렬도를 제작하였다. 상례화된 통신사절에 대한 정확한 정보 수집을 목적으로 한 기록화였으나, 일면에는 당시 박물학적 관심 속에 이국의 문물을 수집하는 귀족 취미가 배경으로 깔려 있었던 것으로 보인다.

한편 출판문화의 발전과 더불어 통신사행렬도 역시 우키요에 판화로 제작되어 팔리기 시작했다. 우키요에 화가 곤도 기요노부(近藤淸信)가 제작한 『당인행렬도(唐人行列圖)』는 2장짜리 판화로 1711년 행렬을 그려놓은 것이다. 상단에는 악대들과 정사의 가마가, 하단에는 이어지는 행렬의 배소동들과 다른 사신들의 모습이 그려져 있다.

책자 형태로 제작된 것도 있다. 교토의 기쿠야 시치로베(菊屋七郞兵衛)가 발간한 『조선인내조행렬차제(朝鮮人來朝行列次第)』는 24장의 목판본 그림책이다. 상단에는 히라카나로 행렬에 대한 설명이 있고 중간단에는

사행원들의 명칭 및 이름이 한자로 적혀있고 하단에는 행렬도 그림이
차례로 그려져 있다. 똑같은 그림에 사행원의 이름만 다른 책이 1719년,
1748년, 1763년, 1811년에 같은 업자에 의해 간행되었다. 1763년 사행
때는 한양 출발 직전 사신이 다른 사람으로 바뀌었는데, 책자에는 본래
임명되었던 인물의 인명이 올라있다. 통신사가 오기 전에 사행원의 명단
을 입수해 똑같은 판본에 이름만 바꾸어 출간했던 것이다. 이 책은 상당
한 인기를 끈 베스트셀러였다.

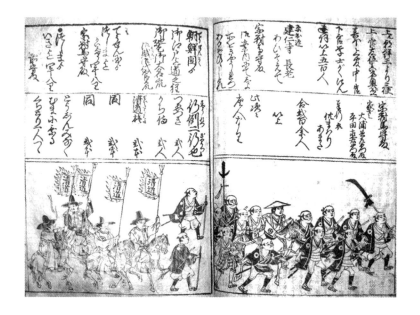

　이러한 책자는 통신사가 오기 전 판매되어 행렬이 어떻게 구성되는지
어떤 사람이 오는지 정보를 제공하던 것이었다. 행렬을 구경하기 위해
왔던 사람들은 돌아갈 때 여러 권 사서 미처 행렬을 보지 못한 사람들에
게 선물로 주기도 하였고 기념품으로 간직하기도 하였다.

여러 형태로 그려지고 제작된 행렬도는 귀족과 서민 모두에게 이국취미를 만족시켜주는 향유품으로서 자리 잡았던 것이다.

4. 일본 문화 속에 들어간 통신사 행렬

회답 겸 쇄환사까지 포함한 통신사는 에도시대 총 12차례 파견되었고, 마지막 사행은 쓰시마에서 이루어졌다. 대부분 쇼군이 바뀔 때 파견되었으므로, 한 세대에 한 번 정도 통신사가 일본 땅을 밟았다고 보면 될 것이다. 18차례 파견되었던 유구사절보다도 빈도가 낮았고, 매년 에도까지 다녔던 네덜란드 상관사와는 비교할 수 없을 정도로 적은 횟수이다. 그런데도 일본인에게 가장 강한 인상을 남긴 것은 통신사 행렬이었다.

민간에서는 어느새 통신사의 가장행렬이 이루어지기 시작하였다. 에도를 대표하는 산노마쓰리(山王祭)와 간다마쓰리(神田祭)를 아울러 덴카마쓰리(天下祭)라고 하는데, 마쓰리를 상징하는 다시[山車]가 에도성에 들어가 쇼군을 배알하는 것을 허락받을 만큼 중요한 마쓰리였다. 1680년경부터 여기에 통신사 가장 행렬이 들어가기 시작했다.

그 모습을 확인할 수 있는 그림이 도쿄국립박물관에 소장되어 있는 『신전명신제례도(神田明神祭禮圖)』이다. 간다의 도시마초(豊嶋町)에서

준비한 통신사 행렬은 갓, 도포와 비슷한 복장을 한 일본인들이 용이
그려진 큰 깃발을 실은 수레를 끌고 있고, 이어지는 둑과 청도기, 용정
과 악대, 가마를 탄 인물들은 여지없는 통신사 행렬의 가장이다. 산노마
쓰리를 묘사한 『동도세시기(東都歲時記)』夏三에 나오는 그림에 코끼리
가 등장하기는 하지만 악대의 구성과 형명기의 형태 등 간다마쓰리와
비슷한 유형의 가장행렬을 확인할 수 있다.

　에도 이외의 지역에서도 가장행렬이 발견된다. 쓰시(津市)의 『팔번신
사제례회도(八幡神社祭禮繪圖)』에 보이는 행렬은 복장이 다소 거리가 있
으나 통신사 행렬에 보이는 청도기와 악대의 모습을 확인할 수 있다.
나고야의 『명고옥동조궁제례도(名古屋東照宮祭禮圖)』에서도 비슷한 유
형의 행렬 모습이 보인다.
　에도시대, 통신사가 오지 않더라도 일본인은 매년 열리는 마쓰리에서

통신사 가장 행렬을 구경하였다. 그리고 이 가장 행렬을 그린 우키요에로 등장하였다. 간다에 살았던 화가 니시무라 시게나가(西村重長)의 『부세어제례당인행렬도(浮世御祭禮唐人行列圖)』가 바로 마쓰리에 등장하는 가장행렬을 묘사한 것이다. 군관 복장의 사람들이 가마를 메고 악기를 연주하며 시가지를 관통해 행진하고, 양옆 가게에는 화려한 복장을 한 사람들이 가득 앉아 행렬을 구경하고 있다. 행렬 뒤편 정 중앙에는 후지산이 보인다. 이와 비슷한 구성의 우키요에가 여러 장 발견되는데, 『조선인내조도(朝鮮人來朝圖)』라는 제목이 붙어있다. 청도기와 형명기가 등장하고, 군관 복장 대신 도포와 갓을 착용한 모습도 보인다. 전체적인 구도는 일치하여, 행렬 뒤편에는 후지산이 자리하고 있다. 이러한 그림들은 통신사 행렬을 본 것이 아니라 마쓰리의 가장 행렬을 보고 그린 그림들이다. 요시와라 유녀들이 통신사로 분장한 그림인 『한인인화가(韓人仁和歌)』도 있는데, 통신사 가장 행렬은 다양한 계층에서 이루어졌던 것으로 보인다.

통신사를 더 이상 볼 수 없었던 19세기에 들어서도 통신사 행렬은 모티브로 활용되었다. 『동해도오십삼차(東海道五十三次)』는 교토에서 에도에 이르는 동해도(東海道)에 있는 53개소의 훌륭한 경치를 그린 그림이다. 그 가운데 유네(由井)과 하라(原)에 통신사의 모습이 등장한다. 유네에서는 글을 쓰는 모습이고, 하라에서는 후지산을 배경으로 행렬이 지나는 모습이다. 후지산의 백가지 풍경을 그린 『부사백경(富士百景)』 가운데는 통신사 행렬이 후지산을 바라보는 그림인 「來朝の不二」가 보인다. 나고야의 명소를 그린 그림책 『미장명소도회(尾張名所圖會)』의 성고원(性高院)에는 조선문사와 일본 사무라이가 시문을 창수하는 정경이 묘사되어 있다.

이국인 이미지로서의 조선인은 시문 창화를 하는 모습과 행렬의 모습, 두 가지로 표현된다. 이 가운데 행렬의 모습이 일본 서민의 생활과 좀 더 가까울 수 있었다. 시문 창화는 한문을 할 줄 아는 지식인의 몫이었으나, 행렬을 구경하는 것은 서민도 가능한 일이었고 행렬도를 감상하는 일 역시 한문을 몰라도 할 수 있는 것이었기 때문이다.

마쓰리에 통신사 행렬이 적극적으로 활용되었던 것은 이국 문화를 향유하고자 하는 서민들의 욕구가 반영된 것이라 할 수 있다. 현전하는 그림을 보면 마쓰리의 가장 행렬을 그리는 일은 실제 행렬을 묘사하는 것보다 더욱 활발히 이루어진 듯하다. 이 그림에 묘사되는 조선인은 실제 조선인이 아니라 민간에서 생각하는 이국인의 형상이라 할 수 있다. 청나라 사람의 복장을 하고 있기도 하고 네덜란드인의 복장을 하고 있기도 하며, 사신보다는 인기 있던 배소동과 악대의 모습이 더 부각된다.

여러 지역에 현전하는 통신사 인형은 곧 일본 민간에서 생각하는 조선인의 형상이라 할 수 있다. 가장 많이 보이는 형태는 북이나 나팔을 든 악대의 모습이다. 코끼리나 소를 탄 소동의 모습도 보인다. 부채를 든 신선의 모습을 한 곳도 있다. 조선인을 직접 볼 수 없는 사람들이 상상하는 조선인 행렬의 모습인 것이다.

5. 맺음말

통신사의 파견은 외교 뿐 아니라 문화교류로서의 의미가 컸다. 1636년부터 마상재를 파견하고, 제술관과 양의, 사자관과 화원 등을 사행원에 포함시킴으로써, 문학, 예술, 학술 등 다방면에서 교류가 이루어졌다. 이러한 교류는 일부 지식층과 상류층에 국한되었다고 할 수 있다. 쓰시마

도주의 저택에서 공연되던 마상재만 하더라도 참관할 수 있는 사람들은 막부 유력자에 불과했기 때문이다.

그러나 통신사 행렬은 서민들도 접촉할 수 있는 조선의 문화였다. 웅장한 깃발과 화려한 복장, 우렁찬 음악으로 대변되는 조선인의 행렬은 평생 한 번 볼 수 있을까 말까한 진귀한 구경거리였다. 초기에 행렬도는 상류층 중심으로 향유되던 고급 취미였다. 그러나 후대로 갈수록 출판 문화의 발전과 함께, 여러 종류의 행렬도가 제작되었다. 또 중요한 지역 문화행사인 마쓰리에 통신사 가장 행렬이 들어가면서 서민 나름대로의 이국 문화를 향유했던 것이다.

이러한 2차 문화의 향유는 가장행렬도의 그림과 인형 등으로 재생산되었다. 여기에 중국인, 네덜란드인, 인도인 등 많은 이국인의 이미지가 첨가되어, 혼재된 이국인이 생겨났다. 본래 조선인의 모습과는 멀어졌지만, 에도시대 서민들은 이국인의 대표로 조선인의 이미지를 만들어냈던 것이다.

이국인에 대한 기대는 통신사와 유구사절을 혼동하거나 동일시하는 경우가 생겨나기도 했다. 배소동이 후에 통신사가 되어 일본에 파견되어 올 수도 있으리라는 기대나 조선인에게 음악을 연주해달라고 부탁하는 것은 유구사절과의 혼동 때문이라고 할 수 있다. 사절을 직접 만날 기회가 없고 소문만이 떠도는 민간에서는 이런 혼동이 더욱 심했을 것이다. 교린국으로서 조선이 사절을 파견하는 것을 "조공(朝貢)" 또는 "내조(來朝)"로 착각하는 원인에는 통신사에 여러 외국 사절의 이미지를 섞어 넣은 일본 민간인들의 기대가 있었다.

영천 학자 이형상의 일본 인식

구지현

1. 영천 학자 이형상의 생애

병와 이형상 자화상

병와(瓶窩) 이형상(李衡祥, 1653~1733)은 태종의 둘째 아들인 효령대군의 후손이며, 자는 중옥(仲玉)이다. 본래 인천 죽수리(竹藪里)에서 태어났다. 너댓살 때부터 몸가짐이 매우 어른스럽고 의젓하였다고 한다. 8세 때 참외밭을 지나가는데 주인이 참외를 따 주며 먹으라고 하자 덜 익은 것만 골라먹었다고 한다. 주인이 이유를 물으니 잘 익은 것을 부모님께 가져드린다고 대답하였다. 그 효성에 감동하여 참외를 더 많이 따서 주었다는 일화가 전한다.

10세 무렵 한양으로 올라가 경사(經史)와 예서(禮書)를 읽었다가 부친상을 당하고서 다시 인천으로 돌아갔다. 29세 문과에 급제하면서 벼슬살이를 시작하였다. 승문원 등 내직에 있던 그는 30대 중반 이후에는 성주목사, 금산군수, 청주목사 등 주로 외직으로 나갔다. 그 이유에 대해서는 채제공(蔡濟恭, 1720~1799)이 쓴 행장에서 확인할 수 있다.

> 공이 40세에 당시 재상으로 공과 친하게 지내는 자가 와서 공에게 말하기를, "근래 재상들이 그대의 재주가 크게 쓰일 재주라고 여기고 있으나 임금 가까이게 두면 임금의 마음이 쏠릴 것을 걱정하여, 음직의 전례에 따라 고을 목사로 쓰고자 하니, 그대는 끝내 이름난 벼슬은 하지 못할 것 같소."라고 하였다. 서인과 남인 두 붕당이 번갈아 정권을 잡았는데, 서인이 잡으면 말이 이와 같았고, 남인이 잡으면 공이 항상 민암(閔黯, 1636~1693)과 유명현(柳明賢, 1643~1703)이 권력을 탐하는 것을 비판하였으므로 민암과 유명현이 자기에 붙지 않는 것을 유감스럽게 생각하였다. 공이 세상에 필요한 인재였어도 지체(肢體)에 펴지 못하였다.(方公之强仕也 有時宰與公好者來 語公曰 近日諸宰以爲君之才非不可大用 然使之近君 恐上心有注 只欲依蔭職例 用之州牧 君其終不作名宦乎 蓋西南二朋 一進一退 西進則其言如此 南進則公常斥閔柳之貪權 故閔柳憾其不附己 使公需世之材 不得展布肢體)

이형상은 세상에 필요한 재주라는 것을 조정에서 인정받는 뛰어난 관료였다. 그러나 이 점 때문에 왕의 총애를 입을까 걱정하였기 때문에 서인이 득세하면 그를 외직으로 내보냈던 것이다. 그러나 남인이 득세했을 때에도 권력욕을 비판하였기 때문에 미움을 받아 역시 크게 쓰이지는 못했다. 옳다고 여기는 것을 그대로 실행하려 했던 태도 때문에 상대편에게는 배척되고 같은 편에게는 견제를 받아, 정치적 입지가 넓지 못하였던 것이라 할 수 있다.

갑술환국 때 어머니를 모시고 강화도에 은거했던 이형상은 『강도지(江都志)』 2권을 지었다. 은거해 있으면서도 나랏일을 잊지 못하였던 것이었으나, 조정에 올리려는 일은 실패하고 말았다. 이듬해 모친상을 당하였고, 상을 벗은 후 경주 부윤으로 부임하였다. 이때 사찰과 음사(淫社)를 없애고 향교를 세워서 유학을 장려하였다.

48세 때 벼슬을 사직하고 영천에 은거하였다. 선조인 효령대군의 신위가 종가와 함께 상주 북쪽 함창에 내려왔기 때문에 원래는 낙향의 근거지를 경상도 상주로 정하였다. 그러나 아들과 장손 등을 상주에 있게 하고, 자신은 영천에 터전을 마련하였다. 〈영양우거서(永陽寓居序)〉 등을 살펴보면 "경주부윤을 그만두고 고향으로 향할 때 경주의 유림들이 귀향을 간곡히 만류하므로 인정상 뿌리칠 수 없어서 영천으로 정하였다"고 하였다. 지배층인 서인들로부터 이미 소외당하고 있는 처지라 시골에 은거해야 할 형편이었으므로, 당시 경주와 영천 유림들의 간곡한 만류도 있고 선조 효령대군의 사당도 상주도 멀지 않고 서울에서도 멀리 떨어져 있는 영천에 터를 잡은 것으로 보인다. 이때 〈성고요(城皋謠)〉, 〈성고구곡십절(城皋九曲十絶)〉, 〈성고칠탄(城皋七灘)〉, 〈구곡만팔기(九曲灣八起)〉 등의 시를 지어 심회를 풀다.

> 차라리 칼 다루는 이가 되더라도
> 구슬 신을 신은 빈객은 되지 않으리
> 몸이 한가하니 뜻 역시 태연한데
> 어찌 유독 자연을 따지랴
> (寧作鼓刀人 不爲珠履客 身閒志亦泰 何獨關泉石)

이 시는 이형상이 영천 풍경을 읊은 〈운암잡영(雲巖雜詠)〉 가운데 첫 수인 〈호연정(浩然亭)〉이다. 옛날 태공망이 푸줏간에서 칼을 다루다가 주문왕을 만나 등용이 되었다는 고사가 있다. 또 전국시대 춘신군은 식객을 삼천이나 거느리고 있었는데 상객들은 모두 구슬 신을 신을 정도로 접대를 잘 받았다고 한다. 조정에 나아가기 위해 권문세가 주위를 맴돌기 보다는 태공망처럼 은거하겠다는 뜻을 읊은 시이다. 그리고 마음이 한가한 곳을 찾았으니, 주변 자연 경치는 그다지 중요하지 않다고 하여, "수양"에 중점을 둔 도학자의 면모를 엿볼 수 있다.

이형상이 영천에서 저술하며 제자를 가르쳤던 호연정

그렇더라도 이형상은 호연정의 경관을 매우 사랑했던 것 같다.

지금 못가로 옮기고 초석에 층층벽을 세웠다. 당이 높아 솔개와 갈가마귀가 날아들고 처마에는 긴 개천이 걸려 그림자가 물고기 굴에 떨어지니, 왕유의 망천 별장이 누추하고 가도가 고향처럼 여긴 병주가 의연하다. 쌍벽파라 이름한 것은 두 그루 회나무를 앞에 심어서이고 만취강이라 칭한 것은 줄지은 절벽이 옆에 둘러있기 때문이다. 조용히 수양하기에 번잡함이 없으므로 누액으로 아름다움을 자랑하였고 귀향할 뜻이 이미 정해졌으니 호연정이라 하는 것이 무슨 상관이랴.(今移澤畔 礎疊層壁 堂高鳶鴉之翔 簷掛長川 影落魚蝦之窟 輞川之別墅陋矣 并州之故鄕依然 雙碧坡之命名 二檜前植 萬翠岡之揭號 列壑旁廻 靜養無煩 所以樓額誇美 歸志已決 何妨浩然爲亭)

이 글은 호연정을 세우고 이사한 일을 기록한 것이다. 글 내용을 통해 호연정 주변의 경관을 짐작할 수 있다. 큰 못 옆에 층층 초석을 쌓고 그 위에 호연정을 지었다. 새들이 지붕에 배회하고 처마 밖으로 긴 강이 흐르는 모습을 볼 수 있는 멋진 경관을 지닌 곳이다. 왕유의 아름다운 별장으로 알려진 망천 별장이 오히려 호연정에 비하면 누추하고, 가도가 고향처럼 느꼈다던 병주처럼 이곳 영천도 고향처럼 느껴진다고 하였다. 수양하기 좋은 곳으로, 그 훌륭한 경치에 자부심을 지녔던 것으로 보인다.

1702년 이형상은 제주목사로 부임하여 고향처럼 여기는 영천을 떠났다. 이때도 경주처럼 사찰과 미신을 믿는 사당을 없앴다. 그러나 이곳에 유배되었던 오시복(吳始復, 1637~?)을 편들었다는 이유로 삭탈관직 당하여 곧 영천으로 돌아왔다. 잠시 영광 군수로 부임하였으나 이후로는 벼슬을 사직하였다. 효령대군 사당 중수 때문에 상주로 이거한 때를 제외하고는 줄곧 영천에 있었다.

『영양록(永陽錄)』, 『영양속록(永陽續錄)』, 『갱영록(更永錄)』, 『지령록(芝嶺錄)』 등 이름에서도 느낄 수 있듯이 영천에서 저술활동이 활발히 이루어졌다.

1978년 문화재관리국에서 조사한 이형상의 저서 목록을 보면, 성리학 관련이 17종, 지리서가 9종, 역사서가 3종, 주의서(奏議書)가 2종, 일기문이 3종, 잡서가 8종, 역서(曆書)가 1종, 문집이 5종, 유묵이 2종, 목록서가 2종, 기타 19종으로 방대한 양이다. 그의 관심은 성리학, 예학에서 가곡(歌曲), 지리(地理) 등 다양한 분야에 걸쳐 있다. 필사본 『병와유고』 가운데 일부는 손자 이만송(李晩松)이 1774년에 『병와선생문집(甁窩先生文集)』18권 9책으로 간행하였다.

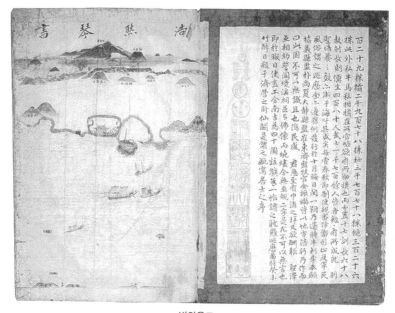

병와유고

　예서(禮書)인 경우는 자녀 및 후학들을 계몽하기 위해 저술되었다. 각
종 지리서는 우리나라의 잦은 외침에 미리 대비하고자 하는 필요 때문
에 저술되었다. 앞서 언급한 『강도지』 역시 은거하면서도 강화도의 전
략상 중요성을 깨닫고 저술한 것이었다.

　동래부사를 역임한 이형상이 일본에 대한 대비를 빠뜨릴 수는 없었을
것이다. 『병와집』에는 동래부사 시절 변방 대비를 위해 올렸던 장계와
첩이 다수 실려 있다. 또 『동이산략(東耳散略)』과 『사이총설(四夷總說)』
을 저술하여 일본에 대한 정보를 기록하였다. 성리학자로서의 면모 뿐
아니라 실학자의 면모도 갖추고 있었음을 엿볼 수 있다.

2. 동래부사로서 올린 장계들

이형상은 이인좌의 난을 계기로 임금 곁에 있어야 할 필요성을 느껴 도성으로 다시 돌아가기 전까지 영천에 은거한 이후로 30년 가까이 한양에 발을 들여놓지 않았다고 한다. 이전의 관력(官歷)을 통해 쌓은 경험이 영천 시절의 저술로 드러났다. 그 가운데 일본에 대한 인식은 동래부사 시절의 경험에서 연유한 것이다.

이형상이 동래부사로 부임했던 시기는 1690년 9월부터 이듬해 6월까지인 것을 추정된다. 이 때 실록의 기록을 살펴보면, 1690년 10월 교간 사건이 일어났다. 여기에서 교간(交奸)이란 왜관의 쓰시마인과 조선 여인이 간통하는 일을 가리킨다. 조선시대 외국인과의 통정은 원칙적으로 금지되어 있었기 때문에 일이 일어나면 모두 벌을 받았다. 이때도 왜관에 들어가 간통한 조선 여인 3인과 이들을 왜관으로 인도한 조선인 2인이 왜관 앞에 효시되었다. 쓰시마 쪽에서는 교간 사건을 죄라고 생각하지 않았기 때문에 1711년이 되면 똑같은 법률로 처리하자는 약조가 맺어지게 되었다. 어찌됐든 교간사건까지 일어난 것은 그만큼 동래부에 쓰시마인들의 왕래가 빈번해졌다는 것을 의미하는 것이었다. 왕래가 빈번하면 사건도 빈번하게 일어나기 마련이다.

이런 상황에서 동래 부사 이형상이 경계심을 갖는 것은 당연하였을 것이다. 그의 「동래관방변통장(東萊關防變通狀)」은 임진왜란 이후 동래 왜관(倭館)에 거주하는 왜인의 수가 수천 명에 이를 정도로 많아졌으므로, 동래에 배정된 목자(牧子)·수군사부(水軍射夫)·파발 등 각종 역인(驛人)을 부근으로 옮기고 여러 아문의 군병을 동래부병(東萊府兵)으로 통합하여 2,000명을 확보하자는 의견을 골자로 한다. 제목 그대로 변통

(變通)의 방안을 제시하였는데, 현장에서 강구한 방법이라 할 수 있다.

「동래차왜문답장계(東萊差倭問答狀啓)」는 차왜(差倭)와의 문답을 기록해 조정에 보고한 것으로, 당시 쓰시마 쪽과 가장 갈등을 일으키는 일들에 대해 살펴볼 수 있다. 차왜란 쓰시마의 도주가 파견한 사절을 가리킨다. 본래 조선에 공을 세운 일본인에게 내항하는 것을 허가하였기 때문에 아무나 올 수 있는 것은 아니었다. 한 번에 100여 명에 이르는 쓰시마인들이 부산항으로 들어오게 되는데, 동래부에서는 이들에게 먹을 식량과 일용잡물, 쌀 등을 지급해 주었고, 무역에 참여할 수 있게 해주었다. 또 연향을 베풀면서 예물도 주었다. 이 모든 일이 차왜에게는 막대한 경제적 이익을 보장해주는 것이었기 때문에, 쓰시마에서는 어떻게든 차왜 파견의 기회를 잡아서 무역량을 늘리려고 노력하였다.

왜관의 왜인이 많아졌으니 우리 군사를 늘려서 대비하자는 글
「동래관방변통장(東萊關防變通狀)」

이형상 역시 1690년 부특송사(副特送使)로 동래부에 온 차왜에게 하선연을 베풀어주었고, 동래부에서 또 연회를 베풀어주었다. 그런데 차왜에게 인삼이 지급되지 않았다. 인삼은 지금으로 치면 산삼인데, 채취량이 일정한 것이 아니었다. 또 일본에서의 인삼 인기는 대단해서 원하는 만큼의 인삼을 공급해주기 어려웠다. 그런데 이번에 인삼이 아예 빠지자, 차왜가 열 달을 버티면서 거듭 인삼을 달라 청한 것이었다.

또 하나는 우경도서(右京圖書)를 발급해달라는 것이었다. 도서란 조선 정부에서 무역을 하러 와도 좋다고 발급해주는 일종의 통교 증명서였다. 아명도서(兒名圖書)라 하여 쓰시마 도주의 아들에게도 도서를 발급해주었다. 당시 쓰시마도주의 아들 이름이 우경(右京)이었는데, 장성하였으니 독립적으로 무역선을 띄울 수 있게 해달라는 요청이었던 것이다. 도주에 오르면 당연히 반납해야 하는 것이었으나 현 도주가 어릴 때 받은 도서도 반납하지 않은 상태에서 새로 도서를 발급해 달라고 했다.

세 번째 요청은 지급이 멈춘 식량과 일용품을 계속해서 지급해 달라는 것이었다.

이상의 세 가지는 모두 쓰시마가 경제적 이익을 얻기 위해 요구한 것이었다. 인삼은 가장 핵심이 되는 무역품이었기 때문에 어떻게 해서든 받아서 돌아가려 했던 것이다. 도서의 발급은 무역선이 늘어나는 것이므로 쓰시마의 무역량을 늘려주는 것이었다. 또 인삼을 받아가려고 체류하면서도 계속해서 접대를 해달라고 요청하는 것 역시 조선의 쌀을 더 확보하여 가려는 의도 때문이었다. 끈질긴 요청 때문이었는지 이형상은 차왜를 만나는 것이 조금도 이익이 없다고 단언하였다. 어떻게 처리할 것인지 묻는 것이 위 장계의 핵심 내용이다.

그들의 이른바 구송사라는 것은 예전부터 온 나라의 거대한 폐단이었습니다. 온 도의 힘을 다하여 적들에게 한 없이 퍼주니 대의가 이미 어그러졌습니다. 만일 담력이 있는 장부라면 어찌 칼을 어루만지지 않겠습니까? 더구나 각기 차왜에게 머무는 기한을 비록 백여 일로 하거나 팔십일, 구십일로 기한을 삼을 지라도 이것은 단지 공궤(供饋)의 수일 뿐입니다. 공궤를 멈춘 후에 머무는 지 떠나는 지, 나올 때 많은 지 적은 지 애초에 점검하는 관례가 없고, 예전에 왔던 자는 돌아가지 않고 새로운 자가 다시 오니 그 수를 어찌 알겠습니까? 만일 정예병을 몰래 모아놓고 창졸간에 갑자기 돌격해 오면 무슨 방책으로 막겠습니까? 오랑캐와 화친함을 어찌 제한하겠습니까만 우리나라처럼 관소를 만들어 기르는 자가 어디 있단 말입니까? 이것은 지극히 위험한 방법이나 괴이하게 여기는 사람이 없는데, 여기에 또 어떤 계책을 하겠습니까?(彼所謂九送使 久爲一國巨弊 竭一道之力 尾閭於讎敵者 大義已乖 苟有丈夫之膽者 寧不撫劍 又況各差留限 雖以百有餘日 或八九十日爲限 此特供饋之數也 撤供後或留或去 出來時或多或少 初無點檢之例 舊者不還 新者復來 則其數又何可知也 萬一陰畜精銳 豕突於猝然之頃 則其將何策而防之乎 和戎者何限 而曷嘗有舘以養之如我國者乎 此爲至危之道而人無怪者 此又何㨾籌策也)

위 인용문은 이형상이 예조판서였던 유명현에게 보낸 편지이다. 얼마나 차왜의 폐단을 우려하고 있는지, 더 나아가 왜관을 경계하고 있는지 알 수 있다. 다시 도서를 발급하자는 논의가 조정에서 일어나자 이형상이 판단에 도움이 되도록 예전에 썼던 이 편지를 제출하였다. 무역선을 늘리고 쌀을 더 지급받으려는 쓰시마인들의 행태를 소상히 기술하고, 얼마나 많은 재정이 소모되는지를 알려, 구송사(九送使), 즉 쓰시마가 보내는 사선(使船)의 무익함을 지적하였다. 이러한 의견 역시 그의 실제 경험을 통해 나온 것이었다.

3. 일본을 대비하기 위해 저술한 『동이산략(東耳散略)』

이형상은 언제나 국방의 방비를 중요하게 생각하였던 것 같다. 고향인 강화도에 은거했을 때 지은 『강도지』는 역사적으로나 현실적으로나 강화도가 군사적 요충지라는 점에 초점을 맞추어 기술한 지리지로, 중국에 대해 어떻게 대비할 것인지 "수어방략(守禦方略)"까지 강구하였다. 은거했을 때조차 이러했으니, 외직에 나가 있을 때는 더 말할 나위가 없다.

『동이산략』의 첫머리에는 "내가 이미 『북설습령(北屑拾零)』과 『남환박물(南宦博物)』을 지었고 또 『동이산략』을 지어 세 변방을 기록한다.(余旣爲北屑拾零及南宦博物 更作東耳散略 以識三邊)"라고 기록되어 있다.

여기에서 『남환박물』이란 1704년 제주목사를 그만두고 호연정에서 저술한 제주도 관련 지리서이다. 이 책을 저술하게 된 까닭을 이형상은 "효언이 글로 탐라의 고적을 물어서", 13850자를 지어 주었다고 하였다. 효언은 윤두서(尹斗緖, 1668~1715)를 가리키는데, 이형상의 조카사위로 친밀하게 교류했던 인물이다. 『북설습령』은 별도의 책이 전하지 않으나 『남환박물』에 함께 엮인 본이 남아있는데, 청나라에 대한 지리서이다. 이 두 책은 아마도 윤두서의 요청에 따라 경험을 바탕으로 지어주었던 것 같다.

그리고 나서 자발적으로 지은 것이 『동이산략』인데, 첫머리 기록대로 변방을 방어하기 위한 대비책으로 지리 정보를 모아놓은 것이다. 순서는 다음과 같다.

興地-畿內五國-東海島十五國-東山道八國-山陰道八國-山陽道八國-南海道六國-西海道九國-對馬島-道路-巨酋-倭國百官圖-國俗-文字-軍制-船舶-刀劍-術業-寇術-好尙-朝貢中原-我國羈縻-約條-接待-書契-進上

-肅拜-差倭-壬辰出來倭將-丁酉出來倭將-其餘小酋-平秀吉-家康-輝元-
清正-前田肥前守-景勝-正宗-筑前中納言金吾-備前中納言豊秀家-義弘-
平義智-安國寺

"여지(輿地)"는 대지를 큰 수레에 비유한, 지리(地理)를 가리키는 옛말
이다. 여기에는 대략적인 일본의 지세와 구역을 말하여, 본래 "오기칠도
(五畿七道)"였는데 "육십육국(六十六國)"으로 나뉘었고 이것이 도요토미
히데요시 때 영역과 같다고 설명하였다. 일본에서 쓰는 "國"이라는 말은
조선에서 보통 "州"로 표기하는데 이형상은 일본식 표현을 그대로 사용
하였고, 도요토미 히데요시 때의 정보와 비교하고 있다.

현지의 정보를 그대로 옮기고자 하는 노력은 각 지역의 음을 표기하는
데도 드러난다. "尾張" 아래는 "오와리", "參下" 아래는 "미가와", "駿河"
아래는 "수룽가와"라고 한글로 일본음을 표기해 놓고 있다. 오류가 보이
기는 하지만, 한자로 음차해 표기하는 방식을 취하지 않고 한글로 표기하
는 방식을 취하였다. 정확성을 높이고자 하는 의도로 해석할 수 있다.

1) 현실적인 외교를 위한 지침서

일본에 대한 지리지로서 첫손가락에 꼽히는 것은 신숙주(申叔舟,
1417~1475)의 『해동제국기(海東諸國記)』이다. 9개 국어에 능통했다는 얘
기가 전할 정도로 음운에 정통했던 신숙주는 일본 사행의 경험을 바탕
으로 바다 동쪽 나라들에 대해 자세히 기술하였던 것이다. 그러나 이것
은 에도 막부가 아닌 아시카가 막부 때의 기록이고, 당시는 일본 동쪽의
에도가 생기기 전이었다.

그 이후 일본 정보를 얻을 수 있는 책으로 강항(姜沆, 1567~1618)의

『간양록(看羊錄)』을 꼽을 수 있다. 정유재란 때 포로로 일본에 끌려갔던 그는 훗날 일본 성리학의 비조가 되는 후지와라 세이카와 교유하면서 일본에 퇴계학을 소개한 매개자가 되기도 하였다. 4년간 일본에 있으면서 조사한 내용을 조선에 보냈는데, 이것을 정리한 것이 『간양록』이다. 매우 상세한 기록이기는 하지만, 이 역시 도요토미 히데요시 때의 일본을 관찰한 기록이다.

조선 외교 관련 사료를 정리한 『통문관지(通文館志)』의 초간본이 나온 것이 1720년이 되어서이다. 일본에 대한 정보는 이전 시기의 지리지가 아니면 통신사를 다녀온 사람들의 사행록에 의존할 수밖에 없었을 것이다.

유명현에게 보낸 편지 말미 주석에 "그 당시 조정의 의논이 이처럼 이해를 몰라서 아뢰면 막아버렸다.(彼時廟議 不知利害之如此 回啓而塞之)"라고 기록되어 있다. 이형상은 변방 사정을 잘 모르는 조정에 대한 우려와 쓰시마인에게 농락당하는 상황이 매우 걱정스러웠으나, 전례를 대조할 지리지조차 없는 현실을 자각하고 『동이산략』을 저술한 것이 아닌가 한다.

따라서 『동이산략』은 중개를 담당하는 쓰시마에 대한 기록이 매우 자세하다. 일본 내 지역 외에 "대마도(對馬島)"를 독립시켜 하나의 장으로 설명하고 있다. 이형상은 쓰시마가 척박하여 독립적으로 자급자족할 수 없는 상황이고 무역으로 생계를 이어가고 있는 상황을 매우 잘 알고 있었다.

태평할 때 우리나라 관시를 통해서만 생계를 꾸렸다. … 여자들은 우리나라 의복을 많이 착용하고 남자는 우리나라 말을 거의 이해하였다. 왜국을 칭할 때는 반드시 일본이라 하고 우리나라를 칭할 때는 반드시 조선이라고 하여 오로지 일본으로 자처한 적이 없다. 평상시 우리나라에서 이익을 얻는 것이 많고 일본에 기대는 것이 적기 때문에 장수부터 졸병에 이르기까지 우리나라를 받드는 마음이 일본에 붙으려는 마음보다 많았고, 항상 길이 멀고 파도가 험악하다는 것으로 핑계를 삼았다. 히데요시가 66주를 병탄하니 요시토시가 죄를 두려워하여 마침내 우리나라를 팔아 히데요시에게 아부하고 선봉이 되었다. 히데요시가 지쿠젠의 하카다를 할양해 상으로 주었다. 쓰시마 도주가 비로소 쌀밥을 먹게 되었으니, 그전에는 오직 우리나라에서 내려준 쌀 밖에 없었다. 그러나 왜경에 여전히 저택이 없고 시장 근처 장인 유키나가의 집을 선택해 잠시 빌려서 머물고, 다른 장수의 반열에는 함께 오르지 못한다고 한다.(在平時 只通我國之關市以資生理 … 其女子多着我國衣服 男子幾解我國言語 稱倭國必曰日本 稱我國必曰朝鮮 未嘗專以日本自處 在平時 則蒙利於我國者多 賴日本者少 故自將倭之卒倭 戴我國之心 勝於附日本 常以道路迂遠風濤險惡 及秀吉吞六十六州 義智懼罪 遂賣我國以媚秀吉 而爲前鋒 秀吉割筑前博多 以賞其功 馬島之將倭 始得粒食 前則惟食我國之賜米而已 然在倭京 猶未有家舍 擇市樓之近其婦翁行長家者 暫時賃泊 擯不與諸將倭之列云)

쓰시마 도주 요시토시는 이에야스가 승리한 후 유키나가의 딸과 이혼하였고 기록 당시 이미 사망한 상태였다. 에도가 이미 성립되어 쓰시마 도주의 번저가 있었다. 이형상이 기록한 것은 일본과의 외교가 재개되기 전의 상황이다.

이것은 이형상의 기록이 아니라 강항의『간양록』에서 그대로 따온 것이다. 쓰시마가 하나의 다이묘로 성장하게 된 계기를 자세하게 기록한 중요한 정보이다. 평상시에는 조선에 잘 하지만 일본의 압박을 받으면 변절할수 있는 쓰시마의 이중성에 대해 경고하기 위해 그대로 초록하였다.

섬에는 경작할 땅이 송곳 꽂을 만큼도 없기 때문에 백성들이 매우 가난하여 자식을 낳은 자는 성을 이을 아이만 살려두고 나머지는 모두 물에 던졌다.

우리나라와 화친을 회복하자 공미와 요미로 주는 쌀이 합쳐서 거의 삼만여 석에 이르게 되었다. 도주는 이것을 민간에 나누어 주어 4세 이상은 모두 급료를 받는다. 그러므로 자식 죽이는 풍속이 없어지고 백성들이 모두 우리 나라를 고마워한다.(島無立錐之可耕 故人民貧甚 生子者 只留繼姓 餘悉投水 及我國和復 贈米公料米 合幾至三萬餘石 島主以此分給民間 四歲以上皆給料 故無殺子之俗 而民皆德我國)

위 인용문이 바로 현재의 쓰시마 상황이라 할 수 있다. 『간양록』에는 보이지 않는 기록이다. 식읍을 받았어도 넉넉하지 않은 상황이었는데, 국교가 재개되면서 조선으로부터 받는 쌀이 주요한 식량원이 된 것이다. 쌀에 집착할 수밖에 없는 쓰시마의 사정을 알 수 있다.

"호상(好尙)"은 일본인이 좋아하는 물품을 기록한 것이다. 옷감 짜는 실에서부터 얼굴에 바르는 분에 이르기까지 일본에서 수입하고 싶어 하는 품목을 정리하여 놓았다. "조약(條約)"은 일본과 맺은 조약을 시대순으로 기록하였는데, 구송사(九送使)를 통해 이루어지는 무역량을 꼼꼼하게 기록하였다. "접대(接待)", "서계(書契)" 등도 동래부에서 쓰시마의 차왜를 접대하는 규례와 쓰시마 도주와 주고받는 서계 양식에 관한 것이고, "진상(進上)", "숙배(肅拜)", "차왜(差倭)" 등도 쓰시마의 사절이 왔을 때의 예물과 예의에 관한 것들이다.

조선과 일본의 외교는 직접 외교가 아니라 쓰시마가 중개하는 방식으로 이루어졌다. 직접 외교는 동래부사와 쓰시마 도주 사이에 이루어졌고, 에도 막부에 가는 통신사조차 쓰시마의 중개와 호행이 있었다. 그렇기 때문에 현실적으로 쓰시마를 잘 알아야 했고, 쓰시마와의 규례를 확립하는 것이 일본 외교의 첫걸음이 되었던 것이다.

동래부사를 역임한 이형상은 쓰시마가 에도 막부를 핑계로 부리는 무리한 요구와 무역을 통해 더 많은 이익을 차지하려고 벌이는 일들을 익숙하게 보아왔다. 이런 폐단을 바로잡고 쓰시마를 잘 길들이기 위해 무엇보다도 정확한 기록이 필요했다. 쓰시마를 상대해야 하는 현실적인 외교의 지침을 만들기 위해 『동이산략』을 저술했던 것으로 보인다.

2) 이전 정보를 축적한 집대성

이형상이 변방의 일을 기록했던 까닭은 적의 침략을 대비하기 위해서였다. 임진왜란 같은 경우 조선은 전혀 대비하지 못한 상태에서 당한 일이었고, 더구나 항상 돌보아주던 쓰시마에서 선봉 노릇을 했다. 조금의 의심이라도 있으면 대비를 해두는 편이 좋을 것이다.

이형상은 일본 지리에 관한 부분은 거의 『간양록』에서 발췌해 왔다. 직접 일본 땅을 밟아본 일이 없는 그로서는, 일본 경험이 풍부한 강항의 기록에 의존할 수밖에 없었던 것 같다.

> 왜놈이 항상 말하기를 오주로부터 직접 조선의 동북까지 닿는 거리가 매우 가까우나 북해의 바람이 심해서 감히 건너지 못한다고 한다. 말이 괴이하나 우선 기록하여 의심스러운 부분은 전달해 두는 예를 본받는다.(倭奴常言 自奧州直到朝鮮東北 道里絶近 而北海風高 不敢渡云 語涉怪誕 而姑且備錄 以效傳疑之例焉)

위 역시 『간양록』의 기록을 그대로 가져온 것이다. 오주는 일본 혼슈 북단의 무쓰(陸奧)를 가리키는데, 지금의 아오야마 현이 가장 조선에 가깝다. 강항은 이곳까지 가본 일이 없으나 일본인에게 들은 일을 기록한 것이다. 임진왜란 때는 남쪽으로 쳐들어왔지만 북쪽으로도 침략할 가능

성이 있기 때문이다. 이형상은 진위여부가 확인되지 않은 의심스러운
일은 모두 그대로 채록해 두었다. 그리고 앞에서 언급한 바와 같이 각
지역의 일본음을 한글로 병기했을 뿐 아니라 실제 거리가 얼마나 되는
지 일수로 표시해 두었다. 강항이 빠뜨린 부분도 모두 채워 넣은 것이
다. 도요토미 시대의 기록에서 에도시대의 기록을 더 첨가해 넣은 것이
라 할 수 있다.

　　이것은 왜국의 반자 언문인데 항용 쓰는 것이다. 부녀자 역시 모두 익힌
　다. 이 외에 또 문자 언문이 있는데 우리나라 이두와 매우 비슷하다. 오직
　승려만이 경사를 읽어 한자를 안다. 오경 가운데 서경과 예기를 중시하고
　역경과 시경, 춘추를 가볍게 여긴다. 사서 가운데 논어, 중용, 대학을 중시하
　고 맹자는 싫어한다. 불경을 중시하고 도덕경은 없다. 또 의서를 가장 중시
　한다.(此則倭國半字諺文而行用者 婦女亦皆習之 此外又有文字諺文 酷似我國
　吏讀 惟僧徒讀經史知漢字 於五經重書禮而忽易詩春秋 於四書重論語庸學而
　惡孟子 重佛經無道德經 又最重醫書)

　위는 "문자(文字)" 부분에 나오는 내용이다. 강항 이래로 일본에 다녀
온 기록에서 일본이 48개의 글자를 사용한다는 내용은 종종 찾아볼 수
있다. 그리고 한문을 빌려 쓰는 언문이 더 있는데 이것이 우리나라 이두
와 비슷하다는 언급도 찾아볼 수 있다.

　그런데 이형상은 위 글의 앞에 일본 이로하 문자 48개를 기록하고 그
아래 한문 표기와 한글음을 달아 소개한다. 일본의 언문을 반자언문과
문자언문으로 구분하여 설명하였다. 그리고 경학에 대한 경향까지 알려
준다. 일본에서는 대장경을 비롯한 불경을 요청해 왔다. 불교를 중시하
는 분위기 때문이었다. 그런데 에도시대 들어서 『동의보감(東醫寶鑑)』

과 같은 의서가 인기를 끌었다. 인삼의 인기와 함께 조선의 의술에 대한 욕구도 커졌기 때문이다. 의서를 중시한다는 이형상의 기록은 당시 시대 분위기를 잘 반영한 말이라 하겠다.

이 외에도 "국속(國俗)", "군제(軍制)", "도검(刀劍)", "술업(術業)", "구술(寇術)"의 조목은 이전 기록을 토대로 이형상이 다시 저술한 것이다. 일본의 지리와 후반부 나오는 일본인 전기에 관한 것은 거의 강항의 기록을 그대로 옮겼다. 그러나 나머지 일본 실정에 관한 기록들은 강항의 기록 뿐 아니라 이전 통신사행을 다녀온 사람의 기록을 참고한 것 같다. 그러나 이들의 기록보다 더 상세하고 구체적이다. 아마도 동래부사 시절에 왜관을 통해 입수했던 것이 아닌가 싶다.

배를 만드는 법이 중국과 달라서 반드시 큰 재목을 네모나게 만들고 획을 그어 봉합하여 쇠못을 쓰지 않고 철편을 이어 쓴다. 마근으로 기름칠을 돕지 않고 풀로 틈을 막을 뿐이다. 풀이름은 단수초이다. 쓰는 공력이 매우 많고 쓰는 재목이 매우 커서 큰 역량이 아니면 쉽게 만들기 어렵다. 중국을 도둑질하는 자는 모두 그 섬의 빈민들이다. 큰 것은 삼백 명을 수용하고 중간 크기는 일이백명을 수용하고 작은 것은 사오십 인이나 칠팔십인을 수용한다. 형태는 낮고 좁아서 큰 선박을 만나면 위로 공격하기 어렵고 물에 잠기기 쉽다. 그러므로 광동과 복건의 선박을 모두 무서워한다.(造船與中國異 必用大木取方 相畵合縫 不使鐵釘 惟聯鐵片 不使麻筋相油 惟以草塞罅漏而已 草名曰短水草 費功甚多 費材甚大 非大力量未易造 凡寇中國者 皆其島貧人 其大者容三百人 中者一二百 小者四五十人 或七八十人 其形卑隘 遇巨艦 難於仰功 苦於犁沈 故廣福船 皆其所畏)

위는 일본의 "선박(船舶)"에 대해서 기록한 부분이다. 일본 배에 대한 기록은 거의 찾아볼 수 없기 때문에 매우 희귀한 것이다. 배를 제작하는 방식이 다른 점을 기술하였는데, 보통은 쇠못을 쓰는 데 비해 일본에서는 재목을 맞추어 넣고 철편으로 잇는 방식을 사용하고 있음을 알 수 있다. 조선에서는 배의 틈을 막기 위해 기름에 갠 회와 마근을 사용하는데, 일본 배는 단수초라는 특수한 풀을 사용한다. 이런 배들이 곧 왜구들이 사용하는 배와 동일한 것으로, 그 단점 역시 기술해 놓고 있다. 위와 같은 부분은 직접 일본 배를 살피지 않고서는 기록하기 힘든 내용이다.

이형상은 기존 기록을 참고하고 직접 수집한 견문을 바탕으로 일본에 대한 정보를 정확히 전달해 줄 수 있는 『동이산략』을 저술했던 것이라 할 수 있다.

4. 이형상의 일본 인식

이형상이 조정 관료의 배척을 받아 외직으로 전전하였던 것은 불우한 일이었다. 그러나 이러한 외직의 경험은 오히려 국방의 중요성을 몸소 체험하는 기회가 되었다. 특히 1년도 채 안 되는 기간 동래부사로 재임했던 시기는 변방의 왜인과 직접 마주하는 기회였고, 대비해야 할 필요성을 절감하는 시기가 되었다.

동인과 남인 계열은 일본에 대해 느슨한 태도를 보였다. 도요토미 히데요시 때 통신 부사로 일본에 다녀온 김성일(金誠一, 1538~1593)은 일본이 쳐들어오지 않을 것이라 하였다. 국교가 회복되고 통신사가 파견되면서 일본 내의 소식이 조선에 전해졌다. 이익(李瀷, 1681~1773)은 일본의 서적을 보면서, 천황이 정권을 잡을 때를 대비해야 한다고 하였지만 천왕을 받드는 자들이 의로운 선비들일 것이라 예상하였다. 정약용(丁若鏞, 1762~1863)은 일본이 히데요시의 전철을 밟아 다시 조선을 침략할 가능성은 없다고 단언하였다. 그러나 이들의 예상은 모두 틀려서 메이지유신을 통해 천황을 옹립한 인사들이 정한론을 주장하며 조선을 식민지로 삼는 데 앞장섰다. 이렇게 오판한 원인은 중국 문물을 배우고자 노력했던 일본 한학자의 서적을 통해 일본에 대한 정보를 받아들였기 때문에, 이제 동일한 문명권 내에 일본이 들어왔다고 생각하게 된 것이었다.

그러나 이들보다 시기가 앞선 이형상은 동래 부사 시절 왜관의 폐단에 대해 절감하였다. 국익을 위해 좋은 방법인가에 대한 회의와 함께, 틈을 보이면 쓰시마인이 돌변하여 조선을 침략하는 선봉이 될지 모른다는 우려를 지니고 있었다. 그렇기 때문에 변방을 굳건히 할 방책을 강구하고, 상대국에 대해 조사하고 저술했던 것이다.

외직을 전전하여도 은거하고 있어도 늘 나라를 근심했던 진정한 관료의 모습을 이형상에게서 찾아볼 수 있다. 영천지역에 이형상의 제자들이 많아, 그의 제사를 모시는 성남서원이 복원되었다.

이형상의 제사를 받드는 영천 성남서원

조선후기 통신사행의 문화사적 의의

하우봉

1. 통신사행이란?

조선왕조를 건국한 태조 이성계는 8세기 후반 이래 600여 년 간에 걸친 일본과의 국교 단절 상태를 청산하고 일본의 아시카가막부(足利幕府)와 통교를 재개하고자 하였다. 일본 또한 적극적이어서 1404년 아시카가 요시미츠(足利義滿)가 '일본국왕사(日本國王使)'를 조선에 파견함으로써 정식으로 국교가 체결되었다. 그 후 양국은 중앙정부간에 사절을 교환하였는데 일본의 막부에서 조선으로 보낸 사절을 '일본국왕사'라고 불렀고, 조선에서 일본 막부에 보낸 사절을 '통신사(通信使)'라 하였다. 통신(通信)이라는 말은 '신의로써 통한다'는 의미이고, 통신사는 외교의례상 대등국 간에 파견하는 사절을 가리킨다.

조선 전기 일본의 아시카가막부 장군 앞으로 파견된 사절은 모두 17회에 이르며 명칭 또한 다양하였다. 그 가운데 통신사란 이름으로 파견된 사절은 모두 6회였다. 그러나 교토(京都)까지 가서 사명을 완수한 것은 1429년(세종 11)의 박서생(朴瑞生) 일행·1439년(세종 21)의 고득종(高得

宗) 일행 · 1443년(세종 25)의 변효문(卞孝文) 일행 등 3회뿐이었다. 이와 같이 조선전기의 통신사는 교류의 시기도 짧았고, 사행의 형태도 일정하지 않았다.

통신사행이 정례화하고 체계화되는 것은 조선후기에 들어와서이다. 이 시기에는 도쿠가와 막부(德川幕府)에 12회의 사절을 파견하였다. 그 가운데 임진왜란 후 국교재개기에 파견된 세 차례의 사절단의 명칭은 회답겸쇄환사(回答兼刷還使)로서 1636년(인조 14)부터 정례화 된 9차례의 통신사와는 구별된다. 그러나 양자는 모두 국서를 지참한 국왕사절단이라는 점, 원역의 구성과 사행노정 등 유사한 점이 많기 때문에 보통 합쳐서 12회의 통신사로 인정하고 있다.

임진왜란 이후 조선의 통신사가 일본으로 파견된 것은 양국의 국내정치적 동기와 국제정치적 상황의 산물이었다. 그러나 17세기 중반 이후 중국에서는 청나라가 정치적 안정을 되찾고, 조선과 일본 사이에도 평화가 정착되자 통신사행이 지니는 본래의 정치적 의미는 점차 줄어들게 되었다. 따라서 통신사행은 양국 간의 절실한 외교현안을 해결하는 등의 긴박성이 없어지고 형식화 · 의례화 되었다. 대신 문화교류라는 부수적인 기능이 부상하였다. 통신사행원들의 문화교류 활동은 1655년(효종 6) 을미통신사행 때부터 시작되어 1682년(숙종 8)의 임술통신사행 이후에는 아주 활발해졌다. 조선정부는 당초 병자호란을 당하는 극도의 어려움 속에서 남쪽 변경의 평화를 확보할 목적으로 통신사를 파견하였지만 명분상으로는 '교화(敎化)를 통한 평화 유지'를 내세우면서 문화사절단으로서의 의미를 부여하였다.

500여 명에 가까운 대규모의 인원으로 편성된 통신사행이 평균 8개월에 걸쳐 일본의 혼슈(本州)를 관통하면서 연로의 각지에서 실로 다양한 형태의 문화교류가 전개되었다. 또한 통신사행을 통해 서적을 비롯한 다양한 문물이 상호간에 전래되기도 하였다. 200여 년간에 걸친 이러한 교류는 양국의 사회와 문화의 발전에 큰 영향을 주었다. 이것은 양국의 역사뿐 아니라 동아시아사적 관점에서 볼 때도 매우 중요한 의미를 지니는 현상이라고 할 수 있다.

2. 임진왜란 이후의 국교 재개와 통신사의 파견

1) 국교재개의 배경

임진왜란이라는 파멸적인 전란을 치르고 일본을 불구대천의 원수로 치부하였던 조선이 일본과 국교를 재개하고, 통신사를 파견한 이유는 무엇일까?

여기에는 임란 후 조선과 일본 양국의 지배 권력의 확립과 깊은 관련이 있었으며, 동시에 17세기에 들어서 새롭게 전개되었던 국제정세도 중요한 요인이 되었다.

첫째, 조선의 입장을 보자.

7년간에 걸친 참혹한 전란의 후유증으로 일본에 대한 적개심은 하늘에 사무칠 정도였다. 국민감정과 명분상으로 볼 때 일본과의 강화란 있을 수 없는 것이었다. 그러나 현실적인 입장에서 볼 때 조선정부로서는 국가재건에 전력을 기울이지 않을 수 없었다. 이를 위해서는 대외관계가 안정될 필요가 있었다. 한편 국제정세를 보면 명나라는 전란의 후유증으로 쇠퇴해 가는 반면, 만주에서는 여진족이 후금(後金)을 건설하여

명과 조선을 위협하고 있었다. 조선으로서는 북쪽 변경의 방위문제가 시급한 현안으로 대두되었다. 따라서 남쪽 변경의 안전, 즉 일본과의 평화적 관계가 필요하였다.

둘째, 일본의 사정을 살펴보자.

도쿠가와 이에야스(德川家康)는 1603년 막부를 개설하였지만 아직 서부지역의 다이묘(大名)들을 완전히 장악하지 못한 상태였다. 따라서 내치에 주력할 수밖에 없는 신정권으로서는 대외관계의 정상화가 필수적이었다. 명과의 무역을 부활시키는 것도 실질적인 동기 중의 하나였다. 이에 이에야스는 조선과의 국교 정상화를 위해 적극적으로 나섰다. 그는 임진왜란이 끝난 직후 대마도주에게 국교 재개를 위해 노력할 것을 지시하였다. 1604년 사명대사 유정과 손문욱이 '탐적사(探賊使)'로 일본에 왔을 때 직접 만나 통교의지를 밝혔다. 이로써 국교재개 논의는 급진전될 수 있었다.

하여튼 조선과 일본은 각기 국내정치적인 필요성과 새로운 국제정세의 변화에 따라 임진왜란이 끝난 지 10년도 채 못 되어 국교를 재개하게 되었다. 조선정부로서는 도쿠가와 막부가 국교 재개를 위해 제시한 두 조건, ① 국서를 먼저 보내는 것, ② 왕릉을 범한 도적을 포박해 보내는 것을 수락함에 따라 도쿠가와 막부의 장군에게 사절을 파견하기로 결정하였다. 그리하여 선조 40년(1607) 1월 여우길을 정사로 하는 제1차 회답겸쇄환사를 보냈다. 회답겸쇄환사는 도쿠가와 막부의 국서에 대한 답서를 보내고 피로인의 쇄환을 촉구하는 사절단이라는 뜻이다. 조선후기에 '통신사'라는 명칭으로 파견된 사절단은 인조 14년(1636)의 병자통신사가 처음이다. 당시 조선은 병자호란의 와중에서 일본과의 평화유지가 절실한 문제였고, 또 새로이 재편된 동아시아의 국제질서에 대처하기 위해 통신사를 파견하였던 것이다. 이후 통신사는 1811년(순조 11)까지 모두 9차례에 걸쳐 파견되었다.

한편 도쿠가와 막부는 통신사행의 내빙을 통해 국내의 다이묘들에 대해서 정치적 우위를 확인하는 계기로 삼았으며, 나아가 이를 통해 중국을 비롯한 동아시아세계와 연결하려고 하였다.

2) 통신사의 파견과 노정

일본에서 도쿠가와 막부의 새 장군이 즉위하면 막부에서는 대마도에 알리고, 대마도주는 조선 조정에 사절을 보내 이 사실을 알린다. 이어 다시 통신사를 파견해 줄 것을 요청하는 통신사청래차왜(通信使請來差倭)를 보내오면 조선에서는 동래부—예조—비변사의 경로를 거쳐 논의하게 된다. 조정에서 통신사 파견을 결정하면 이를 부산의 왜관에 통보한다. 동래부에서는 역관과 외교실무자들을 보내 왜관에서 일본 측과 협의하고, 통신사행에 관한 제반사항을 규정하는 「통신사행강정절목(通信使行講定節目)」을 정하게 된다. 「통신사행강정절목」이 조정에 보고되면 조선에서는 통신사 일행의 구성과 예단의 준비 등에 착수하게 된다. 한편 일본의 막부에서는 정승급 관리인 로주(老中)를 통신사 영접의 총책임자로 하는 기구를 설치하고, 통신사행이 통과하는 연로상의 각 번(藩)에서는 접대를 위한 준비에 착수하였다.

통신사 일행은 창경궁에서 국왕에게 사폐(辭陛)한 후 충주·안동·경주를 거쳐 동래부에 도착한다. 여기서부터는 대마도에서 미리 나온 통신사호행차왜의 안내를 받으면서 가게 된다. 기선(騎船) 3척과 복선(卜船)

3척 등 6척으로 구성된 통신사행의 선단은 부산포의 영가대에서 해신제를 지낸 다음 출항하였다. 통신사 일행은 부산포에서 쓰시마(對馬島) – 잇키노시마(壹岐島) – 아이노시마(藍島) – 아카마가세키(赤間關)을 거쳐 세토내해(瀬戸內海)의 가마카리(鎌刈) – 토모노우라(鞆浦) – 우시마도(牛窓) – 무로즈(室津) – 효고(兵庫) – 오사카(大坂)까지의 수로를 거쳐 교토(京都)에 도착하였다. 조선 전기의 경우 아시카가 막부가 있었던 교토가 목적지였으나 후기에는 도쿠가와 막부의 소재지였던 에도(江戸)까지 다시 육로로 가게 되었다. 왕복거리로 하면 도합 1만1천5백여 리에 달하였으며, 서울을 출발하여 귀국해 복명하기까지에는 대개 10개월이 소요되는 대장정이었다. 대마도로부터 일본 본주를 왕래하는 행차에는 대마도주가 직접 호행하였으며, 수천 명의 대마도인이 수행하였다.

통신사 일행이 에도에 도착하면 막부 측에서는 로주(老中)가 통신사의 숙소까지 와서 영접하였고, 다시 도쿠가와 막부의 유력친족 세력인 고산케(御三家)가 주관하는 연회를 베풀었다. 국서의 전달이 끝난 후의 연회에는 도쿠가와 막부의 장군이 직접 삼사(三使)에게 술을 권하는 등 극진한 대접을 하였다. 쇄국체제 하의 도쿠가와 막부 시대에 유일하게 국교를 맺고 있었던 조선의 국왕사절단의 내빙은 큰 의미를 지니고 있었다. 그야말로 '장군 일대(一代)의 성사(盛事)'였던 만큼 막부는 조선의 통신사행을 국빈으로서 환영하였던 것이다. 한 차례의 통신사행을 접대하는데 1백만 량이라는 막대한 금액이 소요되었으며, 동원된 연인원이 33만 명에 이르렀다고 한다. 1709년 당시 막부의 1년 세입총액이 77만 냥이었다고 하니 그 액수를 미루어 짐작할 수 있다. 일부의 번에서는 통신사행의 접대를 위해 6개월 전부터 1회용의 객관을 신축하기도 하였다.

이와 같은 경제적 부담을 지면서 일본 측이 통신사를 초청한 이유는 그만한 가치의 정치적 필요성이 있었기 때문이었다. 그러나 지나칠 만큼 화려하게 진행된 통신사행의 접대는 막부의 재정을 압박하는 요인이 되었다. 그래서 지식인 사회의 일부에서는 일본에게 불평등한 의례를 바꾸어야 한다는 주장이 나오기 시작하였다. 18세기에 들어 통신사행의 정치적 의미가 줄어들게 되자 경비의 절감을 위해 빙례를 오사카나 대마도에서 하자고 하는 역지통신(易地通信)의 개혁안이 제시되기도 하였다. 결국 19세기에 들어서 서세동점이라는 거대한 물결 속에 국제정세가 변하자 1811년 대마도역지통신을 마지막으로 통신사행은 중지되었다.

3. 통신사행의 사명과 구성

1) 사명과 성격

통신사행의 일차적인 사명은 도쿠가와 막부 장군의 습직을 축하하는 국서를 전하고 이에 대한 답서를 받아오는 것이다. 조선시대는 유교적 명분을 지향하는 고도의 이념사회로서 외교관계에서도 그대로 통용되었다. 기본적으로 외교란 상대국의 경조사에 대한 예의를 다하는 의례로 인식하였기 때문에 예조에서 관장하였다.

그러나 통신사 파견의 실질적인 목적은 재침 방지를 위한 일본의 국정 탐색, 외교적 현안의 조정 내지 해결하는 것이었다. 이와 함께 조선 정부는 문화적 교화를 통해 일본의 침략성을 순화한다는 내부적인 목적도 있었다. 암암리에 조선은 일본에 대해 외교의례로는 대등관계이지만 문화적으로는 종속적 관계로서 전수자로서의 우월감을 가지고 있었다.

통신사행은 본래 정치적 목적으로 파송한 것이지만 동시에 경제적,

문화적 의미 또한 부수적으로 지니고 있었다. 일본 막부가 주로 국내정
치적 동기를 중시했다고 한다면 조선 조정으로서는 문화적 의미를 강조
하는 입장이었다. 그런 만큼 통신사행에는 제술관·서기·양의·화원·
사자관·악대 등 문화교류를 담당하는 인원들이 다수 편제되었다. 특히
1655년 을미통신사행부터 문화교류를 임무로 하였던 서기의 인원을 늘
렸고, 이어 1682년에는 제술관의 직급을 올리고 양의를 추가하는 변화
가 나타났다. 1682년 통신사행부터 양국 문사들 사이에 필담창화가 번
성하기 시작했다. 조선 조정에서는 통신사행원을 선발할 때 문재와 기
예에 뛰어난 사람을 가려 뽑았다.

2) 사행의 구성

사절단 일행이 어떤 인원으로 편성되었는가 하는 점은 통신사행의 특
성을 잘 보여주는 것이므로 조금 더 구체적으로 살펴보자.

통신사 일행의 구성을 보면 정사를 비롯하여 부사·종사관으로 구성되
는 삼사, 역관·군관·제술관·양의·사자관·의원·화원·서기·자제
군관·별파진·마상재·전악·이마·소동·노자, 취수와 각종 기수를 비
롯한 악대 및 의장대 일행, 사공과 격군 등 도합 450명에서 500여 명에
달하는 대규모 사절단으로 편성되었다.

이와 같은 대인원이 편성된 이유를 살펴보면 다음과 같다. 첫째, 해로
로 가야했기 때문에 필요한 사공 및 격군이 300명 정도 되었다. 둘째,
악대 및 의장대를 담당하는 인원이 100명 정도 차지하였다. 셋째, 그밖
에 많은 숫자를 차지하는 인원으로는 역관 21명, 군관 17명(子弟軍官 포
함), 하인과 노자 90명 등이 있었다.

통신사행의 원역 구성에서 특징적인 점은 문화교류를 담당하는 인원이 대거 참여하고 있다는 것이다. 시문창수를 임무로 하였던 제술관과 3인의 서기, 양의 1인과 의원 2인, 사자관 2인, 화원 1인 등 문화교류를 전담하는 인원이 10여 명 편성되어 있는데, 이 점은 다른 사행에서 유례를 찾아보기 힘든 통신사행만의 특징이다.

4. 통신사행의 문화교류 활동

1) 통신사 수행원의 활동

(1) 사문사의 필담창화

사문사(四文士)란 제술관과 서기 3인을 통칭해 부르는 용어이다. 유학을 비롯해 다양한 주제를 대상으로 한 필담과 한시의 창화로 이루어지는 필담창화는 통신사행의 문화교류 활동 중에서도 꽃이라고 할 만하다. 필담창화에 대한 일본인들의 호응도 대단하여 4문사들은 사행 중 각자 천 수 이상의 시를 지어야 했다고 한다.

일본의 문사들은 통신사행원과의 필담창화를 자신의 문재를 과시하는 기회로 삼았다. 일본의 문사들은 삼사를 비롯한 통신사행원들에게 서문과 발문을 요청하였고, 통신사행원과의 시문창화를 통해 이름을 날리기를 원하였다. 대표적인 사례가 하야시 라잔(林羅山)과 아라이 하쿠세키(新井白石)이다. 하쿠세키는 무명시절에 1682년 임술통신사행의 제술관 성완(成琬)에게 자신의 시집인 『도정집(陶情集)』의 서문을 요청해 받았고, 그와 창화하여 이름이 알려졌다. 이를 계기로 하쿠세키는 키노시타 준앙(木下順庵)의 문하에 들어가게 되었고 이후 스승의 추천을 받아 막부의 시강(侍講)으로 등용되었다. 일본의 문사들은 통신사행원과 창화하면 그 시문집을 바로 간행하였다. 그래서 가는 길에 필담창화가 이루어지면 일본 문사들은 돌아오는 길에 창화집을 완성하여 사행원들에게 주어 깜짝 놀라는 일이 허다하였다.

이러한 양상에 대해서 일본의 외교사료집인『통항일람(通航一覽)』에는 "생각컨대 사절이 내빙할 때마다 반드시 필담창화가 있었는데, 1682년과 1711년부터 조금씩 보다 활발해졌다. 그런 까닭으로 그것을 수록한 서책의 종류가 백 수십 권에 이른다."고 하였다. 실제 연로의 객관에서 일본문사들과 통신사행원 사이에 벌어지는 필담창화의 광경은 사행원들이 저술한 일본 사행록에도 잘 묘사되어 있다.

그런데 이들 4문사는 신분적으로 거의 대부분 서얼 출신이었음에도 불구하고 통신사행 내의 위상을 보면 매우 중시되었음을 알 수 있다. 또 제술관과 서기의 임명은 1682년부터 국왕의 재가를 받아야 하는 사항이었다. 그만큼 문화교류를 중시하였음을 알 수 있다. 통신사행이 궁궐을 떠나며 국왕을 알현하는 사폐식에도 제술관은 삼사와 함께 참여하였다. 또 1764년 계미통신사행의 복명 시 영조는 삼사와 함께 4문사를 인견하며 일본에서의 문화교류활동에 대해 직접 하문하기도 하였다.

(2) 화원의 활동

수행화원의 활동으로서는 ① 일본지도의 모사(模寫), ② 수차(水車)와 주교(舟橋) 등 기술제작도 묘사, ③ 주요지역과 사행로의 명승 묘사, ④ 일본화가와의 교류 등이 있다.

1748년 무진통신사행의 경우를 보면, 오사카에서 수행화원과 일본화가 사이에 화회(畵會)가 이루어지고, 교토에서는 숙소인 본국사(本國寺)

에서 지역문인들과 필담창화가 있었다. 또 에도에서는 화원들이 막부
장군 앞에서 휘호하고, 막부의 어용화가인 카노파[狩野派]의 일급화가
들과 교류하였다. 화회는 회화 교류의 실질적인 교류와 발전을 가져올
수 있는 의미 있는 행사였다. 1748년 사행 때의 이성린(李聖麟)과 오사
카의 오오카 슌보쿠(大岡春卜) 등과의 교류는 유명한 사례이다. 17세기
중반 이후부터 18세기 말까지 이루어지는 통신사 수행화원의 활동은 한
일회화교류사에서 중요한 비중을 차지하고 있다.

(3) 의원의 활동

임진왜란 이후 일본에서는 『동의보감』, 『의방유취』를 비롯한 조선의
의학서를 구입하고자 했으며 수십 종에 달하는 약종(藥種)을 요청하였
다. 『변례집요(邊例集要)』를 보면 1660년부터 1690년 사이에 대마도가
동의보감을 5차례 구청했다는 기사가 나온다. 당시 일본은 조선의학서
를 바로 간행하였고, 『동의보감』은 퇴계 이황의 문집과 함께 가장 많이
간행된 인기서목이었다. 8대 장군 요시무네(吉宗)는 1724년 『동의보감』
을 간행하였다. 18세기 중반 네덜란드 의학이 전해지기 전까지 조선의
학은 일본의 의학 발전에 큰 영향을 끼쳤다. 이러한 배경 속에서 통신사
수행원으로 내방한 조선의 의원들로부터 선진의료기술을 전수받으려는
노력이 이어졌다. 따라서 에도와 오사카뿐 아니라 연로의 각지에서 의
학문답이 활발하게 이루어졌다.

의원의 역할로는 ① 통신사행원의 치료, ② 일본인 치료, ③ 일본인 의
사들과 나누는 의학문답이 있다. 특히 의학문답은 양의(良醫)가 주로 담
당하였던 것 같다. 통신사행의 의학교류에 관한 필담집은 최근의 연구
에 의하면 21종 43책에 달한다. 그것을 분류해 보면, 대부분 18세기의

사행에 집중되었으며, 오사카와 에도를 중심으로 이루어졌다.

쇄국체제 하의 일본에서는 외래문화를 접할 기회가 제한되었던 만큼 통신사의 방일에 대한 기대는 학자·문화인을 비롯하여 민중에 이르기까지 이상하리만치 컸다. 일본인 문사들과 의사, 화원, 민중들의 문화적 열망은 정치적인 압력으로도 막을 수 없는 것이었다. 문화교류는 에도뿐만 아니라 연로의 각지에서 이루어졌으며, 또 막부의 관리나 유관(儒官)뿐 아니라 각 분야와 각 레벨에서의 다양한 교류가 활발히 전개되었다.

통신사 일행이 입국하면 각 번의 유학자들과 문화인들이 몰려들어 그들과 대화를 나누기 원하였다. 통신사행 일행이 통과하는 지역은 물론이고 그렇지 않은 번에서도 유관과 문인을 파견하여 문화를 흡수하도록 장려하였다.

그들은 자신들이 지은 시나 문집에 통신사 일행의 서문이나 발문을 받기 위해 줄을 섰고, 시 한 수나 글을 받으면 가문의 보배로 알고 간직하였다 한다. 그러한 광경은 통신사행원들이 남긴 사행록에 자세히 묘사되어 있다. 또 일본 각지에 남아 있는 창화집에도 잘 표현되어 있는데, 이때 이루어진 필담창화집이 200여 종에 달한다. 사자관과 화원도 유묵과 서화를 요청하는 방문객들을 접대하기에 몹시 바빴으며, 양의와 의원도 마찬가지였다. 통신사행을 통한 이상과 같은 문화교류는 한문학과 유학뿐만 아니라 그림·글씨·의학 분야까지 포함하여 근세 일본문화의 발전에 상당한 영향을 주었다.

통신사행은 양국 중앙정부간의 외교의례행사이고 지배층간의 교류가 중심이었지만 거기에 그치는 것이 아니었다. 그 교류는 민간인들도 다 참여한 일대 문화행사이기도 하였다. 현재 전해지는 각종의 통신사행렬도를 보면 당시 일본의 서민들이 통신사의 행렬을 보기 위해 연도에 가득 몰려나와 구경하는 모습을 볼 수 있다. 오늘날까지도 통신사들이 지나간 지역에서는 통신사와 관계있는 문화행사나 무용 등이 남아 있는데 이것은 통신사행이 일본의 지식인뿐만 아니라 민중에게 끼친 영향을 잘 보여주는 것이다. 또 그들의 대표적 서민문화 장르인 가부키(歌舞伎)에도 통신사를 주제로 한 작품이 있다.

2) 일본문물의 전래

통신사행은 한편으로 일본문화가 조선으로 들어오는 통로가 되었다. 통신사행을 통해 이루어진 문화교류가 조선 문화의 발전에도 일정한 자극과 계기를 주었다고 할 수 있다. 또 1711년 신묘통신사행에서 정사 조태억과 아라이 하쿠세키와의 논전에서 보이는 것처럼 조태억은 아라이 하쿠세키를 통해 유럽세계에 관해서 들을 수 있었다. 물론 당시 조선에서도 청을 통해 서양의 문물이 전래된 상황이었지만 직접 유럽인을 접촉하며 대외업무를 관장하였던 하쿠세키와의 토론을 통해 적지 않은 충격을 받았다. 이러한 체험은 그냥 없어지지 않고 국내에서의 반응을 불러왔을 것으로 여겨진다.

통신사행원들은 일본에 다녀와서 사행 중의 체험과 견문을 적은 일본사행록을 저술하였다. 1763년 서명응이 '식파록(息波錄)' 혹은 '해행총재(海行摠載)'란 이름하에 61편의 사행록을 수집해 편집하였다 한다. 그러나 상당수가 산일되어 현재 40여 종의 사행록이 전해지고 있는데, 이것들은 기행문학으로서의 가치뿐만 아니라 당시 일본의 사회상과 문화를 조선에 알리는데 중요한 역할을 하였다. 사행원들의 일본사행록은 귀중한 일본사회 정보서이자 문화견문록이었다. 일본사행록을 통해 조선의 지식인들은 일본 사회의 변화상에 대한 정보를 입수할 수 있었다. 그들 대부분은 일본을 문화후진국이라고 무시하면서 짐짓 외면하였지만 일정한 자극을 받기도 하였다. 18세기 후반기에 이르면 그 자극의 정도는 의미 있는 수준으로 변하였다. 그래서 재야의 실학자를 비롯한 일부 지식인은 일본에 대한 재인식을 주창하기에 이르렀다.

(1) 일본 서적의 유입

통신사행을 통해 전래된 물품으로 가장 가치가 높은 것은 일본의 서적이다. 그런데 통신사의 경우 부경사(赴京使)처럼 서적 구입을 임무로 하는 원역은 없었고, 대부분은 사행 중 일본 문사로부터 기증받거나 개인적인 관심으로 구입하였다. 따라서 귀국 후 조정에 제출한다거나 하지는 않았고, 지인들과의 사이에 돌려보는 정도였던 것으로 보인다. 일본 측이 조선의 유학서적, 의학서, 사서 등을 의욕적으로 구입해 국내에서 간행한 것과는 달리 조선 측은 일본문화의 수입에 적극적이지는 않았다. 이러한 양상은 18세기 중반까지 지속되었다. 그런데 18세기 중반 이후로 가면 일본고학의 발전에 따른 일본 문사들의 자부심과 함께 사행중의 논전이 가열됨에 따라 통신사행원들의 호기심도 강해졌다.

조선에 전래된 일본서적 전래의 양상을 보면 18세기 초반부터 13종의 고학파 유학자들의 저술을 비롯해 상당수의 서적이 들어왔다. 19세기 초반에는 유학서, 사서, 문집, 시집, 창화록, 지리지, 유서류 등 24종의 다양한 서적이 국내에 들어왔음이 확인된다.

(2) 일본고학의 전래와 실학파의 연구

통신사행원의 사행록과 그들이 가져온 일본 서적은 당시 상대적으로 개방적인 세계관을 소유하고 있었던 일부 실학자들에게 학문적 호기심의 대상이 되었다. 특히 이익을 중심으로 하는 남인계 실학파의 학자들은 일본에 대한 연구를 주도하면서 새로운 일본인식을 제창하였다. 그 가운데서도 문화적으로 중요한 의미를 지니는 것은 일본 고학파(古學派) 유학의 전래와 연구이다. 에도시대 초기 조선성리학의 수용이 근세일본의 형성과 발전에 큰 영향을 끼친 것과 마찬가지로 18세기 후반 조선 실학자들의 일본고학 연구는 동아시아문화교류사 상에서도 큰 의미를 지니는 것이다.

일본 고학파 유학자들의 서적을 읽고 논평한 인물은 통신사행원들이었다. 그런데 그들의 세계관은 주자학일존주의와 조선중화의식에 바탕을 두고 있었다. 따라서 그들은 일본의 유학의 수준을 전반적으로 낮게 보았고, 당시 일본에서 발전하였던 양명학이나 고학에 대해서는 비판적이었다. 그러나 그들은 당시 일본 학술계에 큰 영향력을 지니면서 일본 각지에서의 필담창화 시 항상 주제로 나오는 고학에 대해 호기심을 가졌다. 그래서 고학파 유학자들의 저술이나 문집을 구해오기도 하였으나 진지한 관심을 가지고 연구하지는 않았다. 단지 고학파의 경전 해석이 주자를 비판하고 성리설(性理說)을 부정한다는 점에 주목하여 이단으로 규정하였을 뿐이었다.

그런데 상대적으로 개방적 세계관을 지녔던 실학자들은 학문적 호기심을 가지고 접근하였다. 남인계 실학파인 안정복은 이토 진사이(伊藤仁齋)의 『동자문(童子問)』을 보고, "바다 가운데 오랑캐의 나라에서 이같은 학문인이 있었다니 뜻밖이다. 그 책이 논한 바를 보니 대개 맹자를 추존하면서 정이천(程伊川)을 헐뜯었다."라고 논평하였다. 북학파 실학자인 이덕무는 이토 진사이의 『동자문』과 오규 소라이(荻生徂徠)의 시문집과 다자이 슌다이(太宰春臺)의 글을 보았다. 그는 그들의 성리학설에 대해서는 비판하였지만, 그들의 문장이나 고학적 방법론에 대해서는 긍정적으로 평가하였다.

그런데 일본의 고학파 유학에 대해 깊은 학문적 관심을 가지고 본격적으로 연구한 학자는 정약용이었다. 그는 강진에 유배된 후 사서삼경을 비롯한 경학을 연구하던 중 다자이 슌다이의 『논어고훈외전(論語古訓外傳)』을 보았으며 고학파 유학자들의 경전 주석에 대해 공감하였다. 그래서 그는 자신의 『논어고금주』에서 고학파 유학자들의 주석을 인용 소개하였다. 그가 『논어고금주』에서 인용한 고학파 유학자들의 주석은 이토 진사이 3개소, 오규 소라이 50개소, 다자이 슌타이 148개소이다. 정약용의 고학파 유학자들의 경전주석에 대한 수용양상을 보면, 대체로 한(漢)·송(宋) 절충적인 입장에서 비판적으로 수용하였다고 볼 수 있다. 사상적인 측면에서 보면 수용보다는 비판이 더 많았고, 차이점이 많이 부각되었지만 훈고·고증적인 측면에서는 고문사학적 방법론에 입각한 다자이 슌다이의 『논어고훈외전』으로부터 적지 않은 도움을 받았다. 조선시대 지식인 중 일본 유학에 대해 이렇게 깊은 관심을 가지고 본격적으로 연구한 예는 정약용이 유일하다. 이것은 소중화 의식에서 탈피한 그의 열려진 세계관과 철저한 학자정신의 산물이라고도 할 수 있다.

5. 통신사행의 문화사적 의의

조선 후기의 통신사행은 조일 간의 선린우호를 상징하는 중앙정부의 공식사절단이었다. 조선국왕의 국서를 전달하고 도쿠가와 막부 장군의 답서를 받아오는 것으로 통신사에게 주어진 기본적인 사명은 완수되는 것이었지만 500명에 달하는 대사절단이 8개월이라는 긴 기간 동안 일본의 각지를 관통하는 행사가 그것만으로 끝날 리는 없었다. 통신사행이 통과하는 연로의 객관에서는 시문창수를 비롯하여 학술·의학·예술 등 다양한 내용의 문화교류 행사가 성황을 이루었다. 그리고 그것은 쇄국체제 하의 일본 사회에 의미 있는 영향을 끼쳤다고 평가된다. 동시에 통신사행은 일본의 문물이 사행원들을 통해 전해져 조선의 지식인들이 일본사회를 재인식하는 계기를 제공하였다. 조선 후기 통신사행을 통한 양국 학자들과 민중들의 문화교류는 순수하였다. 통신사행렬도에 묘사되어 있는 일본민중들의 다양하고 순수한 표정은 그것을 사실적으로 잘 보여주고 있다. 이러한 모습은 메이지유신 이래의 한국관과는 달랐던 것으로서 오늘날 새로이 조명해볼 가치가 충분하다고 생각한다.

1811년 대마도에서의 역지통신을 마지막으로 통신사행이 폐지된 이후 양국관계는 소원해지고 정보의 불통에 따른 오해와 상호인식의 갭이 커지며 결국 분쟁과 전쟁으로 가는 역사가 전개되었다. 이 점에서는 조선 전기의 경우도 마찬가지라고 할 수 있다. 이로 보아 통신사행이 지니는 의의와 역할이 얼마나 중요하였는가를 알 수 있다. 근대이후 한일 양국 간의 관계가 침략과 저항이라는 불행한 역사로 점철되었고, 그러한 여파는 오늘날까지도 양 국민의 의식 속에 깊숙이 자리 잡고 있는 현실에서 근세 450여 년 간에 걸쳐 전개되었던 선린외교와 문화교류는 앞으로의 바람직한 한일관계의 하나의 모델로서 재조명되고 적극적으로 평가되어야 할 것이다.

영천대마 이야기

– 영천과 말, 과거와 미래

김정식

1. 신마, 황보능장에게 내리다

1) 용마바위에서 솟아오른 황보능장의 신마

주왕산에서 발원하여 죽장-영천으로 흐르는 물길이 자오천이다. 포항 방향의 28번 도로와 맞닿는 단포교를 넘고 완산보(주남보)에 이르면 다시 남천이라 불리면서 높은 자연절벽에 에워싸인다. 남천은 영천시내로 돌아 흐르면서 비로소 금호강의 면모를 갖추게 되는 것이다.

흐르는 강 속에 뿌리를 둔 높다란 단애는 신라를 지켜주던 외성의 하나인 금강산성(金剛山城)이다. 지금, 영천시 그린환경센터로 활용하고 있는데 그 시오리 금강산성 길과 남천은 천년의 대서사를 간직한 역사의 땅이기도 하다. 완산보에서 쏟아지는 여울 소리를 들으면서 절벽 아래 오솔길을 따라 걸으면 금강산성에 이른다. 10여 미터 족히 넘는 천연단애로 형성된 금강산성은 서북쪽이 탁 트여있어 전망대와 같다. 광활한 들녘을 비켜 북쪽 멀리 바라보노라면 영천의 진산인 보현산이 우뚝

솟아 있고 서쪽으로는 팔공산이 병풍처럼 좌우로 펼쳐진다. 북쪽 절벽
의 중턱에 집채만 한 큰 바위덩이가 굴러 떨어질세라 서로 어깨를 기대
고 있는 것이 용마바위인데 근래 들어 바위 아래 작은 암자가 들어서
그 옛날의 정령을 그대로 품고 있는 듯하다.

금강산성

신라 말, 영천지역 금강성의 성주인 황보능장(皇甫能長)은 왕권이 극
도로 쇠약해지고 정국이 혼란스러워지자 왜구의 노략질과 견훤의 내침
을 대비하고 경주지역 방위를 위하여 금강산성을 축조한다. 황보장군은
동서가 발달하고 남쪽을 안위하고 있는 천혜의 절벽을 잘 활용하여 튼
튼한 토성을 쌓기 시작한다. 휘하 병사들과 지역주민들이 호흡을 맞추
고 힘을 합쳐나가던 어느 날 밤이었다. 훈련과 토성 쌓기에 지친 능장이
군막에서 곤히 잠을 자는데 꿈속에 아리따운 천상의 여인이 나타나 말
을 건넸다.

"황보능장! 나는 옥황상제의 상좌인 천녀요. 상제께서 그대의 나라위한 충정을 어여삐 여겨 잘 달리는 말 한필을 선물로 내리니 귀하게 받으시오!"

하고는 유유히 사라졌다. 장군이 깜짝 놀라 눈을 떠보니 비록 꿈이었지만 너무나 생생한 현실 같았다. 아직 캄캄한 밤중이어 다시 잠을 청하려는데 갑자기 고요한 산성의 정적을 깨고 땅이 꺼질듯 한 우레와 같은 폭음소리와 함께 온 산과 들녘이 대낮처럼 환하게 밝아졌다. 병사들은 물론 마을 사람들까지도 혼비백산하여 소리가 난 절벽 밑으로 모여들었다. 그 순간, 꿈을 떠올린 황보장군은 넋을 잃고 있는 병사들을 헤치고 황급히 나아갔다. 꿈이 현실로 나타난 것일까. 절벽에서 기이한 물체가 하늘 위로 높이 솟아오르더니 날개 달린 준수한 말 한 마리가 큰 울음소리를 내며 성문 쪽으로 날아오고 있지 않는가. 꿈속의 천녀가 말해준 옥황상제의 선물이 분명하였다.

"모두들 조용하라! 이 말은 하늘이 내게 주신 선물이다. 신마였다. 우리 모두 말 앞에 엎디어 큰 절을 올릴 것이다."

능장의 위엄 있는 명령에 모여든 모든 군민이 제자리에서 무릎을 꿇고 앉아 마치 부하가 장수 앞에서 충성을 맹세하듯 머리를 조아렸다. 절을 마친 황보장군은 하늘이 내린 말을 부둥켜안고 흑갈색에 윤기가 흐르는 목덜미를 부드럽게 쓰다듬으면서

"나와 함께 야전을 누빌만한 말이 없어 걱정이었는데 마침 잘 왔다." 라며 너무나 기뻐하였다.

이튿날 날이 밝자 간밤에 하늘의 서기가 내린 그곳을 자세히 살펴보니 가파른 절벽이 크게 갈라진 사이로 새로운 바위 하나가 우뚝 솟아있었다. 그 중간을 뚫고 말이 솟아올라온 것임을 안 황보장군은 그 바위를

'용마바위'라 부르고 '용마'를 애지중지하였다.

준마와 명장은 궁합이 맞는 법. 이제 장군은 용마의 주인이 되었다. 말을 몰고 이곳저곳의 공사현장을 살피면서 멀지 않아 성이 완성되면 낙성잔치를 겸한 군사들의 무예경연대회도 진행할 계획을 했다.

"마침내 굳건한 산성을 우리들 손으로 완성하였다. 그동안 제병들의 노고를 진심으로 치하하면서 큰 잔치와 더불어 무예경연대회를 열 것이니 마음껏 즐기라!"

"만세!! 만세!! 만세!!" 병사들도 모두 기뻐하였다.

분위기가 한창 무르익자 능장은 은근히 용마의 용맹을 자랑하고 싶어 말을 불러 군중들 앞에 나타나 쩌렁쩌렁 울리는 큰 소리로 용마에게 준엄한 다짐을 한다.

"오늘 같은 축전의 날에 너의 용맹을 보여 다오. 내가 활을 쏠 터이니 화살과 경주를 하라. 만약 내가 쏜 화살을 따르지 못하면 내 너의 목을 벨 것이다."

엄명을 내리자 장군은 시위를 힘껏 잡아당기고 용마의 엉덩이를 세게 찼다.

"이랴!"

모두들 숨을 죽이고 지켜보는데 용마는 과녁이 위치한 산기슭 언덕을 향해 번개같이 뛰더니 흐르는 강과 절벽을 날아 넓은 들녘을 단숨에 달렸다. 그 날랜 모습은 장군이 쏜 화살이 되레 용마를 뒤따르는 듯 했다. 그야말로 눈 깜짝할 사이에 목표에 이른 용마는 비로소 발을 땅에 내딛으며 고개를 쳐들고 큰 울음을 터뜨렸다. 아직도 용마는 힘이 넘쳐났다.

마상의 능장은 얼른 과녁을 살폈다. 그런데 뒤이어 꽂힐 줄 알았던 화살의 흔적이 영 보이지 않는 것이 아닌가. 순간, 용마가 화살을 놓친

것으로 안 장군은,

"너는 내 화살을 놓쳐 따르지 못했구나. 약속대로 내 너의 목을 베리라."

장군은 단호했다. 한 치의 여유도 주지 않고 말이 떨어지기 무섭게 장군의 시퍼런 칼이 말의 목을 지나갔다. 그때였다. 씽-하는 소리를 내며 날아온 화살은 피를 토하며 죽어가는 말 머리에 꽂혔다. 분명히 장군이 쏜 화살이었다. 용마가 화살보다 더 빨랐다는 것은 두말할 나위가 없다. 순간 멍하니 보던 장군은 '내 성미가 불같이 급했구나' 하며 애통해했다. 그러나 이미 지난일, 붉은 피를 낭자하게 쏟아 낸 용마는 다시 일어서지 못했다. 자신의 뛰어난 기량을 다 펴지 못한 채 용마는 순순히 주인의 처분에 맡겨지고 만 것이다. 오히려 장군이 당긴 시위의 장력이 자기의 주력에 미치지 못한다는 큰 일깨움을 남긴 채 주인을 위해 목숨을 바친 것이다. 능장은 사려 깊지 못한 자신 탓에 애석하게 죽어버린 말을 고이 묻어준다. 그리고 훗날, 용맹스럽던 장군이 죽자 그의 무덤은 금강산성을 마주 바라보는 운주산 기슭 천수봉 솔밭에 모셔졌다.

황보능장 장군묘

영천시 고경면 창하동, 육군3사관학교의 교정에 마치 왕릉을 방불케 하는 커다란 무덤이 있는데 이곳이 곧 고려 건국을 도운 금강성주 황보능장(皇甫能長)이 잠들어 있는 곳이다. 세인들은 이 무덤을 두고 말무덤이라고도 하고 또 혹자는 이 무덤과 달리 용마의 무덤인 말무덤이 따로 있다고도 한다. 그렇지만 문헌에 의하면 용마의 무덤은 확인할 길이 없고 오히려 황보장군의 무덤이 대단히 크기 때문에 이를 두고 큰 무덤, 즉 말무덤으로 불리어진다는 향토사학자(이원조, 전민욱)들의 의견에 공감된다.

2) 황보능장, 육군3사관학교 생도들을 굽어 살피다

경상북도기념물 제51호로 지정된 황보능장 묘역과 관련해 3사관학교의 공간구도를 살펴보자. 먼저 묘역 남쪽 방향으로 학교본부와 동양 최대의 잔디연병장인 충성연병장이 그 위용을 자랑한다. 그리고 학교 담 넘어 멀지 않은 곳에는 그 옛날 황보능장이 축성했던 금강산성이 병풍처럼 가로놓인다. 묘소에서 다시 동쪽 지역은 계절에 따라 다양한 볼거리를 안겨주는 연못과 호국정 둘레길, 그리고 연못 둑 아래쪽으로 넓은 연병장을 내려다보는 곳에 자리한 성화대와 그 아래로 조국·명예·충용의 글자를 피어내는 회양목 정원이 철철이 그 아름다움을 더한다. 또한 병촌에서는 보기 드물게 야외 조각공원을 꾸며놓아 사관생도들과 내방객들에게 미감을 소통케 한다. 다시 서쪽 편으로 눈길을 돌리면 생도들의 교육장이 넓게 자리하고 있다. 20여 개의 전공에 따라 학과 학습뿐만 아니라 장교로서 리더십을 발휘할 덕육(훈육)을 생활 속에서 체인토록 한다. 사관생도들의 하루는 뜀걸음으로 시작한다. 건각을 세운 사관생도들은 새벽기운을 가르고 황보장군 묘역 앞 솔밭을 돌아 십리 길을 땀 흘려 뛰면서 심신을 벼린다. 젊은 사관들을 품어 안고 있는 황보능장은 죽어서도 필승의 호령을 놓지 않는다. 살아서는 용맹스러운 장수요 죽어서도 영원한 지휘관으로 미래의 간성이 될 젊은 사관들과 함께 달리고 함께 호흡하며 맹훈련을 하고 있는 것만 같다.

처서가 지나고 가을바람이 일면 3사관학교 장병들은 장군의 묘역을 말끔하게 벌초하면서 그의 용맹을 되새기고 호국을 위한 필승정신을 아우르는 기회로 삼는다.

3) 박정희 대통령이 붙여준 학교 이름, 충성대

28번 도로가 지나는 창하리에 들어서면 길게 축조된 시멘트 담장을 만난다. 그 중간쯤에 대리석 벽돌로 다듬어 낸 학교 정문, 그 위에 굵은 글씨로 새긴 '충성대'는 1968년 10월 개교를 기념하여 박정희 대통령이 붙여준 학교이름이다. '충성대'는 당시 박 대통령의 친필휘호를 음각한 것으로 조국을 위해 충성(용)스럽고 명예로운 장교가 되라는 명령과 주문을 담고 있다. 당시 1·21 사태를 비롯한 남북 간의 긴장과 월남 전쟁 등 국내외 정세는 강한 군인, 충성스러운 장교를 필요로 했던 것이다. 충성대의 사관들은 충용스럽고도 강인했다. 충성의 구호를 달고 충성대의 높은 문을 출입하면서 밤낮 없이 심신을 담금질 해나간다. 월남 전장에서 태극무공 훈장의 주인이 되었고 야전 소대장의 의표가 되었다. 마침내 많은 졸업생들이 장군으로 영진하고 사단장과 야전군사령관으로 활동하기에 이르렀다.

45년의 긴 세월을 담은 충성대는 개교 초 단기과정의 사관생도 교육에서 전문대학 과정의 교육체제를 거쳐 지금은 학사학위 편입과정의 2년제 사관학교로 정위하고 있다. 나아가 2015년부터는 여군사관생도 교육이 시행된다고 하니 명실공히 국가의 간성을 길러내는 요람이다. 또한 충성대를 거쳐 간 10여만 명의 졸업생들은 군은 물론 정치 행정, 산업과 교육 등 다양한 영역에서 자신들의 역량을 유감없이 발휘하고 있다.

새 봄을 맞는 충성대는 젊은 함성으로 열기를 더한다. 푸른 소위로 나서는 480여명의 청푸른 사관들, 아울러 충성대를 새로 찾는 신입생도들, 그들의 찬란한 전도 위에 황보능장도 함께 하리라. 장군이 좇던 용과 엄으로 자신을 다스리고 강인하게 벼리어 나갈지라!!

2. 장수도 역참 속에 숨은 옛이야기들

1) 어진 백성들이 세운 비림

영천시 신녕면사무소 앞에 이르면 특별한 풍경을 만난다. 32좌의 크고 작은 비석들이 두 줄로 나란히 돌 숲을 이루고 있다. 비바람으로 얼룩진 세월의 흔적인양 거무스레한 석화가 피어나 있는가 하면 오랜 세월 동안 오가는 사람의 손때가 묻어 회색빛으로 착색이 되어 있다. 크기도 제각각이지만 모양도 가지각색이다. 수려한 문양을 새긴 두개석을 눌러쓴 것도 있고 맨몸처럼 겉치레가 전혀 없는 단순한 비들도 한데 뒤섞여있다. 500여 년 전부터 누대를 이어가가며 신녕 땅을 지키고 다스렸던 관리들을 칭송하여 기록한 비석들이다.

오래 묵은 비석 군들이 방문객의 걸음을 머뭇거리게 한다. 누가 세운 것일까. 신녕 현민들, 어질고 순박한 순천백성들일리라.

장수역 비림(碑林)

신녕은 동으로 영천, 서쪽으로 군위군, 부계와 구미 그리고 남으로 경산시 하양, 북으로는 의흥과 의성에 이르기까지 20여리 안팎으로 둘러싸인 요새지 같은 지역이다. 서울에서 부산을 왕래하는 중요한 길목인 신녕은 편리한 교통에 더하여 비옥하고 자연재해가 적은 곳이라 사람들이 기대어 살기 좋은 땅이다. 그러기에 신라 경덕왕 이래 여태껏 동일한 지명을 간직하고 있으며 조선 후기까지 영천시와 별개의 독립된 지방행정을 수행하여 오다가 1914년에 들어 영천시로 통합되었다.

비를 세운 사람들은 같은 의미인데도 나름 각기 다르게 분류를 하고 있다. 먼저 불망비라 하여 수령의 공적을 영원히 잊지 못하겠노라며 세운 비가 12좌 있고, 고을사람을 위하여 착하고 어진 정치를 하였음을 기리는 선정비가 11좌 있다. 그리고 또다른 이름으로 치덕을 사모하거나 공적을 기념하기 위하여 세운 비가 9좌 있는데 대부분 신녕현감과 군수를 지낸 분들에게 바치는 비다. 임기를 마치고 떠나는 전관의 뒷모습을 바라보는 백성들의 감정이 사뭇 달랐던 탓일까. 아니면 비를 세우고 글을 새기는 양식의 차이 때문인지 … 세운 이들의 감정을 세세히 적어놓지 않아 비문을 읽는 방문자의 감정대로 짐작해 볼 뿐이다.

지역마다 옛 관가 터에 한두 개 세워진 선정비를 만나곤 하지만 신녕처럼 군집한 비석을 만나기란 그리 흔하지 않다. 선정을 베푼 관리가 대를 이어 있었을 뿐만 아니라 그 선정을 기리는 백성들의 어진 손길이 서로 모여 마을의 역사를 따뜻하게 지켜나갔던 것이리라.

그 많은 비들 중에서도 면사무소 앞에서 100m 정도 떨어진 타루각에 안치된 비 하나는 유독 그 내용을 자세히 기록하고 있다. 모진 가뭄과 흉년이 들어 허덕이던 1700년 여름에 신녕현감으로 온 윤명운의 거사비이다. 그해 신녕현민들은 지독한 가뭄으로 알곡하나 제대로 만질 수 없어 허기에 차고 지쳐있었다. 상실감에 빠져 있는 백성들의 마음을 어루만지면서 삶의 의욕을 돋우기 위해 현감은 무엇보다 먼저 심리적인 안정에 온 마음을 기울이고 점진적으로 어려움을 극복해나가면서 부조리한 사회제도까지 바꾸기 시작한다. 그 후 5년 동안이나 윤 현감은 신녕 땅을 떠나지 않고 현민과 호흡을 같이하면서 희망의 삶터로 일구는데 혼신의 힘을 다했다. 그의 이러한 공적을 거사비 뒷면에 꼼꼼하게 음기하고 있어 그 시대 백성들의 감읍한 마음을 짐작케 한다.

2) 화가 이명기 장수도역참의 찰방 되다

비석 가운데는 장수도 찰방의 선정을 못 잊어 세운 불망비 4좌가 함께 있다. 장수도(長水道)는 조선시대의 신녕에 있었던 경상도에서 가장 큰 역참이다. 장수도 밑에는 군위, 경주와 경산 등지에 14개의 작은 역

을 두고 찰방이라는 관직의 역장이 일반 행정과는 별개로 교통통신과
물류에 관한 국가 임무를 수행했다.

팔공산 갑령에서 발원하여 남쪽으로 흐르는 서천(신녕천)가로 걸음을
옮기면 개울 건너 야트막한 매산 허리춤에 옹기종기 처마 끝을 맞대고
있는 마을이 있다. 별동리다. 옛 장수도역이 위치한 곳으로 현청이 있던
면소재지 부근을 본관이라 하고 찰방이 위치한 곳을 별관이라 했다 하
여 붙여진 마을 이름이다. 지금 별3동 중간쯤, 그러니까 매양리에 장수
도 역사의 흔적인 마른 우물이 하나 남아있다. 마을에서는 관가에서 사
용하던 우물이라 하여 아직도 관가샘이라고 부른다. 장수도역에 상주한
크고 작은 말과 말을 재우고 대체하는 등 여러 가지 마사를 돕던 270여
명의 인력이 사용하던 우물이었으니 그 규모가 미루어 짐작된다.

장수역참 우물

옛 이야기만을 간직한 관가샘터는 자연석으로 우물 둘레를 쌓은 여느 시골마을의 동구 밖 공동우물과 별반 다르지 않다. 굳어 버린 나무판 뚜껑을 억지로 열고 우물 안을 들여다보니 제법 깊지만 물 한 방울 없이 바싹 말라있다. 마을 우물의 효용성이 없어진데다 농촌마을사업을 하면서 우물 가운데를 묻고 주변을 손댄 나머지 관가샘은 옛 모습을 지니기가 쉽지 않았던 것 같다. 또한 농경에 필요한 관정을 논밭 여기저기에 뚫다보니 저절로 새암길이 끊어져 버렸다고 마을 사람들은 말한다. 돌을 쌓아올린 축조 방식은 물론 주변의 환경들이 특별히 눈길을 끌지 못하는 지극히 평범한 우물이지만 120여 년 전, 갑오경장이 일어나기까지 장수도 역참의 귀한 음용수로 사용된 것이다.

17세기 중엽, 대일외교 사절단이던 조선통신사 행렬도 이곳 장수역참에서 머물러 하룻밤을 쉬어 간다. 한양에서 동래를 거쳐 일본으로 가기 위한 사신 행렬이 신녕에 이르러 여정을 풀면 그 날은 거창한 축제일이 된다. 정부사의 사신을 수행하는 4~500여명의 단원과 천리 길을 함께 걸어온 말들. 거대한 사신 행렬이 장수도에 머무는 날은 고을의 민가도 떠들썩한 잔치 날이 된다. 피로에 젖은 말을 달래랴 수행원들 대접하랴 골목마다 국을 끓이고 전을 부치며 간 내음을 풍기는가 하면 거리는 왁자지껄한 장터로 변한다. 어디 말인들 얌전히 엎드려만 있었겠는가.

지금은 사라지고 없지만 매산 자락을 아름답게 수놓은 푸른 대나무 숲을 지나면 선승교 아래로 서천의 맑은 물이 넌출져 흘렀으니 사람들은 먼 길을 걷느라 지친 발을 서천 개울에 담구기도 하고 재주 많은 이들은 대나무 한 가지를 잘라 젓대로 삼고 흥취를 돋우었으리라.

이곳 장수도 역에 찰방으로 있었던 이명기라는 인물이 있었다. 그는 정조 시대 최고의 초상화가로서 1781년과 1791년, 두 차례나 정조의 어

진을 그리는 주관화사가 된다. 그를 도왔던 동시대의 동참화사로 세간
에 너무도 잘 알려진 단원 김홍도가 있다. 정조는 화원 화가인 이명기(李
命基)에게 장수도 찰방을 맡기고 김홍도는 안동의 안기역장으로 명한
다. 두 사람 모두 흔치 않는 파격적인 인사다. 중인의 신분인 그들에게
정통의 관직을 부여한 것은 그들의 재주를 인정해 준 정조의 특별한 배
려이기도 하다. 1793년부터 2년 동안 장수도 찰방을 수임했던 이명기는
신녕 고을의 진산이라 할 화산이 너무 좋아 자신의 아호를 화산관이라
붙일 정도였다. 화산관 이명기의 아버지 이종수와 장인 김홍환 역시 모
두 영정조 시대의 걸출한 화가였으니 화가로서는 명문집안 출신이었다.
김홍도가 풍속화에 능숙한 그림 솜씨를 발휘하였다면 이명기는 초상화
로 당 시대에 이름을 날려 정조어진 외에도 강세황과 채제공, 허목 등
그 당시의 걸출한 문인과 재상들의 초상화를 많이 그렸다.

정조 18년(1794년)에 경주 일원에 큰비가 내리고 사태가 일어나면서 경
순왕 영정이 훼손되자 경주 부윤이 조심스럽게 상소를 올렸는데 정조의
대답은 간명했다. 장수도 찰방 이명기로 하여금 은해사에 보관하던 경순
왕의 어진을 본뜨게 하라는 명이었다. 은해사와 신녕은 지척에 있지 않던
가. 지금 경주 숭혜전의 경순왕 어진은 그때 이명기가 그린 것이리라.

화산관이 장수도 찰방을 지내며 신녕을 좋아하다 갔지만 신녕에 남긴
그의 흔적은 찾아볼 수 없다. 이렇게 즐비하게 남긴 비림 속에도 떠난
찰방을 못 잊어 하는 불망비 하나 없거니와 화가로서 신녕 지역의 아름
다운 풍경을 담아둔 그림 한 장 남겨두지 않았으니 참으로 아쉽기 그지
없다.

3) 장수도 역참에서 비롯된 영천대마

1,000여 년 전의 영천에는 하늘이 내린 말이 있었다. 경주의 외성 역할을 하던 영천의 남쪽, 금강산성을 축조하던 황보능장은 꿈에 현몽한 신마를 옥황상제로부터 얻는다. 신마와 자신이 당긴 활시위의 속도를 겨루면서 훈련을 거듭하던 황보장군은 마침내 견훤의 남진을 막고 승전장이 되어 고려 건국을 돕는다. 자신의 성급함으로 그의 애마를 죽게 하였다는 말무덤은 아득한 옛 이야기로 내려온다. 20세기 들어 기차역이 생기자 자연스럽게 수하물 집하장이 만들어지고 많은 말 수레들이 왕래하기 시작한다. 말들이 쉬고 말먹이를 제공하는 소위 말죽거리가 형성되기에 이른다. 그리고 내후년이면 국제규모의 경마장이 열릴 예정이라니 영천은 예나 지금이나 말의 고장으로 내력을 이어가고 있다.

또한 1635년 이래 일본으로 보낸 조선통신사 행렬단에는 마상재꾼들이 동행하곤 했다. 막부가 조선의 마상재를 찬미하고 요구했던 까닭이다. 사신 행렬단은 동래에 이르기에 앞서 영천의 남천가 조양각에서 잠시 여장을 풀고, 물 푸른 개울 앞 넓은 자갈밭에서 마상 재주를 펼친다. 경상도 관찰사가 사행단에게 베푼 전별연인 동시에 일본 막부에게 공연할 마상재를 영천에서 먼저 연습시연했던 것이다. 마상의 재주는 다양하였다. 말 위에서 선채로 달리기도 하고, 말 등을 넘나들며 거꾸로 서는가 하면, 말 위에서 가로로 눕기, 말 가슴으로 몸 숨기기 등 당시의 일본무사들이 가장 즐긴 공연예술이었는데 여기에 참여한 말이나 재인들 중에는 영천일원에서 동원되었다는 기록이 있는 것을 보면 그 근원이 장수도 역참이었을 듯하다.

비록 장수도역은 사라지고 없지만 관가샘 앞에 서노라면 옛 애기들이 샘처럼 솟아난다. 일군의 말떼와 함께 찰방을 지낸 화가도 만나고, 마상

축제에 취해있는 민초들의 환한 얼굴들이 스쳐간다. 올해가 말의 해라
더욱 그런가 싶다.

3. 조양각 앞 남천가에서 벌인 마상 재주

1) 조양각에 오르면

돌벼랑가 맑은 시내는 고을을 껴안고 도는데
다시금 새 누각을 세우니 눈이 활짝 트이네
남쪽 들녘 금빛 출렁이는 벼는 풍년을 알리고
서산자락 청량한 기운은 아침을 깨운다

......

조양각

조양각 마루에 오르면 포은 정몽주의 노래가 들린다. 한국 성리학의 조종으로 불리는 포은은 조선 건국에 반대하고 비명에 가지만 그의 충절은 한국 선비의 사표로 추앙된다. 포은이 간 뒤 향토의 유림들은 그의 학덕을 기리고자 포은의 외가지역인 임고에 임고서원(臨皐書院)을 짓는다.

포은은 생전에 자신의 외족과 부친이 살고 있던 영천을 자주 찾았으리라 짐작되는데 어느 날 조양각(朝陽閣)에 올라 누각 앞으로 흐르는 맑은 남천과 풍요롭게 익어가는 가을 빛 깊은 앞 들녘을 아름다운 노래로 남긴 것이다.

영천을 상징하는 조양각은 실로 여러 차례 우여곡절을 겪는다. 임진왜란 때 왜군에게 점령된 영천성을 되찾고자 권응수와 정세아를 비롯한 지역의 의병장들이 몸을 던진다. 그때 비록 누각은 불타버리지만 최초의 전승을 이끌어낸다. 그리고 구한말 민비가 시해되자 왕실에서 물러난 정환직이 의병대(산남의진)를 조직하고 일본에 항거하다 비참한 최후를 맞는 곳도 이곳 조양각이다. 경상북도 유형문화재 제144호로 지정된 조양각은 1950년 9월 초, 영천까지 밀려온 북한군 15단과 아군 8사단이 치열하게 교전한 총성과 피비린내를 풍기던 무대이기도 하다. 영천의 상징이자 영남7대 누각의 하나로 알려진 조양각은 우리 향토사의 뒤안길을 고스란히 담고 있는 누각이다. 조양각 아래 유속이 빠른 남천내 물소리를 듣노라면 물길 따라 300여 년 전의 세월로 거슬러 오르게 된다. 가만히 눈 감으면 강변의 늘어선 말들이 화려한 재주를 펼치고 뭇 사람들이 구름떼처럼 운집하여 그 장관을 구경하는 정경이 한 폭의 그림처럼 그려지는 것이다. 순간 긴장감이 들며 먼 시간여행을 떠나게 된다.

조양각은 처음에 명원루(明遠樓)라는 이름으로 지어졌으나(1368년) 임진왜란 때 불타버리자 그 40여 년이 지난 뒤(1636년) 그 자리에 15칸의 아름답고도 수려한 위용으로 다시 세워 조양각이라 이름을 붙인다. 그러다 1742년에 중창하여 현재까지 우리들 곁을 지키고 있다.

1636년, 누각 위에는 일본으로 떠나는 외교사절인 정사를 비롯한 사절단과 경상도 관찰사 등 각 지역의 관리들이 모여들어 큰 축제를 벌인다. 일본 막부가 열광했던 우리의 마상재를 앞서 시연해 보이는데 마상재주는 남천강변의 모래밭에서 열린다. 지역주민들은 물론 제법 먼 마을에서도 말 위의 재주를 보려는 사람들이 구름 떼 같이 몰려들면서 강변 모래밭은 사람들로 가득 채워진다. 말을 탄 재꾼들이 군중들을 헤치고 모래판으로 터벅터벅 들어오면 군중들은 박수와 함께 환호로 열광한다. 재꾼들이 마채를 들자 말은 마치 군중들의 시선을 끌기라도 하듯 포효를 하는데 재꾼들은 씩씩대는 말을 몰아 강가의 부드러운 자갈밭을 한 바퀴 빙글빙글 돈다. 그러다가 일제히 신호를 받은 것처럼 말고삐를 다잡고 강변을 달린다. 한 바퀴 크게 원형을 그리며 돌아 나와서는 통신사와 관찰사 등 고급관리들이 앉은 조양각 아래로 이르면 마상재인들은 자신들이 훈련한 다양한 몸짓을 선보인다. 달리던 말 등 위로 재꾼들이 벌떡 일어서는가 하더니만 말 머리 방향과 거꾸로 누워서 질주하고 다시 말 등 옆으로 얼굴을 숨겼다가 얼굴을 쏙 내보이면 순간 마루에서, 강변에서 우레와 같은 갈채소리가 달리는 마부의 등 위로 쏟아진다. 마치 웅장한 폭포가 떨어지는 것 같은 분위기 속에서 마상 재주꾼이 이끄는 두 마리의 말이 나란히 달리면 주관자인 경상도 관찰사를 비롯하여 많은 지방 벼슬아치들은 하나같이 달리는 말에 눈을 뗄 줄 모른다. 손에 땀을 쥐게 하는 일대의 장관이 누각 아래서 펼쳐지는 것이다. 그리고 말발굽 소리가 잔잔하게 사라지면 어디선가 요란한 풍악소리가 들려온다. 지역 주민들이 스스로 마련한 풍악대가 태평소를 앞세우고 다시 구경꾼들을 주목하게 한다. 신명에 젖은 또 한 차례의 볼거리가 펼쳐진다.

조양각과 남천

임란 이후 조선과 막부 사이에는 빈번한 외교사절이 교환되는데 이 사절단에는 막부가 요구한 마상재가 반드시 포함된다. 조선통신사 행렬단은 서울에서 부산까지 천리 길을 거쳐 다시 뱃길로 대마도를 경유하고 막부지역인 일본 에도에 이르는 대단히 먼 길이었다. 걸음 속도를 재촉하는 경우는 하루에 백리길을 걸어야 하는 여간 고된 행군이 아니었다. 그 여정의 피로를 신녕 장수도 역에서 풀고 조양각에 이르러 전별연으로 달래 주었으니 영천마상재는 일본 막부에게 보일 본 공연에 앞선 예행연습이자 행렬단의 피로를 달래기 위한 행사였던 것이다.

2) 마상재(馬上才)의 유래

말 위에서 부리는 각종 곡예를 마상재라고 한다. 마상 묘기라는 뜻인데 이를 달리 말놀음, 곡마, 말광대라고도 해도 무방하다. 마상에서 이루어지는 격구와 같은 무예는 물론 몸놀림의 재주를 총칭하는 것으로 이해 할 수도 있다. 그렇다고 말을 타고 연기하는 단순한 곡마와는 다르다. 마상재는 다분히 군사적이다. 말을 이용하여 적으로부터 자신의 몸을 적절하게 보호하거나 또는 적을 용이하게 공격하는 마상 기술로서 사용된 것이다. 우리나라의 마상재는 고구려 무용총의 벽화나 신라 천마총의 천마도에서 처음 보여지는데 그 웅혼하고 훤칠한 모습이 곧 일종의 마상재 혹은 마상무예가 아닌가 싶다. 기사(騎射)의 달인이었던 이성계 역시 마상재에 탁월하여 북방 전투에서 승전을 거둔 명장으로 조선을 건국하기에 이른다. 조선은 건국 초기에 비하여 점차 기병전술을 멀리하고 근접전술을 중요시하는 군사체제로 정착되어 나간다. 그러다 임난 이후 광해군 때는 다시 마상기술을 강화하기 위해 훈련된 말과 마상재인을 모집하고 임금이 임석한 자리에서 말의 재주를 겨루는 대회를 열기도 한다. 북벌을 꿈꾸던 효종 때에 이르러서는 마상재를 무관재로 포함시킨다.

다른 한편 순수 군사적인 측면의 마상재와 달리 마상기예로서 예술적인 이미지를 지닌 마상재가 발전하는데 그것이 곧 1607년부터 이루어진 조선통신사행렬단에 포함된 마상재이다. 4~500여명의 조선통신사행렬단 속에는 반드시 말 재주꾼들이 포함된다. 일본 막부는 조선통신사 행렬 중 마상재를 가장 흥미 있는 것으로 주목한다. 그것은 말 위의 묘기 즉 말을 타고 칼을 사용하는 것이 무사들에게 가장 이상적으로 받아들여졌기 때문이다. 무가정치인 막부는 곧 말을 잘 타고 말 위에서 칼을 잘 쓰는 사람을 가장 탁월한 인재로 평가했다.

초기 조선통신사행렬단의 마상재인으로는 그 당시 마상 무예에 가장 뛰어난 장효인과 김정을 꼽을 수 있는데 막부의 모든 장군들은 그 묘기의 신묘함에 열광했던 나머지 매번 사절단에 반드시 마상재인을 동행토록 요구한다. 1607년부터 시작한 조선통신사는 200여 년이 흐른 뒤 1811년에 그 막을 내릴 때까지 마상재는 모두 열두 번 시행되었으며 영천에서는 일곱 번 정도 열렸다. 이때 쓰인 말이나 마상재주꾼들은 모두 영천지역 원근역에서 모집되었다고 전한다.

조선통신사와 마상재를 둘러싼 막부와 대마도 그리고 조선의 입장은 각각 조금씩 다르다. 먼저 집권세력인 도쿠가와이에야스(德川家康)는 조선과 외교를 통하여 자신의 정치적 입지를 공고하게 하려 했다. 막부의 권위를 높이고 자신들의 권력기반을 안정되게 하기 위해서는 조선과의 국교정상화가 필요로 했던 것이다. 마상재 역시 단순히 일반인들에게 보이기 위한 것이라기보다 지역의 영주들에게 막부와 조선간의 긴밀한 관계임을 이해토록 하는 일종의 정치 쇼이기도 하였다. 다른 한편 막부와 조선통신사간의 중재자인 대마도 번주의 입장은 막부에 대한 충성도 표해야 하고 조선과의 무역도 활성화시켜야 했다. 농경작지가 적은 대마도번은 대외통상을 통하여 번의 경제활로를 모색하고자 한 것이다. 아울러 조선과 막부간의 원할한 교통을 돕는 길은 곧 집권자인 도쿠가와에 대한 충성심을 보이는 길이도 하였으니 마상재의 개최는 대마번이 다른 여러 영주에 대하여 외교능력을 과시하는 좋은 기회이기도 했던 것이다.

그리고 조선의 입장은 다음과 같다. 비록 임란으로 국가 권위의 추락과 문물의 피해가 극심하지만 조선은 일본과 대마도의 역량을 실감하게 되고 긴 전쟁을 통하여 엄청난 자극과 영향을 받게 된다. 또한 명에서 청으로 전환되는 변환기 속의 조선은 북방의 국경이 불안정한 상태이라 남쪽의 일본과 대립을 계속하는 것은 결코 득책이 아니라는 것을 알게 된다. 임란 포로의 반환 교섭이나 화약 등 무기를 들여올 필요가 있었기에 통신사행단으로 하여금 일본의 상황을 자연스럽게 살피는 기회로 삼았다. 또한 조선은 일본이 선모하는 문의 발전뿐만 아니라 마술과 궁술 등 무술에도 뛰어나다는 위신을 세울 기회가 되기도 하였다.

이러한 3자의 이해관계가 절묘하게 맞물리는 상생의 산물로 조선통신사는 그 왕래가 지속되었고 또한 볼거리로서 마상재, 마치 오늘날 한류의 원조격이 된 조선의 마상재는 막부의 각광을 받았던 것이다.

3) 마상재 종류

정조 때 발간된 '무예도보통지(武藝圖譜通志)'는 마상재를 여섯 가지 종목으로 구분한다. 그리고 일본의 막부시대에 마상재를 그린, 마상재도가 지금까지 전하고 있는데 그 역시 6편이다. 덕천가광시대 조선의 마상재인 2명이 장군과 막부의 고관, 유명 번주들 앞에서 펼쳐 보인 각종 마상기예를 당시의 일본 화가가 그린 것이다. 무예도보통지나 마상재도에 근거하여 보면 마상재는 6가지 기예로 나누어진다. 그 중에 가장 신기하게 생각했던 것은 말 위에 서서 칼을 쓰는 묘기, 말 옆구리에 숨어 날아오는 적의 화살을 피하는 재주와 함께 한 사람이 두 마리 말을 이용해서 싸우는 쌍마묘기가 가장 유명했다.

마상재 여섯 가지는 다음과 같다.

먼저 주마입마상(走馬立馬上)이다. 달리는 말 위에 서는 동작이다. 전쟁 때와 마찬가지의 장비를 말에다 갖춘 다음, 채찍질을 하여 내닫게 하고 기수가 중간에서 이에 가볍게 올라타는 기예이다. 안장 위에 선 기수는 왼손으로는 고삐를 잡고 오른손에는 삼혈총(三穴銃)을 높이 들어 공중을 향해 쏜다. 또 기수는 고삐를 약간 늦추고 몸을 공중으로 솟구쳐 체중을 조금 덜어 주면서 말이 내닫는 속도를 빠르게 하다가 다시 고삐를 약간 당기고 체중을 더하면서 말의 속도를 늦추기도 한다.

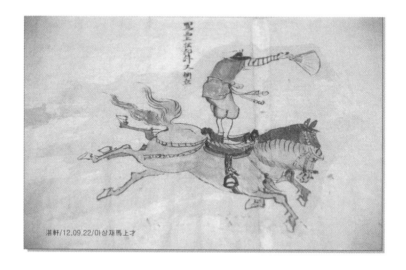

湛軒/12.09.22/마상재馬上才

두 번째는 좌칠보와 우칠보(左七步 右七步)이다. 이는 말과 함께 일곱 걸음 달리다 왼쪽이나 오른 쪽에서 말 등을 넘나드는 동작이다. 안장 앞쪽 언저리를 두 손으로 짚고 몸을 뒤로 쫙 펴서 말 등에 엎드리는 자세를 취한다. 그리고 배가 말 등이나 안장에 닿지 않게 하면서 몸을 말

의 왼쪽으로 넘긴다. 이 때 발은 땅에 닿을 듯 말 듯 한 정도까지 내려오
며 다시 몸을 들어 말 등을 닿지 않은 채 오른편으로 넘어간다. 오른편
에서도 발이 땅에 닿을 듯 하다가 다시 왼편으로 넘어가는 동작이 여러
번 반복된다.

濯軒/12.09.22/마상재馬上才

세 번째는 마상도립(馬上倒立)이다. 말 위에서 물구나무서서 달리는
동작인데 기수가 말 위에서 거꾸로 서는 것을 말한다. 안장의 앞부분을
두 손으로 잡고 상반신을 말 왼쪽으로 떨어뜨린 채 하반신을 공중으로
쫙 민다. 이 때 기수의 오른쪽 어깨는 말의 왼쪽 앞죽지에 닿을 듯 말듯
하게 내려오며 공중에 뻗친 다리가 휘청거리는 순간에 몸을 빠르게 돌
려서 다음 동작으로 넘어간다.

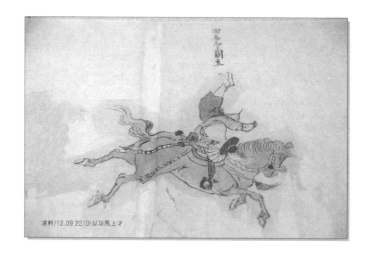

湛軒/12.09.22/마상재馬上才

네 번째는 횡와양사(橫臥佯死)인데 말 위에서 가로 누워 마치 죽어있는 듯한 동작으로 말을 가로타고 두 다리를 한쪽으로 모은다. 두 손은 안장의 앞뒤를 잡고 눕는데 반듯하게 눕기도 하고 엎드려 눕기도 한다. 이것은 적탄에 맞은 것처럼 보여 상대를 속이기 위한 방법으로 쓰인다.

다섯 번째는 우등리장신과 좌등리장신(右登裏藏身 左登裏藏身)이다. 말의 좌우에 엎드려 숨어서 달리는 동작이다. 오른편 오금을 안장에 걸치고 오른손으로 안장 뒤쪽을 잡고 몸을 말 왼쪽으로 떨어뜨린다. 기수의 등이 말 왼쪽 옆구리에 달라붙고 왼다리는 말 머리 쪽으로 뻗치므로 사람이 말 옆구리에 달려서 거꾸로 끌려가는 자세가 된다. 말 옆구리에 몸을 숨기고 왼손으로 땅의 모래를 쥐어서 흩뿌리며 적진으로 들어간다.

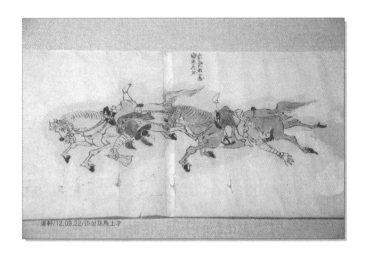

湛軒/12.09.22/마상재馬上才

여섯 번째 종와침마미(縱臥枕馬尾)이다. 말꼬리를 베고 누워 달리기 인데 뒤로 눕는 동작을 말한다. 보통 때 말 타는 자세를 취하고 두 발을 등자에 건 채로 뒤로 누워 기수의 머리를 말의 엉덩이 쪽으로 가져간다. 이 때 한 손으로는 말꼬리를 잡기도 한다.

湛軒/12.09.22/마상재馬上才

이와 같은 여섯가지 동작 중에서 두 번째와 다섯 번째는 좌우 각기 헤아려서 모두 여덟 동작으로 셈하기도 한다. 또 앞의 동작들을 말 두 마리를 나란히 달리게 하고 연출하는 경우에는 쌍마라고 한다. 우리의 마상재는 주로 말 한 필을 이용해서 다양한 기능을 제시하였다.

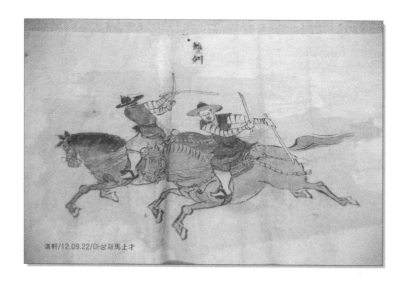

湛軒/12.09.22/마상재馬上才

마상재의 말은 키가 크고 빛깔이 좋으며 훈련이 잘된 말을 골라서 썼다. 암말보다도 수말이 적당하다. 또한 흰말(부루말)을 높이 쳤으며 검은 말(가라말) 중에도 네 발굽이 흰 것은 상관없다.

중국의 마상재는 우리와 유사하나 몽골의 마상재는 우리보다 훨씬 다양하다. 혼자서 두 필의 말을 타는 단인쌍마, 한 필의 말을 두 사람이 타는 단마쌍인, 2인이 2필의 말을 번갈아 타는 다인다마, 또한 말 위에 있는 깃대를 빼앗는 마상놀이인 마상단쌍강 등의 고난도 기술을 구사한다. 그리고 말을 타고 공을 굴리는 마구, 말경주인 새마, 거친 말을 길들이는 순마, 말을 타고 장애물을 넘는 승마초월장애 등이 시행되기도 한다. 장애물도 일반 구릉 넘기, 장애물이 있는 구릉 넘기, 불구덩이나 불위를 넘기 등 매우 다양하다.

4. 말죽거리에 영천대마 상이 세워지다

1) 힘차게 비상하는 영천대마 상

갑오년의 정월대보름 달맞이 놀이가 남천냇가에서 열렸다. 운집한 시민들은 달집을 태우며 두둥실 동녘으로 떠오르는 보름달을 가슴 속으로 쓸어담듯이 맞이한다. 둥근 달이 붉은 너울을 드리우고 금강산성 위로 솟구치자 시민들은 저마다 손 모아 기도를 올린다. 모두들 간절한 소원이 있는 모양이다. 상공인들은 사업이 번성해 지기를 바라고 아이들을 데리고 나온 아낙들은 자녀들의 공부와 건강을 기원한다. 취업을 목전에 둔 청년도, 좋은 배필을 점지해 달라는 미혼의 남녀도 모두 달을 바라보며 기원하는 그들의 얼굴에 한없는 경건함이 깃든다.

강둑 남쪽의 완산시장에서는 사람들이 북적거리는 인파 속으로 동쪽을 향하여 비상하듯이 달리는 형상의 흑청색의 말 조형 상이 건립되었다. 전통시장으로 들어서는 초입의 네거리 선단에 힘차게 달리는 한 마리의 휜칠한 말 상이 세워진 것이다. 말죽거리를 표상하는 마상(馬像)이다. 태양이 떠오르는 동쪽을 바라보며 건각을 내뻗고 달리는 희망의 마상이다. 시내 대로입구에 우뚝 세워진 만큼 오고가는 사람들의 눈길이 머문다. 그러나 대부분의 사람들은 여태 그 세워진 뜻을 제대로 알지 못한다. 완산동 일원이 오랜 세월 말과 유관한 내력을 지녔지만 도시화

와 현대화 물결 속으로 그만 까맣게 묻어져 버린 때문이다. 비록 거리표
지는 '말죽거리'라 붙여놓았지만 그렇게 부르기 보다는 중앙약국 혹은
록야목욕탕 거리라는 이름이 더 입에 익어 있다.

영천대마 상

이제 말 조형상의 건립으로 하여금 '말죽거리'에 새로운 생명이 부여
되었다. 마침 올해가 말띠 해라 때맞는 일이기도 하지만 머지않아 경마
장 개장을 앞두고 옛 말죽거리 일원을 말문화의 거리로 거듭나게 하려
는 시정의 신호탄이기도 하다. 영천시는 말죽거리를 옛 모습으로 복원
해 영천경마공원, 거점승용마조련센터, 운주산승마장 등의 하드웨어와
더불어 말 문화 및 테마거리를 조성해 나가려는 것이다. 스토리가 있는
말 문화 예술적 공간과 특성화된 볼거리, 말고기식당 등의 먹거리, 나아
가 영천전통시장과 영천역 앞 약령시 거리와 연계해 완산동 일원의 상
권을 활성화시켜나가려는 포부를 지니고 있다. 말 산업화와 말 문화의

양 수레를 균형감 있게 작동시키려는 것이다.

말죽거리에 들어선 말 조형이 아직은 특별한 스토리를 입지 못했다. 그러나 그것이 들어섰다는 것 자체가 의미하는 이미지에 무게를 두고 싶다. 반세기 동안 잊어버린 말죽거리가 말 조형상을 통하여 다시 부활하는 견인마가 될 수 있기 때문이다.

말 조형상이 세워지기 까지 우리지역은 오랜 기간 누적되고 응집된 말 문화의 DNA가 있다. 영천은 다른 지역에 비교할 수 없을 만큼 말과 깊은 역사를 지닌 고장이란 뜻이다. 경주 신라에 천마가 있었다면 영천에는 신마가 있었다. 영천지역에는 천 년 전의 황보장군의 용마설화가 구전된다. 통일신라 후기, 영천지역의 성주이던 황보능장은 견훤의 서라벌 침공을 금강산성에서 격퇴하고 왕건을 도와 고려 건국의 공신이 된다. 장군은 금강산성의 용바위를 부수고 솟아오른 용마를 타고 전쟁에서 승리를 거둔다. 그러나 용맹한 애마를 실수로 죽이게 되자 애통히 여기며 말의 주검을 정성껏 묻었으니 그것이 말무덤이다. 이만하면 황보장군의 신마는 당나라 태종의 건국을 도운 육준마나 태조 이성계의 팔준마와 비교될 말이 아니던가.

조선시대에는 경부역로의 요충지인 신녕에 장수도 역참을 운영했다. 장수도역은 경주와 하양을 비롯한 14개의 지역 역을 통제할 만큼 경상도내에서 가장 큰 역이었다. 공공 정보통신(파발)과 물류에 사용된 말이 200여필이나 상주할 만큼 규모가 큰 말 터미널이었다.

또한 영천은 고유한 마상문화도 꽃 피웠다. 임란 이후부터 활발하게 전개된 한일외교 사절단이던 조선통신사는 영천을 경유한다. 서울에서 내려온 긴 여정의 피로를 명원루(조양각)에서 쉬며 풀었는데 잔치(전별연)의 절정은 마상재에 있었다. 마상재는 사신행렬단과 지역주민들이

하나가 된 즐거운 볼거리였다. 숙련된 몸놀림으로 강변의 모래밭을 달
리며 말 등과 배 밑을 자유자재로 노닌 마상재주는 일본 막부가 가장
좋아했던 조선의 유희거리이기도 하였다. 1636년부터 1811년까지 12여
차례 시행되었던 조선통신사 행렬단과 더불어 고난도의 마상재는 영천
에서 7차례나 선보였다고 하니 곧 조선시대의 한류가 아닌가 싶어진다.

지금의 말죽거리

영천 말의 내력은 여기서 끝나지 않는다. 영천의 길목인 완산동 일원
은 예부터 영천으로 들고 나가는 말들이 풀을 뜯고 쉬어가던 곳인데다
20세기 초 중앙선 철도가 개설되고 영천역이 들어서자 본격적인 교통의
중심지로 자리매김한다. 물류의 하역장인 영천역사와 완산동으로 이어
지는 거리는 수송수단이 된 말들로 붐빈다. 말들이 쉬면서 일을 기다리
고 말죽을 먹는다. 마부들도 허기를 채우고 일용의 상품들을 구매한다.
사람과 사람, 사람과 물건들, 심지어 말과 말들 간에 이르기까지 활발한

교류가 이루어진다. 완산동 일원은 자연스럽게 말죽거리라는 새로운 지명으로 인구에 오르고 정착되기에 이른다.

2) 말죽거리 내력

말죽거리는 말들이 말죽을 먹고 쉬는 거리라는 뜻이다. 더불어서 마부들의 휴식공간이요 생활 물건들이 거래되는 장소이다. 말죽거리는 다만 영천뿐만 아니라 말이 많이 내왕하는 지역이나 거리에 불러진 이름이다. 잘 알려진 말죽거리는 옛 서울 도성으로 들어가는 마지막 쉼터로 주막이었다는 서울특별시 서초구 양재동, 양재역 네거리 일대다. 서울에서 충청도−경상도로 내려가려면 한남동 나루터에서 배를 타고 한강을 건너야 하는데 말죽거리는 그 경북대로의 첫 길목이다. 이와 달리 지방에서 상경하는 사람들이 한강을 건너기 전에 마지막으로 쉬어가던 곳이 말죽거리이다. 말죽거리에는 조선 초기부터 공무로 여행하는 이들에게 마필과 숙식을 제공하는 주막이 많았다. 여행자들이 타고 온 말과 함께 머물러 묵었던 곳이다.

영천의 말죽거리도 그와 별반 다르지 않다. 완산시장을 중심으로 동남으로 영천역, 서북으로 오거리와 전통시장을 연하는 일대의 말죽거리는 이제 그 중심에 말 조형상까지 세워졌다.

영천은 동서남북 어딜 가나 모두 열려있는 지리적인 특성을 지닌 곳으로 예부터 경부로의 요충지이다. 동으로 포항지역에서 들어오는 시티재가 있는가하면 북으로는 군위를 거쳐 신녕으로 진입하는 갑티재 그리고 남쪽의 청도방면의 오재뿐만 아니라 동북이라 할 수 있는 안동과 청송방면의 노귀재가 있다. 이러한 고갯길을 넘어 사방의 외지인과 상인들이 드나들기 쉬운 곳이 영천이다. 신라 때는 경주로 들어서는 관문이고 고려 이후 조선시대는 남쪽에서 개성이나 한양으로 북상하는 길목이던 만큼 사람과 물건이 모두 영천을 거쳐야 하였다. 전통사회의 교통수단이 말들이던 터라 사람과 더불어 말들이 영천을 붐비게 함은 매우 자연스러운 일이다. 그러기에 오래 전부터 완산일대의 강변의 넓은 초원은 말들이 풀을 뜯고 쉬는 목마장이었고 또한 말을 갈아타는 역마장이었다. 왕래하는 사람들이 많이 모이면 서로에게 요구되는 물건들을 팔고 사는 시장이 형성되게 마련이다.

조선 중 말엽에 이르면 남천변에 옛날 장(시전)이 형성되기 시작하는데 오늘날 영천전통시장의 모태다. 장터에는 무거운 짐과 사람을 운반하는 말들이 줄을 선다. 마부들은 말 먹이를 먹이고 낡은 편자를 갈았다. 종래 완산시장, 영천큰장이라 불러온 영천전통시장은 20세기 초기에는 없는 것이 없다 할 정도로 성시를 이루었다. 남북에서 출하된 곡물이 많았고 동해에서 온 해산물까지 넘쳐나서 인심도 풍성한 큰 장을 이룬 것이다. 그래서 생겨난 말, '영천 장에 가면 되도 좋고 말이 좋다'

속설까지 생겨 전국적으로 유행하기도 한다.

다른 한편 이역에서 머물다 가는 다양한 말들이 암수끼리 섞여 있노라니 숫말이 암말을 향해 꼬리를 치고 접촉을 하게 마련이다. 생래적으로 큼직한 말의 양물을 부끄러움 없이 밖으로 내 보인다. 장에 모인 사람들이 저절로 그 광경을 보게 마련이다. 사람들은 사람의 것과 다른 말의 욕정광경을 너도 나도 구경을 하고는 우스게 삼아 한 마디씩 자기 표현을 보탠다. 그래서 생겨난 비속어 '영천대말 X'이 아니던가…… 그처럼 말이 많이 들끓었다는 뜻이리라.

그런데 따지고 보면 영천 대말 X은 영천장 싸전의 말이 좋고 후하다는 인심을 의미하는 것이기도 하고 동시에 영천 말의 생식기를 지칭하는 소위 힘이 좋다는 뜻을 담은 이중적인 의미를 담고 있다. 그리 꺼릴 말들이 아니다만 어감상 전자가 호의적이라면 후자는 조금 비호감을 준다 할 것이다. 또한 '잘 가는 말도 영천장, 못가는 말도 영천장'이라는 속담은 모든 말은 영천장을 거친다는 의미인데 영남의 3대장으로서 그 규모를 짐작하게 한다.

1941년 중앙선의 간선으로 영천역이 개설되고 전통사회에 이어 현대사회로 변모하면서 영천은 여전히 교통요충지의 역할을 놓지 않는다. 영천역은 동쪽으로 경주–포항 그리고 부산으로 이어지고 서쪽으로는 대구와 경부선으로 또한 북쪽으로는 안동과 영주 등 경북북부를 거쳐 서울로 이어지는 중요한 물류의 신경로 역할을 한다. 영천역은 동해 남부와 북부지방의 농산물을 유통하는 물류센터 역할을 했는데 수하물 하역장이 있던 역사주변과 완산동 신시장에 이르는 약 300m의 거리는 말수레들이 장사진을 이룬다. 수송수단이던 말들이 머물러 쉬면서 다음 일거리를 기다린 것이다. 예나 다름없이 말들이 붐비는 곳이 되자 마침내 사람들은 누가 먼저다 할 것 없이 너도나도 이 지역을 손쉽게 '말죽거리'라 인구에 올리고 부른 것이다. 그러니까 완산시장 남쪽에 자리한 영천역과 더불어 말죽거리는 공고하게 자리매김을 하게 된 것이다. 뿐만 아니라 6.25전쟁 전후시기, 영천역을 중심으로 완산동 일원에는 육군 공병부대와 포로수용소가 설치된다. 초기의 군수물자는 군마를 이용하고 민용화 된 군수물자들은 일반 상인들의 말로 다른 지역으로 이송되었다. 그러다 산업화가 급속하게 전개되던 70년대로 접어들자 말죽거리는 말들이 하나둘 사라지고 거리는 옛 영화를 감춘 채 기운이 쇠잔해가기 시작하였다.

3) 말 좋은 영천 장

영천장은 매월 2일과 7일 열리는 전통의 5일장이다. 최근에 돔 형식으로 잘 마련한 영천전통시장 안으로 들어가면 왁자지껄한 사람들의 소리로 후끈해진다. 파는 사람과 사는 사람들이 한데 어우러져 온갖 물건들이 오고간다. 한 걸음 들어가노라면 쇠머리를 푹 고아 삶아 풍기는 구수한 냄새가 회를 동하게 한다. 냄새에 이끌리어 그 국밥집 방향으로 걷노라면 순간 가슴을 출렁하게 놀라게 하는 뻥튀기 달구는 소리가 마치 우레와 같다. 뻔한 소리인 줄 알면서 그 지각하는 내 인식의 속도감이 늦은지 멈칫 놀라고 만다. 비릿하지만 싫지 않는 어물전 앞에 들어서면 주인과 손님이 서로 흥정하는 모습이 유별나다. 큰 물고기를 토막토막 쳐 반 발효 시킨 돔베기전이 성시를 이루는데 다른 지방에서 그리 흔하게 만날 수 없는 영천어물전만의 고유한 먹거리가 된 돔베기다.

옛날 옛적, 영천고을의 어느 산간 벽촌에 살던 청년이 하루는 처음으

로 짙푸른 바다를 구경 하게 된다. 강도 저수지도 아닌 넓고 푸른 대해
를 바라보면서 자신은 조금도 상상해 보지 않은 세상을 마주하는 감동
을 받는다. 사나이가 하염없이 바다를 바라고 보고 있는데 푸르게 넘실
거리는 청푸른 바닷물을 헤치고 뛰어노는 몸집이 베개만한 큰 고기를
만난다. 그리고 얼마의 시간이 흐르지 않아 포구로 들어오는 뱃전에는
조금 전에 대해를 주름잡듯이 헤엄쳐 다니던 고기가 어망에 걸린 채 고
깃배 가득하게 실려 들어왔다. 어부들은 만족해했다. 바닷사람들은 물
고기를 육질이 담백하고 영양가가 높을 뿐만 아니라 먹을 살코기가 많
다며 즐겨 잡아낸다는 것이다. 사나이는 순간 산촌에 있는 노부모님들
에게 대접하고 싶었던 나머지 살이 통통하게 오른 상어 한 마리를 골라
담았다. 사나이는 바닷가에서 보낼 일정을 고려하여 당장 집으로 되돌
아 갈 수가 없었다. 그는 궁리 끝에 상어를 좋은 소금에 잘 절여서 두었
다가 때가 맞는 즈음해서 고향으로 가지고 가려는 생각을 한다. 젊은이
는 상어를 몇 토막씩 잘라 천일염을 골고루 뿌리고는 바람이 선선하게
통풍되는 처마 밑에 걸어두기로 한 것이다. 그리고 몇 날이 지났을까.
자신의 일을 모두 마친 사나이는 소금에 잘 절인 상어를 들고 고향 산골
마을로 떠났다. 개울을 건너고 산을 넘어 고향집에 당도하고 보니 집
안에는 아무런 기척이 없다. 병약했던 노모는 이미 세상을 떠난 터였다.
슬픔을 이기지 못한 사나이는 잘 절여 발효된 상어고기를 내 놓고는 하
염없는 눈물을 흘리다가 자신을 기다리다 세상을 떠난 노모의 위패 앞
에서 스스로 상어고기 요리를 해 올리기로 한다.

　바닷가의 사람들이 산 상어를 횟감으로 혹은 탕으로 끓어 먹는 것에
비하여 소금에 잘 발효된 상어고기는 또 다른 별미였다. 육질이 담백하
여 마치 육고기와 같은 씹는 미각을 더해 주었다. 효성을 다하기 위해

젯상에 먼저 올려지기부터 한 소금에 절인 상어고기 맛은 점차 이웃집을 넘어 마을을 돌았고 마침내 지역의 별미고기가 된 것이다. 큰 상어를 토막토막 잘라서 절인 고기라 하여 '돔베기'라는 이름이 붙여진다. 영천을 비롯한 영남 동해남부 지역민들은 돔베기 산적과 돔베기 탕을 제물의 가장 으뜸으로 친다. 발그레한 육색을 띤 돔베기는 평상식의 반찬으로 구미를 당기게 하는 해물이다. 영천장의 돔베기전은 볼거리의 하나가 된다. 그 넓이나 고기의 질감으로 보아 장흥의 홍어나 안동의 간고등어, 포항의 과메기 등 다른 지방의 발효어물에 빠지지 않는 자랑거리다.

4) 미래로 가는 말죽거리, 말 문화의 거리

오랜 세월 집적된 말 문화 토양 위에 영천경마장이 열린다는 기대는 자못 설레임으로 다가온다. 과거의 역사와 현재를 아우르는 영천대마는 분명 타지역과 차별되는 문화 브랜드로 자리 잡아 나갈 수 있을 것으로 판단된다. 우리만의 고유한 내생적(endogenous) 문화유산이기 때문이다. 이제 영천은 말 산업도시를 향한 창조적 비전을 실현해 나가야 할 때다. 말에 대한 새로운 인식과 아울러 긍정적이고 고급스러운 '영천대마' 문화를 축성해나가야 할 전략을 준비해야 한다. 말 산업의 성공은 장기적으로 말 문화가 뒷받침 되어야 가능하다. 산업에서 얻어진 수혜를 문화라는 다른 방식으로 시민들에게 돌려줄 때 지역주민은 지역에서 발생하는 산업적인 비전을 지지하고 동의하게 될 것이다. 산업과 문화의 두 바퀴가 동시에 구동되어야 한다는 의미다. 유럽 등 선진국의 사례에서 볼 수 있듯이 산업과 문화가 병행될 때 그 양자는 승수효과를 일으키게 되는 것이고 나아가 산업이 아니라 문화로 하여금 지역민들이 자궁심을 가지게 된다. 이 양자가 절묘하게 어우러진 균형감 있는 사회가 바로 잘 사는 사회, 시민이 행복해지는 사회가 아닐까 싶다.

영천대마를 문화적으로 이해하는 시각은 각자 다를 수 있다. 그러나 공유하고 전제해야 할 것이 있다. 하드포워의 경제적인 산업메카니즘에서 문화적인 소프트파워라는 다른 차원으로 조명해야 한다는 것이다. 말을 통해 문화자본재로 하는 연성적인 가치(softpower)를 발견하고 그것을 영천대마 문화 브랜드로 조형해 나가야 한다는 뜻이다. 다시 말해서 말 산업과 병행하여 품격 있는 대마문화 브랜드를 성장시켜 시민이 행복한 말 문화를 향유할 수 있도록 미래지향적인 프로그램을 만들어야 한다.

가능한 프로그램을 고려해 보면 다음과 같다.

우선 영천만의 고유한 말로 형상화 시키는 스토리텔링이 필요하고 공공디자인에 포함할 수 있는 다양한 선택들이 요구된다. 예컨대 말 문화의 거리, 말 관련 유적지의 복원과 체험하는 공간 마련 등이다. 그 뿐만 아니라 말 기본 자료를 기반으로 한 애니메이션과 뮤지컬 등 다양한 장르의 예술창작이 가능하다. 또한 말을 소재로 한 각종 공예품 제조도 가능할 것이다. 더욱 중요하고 주목을 이끌어내야 한 프로그램은 마상재 축제이다. 이 축제를 규모 있고 거시적으로 접근하되 조선통신사 행렬과 연계하여 기획한다면 다른 지역에서 시연하고 있는 단순한 마상무예와 다른 차원의 문화축제가 될 것이다. 그리고 대마문화를 지속적으로 연구개발해 나갈 전시문화 공간도 염두에 두어야 한다. 이 모든 것들은 시민들이 누려야 할 문화자산들인 동시에 말 산업의 촉진재로 환류될 것이다.

영천시는 동서남북 전 지역이 말로써 성벽을 이룬다. 동으로 운주산 승마휴양지가 있는가 하면 일명 말무덤이라고 알려진 육군3사관학교의 황보장군 무덤 그리고 서쪽으로는 앞으로 개장된 영천경마장이, 남으로는 용마가 솟아오른 금강산성이 또한 북쪽으로는 전통사회의 말 터미널이었던 장수도 역참터가 존재한다. 그 외성으로 둘러싸인 한 가운데 조양각과 말죽거리가 위치해 있다. 말로써 영천 발전의 원심력과 구심력을 동시에 구동시키는 조화로운 지역사회를 만들어 나갈 천혜의 유무형의 인프라가 아닌가.

이러한 기반 위에 우리는 미래로 나아가는 말로써 창조경제와 말에 의한 창조문화를 구축해 나가야 한다. 그것이 곧 말 산업과 말 문화 관광 도시로 특화시켜 나가는 것이다.

제2부

조선통신사가 보고 들은 이야기들

고려의 마지막 충신 정몽주, 일본을 가다

– 〈홍무정사봉사일본작십일수(洪武丁巳奉使日本作十一首)〉

구지현

1. 왜구의 침입 때문에 고려에서 사신을 파견하다

옛날 우는 아이를 겁주려고 우리나라에서는 호랑이가 잡아 간다고 말하곤 했지만, 쓰시마에서는 '무쿠리 고쿠리 온다'라고 했다고 한다. 무쿠리는 몽골군, 고쿠리는 고려군을 뜻하는 말이다. 1273년 제주도의 삼별초를 전멸한 원나라 군대는 고려군과 연합해 두 차례 일본 원정을 단행했는데, 그때의 공포가 아직까지도 이런 말 속에 전해오는 것이다. 이 일로 고려와 일본의 통교는 단절되었으나,

왜구의 모습

아이러니하게도 왜구 때문에 다시 국교가 재개되기에 이르렀다.

1350년 이후로 왜구의 침탈은 고려의 가장 큰 골칫거리였다. 단순히 해안 지역만이 아니었다. 평안도, 함경도까지 전국적으로 극성을 부렸

고 심지어 수도 개경 부근까지도 침입해 왔다. 이들의 가장 중요한 목적
은 식량 확보였고, 포로를 납치하고 문화재를 약탈해 가지고 가서 매매
하여 이익을 올리기도 했다. 고려는 왜구의 주요 근거지로 주목된 쓰시
마를 정벌하기도 했지만 역부족이었다. 그래서 당시 일본의 무로마치
막부에 사신을 보내 왜구의 진압을 요청하기로 했다. 그러나 일본 사신
길이 평탄치만은 않았다.

왜구도권

　1366년 처음으로 파견된 김룡(金龍) 일행은 이즈모에 도착해서 도적
들에게 예물을 약탈당했다. 1375년 파견된 나흥유(羅興儒)는 도착하자
마자 원나라의 첩자로 오인 받아 오랜 시간 갇혀서 조사를 받아야 했다.
1377년 파견된 안길상(安吉祥)은 일본에서 병사했다. 교토의 무로마치
막부에 도착해서는 환대를 받았으나 고려인으로서는 별로 나서고 싶지
않은 위험한 사행길이었다. 게다가 무로마치 막부의 영향력이 미약했기
때문에 왜구 진압을 약속 받아도 별다른 효과를 거두지도 못했다.
　이런 상황에서 안길상을 이어 일본 사신에 추천된 사람이 있었으니, 바
로 고려의 마지막 충신으로 일컬어지는 정몽주(鄭夢周, 1337~1392)였다.

2. 죽음의 사신길도 받아들인 충신 정몽주

그의 원래 이름은 몽란(夢蘭)이었다. 어머니 이 씨가 임신했을 때 난초 화분을 깨뜨리는 꿈을 꾸었기 때문이었다. 9살이 되었을 때 몽룡(夢龍)으로 이름을 고쳤다. 이 씨가 검은 용이 배나무를 타고 올라가는 꿈을 꾸다가 깨어났는데, 실제로 정몽주가 배나무에 올라가 있었기 때문이라고 한다. 그리고 마지막으로 몽주(夢周)라고 개명하였다. 이유는 확실히 밝혀져 있지 않지만, "꿈에서 주공을 보지 못한지 오래되었다[久矣 吾不復夢見周公]"고 탄식한 공자의 말에서 온 것이 아니겠는가? 주나라의 문물을 정비한 주공(周公)을 본받으려 하다 보니 주공 꿈을 자주 꾸었던 공자. 정몽주는 그런 공자를 본받으려 했던 철저한 유학자였다. 스승인 이색(李穡)조차 그를 우리나라 성리학의 창시자라고 찬탄하였다.

고려사 정몽주열전

당시 신흥사대부들이 그러했듯 정몽주도 중원의 새로운 강자로 등장한 명나라와 친할 것을 주장하는 친명파에 속해 있었다. 그러나 고려조정은 친명을 지지했던 공민왕이 시해당하고 명나라 사신까지 살해당하는 친원파의 세상이었다. 정몽주는 원나라 사신을 받아들이면 안 된다는 상소를 올린 일로 친원파 이인임 일파의 미움을 받아 언양에 유배되었다. 그리고 이인임 등은 일부러 위험한 일본 사신길에 정몽주를 추천했던 것이다.

정몽주는 의연히 추천을 받아들여, 1377년 9월 왜구를 금지해 달라는 요청을 하기 위해 일본으로 파견되었다. 그때 지은 시 〈홍무정사봉사일본작십일수(洪武丁巳奉使日本作十一首)〉를 비롯해 총 13수의 시가 전한다. 김룡 일행도 시를 주고받았다는 기록이 보이지만, 정몽주의 시가 아마도 현전하는 가장 오래된 일본 사행시일 것이다. 이 시를 보면 당시 정몽주의 일본 사행이 어떠했는지 조금이나마 엿볼 수가 있다.

3. 타고난 외교가 정몽주, 일본을 노래하다

죽음의 길로 내몰리기는 했으나, 정몽주는 뛰어난 외교가였다. 처음 하카타에 도착해 당시 무로마치 막부에서 파견해 규슈를 다스리고 있던 구주탐제(九州探題) 이마가와 사다요였다. 이들의 안내로 교토에 가서 무로마치 막부를 접견했지만, 정몽주는 왜구 억제를 위해서는 규슈 지역의 탐제 역할이 더 중요하다는 것을 알고 있었던 듯하다. 왜구는 대부분 삼도라고 일컬어지는 쓰시마, 잇키, 마츠우라로부터 창궐했고

이마가와 사다요

규슈와 시코쿠 연해 지역에도 있었기 때문이다. 이때 정몽주는 왜구의
금지에 대해 역설해서 이마가와를 경복시켰다고 한다. 한편 이마가와
쪽의 접대도 나쁘지 않았던 듯하다.

> 천년 된 바다 섬에 마을이 열려있어/뗏목타고 여기 와서 오랫동안 배회했네.
> 산승은 시 구하러 날마다 찾아오고/땅주인은 때때로 술을 보내 오는구나.
> 인정을 오히려 믿을 만해 기쁘니/물색을 가지로 시기하지 말구려.
> 타국이라 누군들 흥취 없다 말하랴/날마다 가마 빌려 이른 매화 구경 가네.
> 海島千年郡邑開 乘槎到此久徘徊 山僧每爲求詩至 地主時能送酒來 却喜人
> 情猶可賴 休將物色共相猜 殊方孰謂無佳興 日借肩輿訪早梅

　정몽주는 약 9개월 가량 일본에 있었다. 위 시는 하카다에 머물면서
있었던 일상을 읊은 것으로 보인다. 일본에서 문자를 아는 사람은 거의
승려였기 때문에 정몽주에게 찾아와 시를 지어달라고 한 사람들도 승려
들이었다. 정몽주는 즉석에서 시를 써주곤 했는데, 이렇게 남겨진 시는
일본인의 존경을 불러일으켰다. 후에 정몽주가 죽었다는 소식을 듣고
슬퍼하며 재를 올린 승려들도 있었다.

　시에 보이는 땅주인이란 바로 이마가와를 가리키는데, 접대를 위해
종종 술을 보내올 정도로 신경
을 써주었다. "인정을 믿을 만
하다"는 말을 통해 이들의 접
대가 정성스러웠다는 사실을
알 수 있다. 정몽주는 남쪽 지
방이라 매화가 일찍 펴 가마타
고 구경 다니는 여유를 부릴

관세음사

수도 있었다. 특히 관음사를 유람하고 2수의 시를 남겼다. 그중 한 수는 다음과 같다.

들판 절간에 봄바람 불어 푸른 이끼가 자라는데/여기 와서 종일 노느라 돌아갈 줄 모르네.
동산 안에 수없는 매화나무들/이 모두 스님이 손수 심은 것들일세.
－「관음사에서 놀다」, 『포은정몽주시선』, 허경진 옮김, 평민사.

관음사란 후쿠오카에 있는 관세음사(觀世音寺)를 가리킨다. 7세기 중반 텐치 천황이 어머니의 명복을 빌기 위해 세운 절로, 다자이후 가는 들판에 있다. 교토로 가기 위해 기다리는 동안 규슈에서 봄을 맞이했기 때문인지 매화에 대한 언급이 많다.

바다 위에 신선 산다 듣기만 했었는데/동쪽에 나라가 있을 줄 누가 알았으랴.
아롱진 옷 진나라 동자에서 온 것 같고/검은 이빨 월나라 풍속과 통한 것 같네.
但道神仙居海上 誰知民社在天東 斑衣想自秦童化 染齒曾將越俗通

원래 동쪽에는 신선이 사는 섬이 있다고 한다. 봉래산이니 영주산이니 하는 것들이다. 그래서 진시황은 동남동녀 오백명을 불사초를 구하러 동쪽으로 보냈던 것이다. 이 진나라 동자들이 도착한 곳이 일본이라, 일본에는 진나라 때 유물이 남아있다는 속설이 종종 일컬어지곤 했다. 정몽주가 바라본 일본은 신선나라가 아닌, 어엿한 백성과 문물이 있는 나라였다. 우리와 다른 그들의 무늬옷은 진나라에서 유래된 것 같고 이에 검은 물을 들이는 일본 여인의 풍습은 저 중국의 옛날 월나라 풍속이 전해진 것처럼 느껴진 것이다.

4. 조선까지 미친 그의 외교력

정성스러운 접대와 신기한 이국 풍속에도 고향 떠난 외로움은 어쩔 수 없었다.

> 매화 피는 창가라서 봄빛 이르고/ 판자집이라 빗소리 더욱 시끄럽네.
> 홀로 앉아 긴긴 날을 보내노라니/ 집 생각 너무 심해 견딜 수 없네.
> ─「홍무정사봉사일본작 4」, 『포은정몽주시선』, 허경진 옮김, 평민사.

판자로 널을 올린 일본식 집은 기와집이나 초가집과 달리 빗소리가 더 크게 들린다. 더구나 남쪽 지방이라 비가 더 자주 온다. 매화 구경하러 가마타고 나갈 수도 없으니, 무료한 시간 고향 생각은 더욱 심했을 것이다.

정몽주는 드디어 1378년 6월경 교토의 막부를 방문하고 7월경 귀국했다. 이마가와는 삼도 왜구를 제압할 것을 약조하였고, 승려 주맹인(周孟仁)을 사자로 딸려 보냈다. 아울러 포로 백여명을 함께 송환시켰다. 이마가와는 이후에도 군대를 파견해 고려의 왜구 방어에 적극적으로 협력했고, 포로도 찾아내어 송환시켰다. 이 모두가 정몽주의 탁월한 외교 능력에 기인했던 것이다. 정몽주는 명나라와의 외교에서도 실력을 발휘해, 남경에도 여러 차례 파견되었다.

고려에 대한 충성을 버리지 않았던 정몽주는 개성의 선죽교에서 비극적인 죽음을 맞이했다. 그러나 정몽주를 죽음으로 몰아넣었던 장본인인 이방원은 조선의 왕이 되어서 도리어 정몽주를 영의정에 추증하였다. 명의 선진 제도와 문물을 받아들여 조선 건국의 기초가 되게 한 공과 그의 충성을 인정했기 때문일 것이다. 조선 전기 일본과의 외교가 고려를 그대로 유습했던 것을 보면 외교면에서도 정몽주의 공은 무시할 수 없는 것이었으리라.

아시카가

신기하기도 하고 괴이하기도 한
일본의 풍속을 관찰하다

— 신유한의 『해유록』

구지현

　조선 후기, 외국을 다녀와 남긴 기록 가운데 가장 뛰어난 작품은 무엇일까? 연행록에서 『열하일기(熱河日記)』를 꼽는다면 통신사 사행록에서는 단연 신유한(申維翰, 1681~1752)의 『해유록(海游錄)』이 첫손가락에 꼽힐 것이다. 다시 이 두 개만 놓고 사행을 떠난 사람들에게 미친 영향력을 따진다면? 18세기 초반 기록인 『해유록』이 18세기 후반의 『열하일기』보다 훨씬 강력하지 않았을까 싶다.

　신유한 이전만 해도 일본에 가는 사행원들은 『해동제국기(海東諸國記)』를 가이드북처럼 여겼다. 그런데 이 『해동제국기』라는 것은 신숙주가 무로마치 막부에 사신으로 다녀오면서 일본, 유구, 쓰시마 등 동쪽에 있는 나라의 견문을 기록한 것이다. 신숙주가 교토까지 다녀온 것은 1443년이고 조선이 에도막부에 첫 번째 사신을 파견한 것이 1607년이다. 시기적으로도 최소 150년 차이가 나는 데다 정권도 여러 번 바뀌었으니 요즘으로 치면 세계여행 가면서 유길준의『서유견문』을 가지고 가는 격이라고 해야 할 것이다.

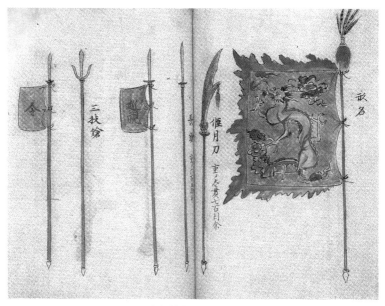

통신사 행렬의 화려한 의장

『해유록』이 등장하기 전까지 사행록이라고 하면 단순히 하루하루 일정을 기록해 가는 공무 일지 성격이 강했다. 기록한 사람이 정사, 부사, 종사관 등 외교 임무를 맡은 사신이다 보니 개인적인 감상이 매우 절제되었다. 또 처신을 신중히 해야 하는 지위에 있었기 때문에 일본인을 함부로 만나지 않았으므로 생생한 생활상을 볼 기회가 그만큼 적었을 것이다. 하지만 신유한은 사신이 아닌 제술관이었기 때문에 입장이 달랐다.

신유한이 일본 시인에게 지어준 시

1. 낭군의 머리는 오이처럼 푸르고 내 이는 박처럼 희고

신유한은 보통 음란하다고 생각할 내용도 별로 꺼리지 않고 기록하였다. 오사카에서 얻어들은 기생들의 일상을 〈낭화여아곡(浪華女兒曲)〉이라는 시까지 지어서 묘사하였다. 낭화(浪華)는 나니와, 즉 오사카의 옛이름이다.

님은 누각에 올라 자려고 하는데/나는 욕실이 좋다 말했네.
향기로운 목욕물에 내 피부를 씻고/웃음 머금은 채 님을 끌어안았다오.

이 시구에는 "나라의 풍속이 반드시 욕실을 두고 남녀가 벗은 채 함께 목욕한다."라는 설명이 붙어 있다.

낭군의 머리는 오이처럼 푸르고/내 이는 박처럼 희구나.
박이 나서 오이 넝쿨을 안으니/어느 곳인들 휘감지 않으랴.

이 시구에는 "남자는 모두 머리를 깎고 여자는 모두 이에 검은 칠을 하지만 기생의 이는 희다."라는 설명이 붙어있다.

남녀가 함께 목욕하던 일본의 목욕탕

이렇게 욕실에서 뒹굴기도 하고 진한 애정행각을 벌이기도 하는 남자 손님과 기생의 모습을 적나라하게 묘사한 〈낭화여아곡(浪華女兒曲)〉은 모두 30수로 시마다 일본의 풍속에 대한 설명이 붙어 있다. 물론 고대에 민요를 채집하여 백성의 실정을 살피던 군자의 모범을 따르도록 조정에 보고하겠다고 서문에 쓰고는 있지만 내용은 지금 보아도 파격적이라고 하지 않을 수 없다. 신유한은 여기에 그치지 않고 당시 일본에 풍미하던 남창(男娼) 풍습에 대해서도 시를 지었다.

화려한 일본 기생

구슬 발, 수놓은 장막 늘이고 류큐에서 온 자리를 깔아
그대를 가장 좋은 집에 고이고이 숨기고서
허리에 찬 석 자짜리 시퍼런 칼에 의지하여
미친 나비가 봄꽃 옆에 오지 못하게 하노라.

10수로 된 〈남창사(男娼詞)〉 중 하나인데, 〈낭화여아곡〉처럼 하나하
나 설명이 붙어 있다. 이 시에는 "류큐에서 짠 자리는 정교하여 왜인들
이 많아 사용한다. 왜인의 풍속이 아내는 질투하지 않아도 남창은 질투
하여 직접 칼로 사람을 죽이기까지 한다."라는 주석이 붙어 있다. 온갖
귀한 물건으로 꾸민 집에 남자 애인을 두고 아무도 접근하지 못하게 하
는 일본인의 행태를 읊은 것이다. 〈남창사(男娼詞)〉 중에 일본인이 곱게
꾸민 남창을 시켜 부채에 글을 써줄 것을 통신사 사행원에게 청하는 내
용도 있는 것을 보면, 신유한이 이들을 직접 만나보기도 했던 것 같다.
제술관으로서 여러 사람을 만나다 보니 그만큼 일본의 실정을 더 가까
이에서 체험할 수 있었다.

2. 세상에 쇠나 돌로 된 심장을 가진 사람이 없는데 어찌 모르랴

『해유록』의 작가 신유한은 밀양 죽원리에서 태어났다. 그의 집 근처 대숲에 샘물이 있었다. 가뭄에도 전혀 줄지 않던 샘물이 갑자기 끊겼다가 그가 태어나자 다시 전처럼 불어났다고 한다. 또 그의 어머니가 대숲에서 청학이 노니는 태몽을 꾸었다. 그래서 호를 청학의 청(靑)과 샘물의 천(泉)을 따 청천이라고 하였다고 한다. 연고가 있는 호여서 그랬는지 다른 사람들은 일본에 가면 새로 다시 호를 만들어 쓰곤 하였는데 신유한은 줄곧 이 청천이라는 호를 사용하였다.

그는 32세에 문과에 급제하였고 봉상시 첨정이라는 벼슬을 마지막으로 고향으로 내려갔다. 젊은 시절부터 글 잘한다는 명성이 자자했었는데도 관운이 별로 없었던 것은 그가 서자였다는 사실과 무관하지 않을 것이다. 그런데 38세가 되던 해 정사 홍치중의 추천으로 제술관에 발탁된 것이다.

신유한은 바닷길에 나서게 된 것이 오귀에 쫓기는 탓이라고 원망하였다. 오귀란 한유의 〈가난을 보내는 글[送窮文]〉에 등장하는 다섯 가지 귀신으로 자신을 가난하게 만드는 문학적인 재능, 학식과 올곧은 성품 등을 귀신으로 의인화한 것이다. 그렇더라도 신유한은 제술관의 직임에 굉장한 자부심을 가졌던 것 같다. 제술관이 받았던 대우, 맡았던 임무에 대한 언급을 사행록 곳곳에서 찾아볼 수 있다.

제술관은 1682년부터 생겨난 직임이었다. 일본인들은 조선인이 지은 시, 글, 그림에 목말라하였다. 그래서 특별히 글재주가 뛰어난 문사를 보내달라고 요청하였다. 조정에서는 이런 요청에 부응하여 글 잘하는 선비를 뽑아 제술관의 직임으로 파견하였다. 신유한도 가는 곳마다 글을 써달라는 일본인들의 요구에 시달려야 했다. 그러면서도 신기하기도 하고 괴이하기도 한 일본의 풍속을 살피는 데 게으르지 않았고 뛰어난 글 솜씨로 눈앞에서 보는 듯 세세히 묘사하였다.

> 음악이 그치고 놀이가 시작되었다. 우리나라 꼭두각시놀음과 비슷하게 회랑에 장막을 쳤다. 어떤 사람이 아이를 안고 나왔는데 귀엽고 사랑스러웠다. 살짝 도는 순간 아이가 변해서 칼이 되더니 칼날이 영롱하게 빛났다. 칼등을 튕기자 부서지더니 또 변해서 기이한 꽃이 가득한 가지가 되었다. 불어서 흐트러뜨리자 가을바람에 떨어지는 낙엽이 되었다. 또 화려하게 꾸민 집이 갑자기 장막 위로 솟아났다. 보이는 것이 매우 사치스러웠는데 절집 같이 생겨서 그 안에는 촛불이 사람도 없이 저절로 타고 있었다. 잠시 후 다시 몽땅 낙엽으로 변하더니 어지럽게 떨어져 내렸다. 이런 것이 여러 종류였다. 섬세하면서도 자질구레하고 환상적이면서도 괴이한 것이 눈으로 보고 있기 어려울 정도였다.　　　　　　　　－10월 10일 일기 중에서

통신사 일행이 도착하면 여기저기에서 연회를 베풀었다. 엄숙한 연회뿐 아니라 마술쇼가 펼쳐지기도 하였다. 공식 행사 후 있었던 뒤풀이 공연도 이렇게 자세하게 묘사한 것은 신유한이 처음이다. 남녀의 정경을 그려내는 춤 공연을 보면서 쓰시마 도주가 이런 흥취를 아냐고 묻자 신유한은 "세상에 쇠나 돌로 된 심장을 가진 사람이 없는데 어찌 모르겠느냐? 스스로 두려워하며 삼갈 뿐이다."라고 대답하였다. 삼가야 하는 것도 꽤 있었지만 낯선 일본의 경험에 대해서만은 보고 듣고, 또 기록하는 데 거침이 없었다.

에도의 요시와라 유곽

3. 후대 사행록의 전범이 된 『해유록』의 「문견잡록」

이런 기록 태도의 정점은 「문견잡록(聞見雜錄)」에서 완성된다. 「문견 잡록」은 『해유록』 사행일기에 부록으로 붙어있기는 하지만 일본 가이드 북으로서 더 효용성이 있었다. 일본의 역사, 지리 뿐 아니라 일상생활의 의식주까지 망라하고 있어 당시 일본인이 어떤 것을 먹고 어떤 옷을 입 었는지 상세히 알 수 있기 때문이다. 그러니 이후 일본으로 사행을 떠나 는 사람들이 신유한의 『해유록』을 읽지 않을 도리가 없었을 것이다.

생생하면서도 자세한 관찰을 담은 『해유록』은 이후 사행록의 전범이 되었다. 어떤 사람은 아예 이 문견잡록을 요약해 자신의 사행록에 넣었 다. 아마 더 뛰어난 정세 보고를 작성해낼 자신이 없었기 때문일 것이 다. 그러다 보니 어떤 사행록에는 이미 죽어버린 신유한 시대의 일본 문사가 버젓이 살아있는 것처럼 설명되어 있기도 하다.

일본에 대한 관찰을 끝낸 후 신유한은 "도요토미 히데요시나 가토 기요마사 같은 도적이 다시 그 땅에 생겨나지 않는다면 우리나라의 변방을 걱정할 일은 전혀 없을 것이다."라고 결론을 내렸다. 신유한이 본 것은 막부의 중흥을 이끌었던 기이슈 출신의 쇼군 요시무네의 시대였다. 그런데도 후대 관찰자의 일본에 대한 결론은 신유한과 대동소이하다. 그의 뛰어난 문장이 후대인의 일본 관찰에 오히려 방해가 되어 버렸다고 해야 할까?

만약 난학의 싹이 트고 있던 18세기 후반 신유한을 다시 일본에 파견했다면 어떤 결론을 내렸을까? 모르긴 몰라도 날카로운 그의 눈이 일본의 변화를 놓치지는 않았을 것이다.

철저한 목민관으로서의 사행

– 조엄의 『해사일기』

구지현

1. 통신사 조엄이 고구마를 발견하다

요즘 웰빙 식품으로도 각광을 받고 있는 고구마. 이 고구마라는 말이 실은 일본어에서 유래되었다는 사실을 아는 사람은 별로 없을 것이다.

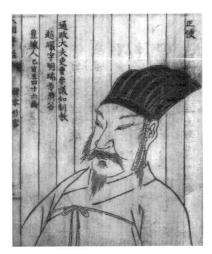

일본 관상가가 그려준 조엄 초상

또 고구마를 일본에서 전래한 사람이 조엄이라는 사실은 역사책을 통해 배웠어도, 그가 1763년 11차 통신사행의 정사로 임명되어 일본에 다녀오는 길에 고구마를 가져왔다는 것을 아는 이도 많지 않을 것이다.

고구마의 원래 이름은 효행우(孝行芋), 일본음으로 고코이모였다. 조엄은 쓰시마의 사스나포에서 처음 고구마를 보았다. 그의 사행일기인 『해사일기』에 고구마를 다음과 같이 소개하고 있다.

> 쓰시마에는 먹을 수 있는 풀뿌리가 있는데 … 모양은 마 같은 것, 순무 뿌리 같은 것, 오이 같은 것, 토란 같은 것도 있어 형태가 일정치 않다. 잎은 마 잎 비슷한데 좀 더 크고 두꺼우며 약간 붉은빛이 돈다. 줄기 역시 마 줄기보다 크다. 맛은 마와 비슷하지만 좀 더 단단하다. 실로 찰기가 있어 반쯤 구운 밤 맛 비슷하다. 날로도 먹고 구워서도 먹고 삶아서도 먹을 수 있다. 곡식과 섞어서 죽을 쑤어도 된다. 꿀로 반죽해 약과를 만들어도 좋다. 떡을 만들든 밥에 섞든 안 되는 것이 없으니 기근 때 버틸 수 있는 좋은 재료이다.

1763년 부산을 떠난 날 처음 도착한 기착지인 쓰시마의 사스나포에서 조엄이 처음 관심을 가졌던 것이 바로 일본인이 먹고 있던 고구마였다. 고구마는 '감저'라는 이름으로 중국 서적을 통해 이미 조선에 알려져 있었다. 이광려 같은 이는 여러 차례 연경으로 가는 사신단을 통해 이 감저의 종자를 구하려 하였으나 실패하였다. 그런데 일본 사신을 갔던 조엄의 눈에 뜨인 것이다.

조엄은 곧 종자를 구해 부산으로 보냈다. 이듬해인 1764년 부산의 절영도에서 처음 재배가 되었다. 절영도산 '조내기 고구마'는 붉은 색을 띠고 밤 맛과 비슷해 오랫동안 인기가 많았는데, 조내기는 바로 "조엄이 가지고 온 고구마를 캐내는 곳"이라는 뜻을 가진 지명이라고 한다. 돌아오는 길에 조엄은 종자를 더 구해 기후가 대마도와 비슷한 제주도로 보냈다. 고구마는 시험 재배가 성공하여 널리 퍼졌는데, 제주도에서는 "조엄의 감저"라는 뜻에서 고구마를 조저라 불렀다. 이렇듯 이름에도 전래자 조엄의 흔적이 남아있다.

고구마가 대마도에 전파된 것은 1715년, 빠르게 확산되어 1732년 대기
근도 무사히 피해갈 수 있었다. 1719년, 1748년에도 통신사가 갔지만,
1763년에서야 눈에 띈 것은 왜일까? 조엄의 자세가 남달랐기 때문이었다.

2. 조고집, 백성을 위해 일본을 관찰하다

11차 사행은 처음부터 우여곡절이 많았다. 처음 정사에 임명된 사람은
북학파의 비조로 꼽히는 서명응이었는데 그만 죄에 걸려 유배를 당했다.
그다음 정상순이 물망에 올랐으나, 어머니가 늙으셨다는 이유로 어명을
거부하다가 결국 귀양을 갔다. 마지막으로 임명된 조엄. 그가 임명된
이유는 조정에서 일본통으로 알려졌기 때문이었다.

동래부사와 경상도 관찰사를 역임했기 때문에 일본교섭의 경험이 많
았다. 게다가 목민관으로서 치적을 쌓아 백성들의 신망도 두터웠다. 사
행 때문에 부산을 떠나는 그를 전송하기 위해 수백 명의 동래 백성들이
몰려들었다고 한다.

그의 대표적인 치적은 조운제도를 정비한 것이다. 본디 세곡 수송은
경강상인들이 독점하여 이익을 챙기는 수단으로 전락하였다. 배가 부실
해서 가라앉으면, 백성들에게 세곡을 다시 걷어 피해가 이만저만이 아니
었다. 조엄은 관찰사 시절 영남지방의 세곡을 수송하는 서울배가 튼튼하
지 못한 것을 보고 전함을 본뜬 조운선을 새로 제작하여 백성의 부담을
덜어주었다. 그리고 새로 조창을 설치하고 역졸을 선발하는 등 영남 백성
스스로 세곡을 수송하도록 제도를 정비해 주었다. 경강상인들의 반발도
있었으나 '조고집'이라는 별명답게 강직한 목민관의 자세로 밀어붙였다.

『해사일기』에는 이러한 조엄의 태도가 곳곳에 보인다. 동래부사 시절

수족처럼 부리던 영리한 아전과 장교들을 사행단에 포함시켜, 적재적소에 부렸다. 변박이라는 사람은 선장의 임무를 맡고 있었지만, 그림을 잘 그렸다. 원래 오사카에 남아 배를 지켜야 했지만, 조엄은 그를 에도까지 데리고 갔다. 도중 변박은 일본의 지도를 여러 장 그렸을 뿐 아니라 논으로 물을 퍼 올리는 수차의 모양도 그렸다. 전함을 본뜬 조운선을

변박이 그린 동래읍성 임진왜란 전투 그림

제작한 것처럼 기계에도 관심이 많았다.

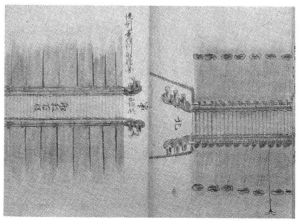

강을 건너기 위해 일본이 설치한 배다리

또 조선의 농업 기술에 응용할 수 있는 제방 쌓는 법이나 물레방아 만드는 법을 따로 수하를 시켜 정보를 수집하게 하였다. 어떻게 하면 백성들을 편하게 살게 할 수 있을까하는 목민관의 관심에서 우러나온 태도였다. 이런 조엄이었기에 고구마를 발견할 수 있었던 것이다. 그가 조사한 고구마의 생태와 재배법, 저장법 등은 조선의 고구마 재배의 기초가 되었다.

3. 최초의 국제 살인 사건에 냉정을 잃지 않다

영조도 "이번 사행에 정사가 가장 어려움을 많이 겪었다"고 위로했듯이 11차 사행은 곡절이 많았다. 먼 길을 다녀오는 동안 사람이 병들어 죽는 일이야 있을 수 있었지만, 조엄 때는 풍랑 때 다쳐서 죽고 여독에 죽고 심지어 미쳐서 자살한 사람까지 나왔다. 그리고 통신사 사상 최초로 살인사건이 일어났다.

돌아오는 길 오사카성에 머문 지 이틀 되던 1764년 4월 7일 새벽 한 괴한이 자고 있던 도훈도 최천종의 방에 뛰어들어 다짜고짜 칼로 목을 찌르고 달아났다. 최천종은 희미한 옆방의 불빛을 통해 그자가 왜인임을 확인했으며, 여러 사람이 도망가는 왜인을 목격했다.

범인은 사행단을 호송하는 일을 담당했던 쓰시마 통역 중 하나였다. 전날 최천종은 거울이 없어지자, 스즈키 덴쵸에게 찾아내라고 했다. 스즈키가 끝내 찾아내지 못하자 최천종은 왜인은 도둑질을 잘 한다고 하였다. 이 말에 화가 난 스즈키는 조선인이 도둑질을 한 것이라면서 욕을 하였다. 화가 난 최천종은 계속 대드는 스즈키에게 채찍을 휘둘렀다. 이에 분한 마음을 품은 스즈키가 밤을 기다려 복수를 한 것이었다.

이 전대미문의 사건 때문에 사행단은 발칵 뒤집어졌다. 분통을 터뜨리는 사람도 있고, 겁이 나 빨리 돌아가기를 재촉하는 사람도 있었다. 조엄은 사행원들이 절통한 마음에 일본인에게 해코지를 할까 단속하고 두려움에 떠는 자들은 꾸짖어 마음을 다잡게 했다.

중앙집권제인 조선과 달리 일본은 각 번의 정치에 막부가 간여하지 않았고, 번끼리도 간섭하지 않았다. 범인은 쓰시마 소속이고 피해자는 막부에 온 손님이요, 범행은 오사카에서 일어났으니, 일본 내에서도 전례가 없는 사건이었다. 게다가 범인은 일본인이 아니라는 둥 최천종이 자살한 것이라는 둥 엉뚱한 말이 퍼지기도 하였다.

철저한 조사와 공식적인 절차를 밟으려는 조엄의 꾸준한 노력 끝에 5월 2일 양국의 입회인 아래 죄인은 효수형에 처해졌다. 잘못된 전례를 남겨서는 안 되었기에 조엄의 고집이 여정을 지체하면서 근 한 달을 끌고 나갔던 것이다. 이 과정이 『해사일기』에 자세히 기록되어 있다.

이 사건은 일본 사람의 흥미를 자극했는지 얘기가 전해지고 또 전해져 가부키와 조루리로 만들어졌다. 내용은 흥미를 끌 수 있도록 변형되어, 최천종을 스즈키 부친을 죽인 원수로 설정한 것도 있다. 공식적인 문서를 남기고 꼼꼼히 사실을 기록했던 조엄 등의 태도와는 정반대이다.

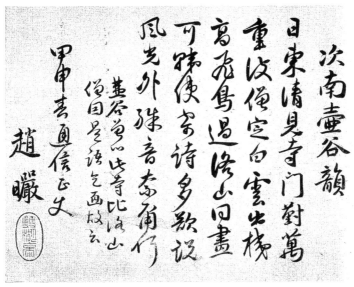

조엄이 일본에서 지은 시

신중하고 조심스러웠던 긴 여정을 마치고 집에 돌아와 조엄은 일기 말미에 다음과 같이 적었다.

이제 내가 외람되게 사신의 임무를 맡아 일본의 산천을 두루 구경하였다. 여행은 대단하였다고 할만하다. 그러나 의관과 문물이 추한 무리를 감동시켰을지라도 믿음과 독실함은 교활한 놈들을 감읍시키기에 부족하였다. 이는 실천궁행이 아직 쌓이지 않았기 때문이리라. 후에 이것을 보는 사람은 공자님의 오랑캐 땅이라도 갈만하다고 하셨던 교훈에 힘쓰기 바란다.

"교활한 놈을 감읍시키기에 부족했다"는 것은 살인사건 발생에 대한 회한이 아닐 수 없다. 그렇기에 조엄은 이전 사행록들을 모두 모으고, 자신의 『해사일기』를 덧붙여 『해행총재』라는 이름으로 편집했다. 다음 통신사가 읽어보고 도움이 될 수 있게 하기 위해서였다.

　그러나 이런 조엄의 바람과는 달리 『해사일기』는 에도까지 왕복한 마지막 사행일기가 되었다. 1811년 마지막 통신사는 쓰시마까지 가는 것으로 끝나버렸기 때문이다. 그래도 객관적인 자세를 가지고 일본을 꼼꼼하게 기록하려 했던 조엄의 『해사일기』가 있는 것은 후손인 우리를 위해 다행한 일일 것이다. 자신이 아끼던 수하가 살해당한 일을 겪었으면서도 지역으로 오랑캐를 구분 짓지 말라는 공자의 교훈을 새기는 그의 자세를 나중에 읽는 자로서 배워야 할 것이다.

오사카에서 머물던 객관의 현재 모습

【제3부】

영천의 인문학 스토리텔링

바람의 가객 : 노계 박인노

김정식

조홍시가로 맺은 한음(漢陰)과의 우정

32세의 노계 박인노(蘆溪 朴仁老)는 고향의 친구 복재 정담(復齋 鄭湛)과 함께 임란의병에 가담하고 영천성 탈환전투를 치룬다. 승전의 용사가 된 노계는 스스로 무인이 되고자 지금은 나라가 어지러운 때이니 먼저 나라를 구하리라 하고 굳게 결심한다. 전란이 수그러드는가 했지만 다시 정유재란이 발생하자 노계는 강좌절도사 성윤문(江左節度使 成允文)을 따라 수군에 종군하면서 절도사의 지도력을 칭송하고 전쟁피로를 달래주는 '태평사'(太平詞)를 짓는다. 칼과 더불어 붓을 지니고 다녔던 노계는 전장의 사선을 넘나들면서도 시정(詩情)을 잃지 않았던 것이다.

그리고 1599년(선조32), 지루하던 전쟁이 끝나면서 노계는 무과를 거쳐 수문장, 선전과 그리고 거제도의 조라포 만호로 나아간다. 무인으로 출발하여 조그마한 변방을 감당하는 하급관리가 된 것이다. 그즈음 노계가 잠깐 고향을 다녀가는 길인데 때마침 한음 이덕형(漢陰 李德馨)이가 노계의 고향 북안을 찾게 된다. 1601년, 4도도체찰사(四道都體察使)로서 경상도 지역의 전쟁피해를 살피고 민심을 달래던 한음이 영천시 북안면 도유동, 구룡산 서북자락에 있는 자신의 시조묘역을 참배하러왔던 것이다. 이런 사실을 알게 된 노계는 당시 사회의 출중한 지도자요 선조의 총애를 받으면서 임란 뒤를 수습하는 한음을 만나 통성명이라도 나누고 싶었다. 우연한 만남이었지만 두 사람은 동갑인데다 시(詩)로서 우정을 다져나가기에 부족함이 없었다.

> 반중 조홍 감이 고아도 보이나다
> 유자 안이라도 품엄즉도 하다마는
> 품어가 반기리 업슬새 글노 설워하나이다(노계집 권3)

문 밖에는 늦은 봄 햇살에 나부끼는 연두 빛 감잎들이 더 없이 아름답다. 음식상을 앞에 놓고 한음과 마주 앉은 노계는 마침 상 위에 오른 감홍시를 보자 시적 감흥을 물리칠 수가 없었다. 조홍시가를 읊조린 것이다. 한음은 눈을 지그시 감았다. 누구 못지않게 효자이던 그는 일순의 감동을 어찌할 줄을 몰랐다. 서로의 시심을 알아본 두 사람은 술잔을 주고받으면서 백년지기의 우정을 약속하고 헤어진다.

광주(廣州)를 본관으로 하는 이덕형의 시조는 당(唐)이다. 고려 말(1368년; 공민왕 17) 신돈의 비행을 비판한 아들 둔촌(遁村)을 따라 영천으로 피신하여 살다 생을 마쳤다. 그가 묻힌 묘소는 남쪽으로 멀리 병풍을 두른 듯한 사룡산을 바라 볼 수 있고, 여명과 일몰이 빛으로 출렁거리는 도유지를 품고 있다. 청푸른 도래솔로 둘러싸인 널찍한 묘소 바로 위에는 둔촌의 친구 천곡(최원도)의 어머니 묘가 자리한다. 지역사람들은 그곳(廣州李氏始祖墓)을 두고 광릉이라 부른다. 둔촌과 천곡의 우정이야기는 초등학교 교과서에서 읽혀질 만큼 널리 알려져 있기도 하다.

그리고 그로부터 10여년 후 1611년(광해군3), 한음이 관직을 사퇴하고 고향인 사제(莎堤; 한강 상류의 북한강과 남한강이 맞닿는 용진강 일원)에서 쉬고 있을 때 노계도 뒤따라가 사제곡(莎堤曲)과 누항사(陋巷詞)를 부르면서 외로움과 회한을 달래곤 했다.

> 늘고 병이 드러 해골을 빌리실새
> 한수동 따흐로 방수심산하야
> 용진강 디내올나 사제 안 드라드니
> 제일강산이 임자 업시 버려느나
> 평생 몽상이 오라하야 그러턴지
> 수광산색이 녯 낫츨 다시 본 듯
> 무정한 산수도 유정하야 보이나다.(사제곡 2절)

여헌(旅軒)과 함께 부른 입암이십구곡(立巖二十九曲)

학덕이 높던 복재는 누구보다도 노계를 가까이 이해하였다. 복재는 노계에게 성주의 한강 정구(寒岡 鄭逑)를 만나게 해준다. 영남의 거유 퇴계와 남명의 학풍을 고루 아우른 한강은 당대의 석학이었다. 1619년(광해 12년), 59세에 든 노계는 한강을 만나 울산의 초정과 동래에서 온 천욕을 즐기면서 그해 여름과 가을을 유감없이 즐긴다.

> 신농씨 모른 약을 이 초정의 숨겨던가
> 추양이 쬐오는데 물 속의 잠겨시니
> 증점의 욕기기상을 오늘 다시 본덧하다(욕우울산초정가, 노계집 권3)

노계의 지적호기심과 탐미적인 유랑성은 나이와 무관하였다. 동래에서 돌아온 노계는 고향에 오래 머물 겨를도 없이 지필묵을 챙기고 말먹이를 살핀다. 입암(立巖)으로 나설 요량이다. 영천시 동북의 영천댐에

서 청송 방면으로 10km 거리에 있는 구암산과 민봉산 등 가파른 산지군
들로 둘러싸인 입암(포항시 죽장면 입암리)은 해발 500m의 고원지대다.
물이 좋고 바위와 계곡이 아름다운 그곳에는 여헌 장현광(旅軒 張顯光)
이 임진왜란을 피하려 왔다가 산수에 매료되어 눌러 산다는 풍문을 들
어온 터였다. 한강이나 복재로부터 자주 여헌의 인물됨과 학덕을 들어
왔던 노계는 여헌과의 만남을 그리 낯설게 여겨지지 않는다. 노계는 여
름날의 긴 하루해가 넘어가고 어둠이 몰려들 무렵 입암에 도착하였다.
이미 일흔 여섯의 나이, 온몸에 밀려오는 피로감을 어찌 물려 칠 수가
없었다. 선잠으로 밤을 보내고 아침 일찍 만활당(萬活堂 : 입암서원(立巖
書院) 부속건물)의 여헌을 만났다. 한음을 만나던 청년시절이나 한강과
유람하고 다니던 중년과는 달랐다. 또한 예닐곱 살 웃도는 여헌이지만
그리 편한 인물이 아니기도 하였다. 그러나 천성이 걸림 없는 노계는
상대를 또한 자유롭게 이끌어내는 재간이 있었던 것일까. 노계는 아무
른 작위를 하지 않고 마치 마음을 비우듯이 내려놓는다. 무하옹(無何翁)
이라 불리는 그의 호(號)가 말해주듯이 어떻게 하지 않음에서 함(作爲)
을 얻어낸다고 할까. 마침내 노계는 여헌과 함께 입암의 아름다운 산수
를 찬미하는 스물아홉 수의 시조(立巖二十九曲)을 짓는다.

> 무정히 서는 바회 유정하야 보이나다
> 최령한 오인도 직립불의 어렵거늘
> 만고에 곳게 선 저 얼구리 고칠 적이 업나다.(입암, 노계집 권3)

　자그마한 맞배집인 만활당과 개울가의 선바위(立巖)에 기댄 일제당(日
躋堂) 마루에는 늘 사람들로 붐볐다. 맑은 훈기가 감돌았다. 여헌을 중심
으로 동봉 권극립(東峯 權克立) 등 몇몇 지우들이 절차탁마하면서 학문을

정진하고 다른 한편 생업을 개척해 나간 것이다. 특히 동봉은 여헌이 자유롭게 강학해 나갈 수 있도록 숙식을 비롯한 경제적인 여건을 마련하는 등 지원을 아끼지 않았다. 노계도 그들과 함께 공부하고 창작하는 일에 전념하였다. 포항시 죽장면 입압리, 입암서원(立巖書院) 앞에 있는 노목의 은행나무와 동봉선생기념비, 그리고 노계선생시비가 400여 년 전, 마치 무릉도원과 같은 입암곡에서 의기투합하여 생활하던 사나이들의 훈훈한 우정을 엿보게 해 준다.

귀향, 노계가(蘆溪歌)를 부르다

"하얗게 센 백발을 날리면서 자연산수를 찾는 일이 너무 늦은 줄 알지마는 일생 동안 품은 뜻을 풀어야지 하는 생각으로 병자년 봄날에 새 옷과 대지팡이와 짚신을 갈아 신고 마침내 노계마을(蘆溪谷)을 찾아드니 다행스럽게도 제일 아름다운 강산이 주인도 없는 채 버려져 있구나. 옛날부터 지금까지 세상을 피하여 숨어서 사는 사람과 벼슬을 거절한 사람들이 많고 많건만 하늘이 아끼고 땅이 숨겨두었다가 나에게 내주려고 남겼는가 보다."(노계가 1절)

경북 영천시 북안면 도천리, 노계를 제향하는 도계서원(道溪書院) 앞 들녘을 가로질러 흐르는 도천개울(노계)을 건너노라면 절로 '노계가'(蘆溪歌)가 흥얼거려진다. 백발이 되도록 친구를 따라 온 산천을 유람하고 노닐다가 만년에야 돌아온 노계가 고향의 아름다운 자연을 노래한 가사, 노계가이다.

영천에서 남쪽 방향으로 병풍처럼 길게 늘어선 높지 않은 산지군들, 주사산과 사룡산 그리고 구룡산이 경주의 외곽을 둘러싸고 있는 자연산성 같은 형국을 이룬다. 해발 729m의 주사산에는 사적 제25호로 지

정된 부산성(富山城 : 주사산성(朱砂山城))이 있다. 여기서 서쪽으로 사룡
산과 구룡산이 연접된다. 주사산이 경주 땅이라면 사룡산과 구룡산은
영천을 감싸 안는다. 새암 깊은 구룡산 무지터에서 발원한 물길은 산곡
을 타고 흘러흘러 상동에서 명주로, 다시 갈대숲이 지천으로 피어나는
노계(蘆溪)를 돌아 마침내 북안 땅을 흠뻑 적셔내는 북안천이 되는 것이
다. 노계는 품이 넓은 사룡산 자락의 도천에서 태어나 자랐다. 구룡산의
물길이 이어내리는 노계를 젖줄로 삼았고 주사산정을 바라보면서 시심
을 성장시켜 나갔다.

82세의 천수를 다 할 때까지 노계는 좋은 사우(師友)를 찾아다니면서
시담을 즐겼다. 사람과 일상을 시와 가사로 빚어 담았고 발길 닿는 곳의
자연을 찬미하였다. 생각의 걸림이 없는 그는 대자유인이었다. 머물러
있지 않는 바람과 같았다. 그의 전반생이 무인이었다면 후반생은 독서
와 유람과 창작에 몰두한 문인 가객(歌客)이었다. 노계는 가사 9편과 시
조 68수를 남긴다. 이 작품을 수록한 〈노계집〉은 3권 2책으로 이루어지
며 판목수량은 99장이다. 1974년 경상북도무형문화재 제68호로 지정된
이 판목은 1904년에 제작된 것으로 현재 안동의 한국국학진흥원에서 보
존하고 있다.

그리고 도계서원은 노계가 돌아가신 60여년이 지난 후, 1707년(숙종
33)에 지방의 선비들이 노계의 학덕을 기리고자 세웠다. 대랑산(大朗山)
에 있는 노계묘소 건너편 언덕에 소박한 건축물을 상양하고 춘추제향을
올리고 있다. 서원 경내에는 심재완, 서원섭 등의 노계의 시가연구자들
이 세운 시비가 두 개나 있다. 세월이 더할수록 그의 가사문학과 시문학
이 빛을 더해 나간다. 무소유의 질박한 그의 삶에서 오래가는 향기가

배어있음이라, 훈기를 더해 주고 있다. 그런데도 노계를 생각하면 늘 마음이 싸해진다. 그가 남긴 감동과 서정어린 문학작품에 비하여 서원이나 종택 혹은 그를 평가하는 가시적인 것과 체감되는 것들이 너무 미미하다는 생각 때문이다.

보현보살을 닮은 품이 넉넉한 보현마을

김정식

품이 넓은 골, 보현보살의 큰 덕행을 상징하는 보현마을

보현리는 사람의 이름을 따 붙인 마을이름이라 전해진다. 420여 년 전에 김보현이라는 선비가 이 마을을 처음 개척하고 자신의 이름을 따 마을이름을 붙였다는 것이다. 그렇게 생각하면 아주 단순하다. 그러나 보현산 자락 아래 넓게 자리 잡은 보현마을의 이름을 이해하는 데는 그것 이외의 다른 생각이 없지 않다. 그 이견의 출발점은 먼저, 여러 골짝으로 형성된 넓은 지역의 보현 땅에 김보현 이전에는 전혀 사람이 살지 않았을까하는 의문점이다. 다른 하나는 보현리를 굽어보는 절골의 거동사는 보현마을이 들어서기 훨씬 오래 전부터 있었다는 점이다. 방방곡곡에서 많은 사람들이 찾아들어 자신의 안녕과 복덕을 기원한 기도처였다.

이와 아울러 거동사에서 남쪽으로 바라보이는 기룡산 너머 있는 묘각사와 연계하여 생각해 볼 일이다. 보현리는 북쪽의 보현산과 수석봉의 일지맥이 남으로 내려와 기룡산 북쪽에 닿으면서 서서히 낮아져 완만한 경사와 넓은 구릉을 이뤄 큰 분지를 형성하고 있는 지역이다. 서쪽 고개에서 시작된 시냇물이 인근 계곡의 작은 물줄기들과 합수되어 유속이 빠르게 영천댐으로 흘러든다. 주변의 산세가 아름답고 평평한 구릉으로 형성되어 있고 논보다 밭이 많은 곳이다. 또한 전 지역이 450m 정도의 높이와 해발을 유지하는 청정지역이다.

보현리의 넓은 골짝에는 전통적으로는 가장 중심이 되는 절골(사곡)을 비롯하여 열세개의 골마다 자연부락이 형성되어 있다. 특히 절골의 깊숙한 곳에 신라의 고찰, 거동사가 위치하고 있는 것이다. 이 가운데 느름산 골짝은 원래 느릅나무가 많은 곳으로 포항시과 영천시의 경계를 이루는 지경이다. 또 배암골 혹은 배양곡은 마을과 산과 계곡을 따라 형성된 마을의 형상이 마치 뱀이 물길을 따라 꿈틀거리면서 지나가는 모습이라 하여 불렀다고 전한다. 그와 달리 마을이 북향이라 햇볕을 등지고 있다하여(背陽) 배양골이라고도 한다. 모두 그럴듯하게 붙여진 지명이라 생각된다. 그 외에도 지형이 황새 모양이거니와 황새들이 많이 날아들었다 하여 붙여진 봉곡리(황새골), 질그릇 만드는 곳이라 하여 붙인 치기점, 오동나무가 많았던 오실개(오리), 비교적 오래전부터 사람이 살아온 양지바르고 앞들이 넓은 양지마을(정자남배기), 400여년 된 소나무를 심고 마치 정자 터처럼 가꿔낸 송정 등이 모여서 보현리를 넓게 만들어 낸다.

또한 보현에서 정각과 화북으로 이르는 길가의 마을인 탑전(탑정)을 빼 놓을 수가 없다. 이 마을은 비교적 보현의 북서쪽으로 치우친 지역인데 오래 된 석탑이 있어 탑전이라 불려지고 있다.

임진왜란 이후 우리 사회의 구조적인 변동이 일어나면서 여러 고을마다 새로운 이주민이 생겨난다. 그 즈음 김현기는 자신이 정착하여 살 곳을 찾아 나선다. 어느 날 해질 무렵에야 보현에 이르게 되는데 기룡산 뒤편이면서 보현산의 남쪽 자락의 평평한 구릉이 그의 눈에 그렇게도 기름져 보였다. 생각을 거듭한 끝에 김현기는 그곳의 땅을 개척하기로 한다. 그날 평소에 불심이 깊은 그가 잠자리에 들었는데 선연한 꿈을 꾸게 된다.

"여보게, 김진사 내 몸이 답답하오. 그대가 내 몸을 간수하여 주게"

건장한 부처가 꿈 속에 나타나 그에게 간절한 부탁을 하는 꿈이었다.

그리고 부처는 자신이 묻힌 곳을 소상하게 알리면서 사람들에게는 돌덩이로 보이겠지만 실은 부처의 염원을 간직한 부처의 몸이라고 하면서 김현기를 일깨우고 사라진 것이다.

그러나 막상 꿈을 깨고 보니 부처가 숨어 있는 땅의 위치를 알아내기가 어려웠다. 비록 평평하다 하여도 억새과 칡덩쿨과 잡목으로 우거진 그 산자락 속에서 현몽한 지역을 찾아내기란 불가능 하였다. 그날 이후 김현기는 부처를 찾을 결심으로 삽과 괭이를 들고 자신이 머문 곳에서부터 땅을 뒤지기 시작하였다. 달이 가고 해가 바꿔도 부처는 나타나질 않았다. 그런데 웬일인지 분명 몸은 고달픈데 기분이 날아갈 듯 좋기만 하였다. 더군다나 그렇게 힘들어 파고 일군 땅이 너무나 기름져 콩을 심고 곡식을 뿌렸는데 무럭무럭 잘 자랐다. 해가 거듭될수록 자연히 농토가 넓혀져 나간 것이다. 어느 가을 좋은 날을 정해 거두어들인 첫 곡식으로 밥을 짓고 떡을 준비하여 부처님께 재를 올리고는 온 동네 사람들을 불러 모아 융숭하게 대접도 하였다. 김진사는 부처님께 또다시 간곡하게 부탁을 한다. 땅 속에 숨어서 답답하게 지내는 부처는 찾아내지 못하고 부처님 덕분에 자신만 호의호식을 하니 오히려 지신이 답답해서 못살겠다고 하소연한 것이다. 그래서 서둘러 부처님을 찾아내면 자신은 농토를 그만 일구겠다고 자족의 원을 주문하였다.

그리고 다음날 김현기는 여전히 부처를 찾아내기 위하여 땅을 뒤지는데 순간 괭이 날이 무겁게 끌어당기는 느낌이 들어 조심스럽게 흙을 파

헤치고 나니 그리 크지 않는 석탑이 그 속에서 빙그레 웃는 모습을 하고 있었다. 현기는 그것을 조심스럽게 꺼내고 씻겨서 세상 사람들이 볼 수 있는 위치에 세워 놓았다. 그리고 현기는 이 석탑을 부처상, 아니 살아 있는 부처님으로 모시고 공덕의 끈을 놓지 않았다. 그리고 석탑이 있는 이 마을을 하는 탑전이라 부르게 된 것이다.

보현리 열 세게 골은 깊고 넓은 자락이다. 보현산과 기룡산으로 둘러싸인 첩첩 산중답지 않게 참으로 탁 트인 넓은 골짝이다. 기룡산 너머의 묘각사를 마치 숨어서 보는듯한 보현마을은 그 땅이 곧 품이 넓은 덕행의 보현보살인 듯 여겨진다.

석가여래의 오른편에서 불교의 진리와 수행의 덕을 담당하는 보현보살은 지혜를 뜻하는 문수보살과 함께 석가모니 비로자나불을 협시한다. 문수보살이 석가모니불의 지덕과 체덕을 상징한다면 보현보살은 이덕과 정덕 그리고 행덕 등을 상징한다. 석가모니 부처가 중생을 제도할 때 덕으로써 돕는다는 의미다. 덕이란 뭔가. 사랑이다. 궁휼하게 여기고 배려하고 베풀어 주는 실천 행위다. 포용하는 마음의 품이 넓어야 가능한 일이다. 동북으로 보현산 자락에 그리고 남쪽으로 기룡산을 안산으로 하는 넓은 땅, 보현은 보현보살의 큰 행덕을 닮은 것이고 보현행을 실천하는 땅이라 믿어진다.

보현보살의 근본행원은 모든 부처님께 예불하고 우러러 찬탄하며 공양하는 것을 비롯하여 스스로의 업장을 참회하는 등 10대원을 앞세운다. 특별히 남의 공덕을 따라서 기뻐하라는 서원이 있는데 이러한 덕행은 수행자 이전에 인간으로서 매우 성숙된 태도이자 높은 수준의 사랑이 아닐 수 없다. 이타적인 행위다. 더불어 기뻐하는 것, 남의 공덕을 따라서 기뻐하고 찬미할 수 있다는 것은 덕위가 높다. 가슴이 따뜻하고 넉넉하며 어질어야 가능한 일이다. 상대를 배려할 수 있을 때 다른 사람이 짓는 공덕을 따라서 기뻐할 수가 있다. 그러니까 보현보살은 행동하는 본보기로서 넓은 것, 베푸는 것, 이타적인 모든 것을 감싸고 우주 만물을 포용하는 것이라 해석된다. 문수보살이 대지혜라면 보현보살은 대덕행을 상징한다. 행동과 실천을 깨달은 자, 큰 덕행을 실천하는 보살행을 뜻한다.

마치 큰 덕을 지닌 보현보살을 대신하는 땅인 듯 보현리는 보현산 줄기에 기대고 기룡산을 남쪽으로 바라보며 넓적한 자락을 차지한 마을이다. 넓고 펑퍼짐한 땅은 무엇이든 다 감싸 안고 관용해 줄 것 같다.

산업화, 도시화 되면서 보현리 일원의 산촌사람들도 이농을 서둘렀다. 영천댐이 건설되면서 자양면의 인구는 급격하게 줄어들고 그와 더불어 젊은이들은 도회를 찾아나가 마을에는 노인들이 주축을 이루기 시작했지만 이 마을을 찾아들게 하는 특별한 유인책이나 프로그램이 없었다. 여느 농촌처럼 보현도 서서히 노령화되고 취학인구가 줄어들어 폐교된 초등학교 자리에 자연체험학교 등 새로운 학습공간이 생겨나게 된다. 보현은 떠나는 사람을 붙들지 않지만 찾아오는 방문객을 반가이 맞는다. 청정지역의 보현리 사람들은 '강릉은 대관령의 흰 눈을 판다지만 보현은 기룡산을 타고 흐르는 맑은 공기를 판다'며 여유 있는 농을 주고 받는다. 이 땅에 들어서면 모두 보현의 품으로 녹아든다.

보현보살의 행덕 같은 흔적들 : 화천지수가 되어 다오.

대한불교 제10교구 본사, 은해사의 말사인 거동사는 신라 때 의상(義湘 : 625~702)이 창건한 고찰인데 그 이후의 자세한 연혁은 전해지지 않은 채 군데군데 절터만 넓게 남아 있다.

다포계 맞배지붕으로 된 대웅전은 기단의 갑석이 모두 사라지고 없지만 돌층계에 소맷돌이 남아 옛 규모를 짐작하게 해주고 있으며 신라 때의 건축 양식임을 짐작하게 한다.

경상북도 유형문화재 제137호로 지정되어있는 대웅전은 국화무늬를 정치하게 조각하여 만든 문살미가 일품이다. 꽃 문살 공양과 아울러 정토세계의 아름다움을 의미한다.

거동사는 조선시대 후기까지만 하여도 100여 채의 절집이 한 데 모여 있던 대찰이었다고 마을 주민들은 입을 모아 자랑하지만 번창했던 시절의 흔적은 확인할 수 없다. 거동사가 한참 번성할 때는 아침밥을 짓기 위해 씻은 하얀 쌀뜨물이 계곡을 따라 십오리 길 밖 충효사 앞 개울까지 흘러내려 자호천으로 이어졌다하니 그 식수량이 얼마나 많았는지 짐작하고도 남는다.

거동사의 규모에 관한 이야기는 그것으로 끝나지 않는다. 객사에 머물러 살고 있는 스님과 신도들이 하도 많아 봄날의 채소를 길러내던 미나리 밭이 여섯 마지기나 되었다 하니 그 역시 지어내는 밥 량에 걸 맞는 반찬 량이 아닌가 싶어진다.

너무 많이 찾아드는 신도들을 감당하기 어려운 주지스님은 이만저만 고민이 아니어서 하루는 이름 난 대사를 찾아가 의논하기에 이른다.

"대사님, 절집에 신도들이 너무 많이 찾아들어 그 번잡함을 이길 길이 없습니다. 무슨 비책이라도 없을까요?"

"절 뒤 깊은 골에 있는 부도가 원력이 크게 있어 그러하니 그 부도를 절 앞으로 옮겨 놓아보지요."

주지스님은 대사의 조언대로 절에 들어서자마자 기존의 부도탑을 모두 현재 위치한, 절 정면에 있는 산으로 옮겼다. 그랬더니 아니다 다를까 서서히 찾아오는 신도의 발길이 줄어들기 시작한다. 그러나 해가 거듭될수록 절에는 신도들은 없어지고 스님들만 남아 있게 되는 것이 아닌가. 절집에 신도들의 발길이 끊어지면 누가 시주를 하며 누가 불법승을 모실 것인가. 그것을 미처 깨닫지 못하고 목적의 번거로움과 귀찮음만 생각한 주지스님은 그제야 후회를 하고 또 다시 부도를 다른 위치로 옮겨보지만 옛 성세로 돌아가기는 늦었다. 이미 기울어지기 시작한 절간의 기운은 날이 갈수록 더 쇠약해지고 만다.

현재 주차장으로 들어서기 전 우측 산록에 3기의 부도가 모셔져 있다.

산남의진 기념비

봄날 햇살이 깊어가는 한 낮, 거동사에 당도하니 인심 좋은 공양주가 반기며 오찬을 차린다. 산나물을 곁들인 만두국이다. 보현산 맞은 면봉

산에서 뜯은 산나물이라며 먹음직스럽게 무쳐 낸다. 이미 늦은 점심이라 공양주는 성가시련만 방문객을 웃음으로 반긴다.

열린 찬방에서 바라보니 대웅전 처마 아래 절집에 어울리지 않는 글귀를 새긴 긴 현수막이 펄럭거린다. 좌우의 끝단에 빛이 채 바래지 않은 태극 문양이 유독 눈에 들어온다.

"스님, 대웅전 앞에 웬 '삼남의진 위령제' 현수막이 걸려있나요?"

"100여 년 전 의병장 정환직 장군이 순직한 뒤 그 뒤를 이어 최세윤 의병대장이 이곳 거동사에서 다시 산남의진을 재결성하고 항일투쟁을 다짐했지요. 그분들의 넋을 기리기 위해 지난 달 위령제를 모신 것입니다"

1906년, 자양의 정환직은 고종의 주치의 태의관으로 고종을 모신다. 신임이 두터워진 환직은 시종무관을 거쳐 중추원의원으로 있다가 민비가 시해되자 고종으로부터 밀령을 받는다. 환직은 고종이 직접 써서 손에 쥐어 준 서첩을 조용한 곳에서 뜯어보았다. 여섯 글자로 된 지극히 간단한 문장이지만 임금의 뜻 깊은 명령이 그 속에 담겨있었다.

"짐망화천지수(朕望華泉之水)"

고종이 자신에게 화천의 물이 되어 달라는 간절한 희망을 담은 글이다. 예사로운 일이 아니었다. 환직은 고종의 뜻을 곱씹고 또 곱씹었다.

적진 앞에서 왕과 신하가 옷을 갈아입고 달아나다 결국 왕을 대신하여 자신의 목숨을 바친 중국고대의 이야기가 거기에 들어있었다. 고종은 충직한 신하 정환직에게 자신을 대신하여 의병을 은근히 독려하는 내용의 밀령을 내린 것이다.

일군에 의한 민비시해 사건 이후 불안정한 정세 속에서 러일전쟁이 발발하고(1904년) 한일의정서 및 한일협약이 잇달아 체결되자 반일의식이 전국적으로 고조되어 갔다. 나아가 1905년 을사조약이 강제로 체결되자 반일 감정은 극도에 달하면서 전국 각지에서 의병이 재기된다. 1906년 정환직은 관직을 뒤로 한 채 고종의 밀명을 품에 안고 고향으로 내려온다. 그리고 아들 용기를 의병대장으로 내세우고 포수와 농민들을 규합하여 '산남창의진'(山南倡義陳)을 결정한 다음 본격적인 항일 의병 활동에 들어간다. 1906년 3월 정용기를 중심으로 조직된 산남의진은 이한구, 정순기, 손영각 등이 함께 활동한 영남일대에서 가장 큰 규모의 의병대였다.

산남의진은 그 당시 영덕–강릉 등 동해안 일대에서 활약한 신돌석(申乭石) 의병부대와 협력전을 유지하여 서울을 우회하여 공략하려는 전략이었다. 끝없는 항전을 치르던 중 1907년 8월, 운주산 기슭, 동해안으로 연접한 죽장면 매현리에서 적의 기습을 받고 의병장 정용기는 전사한다. 환직에겐 가슴이 찢어지도록 애석하고 슬픈 일이었다. 그만큼 전투 손실도 컸지만 정환직은 포기하지 않고 자신이 의병대장이 되어 그해 가을부터 그가 순직하던 섣달까지 영천과 신녕을 비롯한 북동부 지역과 흥해 등 동해지역 항일 전투에 지대한 전과를 올리고 일제에 멍든 민초들의 시련을 달래주었다. 정환직 이후에도 산남의진은 3년 여 동안 영천을 비롯하여 운문산, 청송, 흥해 등 경상도 각처에서 일제의 침략과 그에 따른 정치 사회적 모순을 극복하고자 투쟁을 지속한다. 산남의진은 단순히 지방의 자발적인 항일의병이 아니라 밀지에 따라 중앙정부를 지키려했던 거사였다. 대부분의 의병이 향토를 지키는 지역성에 근거를 두었다면 산남의진은 중앙지향성이 강한 의병활동이었다. 정환직은 영덕을 비롯하여 태백동해 일원에서 활동하는 신돌석과 규합하여 강릉에서 서울로 우회하여 점령해 나가려는 의도를 가진 것이다.

　자양면 충효동에 있는 충효사의 기왓골 위로 꺼지지 않는 파란 불빛이 있다. 일제에 항거한 의병대장으로 활약하다 순국한 산남의진(山南義陣) 대장 정환직(鄭煥直)과 그 장남인 용기(鏞基) 부자의 혼불이다. 1989년 05월에 경북기념물 제81호로 지정된 충효사는 두 항일의병장의 호국 정신을 모셔둔 곳이다. 그리고 의진에서 살아남은 의사들이 의병대장 정환직 부자의 장렬한 순직과 아울러 호국충정을 영원히 기린다는 뜻에서 그의 출생지이던 자양면 검단동을 충효동으로 개칭하고 그곳에 충효사를 지어 그의 순국충의를 오늘날까지 숭배하고 있다.

　산남의진 활동을 전개하던 그 당시의 거동사는 중요한 비밀아지트였다. 영천 일원지역에는 산남의진을 기리고 기념하는 4개의 비가 세워져 그들의 죽음이 헛되지 않았음을 기록하고 있다. 영천시 명원루(조양각) 앞 공간에 하나, 자양면 망향 공원에 또 하나. 충효동의 충효사에 하나, 또한 정용기 의병장이 전사한 부근인 죽장면 입암서원 앞에 하나가 있다. 아들 용기의 뒤를 이어 의병장으로 항일 혈전을 벌이다 애통하게도 일경에 체포된 정환직은 조양각 앞에서 처형당하고 만다. 피를 뿌린 그 자리에 정환직과 대원들을 기리는 산남의진 기념비가 세워진 것이다. 그들의 행적이야 말로 보현보살행이 아닌가 싶다.

　1908년 2월 18일 이후 산남의진을 추모하는 위령제는 해방 후 포항시 죽장면 입암의 전사지에서 한 차례 위령제를 올리고는 중단되었던 것을 지난 2월 18일 다시 재개된 것이다. 위령제는 고종의 손자 이석과 정환직의 손자 정대영이 만나는 등 특별한 이벤트가 되기도 했단다. 100여 년 전, 군신이 하나가 되어 서로의 마음을 굳건히 하고 나라를 구하려했던 선대들의 정신을 이은 후손들의 향기로운 만남이었다.

　거동사는 지난 2009년에 개최한 항일단체 학술회를 비롯하여 나라사랑의 길을 찾는 불도량으로 자리 매김하여 나가고 있는데 최근에는 이곳이 보훈지역으로 지정되었다고 한다.

또 하나의 보현보살 행덕 : 고인돌 사랑

바람이 오면
오는대로 두었다가
가게하세요
그리움이 오면
오는대로 두었다가
가게 하세요.

아픔도 오겠지죠
머물러 살겠지요
살다간 가겠지요
세월도 그렇게
왔다간 갈거예요
가도록 그냥 두세요

'그리움이 오면'을 읊은 도종환의 시다. 애절한 그리움을 속으로 삭이고 겉으로 초연한척 하는 노래다. 그리움과 사모하는 마음은 어디 시로만 표현되랴.

안동에는 그 유명한 원이 엄마의 사부곡(思夫曲)이 있다면 보현 신기마을에는 사부곡(思婦曲)이 있다. 안동 원이 엄마의 지극한 남편 사랑과 그리움의 노래가 무덤 속에서 수 백 년을 기다렸다가 세상에 나왔듯이 신기마을의 오원복이 부인을 사랑하면서 한 켜 한 켜 쌓아올린 돌무덤은 그리움을 넘고 애절함을 넘는 보현보살 같은 넉넉한 사랑의 손길로 이루어진 것이다. '한국판 타지마할, 사랑무덤'으로 불리기도 하는 이 무덤은 오원복의 부부무덤인데 원복은 지난 1981년 10월, 끔찍이도 사랑하던 아내가 고혈압으로 숨을 거두자 부인을 위해 현대판 시묘살이를 한다. 꽃다운 나이에 시집을 와 살림살이의 고생뿐만 아니라 병고에 시달리던 자신을 간병하는 등 고생만 하다가 평생을 소진하고 간 부인을 생각하니 무엇인가 갚아야 할 것 같았다. 그래서 그는 자식들과 친지들의 만류를 뿌리치고 부인의 묘소 옆에서 움막을 짓고 시묘살이를 시작했던 것이다.

이 부부무덤의 비문에는 금슬애가 넘치는 묘갈명이 새겨져 있다. 2000여 평에 가까운 산골 오지의 땅은 부인이 땀 흘려 모은 돈으로 구했다는 것과 그 땅을 부인의 영혼을 달래고 극락왕생을 위한 사랑의 만남 공간으로 만들어내고 싶었다는 무덤이 만들어지기 까지 내력을 소소하게 적고 있다. 또한 통행금지가 있던 그 시절이라 남편의 병원비를 마련하려다 늦은 부인이 경찰서에 붙잡혀 밤을 지샜다는 이야기도 기록되어 있다.

푸른 타일로 덮여있는 봉분과 그 위에 큰 돌로 덮어놓은 덮개가 마치 고대인들의 무덤인 고인돌을 연상케 한다. 특별히 외부의 장식물에서 봉분 안으로 이르게 하는 문을 마련해 놓은 이 무덤은 묘지가 아니라 마치 채광 굴 같은 모습인데 죽은 이후 영혼의 내왕을 희망한 문이리라.

고대 부족사회 때의 묘제인 우리나라의 지석묘는 지상에 탁자형으로 높이 세워진 북방식과 지상에 석반이 낮게 세워진 남방식의 두 가지 형식이 있는데 원복의 무덤은 이 두 가지 양식을 혼합한 형태이다. 부인을 위하여 10여년이 넘도록 준비한 무덤, 생전에 잘 해주기 어려운 처지니 죽은 뒤라도 안락하게 해 주어야지 하는 남편의 애틋한 사랑의 손길이 담긴 이 무덤이다. 인도의 한 남자가 자신의 죽은 아내를 기리기 위해

22년간 만들었다는 신비의 무덤인 타지마할에 비교하지만 오원복이 만든 고인돌 무덤을 그 보다 돋보이게 불러주는 방법은 없을까. 마치 시묘살이 하듯 부인을 위하여 만든 고인돌 무덤이 무엇이라 불리어지든 그 돌 하나 나무 한 그루에 새겨진 남편의 사랑, 사부곡이 아니던가. 인명은 유한하지만 그들이 남긴 사랑의 향기는 오래오래 흩날린다.

그 오랜 울림과 향기를 주는 오원복의 사부곡은 온전한 사랑이었다. 자신의 삶과 간병을 위하여 희생한 부인에게 자신의 여생 동안 되갚으려 한 선택이요, 몸으로 가슴으로 품어 안은 보살 행동이었다.

보현리는 거동사도 석탑도 자연학습장도 그리고 고인돌 무덤까지도 …그 속에 존재하는 모든 것들을 아우르는 그 어떤 마력이 있는 땅이다. 분명 보현리는 보현보살을 닮은 품 넓은 땅임에 틀림없다.

시총 : 천년동안 불리울 무인의 노래여!

김정식

영천에서 죽장 방면으로 들어서면 영천댐을 만난다. 그 넓은 물길을 거슬러 오르면 청푸른 도래솔을 한 영일정씨 문중 묘 80여기가 들어선 하천(하절)묘역에 이른다. 남쪽의 진경산과 북쪽의 기룡산이 묘역을 감싸고 그 가운데로 넓고 푸른 영천댐을 품고 있다. 묘역의 가장 깊숙한 안쪽에 의병장 호수의 묘가 위치하고 그 아래로 시총이 앉았다. 시총은 든든한 기룡산에 기대고 부드러운 진경산을 내다보면서 창파에 출렁거리는 물결 소리를 듣는다. 수면에 가린 그 옛날의 넓고 풍요롭던 노항들을 기억하고 있는 것처럼. 400여 년 전 그 뜨거운 피로 쓴 시의 무덤은 나라 사랑의 충정을 사위어 간다.

침향이 되어

"시(詩)는 그 사람을 상징한다. 그러므로 시문은 주검을 대신할 수 있기에 시로써 무덤을 만드는 것이 예에 어긋나지 않을 것이다. 세상 사람들은 반드시 인간의 뼈로 장사 지내는 것을 옳다고 여기는 반면에 관속에 시를 넣고 장사 지내는 것은 부당하다고 생각한다.

그러나 대부분 다 늙고 병들어 죽은 뒤에 장사를 지내지만 이는 결국 썩어 없어지는 대로 돌아 갈 뿐이지만 그 사람의 시는 오래 되어도 썩어지지 않을 것이니 이 무덤이 얼마나 위대한가."(…詩者象其人者也 可以當體魄以詩塚 其亦不悖於禮乎 世必以葬骨爲幸葬 詩爲不幸然 累累荒原葬骨何限而終歸於朽滅 其人與詩終右而不朽者 茲塚也)

경북 영천시 자양면 성곡리, 기룡산 자락의 하천묘역에 있는 백암 정의번(柏巖 鄭宜藩)의 묘비에 새겨진 갈명(碣銘)이다. 영조 때 문장가요 예조참판에 오른 오광운(吳光運)이 절절하게 써서 행간의 애틋한 의미를 더해 준다.

주검 대신에 시(詩)로써 무덤을 만드는 일이 비록 당시 사회풍습에 맞지 않지만 먼 뒷날을 내다보고 쓴 시총(詩塚)의 비문이다. 그렇다. 인간의 주검이 어디 백년을 가고 천년을 넘어서랴. 모두가 다 썩어 한 줌의 흙으로 돌아가고 마는 것을. 그 흔적이 풀이되고 나무가 되어 침묵으로 산화되고 마는 것을.

그러나 때로는 그 침묵이 침향이 되어 영원히 죽지 않고 살아서 시대 사람과 동행한다. 천년의 향기가 되어 영원히 사는 것이다. 시총(詩塚)이 그렇지 않은가.

1592년 임진년, 일본군이 부산성을 넘어 경주와 영천, 전국토를 유린하고 있던 8월, 영천 자양의 백암(柏巖)은 빼앗긴 경주성을 탈환하고자 몸을 던진다. 파월 스무 하룻날 새벽에 치루어진 경주성 탈환전투는 600여명의 조선군과 의병들이 전사하는 큰 손실을 입었지만 왜군들에게도 엄청난 압박을 주면서 북진을 가로막는 계기를 만들었다. 피의 댓가만큼이나 치열한 전투였다. 그리고 그 보름 후인 9월에 들어서야 비로소 경주성을 되찾을 수가 있었다.

전쟁은 누구보다도 의병장 호수 정세아(湖叟 鄭世雅)에게 너무나 큰 슬픔을 안겨주었다. 맏아들 의번을 잃은 아버지의 가슴은 찢어지듯 아렸다. 북받쳐 오르는 슬픔은 칼로 심장을 도려내는 것 같았다.

전쟁이 끝나자 호수는 장렬하게 전사한 아들의 시신을 찾고자 서둘러 경주성문으로 나아갔다. 그러나 허사였다. 생각 끝에 화살촉으로 혼령을 불러 집으로 돌아왔다. 시신대신에 평소에 입던 옷, 갓 등을 비롯한 유품과 충과 효를 노래한 시문들을 모았다. 자식에 대한 어버이의 슬픈 사연은 물론 아들의 벗들이 들려준 애도의 시를 한데 모아 관속에 넣었던 것이다. 관 속에는 자식의 찢어진 살이 묻은 화살촉과 그의 죽음을 슬퍼하고 충절을 기리는 詩文으로 가득했다. 시신 대신에 그의 정신을 묻은 것이다. 사람의 주검을 묻는 무덤과 똑 같은 흙무덤을 만들었으나 무덤(墓)이라 하지 않고 총(塚)이라 이름 붙였다. '증통정대부승정원좌승지겸경연참찬관백암정공지총'(贈通政大夫承政院左承旨兼經筵參贊官柏巖鄭公之塚)

또한 주검과 다름없이 장례를 치룬 뒤 묘지 앞에 문인석을 세우고 하얀 화강석 비를 세웠다. 그리고 그 앞에는 충노 억수의 무덤도 곁들여 놓았다. 시총은 말이 없지만 무덤을 두고 무덤(墓)이라 기록하지 않은 묘비명은 오로지 또 하나의 시(詩)로서 그 내력을 말하고 그 이름을 노래하고 있는 것이다.

칼의 노래

의번(宜藩)은 창을 든 채로 말을 채찍질했다. 뒤따르는 종 억수에게 몸을 피하라고 고함을 질렀다.

"억수야, 너는 피하거라! 적병은 내가 감당할 터이니 너는 몸을 숨기고 아버지를 모시거라!"

"주인님이 무사해야 합니다."

그래도 뒤따라오는 억수를 나무라듯이 다시 한 번 큰 소리로 말렸다.

"나는 아버지를 따라 죽는 것이 마땅하지만 너는 죽을 까닭이 없지 않는가. 어서 내 곁을 떠나가거라!" 그러나 억수도 굽힐 기색이 아니었다.

"임금과 신하, 어버이와 자식 그리고 주인과 종은 그 의리가 모두 하나라고 하였습니다. 상전이 아버지를 위하여 죽기를 결심하였는데 이 종이 어찌 혼자 살겠습니까?"

억수의 몸도 이미 피투성이가 되어 있었다. 의번은 사력을 다해 아버지를 구출하기 위해 적의 포위망을 뚫고 전장을 휘저었다. 죽음을 각오한 의번은 오로지 왜군에게 포위된 아버지를 자신이 구출해야 한다는 생각뿐이었다. 그러나 왜병의 창날에 달리던 말이 쓰러지고 말았다. 의번은 주저하지 않고 왜병을 향해 칼을 휘둘렀다. 억수도 따라 의번을 도왔다. 그러나 중과부적, 의번과 억수는 왜군에 포위되고 말았다. 주인을 옆에 둔 억수는 왜병들의 단검에 처참한 최후를 맞는다. 결국 의번도 왜군에게 잡히고 말았지만 끝까지 굴복하지 않고 당당히 맞서다가 장렬하게 간 것이다.

천년동안 불리울 무인의 노래여!

임진년 7월 그믐께, 석 달이 넘도록 왜군에게 점령당했던 영천성을 되찾은 전승의 분위기는 가라앉지 않았다. 그도 그럴 것이 왜군에 대항한 첫 승리였을 뿐만 아니라 빼앗긴 성을 재탈환했다는 자신감에 넘치는 승전이었기 때문이다. 실로 영천성 탈환전투의 반향은 상상 밖으로 큰 것이었다.

여러 지역에서 일어난 의병들에게 사기를 북돋우어 줄 수 있었다. 그러나 영천성 탈환전을 성공리에 이끈 의병대장 권응수와 호수는 차분하게 주변을 살피고 있었다. 그 여세를 몰아 경주성을 되찾아야 한다는 일념을 놓치지 않았던 것이다. 의번도 생각이 같았다. 옆 고을의 경주가 왜군의 손에 들어가 있다는 것을 참을 수가 없었다. 호수와 백암 부자는 경주성 탈환작전을 계획하고 나라를 위해 한 목숨 기꺼이 바치기로 하였다.

"우리는 아직 승리에 도취될 때가 아닙니다. 다시 전열을 가다듬고 우리의 인접에 있는 경주 전투에 참가하여 우리의 강토를 왜병으로부터 지켜내야 합니다."

두 부자는 그들을 따르는 의병들과 함께 경주로 떠났다. 출정의 연도에서 의병대를 본 농민들은 일하던 농기구를 버리고 스스로 의병군에 가담해오기 시작했다. 노비와 승려까지도 자신의 목숨을 걸고 의병대열에 합류했는데 그 수가 무려 5,000명에 이르렀다.

호수는 경주 서북쪽 지역에 도착하였다. 파월 스무하룻날 꼭두새벽, 전투를 앞두고 긴장감이 감돌았다. 죽음의 장이나 다름없는 전쟁터에서 여러 장수들이 앞 다투어 선봉에 서기를 자원했지만 정세아는 자신이 몸소 진두지휘하기를 마다하지 않았다. 5,000여명의 의병들이 호수를 지켜보는 가운데 위험지역에 자신이 직접 나간다는 투철한 지휘관 정신의 발로였다. 전투 상황은 불확실성의 반복이었고 피아간 혈전이 거듭되었다. 조선의 관군과 의병의 공격에 밀리는 듯 하던 왜군들은 공격의 반대쪽인 북쪽으로 우회하여 조선군을 강타하였다. 조선군이 위기에 몰렸다. 수많은 관군과 의병들이 장렬하게 피를 토하고 쓰러져 갔다. 겁에 질린 관군들마저 무기를 버리고 도망가는 일이 생겼지만 의병장 정세아를 중심으로 한 영천의 의병들만은 오직 목숨을 던진 채 전선을 사수하고 있었다.

"이놈들아, 쪽발이 왜놈들아 내 칼을 받고 목숨을 내놓거라!!"

호수는 왜병들을 향해 큰 소리를 지르면서 적진을 돌격해 들어갔다. 한 합의 격전이 휘몰아칠 때 마다 경주의 서천내는 수많은 조선군들의 붉은 피로 얼룩져 흘렀다. 거의 전멸하다시피 한 경주성 전투였다. 전투 중에 백암은 자신의 아버지가 위험에 빠진 것을 알게 된다. 적진에게 포위된 아버지를 구해야만 하는 다급한 상황에 직면했던 것이다.

경주성 탈환전투에서 서른의 꽃다운 나이로 장렬하게 산화한 백암 정의번(柏巖 鄭宜藩)은 비록 짧게 살다갔지만 그 향기는 시총(詩塚)에 영원히 남아 있다. 육체도 혼령도 관속에 묻혀지지 않았지만 그의 나라사랑의 충의와 어버이에 대한 지극한 효심은 시대를 뛰어넘는 개선가로 들려온다. 진정 침묵하되 천년을 노래하는 군인의 노래가 아닌가.

시총이 남긴 그 노래는 다만 그 시절 그 곳에서 끝나지 않는다. 영천지역을 호국충절의 고장으로 이름 붙여지게 한 소중한 밀알이 된 것이다. 임난으로부터 300여년 후 일제강점기에는 자양의 충효동에서 정환직 부자가 '산남의진(山南義陳)'을 결정하고 항일구국에 몸을 바친다. 그런가 하면 6·25전쟁 당시 최후의 보루이던 영천은 군과 시민이 일심동체가 되어 자유민주주의를 지켜낸다. 진정 호국의 땅이 아닌가. 도도하게 흐르는 나라사랑의 물결은 지금까지 쉼 없이 흐르고 있다. 천만년 시총 앞에서 불리울 무인의 노래가 되어.

최장자의 애잔한 가족사, 토담에서 듣다

평천 앞 들녘을 품어 안은 선원리

영천댐에서 머물다 금호강으로 흘러드는 자호천이 선원리(仙源里) 큰 마을 앞에 이르면 평천이라 부른다. 20세기 중엽까지만 하여도 200호 족히 살았던 오천정씨 집성촌, 영천시 임고면 선원리, 큰마을은 평천들과 임고들을 농경지로 하여 대를 이어 천석을 거뜬히 한 부자들이 산 곳이다. 선원리 큰마을에는 함계정과 연정을 비롯한 6개의 정자가 여기 저기 흩어져 있다.

평천 개울 앞에 들어서면 물길보다 제법 높은 언덕이 눈 앞으로 성큼 다가선다. 좌우로 길다랗게 날개를 펼치듯이 마을이 앉고 그 가운데 우뚝 함계정사(涵溪精舍)가 반듯한 모습을 드러낸다. 문화재자료 제 230호를 지정된 이 건물은 3칸 맞배집 구조로 조선 정조(1779년 경)때 지어졌다. 정사는 정석달 선생의 손자 때에 완공되었으나 그 당호를 선생의 호를 빌어 함계(涵溪)라 붙인 것이다. 함계는 임진왜란 때 영천의병장 호수 정세아의 현손이자 퇴계의 문맥을 이은 갈암 이현일 선생의 문인으로 그 학덕이 지역사회에 널리 알려진 분이다.

북쪽의 학산과 두리봉에서 넓게 뻗어 나온 산 자락이 평천 앞에서 절벽을 이루듯이 머문 까닭에 마을은 자연스럽게 하나의 높은 지대가 된다. 3~400여년 족히 된 팽나무와 느티나무, 은행나무 등 몇 그루의 고목 숲에 가린 절벽과 마을은 겉보기에 한적하고 잔잔하지만 가늠할 수 없는 기운과 위용이 느껴진다. 선원리는 3개의 마을로 구성된다. 함계정사가 있는 곳이 학의 머리 부분이라면 양쪽 날개 형상으로 두 부락이 자리하고 있어 군데군데 정자와 고택이 들어앉아 있다. 마을의 오른쪽에 환구세덕사가 있고, 왼쪽으로 아름다운 연정과 고택들이 자리한다.

개울을 건너, 절벽 아래로는 오래 된 팽나무가 있고 높은 지대를 따라 장방형의 토담을 두른 함계정사는 남쪽으로 소문을, 서편으로 대문이 나있다. 정사의 높은 처마에 비하여 두 문은 오히려 소박하고 조졸하다. 정사의 높은 토담에 가린 방문객의 몸은 소문 앞에서야 드러나는데 정자 마루에 앉은 주인은 누가 찾아오는지를 한 눈에 짐작한다. 마루에 앉아 남쪽을 바라보면 아스라이 펼쳐지는 평천들녘이 장관이다. 영천에서 죽장-청송으로 이르는 신작로가 나기 백 여 년 전의 농촌을 떠올려 보면 선원리 큰 마을의 농경자산은 대단히 큰 규모였을 것으로 짐작된다.

군더더기가 없이 깔끔하여 오만한 듯한 함계정사의 위용에 비하면 그 마당이 좁고 대문이 협소하다. 토담 역시 그리 기교가 없으며 열린 사방을 살짝 가리는 기능만을 한다. 그런데도 일반 서민들이 쉬 접근하기 어려우리만치 위엄을 준다. 토담 위는 암키와로 홑지붕을 만들고 그 위에 다시 두 겹의 수키와를 올려 여느 토담의 윗부분을 처리한 것과 큰 차이가 없다. 담의 모양도 동네 개울에서 나온 모래흙과 밤자갈을 잘 뒤섞어 찬찬하게 다져 만든 듯하며 토담의 아랫부분도 별도의 기단을 다지거나 돌 축대를 쌓지를 않았다. 집이 들어선 언덕이 견고한 바위로 되어 있으니 토담의 기반 역시 튼튼한 것으로 보인다. 남쪽으로 비스듬히 계단식으로 이어진 토담은 그 이동하는 흐름이 뒷산과 앞 들녘의 동선과 적절하게 조화를 이루어 개울 물살을 타고 흐르는 것 같다. 사방의 높이가 같아 평평하고 밋밋한 것에 비하여 한결 운치를 더한다. 쉼 없이 출렁거리며 흐르는 개울 물소리가 또 하나 담이 되어주는 함계정사는 토담의 그림자를 차라리 개울에서 찾아야 할 것만 같다.

함계정사는 17세기 초엽 선원리의 대부호이던 최장자 집 언덕배기 동산에 세워져 있다. 함계정사 북동쪽 아래에 위치한 최장자의 고택 터가 널찍하고 처마 끝이 높은 것이 건축미를 돋보이게 한다. 옛집과 함께 근래에 새로 지은 건축물이 함께 있는 고택은 지금, 다완을 전문으로 굽는 도예가가 가마(도곡요)를 묻고 산다. 함계정사 언덕 아래 팽나무 숲에서 마을 안으로 넓게 둘러낸 토담이 최장자의 옛집을 아늑하게 감싸준다.

최장자 집 슬픈 가족사를 안고 있는 긴 토담

함계는 의병장 호수의 현손이다. 그리고 함계의 조부인 호례(好禮)는 내금위장을 하고 있던 생부를 따라 서울에서 생활했다. 그러다 궁중의 경호를 담당하는 무관직을 거쳐 마침내 전남의 해남현감으로 기용되자 할아버지(湖叟 鄭世雅)에게 인사하러 고향에 들린다. 임란 중 경주성 전투에서 맏아들(백암 정의번)을 잃은 호수는 집안의 여러 사정을 고려하여 가장 명석하고 의기로운 호례를 장손으로 입양했기에 어느 손자들에 비하여 그를 무척이나 아끼고 귀여워 해온 터였다.

"너는 백부이자 너의 부친이 되는 백암의 위국충정을 몸으로 체인해야 한다."

호수는 종종 사랑하는 장손을 앞에 불러 양부의 정신을 일러주었다.

후사를 두지 못하고 나라를 위해 몸을 불사른 아들 몫까지 손자에게 맡긴 것이다. 어린 호례는 알아들은 듯 잘 자랐다. 성격이 활달하고 양부의 뒤를 이어 무인다운 기골과 풍모를 갖추어 나갔다. 호례는 시골을 떠나 생부인 수번과 함께 서울에서 견문을 넓히고 무관에 오른다. 거기서 인정을 받아 하위의 무관직에서 현감으로 보직됨은 무관에서 문관으로 전직인 동시에 당시의 인사관례로 보아 대단히 영예로운 승진이었다.

호례는 할아버지가 사는 고향, 영천시 자양면에서 하룻밤을 보내고 임지로 떠나는 길목인 선원리 평천개울 앞으로 말을 재촉하였다. 그런데 길 가에서 중년의 내외가 머리를 조아리고 자신이 가까이 오기를 기다린 듯, "영감님, 저는 이 마을 선원리에 사는 최씨입니다. 제발 우리집안의 한을 풀어 주소서" 하지 않는가. 호례는 말 고삐를 늦추게 하고 최씨 부부 앞에 내려서 자초지종의 하소연을 들었다.

"영감님, 제 하나 밖에 없는 여식이 어제 밤 두리봉 재너머 화적골에 사는 도적놈들에게 보쌈 당했는데 이를 어찌하면 좋겠습니까. 현명하고 의로운 영감님께서 부디 제 딸아이를 찾아주소서 …" 얼굴을 들지도 못하고 울면서 애원하였다. 참으로 사정이 이만저만 딱하지 않았다. 아울러 고향의 인심이 그리 사나워졌다고 생각하니 은근히 부화마저 치밀어 올랐다.

영천지역 사회에 널리 덕망이 높던 호수의 장손인 호례가 크게 영전하여 고향을 찾은 소식이 삽시간에 여러 마을로 전해진 터라 선원마을의 최장자도 자연스럽게 그 소문을 들었던 것이다. 마침 그 때 딸을 잃어버려 넋을 잃고 있던 최장자는 목숨을 걸고 딸을 구해주기를 호례에게 간청한 것이다. 최부자의 전후 사정을 다 듣고 난 호례는 결코 무심하게 지나칠 수가 없었다. 타고 난 성품이 의기로운데다 향리의 백성이 아파하는 모습을 본 호례는 자신이 직접 나서서 해결해야겠다고 결심한다. 호례는 그 길로 몇 사람의 수행원과 건장한 청년을 무장시키고 최장자의 딸을 찾아 산적이 은거한 산골짝을 찾아 나섰다. 그리고 오래지 않아 숲이 우거진 움집 안에 눈이 부리부리한 두목 같은 사나이와 마주친 호례는 칼을 빼들고 산곡이 울리랴 호령하였다.

"이 놈! 나는 의병장 호수공의 손자요 해남 현감이다. 여기서 내 말에 거역하는 놈은 목을 날려 나무토막으로 만들어 버릴 것이다. 최장자의 딸을 당장 내 놓거라!"

호례의 언명소리에 나르던 산새들이 놀라고 나뭇가지도 흔들거리는 것 같았다. 힘깨나 써보이는 두목이었지만 순간 호례의 웅변에 그만 기가 질리고 말았다. 아마 그 두목도 의병장 호수공의 무덕을 모르는 바 아니었으리라. 호례는 결국 화적골의 도둑으로부터 최장자의 무남독녀를 찾아 돌려주었다. 그런데 마을을 떠나려는 호례 앞에 최장자 내외는 머리를 조아리더니

"영감님, 제 딸의 목숨을 구해주신 은혜 어찌 다 갚으오리까. 제 딸년을 영감님께 드릴 터이니 몸종이든 후실이든 뜻대로 하소서. 제 여식은 이미 죽은 몸이나 마찬가지이니 영감님 처분에 맡기겠나이다……"

"……"

호례는 한참 말을 잊지 못했다. 그러다 결국 최장자의 진심어린 청을 가납한다. 호례는 해남으로 동행할 여성을 한 사람 더 얻은 셈이다. 사실 그는 서울에서 이미 사정이 딱한 어느 청상과부와 동행을 약속하고 온 터라 영천에서 살림살이를 하는 본부인 외에 두 여자가 더 생겨난 셈이다. 참으로 불가피한 인연들이었다. 그 청상과부는 시집 간지 하루만에 남편을 잃게 된 대제학의 딸로서 궁중경호를 담당하던 호례를 어

엽게 본 그 대제학이 자기 딸의 신세를 가련하게 여긴 나머지 지방관으로 나가는 호례에게 의탁한 것이다. 그러니 두 여자와 호례는 참으로 운명적인 만남이라고 할 수 밖에 없다. 호례는 자신의 본 부인을 고향에 두고 나머지 두 여자와 함께 해남으로 떠난다. 특히 최장자의 집은 후사가 없어진터라 그 많은 재산을 결국 호례의 아래 세대들이 다 감당 할 수밖에 없었다.(함계정사 정민식 전언 참조)

해남고을을 어질게 다스리고 현감직을 마친 호례는 병자호란이 일어나자 어가를 수행하여 남한산성을 수성하는데 큰 공을 세운다. 그의 강직한 성품은 평생 왜구의 물건을 사용하지 않았다고 전해지는 이야기로 짐작이 된다.

최장자의 애잔한 가족사와 여복이 많은 호쾌한 사나이, 호례의 인간미가 가미된 최장자의 집 토담, 아니 도곡요의 토담은 그래서 낯설지가 않다. 보는 이들의 유년이 오롯이 묻어날 것 같은 정겨운 토담이다. 설핏 보아도 최장자의 토담 조형 기법은 짜집었다. 약간의 곡선을 두른 정방형의 넓은 담인데 그 군데군데 짜깁기 하듯이 각기 다른 방식으로 축조해 놓은 흔적이 여실하게 드러난다. 축조기법에 따라 모양이 다르기 마련이고 그 보수하고 중축한 시대마다 담의 모양이 달라진다. 우선 길가 초입의 토담은 옛 모습 그대로이다. 비교적 높은 토담인데 알맞게 돌을 쌓고 중간에 흙을 채워 적절한 비율을 이루게 한다. 하단부는 굵은 돌을 사용하여 담의 기단을 단단히 하고 있으며 담의 몸체는 ㅁ자 형식으로 돌을 쌓아 반복하여 문양을 만들어 낸다. 그렇다고 하여 정교하게 돌을 붙인 것은 아니다. 크고 작은 것, 둥근 것과 모난 것 그리고 긴 것과 네모반듯한 것 … 앞 개울가의 물돌인 듯 그 모양과 색깔도 일정치가 않다. 쌓아올린 형식도 고르지가 않아 눈대중으로 바로 올린 것들이 있는가 하면 돌을 세워서 사선으로 놓고 그 속을 모래흙으로 다져 접착시킨 것도 있다. 그럼에도 서로가 어색하지 않게 어울린다. 토담은 집의 처마가 닿을 듯 높다란데 담이 주는 위용은 그리 무겁지가 않다. 담 덮개는 양반집이나 부잣집에서 흔히 하는 암키와 막새를 겹으로 올리고 담 덮개의 용마루는 수키와 두 장을 포개서 둥그스럼하게 만들었다.

최장자 집의 토담 동편에는 가옥이 아닌 채전 밭으로 환하게 열려 있다. 300여년의 긴 세월을 간직해 온 최장자 집의 애잔한 이야기에 귀 기울이는 재미가 더 솔솔하다. 담벽 따라 10여m 정도 더 들어가면 감추어진 대문을 만난다. 철판대문과 음각한 도곡요 표석비, 대문을 중심으로 좌우에 보기 좋게 쌓아올린 와담, 암키와와 황토를 마치 시루떡 같이 켜켜이 쌓아올린 담이 기다린다. 그런데 눈에 도드라지게 띄는 그 담이 실망스럽다. 토담 전체의 조화미가 사라졌기 때문이다. 한 부분의 아름다움이 결코 전체의 미감을 더해주는 것만은 아닌 듯하다. 오히려 부분이 거칠어도 전체가 조화롭다면 미적 만족을 더하게 되는 법이 아닌가. 와담은 토담과 다른 덮개를 눌러썼다. 토담에 올린 암키와 막새와 달리 암키와와 수키와를 격으로 이은 마치 골기와를 잇듯이 화려미를 마련해 주고 있지만 담 아래의 거칠게 뛰어나온 기단석과 담 몸체의 아기자기함과는 어딘지 어울리지 않는다. 대문간의 와담과 길목의 옛담도 서로 대비가 될 만큼 미감의 차이를 뚜렷하게 던져준다. 그리고 북쪽 산자락으로 길게 둘러낸 최장자의 집 돌담은 높고 그 쌓아놓은 모양이 준수하여 집 모양과 담이 조화롭긴 하지만 길목의 옛담이 주는 서정미는 떨어진다. 잘 생긴 토담이 주는 무게감일까 아니면 담의 나이가 그리 오래되지 않아서 그럴까. 최장자 집의 대문 좌우측의 담과 들어오는 길목의 옛 토담 그리고 집 북쪽으로 개보수한 토담은 각각 그 형태가 다르다. 동일한 집의 담인데 사용한 주인에 따라 혹은 살고 간 시대에 따라 각기 다른 담을 만들어 놓은 셈이다. 담 모양이 올곧게 가계를 잇지 못한 최장자의 슬픔도 담고 있는 듯하다. 담 너머 보이는 최장자의 집은 참으로 널찍하다. 그러나 열린 문화재로서 고택이 아니라 개인집으로 활용되다 보니 집 안으로 들어가 보기란 쉽지 않지만 그 옛날 함계가 살던 시절에는 이 집에서 3-4대가 함께 살았다 하니 대저택일 수밖에 없었으리라. 토담과 대화를 나누는 방문자는 이 집에 누가 살고 있든 담이 생겨나 오늘에 이르기까지 축조의 미감과 비바람의 흔적 그리고 그 담 속에 묻힌 사람살이를 복원하여 읽을 뿐이다. 그 옛날 사랑하는 자신의 딸 앞에 밀어닥친 몹쓸 운명을 고스란히 감당했던 슬픈 이야기를 지닌 최장자의 집이 자연스럽게 호례의 후손들이 사용하게 되고 그리고 다시 현대에 내려와서는 사발을 만들어 내는 가마로 사용되기에 이르른 것이다. 비록 그 시절에 지은 가옥과 토담의 일부가 남아있다지만 사람의 운명에 따라 그 소유물들, 자연공간이나 인공적인 구조물은 저절로 바뀌게 된다는 것을 알게 한다. 빼어난 자연도, 잘 만들어진 건축물도 궁극은 사람이 들어 아름답게 이름 짓는 것이다. 사람살이의 이야기로 말이다.

도곡요, 최장자의 고택을 비켜 비두고 북동쪽의 언덕으로 오르면 몇 채의 고택과 연정으로 이어진다. 한적한 마을길 옆으로 다듬어지지 않은 토담이 눈에 띈다. 허물어지도록 손질을 하지 않은 고택과 비바람에 상처투성이가 된 토담 앞에 서노라니 마치 중환자실에 누운 오랜 친구의 얼굴을 보는 기분이 든다. 패이고 얼룩진 그 자리에 삶의 애환이 녹아있다. 허리가 잘린 토담이 그 속을 드러낸다. 연민스럽기까지 하다. 자갈돌과 굵은 돌 그리고 흙들이 뒤 섞여 제 모습을 잃은 채 잡풀에 가려져 있다. 담이 안은 상처만큼 그 담에 가린 집 또한 제 몸을 가누지 못한다.

그리고 언덕 위 반쯤 기울어진 대문 앞에서 눈이 번쩍 뜨인다. 벽면에서 해학적인 문양을 본 까닭이다. 암키와와 수키와를 번갈아 가면서 포개 올리고 황토의 비중을 높이면서 담벽면을 상감으로 처리하고 있다. 바람 결에 움직이는 갈잎 문양을 음각한 그 움직이는 선은 하나의 큰 화폭처 럼 황토의 고운 피부색을 띤 담벽에 잔뜩 기교를 부렸다. 담의 길이가 짧고 건물이 허물어지고 있어 아쉽지만 그 상감 문양에 아쉬움을 달랜 다. 황토담을 돌아 조금 더 들어가면 숲에 가린 오랜 토담이 있다. 함계 의 손자대에 1,000석을 거둔 부자가 지은 가옥(중요민속자료 107호)과 연 정이 잘 보존되어 있다. 가옥은 사랑채와 행랑채 그리고 안채, 곳간채, 아래채 등 전체적으로 큰 규모의 ㅁ자형 공간구조이다. 아쉽게도 지금은 정채만 남아있는데 본채 앞 50여m 떨어진 개울가에 연정(蓮亭)이 있다. 개울가 연못에서 저절로 연꽃이 피어났다 하여 연정이라 불려지는 이 정자에서 북쪽으로 바라보면 가옥의 성벽 같은 긴 둘레의 토담이 기다린 듯이 모두 눈 안에 들어온다. 집의 규모에 걸맞는 토담이다. 담의 높이며 사용한 돌의 모양 그리고 다듬어 낸 벽면 등의 세련미는 위용과 무게감 을 더해준다. 대문간에 들어서기에 앞서 팽나무 숲 속에서 먼저 만나는 토담은 두 담이 맞닿는데 담의 몸체가 푸릇푸릇하다. 돌 색깔이 그러하 거니와 흙 사이에 파란 이끼가 곱게 돋아난 때문이다. 담 밑 기단에는 대석을 놓고 물구멍을 두었는데 그 구멍을 만들고 있는 돌들이 거나하게 취기가 도는 모습들이다. 집에서 담 밖으로 배수를 고려한 것이지만 돌 을 쌓는 석공의 자유로운 손놀림이 숨어 있는 것 같다. 또한 담의 아래 부분에 묵직하고 검스레한 돌을 바치고 윗부분으로 갈수록 흙을 많이 사용한 것을 보아 담을 쌓은 일을 가옥건축의 연장선에서 심려한 것 같 다. 담 덮개도 암수키와를 격으로 잇고 회분으로 막아 보기 좋게 기왓골을 만들었다. 자유로운 질서와 정교미를 아울러 보게 된다. 문간에 이르자 담을 안으로 둥글게 굽어들게 하여 안의 기운이 밖으로 흘러나오지 못하게 감싸듯이 대문에 이어지도록 토담의 끝을 부드럽게 처리한 것이다. 지형에 따라 곡선과 직선으로 둘러친 토담은 정치미도 있거니와 집을 가릴만큼 높다. 담 밖에서 집안을 들여다보기에 불가능한 높이다. 높은 담에서 오는 무게감이 결국 담을 축조한 노동자의 자유로움과 해학을 송두채 빼앗아가 버리는 느낌이다. 대문이 없는 이 담의 끝단에 용두머리를 올리고 잘게 골을 내어 비록 담이지만 가옥의 지붕을 흉내 내고 있다. 높이와 덮개로 하여 가옥의 권위를 더 돋보이게 하려 했을까. 나서는 길에 파란 연잎이 호소를 덮은 연정에서 중압감을 풀어버린다.

새 것보다 옛 것에 눈이 먼저 가는 환구세덕사 토담

환구세덕사(環丘世德祠)는 의병장 정호수와 백암 부자의 무덕과 충절을 기리기 위해 세워진 건축물이다. 두 분의 사후 몇 세대가 지난 정조 초(1777년)에 그 후손들이 뜻을 모아 충현사를 짓고 학당으로 활용해오다가 백암에게 충효정려가 내려지자 사당 왼쪽에 충효각이 세워지면서 규모가 커지게 되었다. 향사와 학교 그리고 사회적 귀감이 되는 정려가 한 곳에 모인 터가 된 것이다.

함계정사 앞의 평천개울이 1km쯤 서쪽으로 흘러내린 언덕에 위치한 환구세덕사는 그리 높지 않아 겸손한 이미지를 안겨주는 건축물이다. 맞배집의 짧은 처마, 담 위로 건물의 상부를 환하게 드러내고 오랜 햇살에 발효된 듯한 토담과 함께 세월을 곱게 머금고 있다. 여기서는 길을 걷는 즐거움 보다 사당을 중심으로 좌우에 세워진 고택의 토담을 보는 것으로 만족해야 한다. 옛 토담과 근래 새로 축조한 것이 현저하게 대비되는 모습도 보는 안목을 넓혀준다.

먼저 세덕사의 담들은 돌과 흙의 비중을 적절하게 섞어 올렸다. 홑기와로 담을 덮고 그 위에 수키와로 용마루를 만들어 올렸다. 담 축조에 특별한 기교를 보태지는 않았지만 정성을 기울인 흔적이 보인다. 돌을 고르게 쌓았고 담벽면도 팽팽하여 살아있는 느낌을 준다. 비록 오래된 담이지만 그 빛깔도 은은한 황토빛을 잃지 않고 있다. 세덕사의 대문이나 본당의 처마 끝을 회분으로 마감한 것과는 달리 담의 덮개는 그냥 수수하게 암키와를 얹어 마무리했는데 오히려 담의 친근감을 더해 주고 있다. 환구세덕사는 마을의 중심에 선 함계정사에 비하여 제법 외진 곳이기도 하고 사당과 정려각이 있는 곳이라 일반 정자에 비하여 사람의 발길이 드물다. 화려한 토담이 아니지만 그 주는 느낌은 사당에 모셔진 인걸들의 정신과 하나가 되어 보는 이들에게 심리적인 경외감을 주기도 한다. 지난 세월 이 집 토담을 돌아 마당을 밟고 드나든 이가 얼마였을까. 그들은 한결같이 충절을 되새김하였으리라. 토담도 그 숨결을 고스란히 묻고 있는 듯하다.

세덕사 맞은편의 옛 집들의 담은 적어도 100여 년 전의 토담들이다. 옛담들은 돌을 거의 섞지 않고 강가의 사토만을 이용한 흙담이다. 흙담은 돌담에 비하여 담의 성질이 견고하지 못하고 비바람에 쉬이 훼손되기 쉬워서 특별히 풍해가 적은 곳에 흙담을 쌓는 경우가 많다. 환구라 하는 이곳은 사방이 자그마한 옹가지처럼 둘러싸인 지형인데 비교적 비바람의 피해가 적은 곳인 듯하다. 물론 흙담의 경우는 담덮개도 주의를 기울여 빗물이 담 속으로 새들어가지 않게 한다. 그럼에도 고택과 함께 오래도록 방치한 듯 흙담이 부서지고 비바람에 씻기고 헤진 자국이 역력하다. 부드럽게 처리된 담의 겉 표면은 닳아 재첩 같은 작은 자갈돌이 거칠게 드러나지만 이색미가 있다. 군데군데 갈라진 금이 보이는가 하면 담덮개도 암키와 두어장을 그냥 올려놓듯이 덮고 있다. 마치 늙고 여위어 저승꽃이 핀 늙은이의 헤진 피부 같다. 그 흙담 너머로 한여름의 태양을 홀로 받은 배롱나무 붉은 꽃가지가 손을 내민다.

그런데 세덕사의 동편에 새로 축조한 한옥과 담들은 기존의 것들에 비하여 지나치게 견고하고 무겁다. 높이와 무게감에 더하여 직선형과 매끈하게 다듬어 낸 정교미는 엄격하다 못해 기계적이라는 생각이 든다. 돌을 박아 흙으로 이은 담들은 담 속의 돌을 우물정자로 넣는데 일정한 간격을 유지하고 있다. 색깔과 모양이 자연석이긴 하되 다른 지역에서 들인 돌 같다. 그렇게 만들어진 토담은 집과 이질감이 들면서 아무나 범접치 말라는 엄명 같은 위엄을 준다.

언덕을 지고 개울을 따라 일(一)자 형으로 마을이 형성된 선원리의 토담들은 애잔한 이야기로 축조된 것 같다. 담벽에 스민 슬픈 여인의 이야기와 전장에서 산화한 젊은이의 아린 삶의 이야기에 귀 기울이면서 담을 따라 되돌아 나오는 발길에 알 수 없는 우울함이 알알하다. 그러나 비단 유쾌함만이 아름다운 것이 아니고 보면 옛사람들의 삶이 남긴 그 슬픔 또한 아름다움의 세계가 아닌가. 선원리 큰 마을의 담길이 새로 단장을 한다면 그 우울함을 통한 새로운 치유를 얻어내지 않을까. 아기자기하게 걸을만한 담길이 따로 없지만 동네 군데군데 들어앉은 고택이 끼고 있는 옛담과 다시 복원해 놓은 새것을 눈여겨보는 재미가 있다.

선원리의 토담에서는 담을 축조한 노동자인 민초의 표정과 담을 사용하는 반가의 권위가 동시에 보인다. 전자가 강조된 담은 담의 표정이 밝고 해학적으로 나타난다면 후자의 의지가 많이 든 담에서는 권위와 위엄과 엄격성을 엿볼 수 있다. 옛것과 새것이 혼재된 채로 현재를 이어 가고 있는데 옛것은 세월 때문인지 그 생김이 건축물과 어울리고 솔직하다면 새것은 겉멋에 치중하여 개성미를 잃어 전혀 생뚱맞은 모양을 보이기도 한다. 세월을 보아야 할까.

삶이란 그야말로 희로애락의 연속이 아닌가. 아름다운 토담이되 그 속에 누적된 수백 년의 삶을 되돌려 보자면 어디 한 두 가지만의 애환을 가졌으랴. 그 슬픔과 기쁨이 점철된 담들의 이야기와 그것을 극복해 낸 미적환희에 귀 기울인다. 그리고 다시 봄 여름 가을 겨울을 맞이하는 현재의 토담에서 우리는 진정 삶의 힐링을 맛보게 되는 것이다.

저자 소개

김정식(담나누미스토리텔링연구원 원장)
구지현(선문대학교 조교수)
도현철(연세대학교 교수)
서현섭(나가사키 현립대학 명예교수)
유종현(전 외교부 대사)
윤덕진(연세대학교 교수)

윤훈표(연세대학교 연구교수)
임성래(연세대학교 교수)
지 붕(대한불교조계종 용화사 주지)
하우봉(전북대학교 사학과 교수)
한태문(부산대학교 국어국문학과 교수)
허경진(연세대학교 교수)

영천과 조선통신사 자료총서 1

영천과 조선통신사 – 한일 간의 벽을 허물다

2014년 10월 24일 초판 1쇄 펴냄

엮은이 허경진
펴낸이 김흥국
펴낸곳 도서출판 보고사

책임편집 이순민
표지디자인 오동준

등록 1990년 12월 13일 제6-0429호
주소 서울특별시 성북구 보문동7가 11번지 2층
전화 922-5120~1(편집), 922-2246(영업)
팩스 922-6990
메일 kanapub3@naver.com
http://www.bogosabooks.co.kr

ISBN 979-11-5516-307-8 93810
ⓒ 허경진, 2014

정가 20,000원

이 도서의 국립중앙도서관 출판예정도서목록(CIP)은 서지정보유통지원시스템 홈페이지
(http://seoji.nl.go.kr)와 국가자료공동목록시스템(http://www.nl.go.kr/kolisnet)에
서 이용하실 수 있습니다.(CIP제어번호 : CIP2014029683)